It Happened One Autumn
by Lisa Kleypas

恋の香りは秋風にのって

リサ・クレイパス
古川奈々子［訳］

ライムブックス

恋の香りは秋風にのって

主要登場人物

リリアン・ボウマン……………………アメリカの新興成金の娘
ウェストクリフ伯爵マーカス・マースデン………本書の舞台となる壮大な屋敷の当主
デイジー・ボウマン……………………リリアンの妹。壁の花のひとり
エヴァンジェリン（エヴィー）・ジェナー………壁の花のひとり
アナベル・ハント……………………壁の花のひとり。サイモン・ハントの妻
サイモン・ハント……………………やり手の実業家。ウェストクリフ伯爵の親友
セントヴィンセント子爵セバスチャン……………公爵の息子でウェストクリフの友人
ウェストクリフ伯爵夫人……………………ウェストクリフ伯爵の母
レディー・オリヴィア（リヴィア）……………ウェストクリフ伯爵の妹
ミスター・ネトル……………………香水商
マーセデス・ボウマン……………………リリアンとデイジーの母親
トーマス・ボウマン……………………リリアンとデイジーの父親

プロローグ

一八四五年　ロンドン

　ふたりの若い娘が香水商の店先に立っていた。ひとりがもう一方の腕をもどかしそうに引っ張る。「どうしても入るの？」と背の低いほうの娘は、静かに明かりが灯る店内に引っ張り込まれまいと抵抗しながら、明確なアメリカなまりで文句を言う。「こういう場所って、いつもすごく退屈しちゃうのよ、リリアン。あなたったら、それこそ何時間でも、あれをかいだり、これをかいだり——」

「じゃあ、馬車でメイドといっしょに待ってて」

「もっと退屈だわ。それに、あなたをひとりにしてはおけないわ。私がいないと何をしでかすか」

　背の高いほうの娘はレディーには似つかわしくない元気な笑い声をあげ、ふたりは店に入っていった。「でもデイジー、本当はそんなこと思ってやしないでしょ？　あなたはわたしが何か問題を起こしたときに、自分が仲間外れにされるのがいやなだけなのよ」

「おあいにくさま。香水店なんかじゃ、冒険には出くわさないわよ」とデイジーが不機嫌な声で言う。

その声に応えるかのように、ふふっとかすかな笑い声が聞こえた。ふたりが声のほうに顔を向けると、店の横手の傷だらけのオーク材のカウンターの後ろに眼鏡をかけた老人が立っていた。「絶対そうだと言い切れますか、お嬢さん？」彼は微笑みながら近づいてきた。「香水には魔法の力があると信じている者もおります。ある物の香りは、その物のもっとも純粋なエッセンスです。そしてある種の香りは、昔の恋や一番甘い思い出の霊を呼び覚ましてくれるのですよ」

「霊？」デイジーが興味をそそられて繰り返すと、もうひとりの娘はじれったそうに言った。「文字通りの意味にとっちゃだめよ。香水で亡霊を呼び出すことはできないわ。それに実際には香りに魔法の力なんかないのよ。だって香りの粒子の混合物が、嗅覚という鼻の中にあるにおいの感覚器を刺激するだけなんですもの」

老人――名前をミスター・フィニアス・ネトルという――は、興味深げに娘たちを見つめた。ふたりは伝統的なタイプの美人ではなかったが、ぱっと目を引くタイプだった。白い肌に豊かな濃色の髪、そして彫りの深い顔立ちは、生粋のアメリカ娘ならではの美しさに見えた。「どうぞ」と彼はそばの作りつけの棚を身ぶりで示した。「当店の商品をゆっくりごらん下さい、ええと、ミス――」

「ボウマン」と年長の娘が快活に言った。「リリアンとデイジー・ボウマンですわ」彼女は、彼が相手をしている高価なドレスをまとった金髪の女性客をちらりと見た。いまは忙しくて私たちの相手ができないんだわ、と理解したようだった。

ネトルがその女性のために選んで並べた香水瓶を前に、彼女がどれにしようかと悩んでいるあいだ、アメリカの娘たちは棚に並べられている商品――香水、オーデコロン、髪油、ワックス、クリーム、石鹼などの美容製品――をとくに買う気もなくながめていた。栓つきのクリスタルボトルに入ったバスオイル、缶入りのハーブ軟膏、口臭を防ぐスミレ色の錠剤が詰まった小さな箱などもある。下の段には、香料入りのキャンドルやインク、クローブを染み込ませた芳香塩を入れたにおい袋、ポプリの入った鉢、香油や練り香の壺など、貴重な品々が集められていた。しかし、ネトルは気づいていた。デイジーはそうした品々をただなんとなくながめているだけだが、姉のリリアンは純粋な香料が含まれるオイルやエキスが並んでいる棚の前で立ち止まって熱心に見ている。ローズ、フランジパーヌ（＊訳注　インドソケイの花から作った香料）、ジャスミン、ベルガモット……。アンバーグリス（＊訳注　マッコウクジラの腸内にできる結石から抽出する香料）の入ったガラス瓶を持ち上げ、彼女は注意深く栓を開け、においをかいでいる。香りをちゃんと評価できることが見て取れる。

ようやく金髪の女性は心を決め、香水の小瓶を買って店を出て行った。ドアが閉まると小さなベルがチリンと陽気な音を鳴らした。

リリアンは振り返って去っていく女性を一瞥し、考え込むようにつぶやいた。「どうして金髪の女性はアンバーの香りがするのかしら」

「アンバーの香水って意味？」とデイジーがきいた。

「ううん、皮膚そのものにおい。アンバーとか、ときには蜂蜜とか……」

「いったい何の話？」妹は当惑したように笑って尋ねた。「人間にはにおいなんかないわよ。お風呂に入っていないときは別だけど」

ふたりは、どちらもびっくりしたように見つめあった。「あら、するわよ」とリリアン。

「だれにだってにおいがある……もしかして、いままで気づいていなかったの？　ほろ苦いアーモンドや、スミレの花のような香りの肌の人もいれば……」

「プラムやら、ヤシの樹液や、新しい干し草のような香りの人もいる」とネトルがあとをつづけた。

リリアンは彼をちらりと見て満足そうに微笑んだ。「そう、そのとおり！」

ネトルは眼鏡を外し、丁寧にレンズを磨いた。彼の心にたくさんの疑問がわいてくる。ありえるだろうか？　この娘は本当に人が生まれつきもっているにおいを感知することができるのだろうか？　私自身はそれができる。だがそれは非常に珍しい才能であり、女性でそんなことができる人がいるとは聞いたことがない。

手首にかけていたビーズのバッグから折りたたんだ一枚の紙を取り出し、リリアンは彼に近づいた。「香水の処方を書いてきたのです」と彼女は彼に紙を差し出した。「でも、香料の割合が正しいのかどうか、自信が持てませんの。これを調合してもらえますかしら」

ネトルは折りたたまれた紙を開き、成分のリストに目を通した。白髪まじりの眉がかすかに上がる。「型破りな組み合わせですな。だが、とてもおもしろい。うまく合うような気がします」彼は強い興味を示して彼女を見た。「ミス・ボウマン、この処方をどこで手に入れたのかうかがってもよろしいですかな」

「私の頭の中よ」無邪気な微笑みで彼女の顔が和らいだ。「わたしの魅力を一番効果的に引き出してくれるのはどんな香りだろうって考えてみたんです。でも、さっきも言ったように、分量の配分が私には難しくて」

内心の疑惑を隠すために視線を落とし、ネトルはもう一度処方に目を走らせた。客に調合を頼まれるときは、たいていはローズかラベンダーが基調になっている。こんなリストを持ってきた客はいままでひとりもいなかった。さらに興味を引かれるのは、香料の選択がとても変わっているのに、よく調和がとれている点だった。おそらく彼女は、偶然この特別な組み合わせを選んだのだろう。

「ミス・ボウマン」彼は彼女の能力を測りかね、好奇心にかられて尋ねた。「いくつかわたしの香水をお持ちしてもよろしいですか?」

「ええ、もちろん」とリリアンは快活に答えた。ネトルが輝く淡い色の液体が入った小さなクリスタルの瓶を取り出したので、彼女はカウンターに近づいた。「何をなさっているの?」

彼は瓶を振って香水を何滴か清潔なリネンのハンカチにたらしている。

「ボトルから直接香水のにおいをかいではならないのです」ネトルはそう説明すると、彼女にハンカチを手渡した。「まず空気にさらして、アルコール分を飛ばすのです……そうすれば本物の香りだけが残ります。ミス・ボウマン、この香水の中にはどんな香料が含まれているかおわかりになりますか？」

非常に熟練した調香師でも、ブレンドされている香水の成分をいちいち言い当てるのは至難の業だ……何分、いや何時間もかけて何度も香りをかぎ、成分をひとつずつ識別していかなければならない。

リリアンは頭をハンカチに近づけて、においを吸い込んだ。ピアニストが音階練習をするように彼女がためらいもなくすらすらと成分を言い始めたのでネトルは目を丸くした。「オレンジの花……橙花油《とうかゆ》……アンバーグリス、そして……苔？」彼女は言葉を切った。まつげを上げると、当惑の色を帯びた深みのある茶色の目が明らかになった。

「香水に苔なんて」

ネトルは驚きもあらわに彼女を見つめた。ふつうの人の場合、複雑な香りに含まれる成分を識別する能力は非常に限られている。主となる香り、たとえばローズやレモンなどのわかりやすいにおいくらいしかわからないものだ。ある特定の香りに複雑に織り込まれた香料のそれぞれを言い当てるのは、常人にはできない芸当だ。

ネトルは我に返り、彼女の質問にかすかに微笑んだ。彼はしばしば自分の香水に深みと質感を与えるために奇妙な成分をごく微量加えることがあったが、それに気づいた人はいままでひとりもいなかった。「私たちの感覚は、複雑さや隠れた驚きを喜ぶものなのですよ……さあ、これも試してみてください」彼は新しいハンカチを出すと、別の香水を滴下した。

またもやリリアンは、苦もなくすらすらと成分を並べ始めた。「ベルガモット……チュベローズ……乳香……」彼女は言いよどんで、もう一度鼻から空気を吸い込み、芳醇な香りを肺に満たした。本当かしらと疑うように、口元に軽く笑みが浮かんだ。「それからごくわずかにコーヒーの香り」

「コーヒーですって？」デイジーはそう叫ぶと、屈み込んで顔を香水の瓶に近づけた。「コーヒーのにおいなんかしないわよ」

リリアンが問いかけるようにネトルを見ると、彼はにっこり笑って答えた。「そのとおり、コーヒーですよ」彼は、彼女のすごさにおそれいったといわんばかりに頭を振った。「素晴らしい才能をお持ちですね、ミス・ボウマン」

リリアンは肩をすくめて、皮肉な調子で答えた。「夫探しにはまったく役に立たない才能ですわ。こんな不要な才能に恵まれるなんて、ついてないったら。すてきな声や美貌に恵まれていたほうがはるかにまし。お母様が言っているように、物のにおいをかぐのが好きなんて、レディーらしくなくて不作法ですもの」

「私の店ではかまいません」とネトル。

ふたりは美術館で見た絵画について語り合うように香りの話をつづけた。数日雨が降りつづいたあとの森の甘く暗く生命に満ち溢れた香り、麦芽のように甘い潮風の香り、カビくさい芳醇なトリュフの香り、新鮮でぴりっとする雪空の香り。デイジーはそんな会話にすぐ飽きて、化粧品の棚のほうに歩いていき、粉おしろいの広口瓶を開けてくしゃみをしたり、練香の入った缶を取り上げてガラガラうるさい音を立てたりしている。

話しているうちに、ネトルはこの娘の父親がニューヨークにある香水や石鹼の製造会社を所有していることを知った。ときおり、会社の研究室や工場を訪れて、リリアンは香りや調合の初歩的な知識を身につけていた。石鹼の香りの開発を手伝ったことも一度ある。正式にトレーニングを受けたことはなかったが、リリアンに才能があることがネトルにはよくわかった。しかし、彼女が女性であるために、この才能は永久に埋もれてしまうのだろう。

「ミス・ボウマン。あなたにお目にかけたい香料があるのです。店の奥から取ってきますから、少々お待ちいただけますかな」

好奇心にかられてリリアンはうなずくと、両ひじをカウンターについて彼を待った。ネトルはカーテンで仕切られた戸口から姿を消した。その奥は倉庫になっていて、香水の処方箋のファイルや、香料やエキスが入っている戸棚、漏斗やら混合瓶やらガラスの計量カップなどの道具が収められている棚がある。どれもこれも彼の仕事に必要なものばかりだ。一番上の棚には香料製造技術に関する古いフランスやギリシャの書物が何冊かリネンに包まれて保管されていた。優れた調香師は、錬金術師であり、芸術家であり、魔法使いでもあるのだった。

木製の脚立をのぼって、ネトルは棚の最上段から小さな松材の箱を下ろした。彼は店に戻ると、カウンターの上にその箱を置いた。ボウマン姉妹は顔を近づけ、彼が小さな真鍮の蝶番をぱちんと開けるのをじっと見つめた。中には糸と蠟で封がしてある小さな瓶が入っていた。ほとんど透明な半オンスの液体は、これまでネトルが入手した香料の中でももっとも高価なものだった。

瓶の封を開け、彼はその貴重な一滴をハンカチにつけてリリアンに渡した。初めのひとかぎでは、香りは軽く穏やかで、ほとんど退屈なほど刺激がなかった。しかし、鼻腔をのぼっていくにつれ、それは驚くほど肉感的な香りに変わり、最初の強い香りが消えてからしばらく経っても、甘い余韻が消えずに残った。

リリアンはハンカチの縁から驚きもあらわに彼を見上げた。「これは何？」

「夜にしか香りを放たないめずらしいランです」ネトルは答えた。「花びらは純白で、ジャスミンよりもはるかにデリケートでしてね、花を熱して香りを抽出するというわけにはいかないのです。あまりにもはかないもので」

「では、低温でアンフルラージュするのね？」とリリアンはつぶやいた。アンフルラージュとは貴重な花びらを脂肪の層にはさみ、香りを脂肪の層に移してからアルコールベースの溶剤で純粋なエッセンスを抽出する方法だ。

「そうです」

彼女は極上のエッセンスの香りをふたたびかいだ。「そのランの名前は何といいますの？」

「レイディー・オブ・ザ・ナイト」

それを聞いてデイジーがくすくす笑い出した。「お母様に読んではいけませんと禁止されている小説のタイトルみたい」

「あなたのお持ちになった処方にあるラベンダーの代わりにこのランを使ったらいかがでしょう」とネトルは言った。「おそらく、もう少しお高くなりますが、完璧なベースノートになるとわたしは思います。とくにアンバーグリスを保留剤にお使いになろうと考えていらっしゃるようですから」

「どれくらい高くなりますの？」その質問に、彼が値段を答えると、リリアンは目を丸くした。「まあ、同じ重さの純金よりも高いわ」

ネトルが小さな瓶を光にかざしてみせると、中の液体はダイヤモンドのようにきらきらと輝いた。「魔法は安い値段では買えません」

リリアンは催眠術にかかったように目でその瓶を追いながら、笑い出した。「魔法、ね」とまぜかえす。

「この香水は魔法の力を見せてくれますよ」と彼は引き下がらず、彼女に微笑みかけた。「実際、わたしはその効果を高めるためにある秘密の成分を加えるつもりなのです」

リリアンは心をそそられつつも、彼の言葉を信じていないようすだったが、午後に香水を取りに来ると約束した。デイジーの缶入り練香と予約した香水の代金を支払い、姉妹は店を出た。デイジーの顔をちらっと見ただけで、彼女がいつものように想像をめぐらして、魔法の処方や秘密の成分のことで頭がいっぱいになっているのがわかった。

「リリアン……私にもその魔法の香水を少し試させてくれるわよね？」

「分けてあげないことなんてあったかしら？」

「たまにはあるわよ」

リリアンはにっこり笑った。わざと競い合ったり、ときどき口げんかしたりすることはあっても、ふたりにとって互いは頼れる仲間であり親友だった。これまでの人生で、デイジーほどリリアンを愛してくれた人はいないと言ってよかった。デイジーは薄汚れたみすぼらしい野良犬でも可愛がり、我慢ができないほどうるさい子どもたちでも愛し、修繕するか捨てる以外にないような品物でも大切にした。

ふたりはとても仲が良かったが、あまり似たところはなかった。デイジーは理想主義者で、夢見がち。子どものように気まぐれかと思えば鋭い知性を垣間見せる陽気な娘だった。リリアンは、自分のまわりにがっちり要塞を築いて外の世界から自分を守っている毒舌家と自覚していた。皮肉屋で辛辣なユーモアの持ち主だ。少数のごく親しい人々、とくに壁の花の仲間たちには絶対的な忠誠心を持っていた。壁の花たちというのは、自分たちが名づけた呼び名で、前年のシーズン中にあらゆる舞踏会や夜会で壁際に座っていた娘たち四人組のことを指す。リリアンとデイジー姉妹、そして友人のアナベル・ペイトンとエヴァンジェリン・ジェナーの四人は、夫を見つけるために協力しあうと誓いあったのだった。彼女たちの努力が実を結び、二カ月前にアナベルはめでたくサイモン・ハントと結婚した。次はリリアンの番だった。しかしいまのところ、だれをターゲットにしたらいいのか、壁の花たちにははっきりした案はなく、夫獲得のための具体的なプランも立っていなかった。

「もちろん試させてあげるわ」とリリアンが言った。「でもどのような効果があるかは、神のみぞ知る、だけど」

「当然、ハンサムな公爵が私と激しい恋に落ちることになるのよ」

「若くて容姿がいい貴族なんてほとんどいないわ。気づいてた？」リリアンは顔をしかめた。

「たいていは頭の回転が悪くて、時代後れで、口に釣針がひっかかっているのが似合いそうな魚みたいな顔をしているのよ」

デイジーはくすくす笑いながら腕を姉の腰にまわした。「私たちにぴったりの紳士がいるはず。これから見つけるのよ」

「どうしてそう言いきれるの？」リリアンは苦々しく言った。

デイジーはおちゃめに笑った。「だって私たち魔法を味方につけたんですもの」

1

ハンプシャー州ストーニー・クロス・パーク

「ボウマン家のご到着よ」レディー・オリヴィア（リヴィア）・ショーは書斎の戸口に立って、机の上の会計簿の山に埋もれて仕事をしている兄に告げた。夕陽が長方形のステンドグラスの窓から差し込んでいる。そのステンドグラスはローズウッドの板張りの簡素な部屋の唯一の装飾だった。

ウェストクリフ伯爵マーカス・マースデンはむっつりと仕事机から顔を上げた。濃い茶色の眉が寄せられてコーヒーのように黒い瞳に覆いかぶさった。「またまた大混乱が始まるってわけだな」と彼はぶつぶつ言った。

リヴィアは笑った。「お嬢さんたちのことを言っているのね。そんなにひどくはないのでしょう？」

「目も当てられないね」マーカスはずばりと言い放った。一瞬気をそらしたすきに握っていたペンの先からインクがぼとりと落ちて、完璧に並んでいた数字の列が汚れてしまったのを見て、彼の眉間のしわはさらに深くなった。「あんなに行儀の悪い娘たちは見たことがない。とくに姉のほうはひどい」

「でも、彼女たち、アメリカ人ですもの」リヴィアは指摘した。「その点少し大目に見てあげるのがフェアってものではないかしら。きりがないほどたくさんあるイギリス社交界のルールのすべてを細かく入念に知り尽くすことなど到底無理だわ――」

「細かいことにこだわるつもりはない」マーカスは無愛想に割り込んだ。「わたしが、ミス・ボウマンがティーカップを持つときの小指の角度がどうのこうのと文句をつけるような人間でないことはおまえも知っているだろう。わたしが不快に感じるのは、文明社会のどこででも無礼と受け取られるある種のふるまいなのだよ」

ふ、る、ま、いですって？　とリヴィアは思った。さあ、おもしろくなってきたわ。リヴィアは部屋の中に踏み込んだ。この部屋は、亡くなった父親の思い出が強く残りすぎているので、リヴィアはめったに入ることはなかった。

先代のウェストクリフ伯爵にまつわる幸せな思い出はひとつもなかった。彼らの父親は愛情のかけらも持ち合わせていない冷酷な人で、父が入ってくると部屋の酸素がすべて彼に吸い取られてしまったかのように息苦しく感じられたものだった。彼は人生において、すべての物、すべての人間に失望していた。三人の子どものうち、父親の厳格な基準に近づくことができたのはマーカスだけだった。伯爵がどんな罰を与えても、どんなに不可能な要求をつきつけても、どんなに不公平な判断を下しても、マーカスは決して不平を言わなかったからだ。

リヴィアと姉のアリーンは兄を畏れ敬っていた。常に最善の努力を怠らない彼は学校では最優等の成績を収め、自分で選択したいくつかのスポーツのすべてで記録を破り、人には真似のできないほど自分を厳しく評価できる人間になった。マーカスは馬を馴らし、カドリールを踊り、数学理論を教え、傷口に包帯を巻き、馬車の車輪を修理することもできた。しかし、これほど広範に多彩な才能を発揮していながら、父親からは一度たりとも賞賛の言葉をかけられたことはなかった。

振り返ってみれば、先代の伯爵はひとり息子から軟弱さや思いやりのどんなにささやかな痕跡をも消し去ってしまおうと考えていたのだろう。そしてそれはしばらくのあいだ、うまくいったように見えていた。しかし、五年前に父が亡くなると、マーカスが実は、父が育て上げようとした人物とは非常に異なる人間であることが明らかになり始めた。リヴィアとアリーンは、兄がどんなに忙しいときでも自分たちの話を聞いてくれることを知った。そして彼女たちの悩みがどんなにつまらないものでも、兄はいつでも助けの手を差し伸べてくれた。彼には思いやりがあり、情愛深く、理解があった。これまでの人生で、彼自身がそのような資質を備えた人々にまったく接したことがなかったことを思えば、それはまさに奇跡と言えた。

とはいえ、マーカスには少々暴君のところがあった。いや……少々というより、かなりと言ったほうがいいだろう。愛する者に対しては、良心の呵責なく、自分が最善と信じることを強いるのだ。これは彼の魅力的な資質のひとつとは言いがたい。さらなる欠点として、マーカスが困ったことに自分の判断には決して誤りはないと信じていることも挙げざるをえないだろう。

カリスマ性を漂わせる兄に愛情深く微笑みかけながら、リヴィアは考える。マーカスの外見はお父様とこんなにもよく似ているのに、どうして自分はこれほど兄を愛することができるのだろう。父親譲りの、粗削りな顔立ちで額は広く、唇の薄い大きな口をしていた。目立つ幅広の鼻、カラスの羽のような漆黒の髪、頑固そうな突き出た顎もそっくりだった。そうした造作が組み合わさるとハンサムというより、印象的と言ったほうがいい容貌になる……しかし、ともかく女性の目を釘付けにする顔だった。父と違うのは、鋭く黒い瞳だった。その瞳はしばしば笑いを含んできらきらと輝く。そしてまれに日焼けした顔に笑顔が浮かぶと、白い歯が見るものをはっとさせるのだった。

リヴィアが近づいてきたので、マーカスは椅子の背にもたれ、両手の指を組んで硬い腹の上に置いた。九月初めにしては異様に暑い日だったので、マーカスは上着を脱いでシャツの袖をまくりあげていた。黒い毛に薄く覆われた筋肉質の茶色い前腕が露出している。背はそれほど高くはないが、体は人並みはずれて引き締まっていて、スポーツに目がない男性特有の力強い体型をしていた。

先ほど兄が触れた、育ちの悪いミス・ボウマンのふるまいについてもっと詳しく聞き出そうと、リヴィアは机の縁にもたれて、マーカスと向き合った。「お兄様をそんなに不快にさせるなんて、ミス・ボウマンはどんなふるまいをしたのかしら」彼女は考えを声に出した。「教えて、マーカス。でないとわたし、想像を膨らまして、かわいそうなミス・ボウマンがとてもしたとは思えないような恥ずべき行為を思い浮かべてしまうわ」

「かわいそうなミス・ボウマンだって?」マーカスは鼻を鳴らした。「聞かないでくれ、リヴィア。人に話すわけにはいかないのだよ」

ほとんどの男性と同じくマーカスも、話すわけにはいかないと言われたら女性の好奇心はよけいにくすぐられるのだということに気づいていないようだった。「白状なさい、マーカス。でないと、あなたが音をあげるまで困らせてやるから」

マーカスの片眉がからかうようにつり上がった。「ボウマン家御一行がすでに到着しているわけだから、そうなるとダブルパンチというわけだな」

「じゃあ、当ててみせるわ。ミス・ボウマンがだれかといっしょのところを見たのね。どこかの紳士にキスをさせていた……ううん、もっと悪いことを?」

マーカスは軽くせせら笑って答えた。「そんなことがあるものか。彼女を一目見たら、理性のある男は悲鳴をあげて一目散に反対方向に逃げ出すさ」

兄はいくらなんでもリリアン・ボウマンに厳しすぎる、と思い始めたリリアンは眉をひそめた。「彼女はとても美人よ、マーカス」

「見かけが美しくても、性格の欠点を覆い隠すのには十分ではないのだ」

「どんな欠点?」

マーカスはミス・ボウマンの欠点などあまりにも明白でわざわざ数え上げるほどのこともなかろうといわんばかりに、小さく嘲るような笑い声をたてた。「彼女は人を操るのがうまい」

「あら、お兄様だってそうじゃないの」とリヴィアはつぶやいた。

彼はそれを無視してつづけた。「そして尊大だ」

「お兄様もよ」

「傲慢だ」

「それもそっくりね」リヴィアは明るく言った。

マーカスはリヴィアをにらみつけた。「わたしたちはミス・ボウマンの欠点について話し合っていたのではなかったかな、わたしのではなく」

「だって、ふたりともたくさん共通点を持っているようなんですもの」リヴィアはわざとらしく無邪気に言い返した。兄が机の上の他の道具とそろえてペンをきちんと置くのを見つめる。「彼女の不適切なふるまいとやらに話を戻すと——彼女の不名誉な場面を目撃したというわけではないのね？」

「いや、わたしはそうは言っていない。ただ、彼女は紳士といっしょではなかったと言ったのだ」

「マーカス、時間がないの」リヴィアはじれったそうに言った。「ボウマン家をお出迎えしなくては——もちろん、お兄様もよ——でも、この書斎を出る前に、彼女がどんな恥ずべき行為をしたのか教えてくれなきゃだめよ！」

「ばかばかしくて口に出せないことだ」

「馬にまたがって乗った、とか？　それとも煙草？　池で裸で泳いでいた？」

「ちょっと違う」マーカスは不機嫌に机の隅に置かれていたステレオスコープを取り上げた。現在は結婚して夫とともにニューヨークに住んでいる妹のアリーンから送られてきた誕生日の贈り物だった。ステレオスコープは発明されたばかりの品で、カエデ材とガラスでできていた。レンズの後方の伸長部に若干違う角度で同じ物体を撮影した二枚の写真を並べたステレオカードを留めて、左右のレンズを通してそれぞれ別の写真を見ると物体が立体的に見える仕組みになっていた。立体写真の奥行きや細部は驚くべきものだった。木の枝はのぞき込んでいる者の鼻をこするほど近くに見えたし、山の割れ目はぱっくり大きな口を開け、いまにも谷底に転落してしまいそうに思われた。マーカスはステレオスコープを目にあてると、ローマのコロセウムの写真を妙にじっくりと観察し始めた。

リヴィアがしびれを切らす寸前、マーカスはつぶやいた。「ミス・ボウマンが下着姿でラウンダーズをしているところを目撃したんだ」

リヴィアはぽかんとした顔で彼を見つめた。「ラウンダーズ？　あの革のボールと平たいバットでやる球技のこと？」

マーカスはもどかしそうに唇をゆがめた。「このあいだ彼女がここに滞在したときのことだ。ボウマン姉妹は友人たちと、屋敷の北西部の草地で遊んでいた。たまたまサイモン・ハントとわたしは馬でそこを通りかかった。四人の娘たちは全員下着姿だった。重たいスカートをはいていてはうまくプレイできないというのが彼女たちの言い分だったが。まあどんな理由でもこじつけたろうさ。半分裸で走り回っていたんだから。ボウマン姉妹は享楽主義者なんだよ」

リヴィアは手で口を覆って、笑い出すのを必死にこらえようとしたがあまりうまくいったとは言えなかった。「これまで黙っていたなんて、信じられないわ！」

「できれば忘れたいよ」マーカスはにこりともせずに答えると、ステレオスコープを下ろした。「トーマス・ボウマンとどう目を合わせたらいいのかわからない。彼の娘の下着姿が目に焼きついているというのに」

おもしろいことになってきたわ、とリヴィアは考えながら兄の横顔の粗削りなラインをじっと見つめた。彼女は兄が「娘たち」とは言わず「娘」と言ったのを聞き逃さなかった。ということは妹のことは眼中にないわけだ。彼の意識が向いているのはリリアンだけなのだ。マーカスのことをよく知るリヴィアは、ふだんの彼ならこの事件をおもしろがったに違いないと思った。兄はことのほか道徳心は強いほうだったが、建前ばかりを重んじる堅物ではなく、鋭いユーモアのセンスも持っていた。愛人を囲っていたことはなかったが、密かなロマンスがいくつかあったという噂をリヴィアは聞いていた。さらに、外見上は生真面目に見える伯爵だが、ベッドではなかなかの冒険家だという話もちらほら聞こえてくる。ところがなぜか兄は、この大胆でむこうみずな、少々マナーのよろしくないアメリカ成金の娘にいたくご立腹のようだ。リヴィアは鋭く洞察力を働かせた。マースデン家はもしかするとアメリカ人に惹かれる血筋なのかも。だって、アリーンの夫もアメリカ人だし、自分もニューヨークのショー家のギデオンと結婚したばかり。とすればマーカスだって……。

「下着姿の彼女はものすごく魅力的だったんでしょ？」リヴィアはわざときいた。

「ああ」マーカスはうっかり答えてしまってから、不快な表情をつくった。「いや、違うと言おうとしたのだ。彼女がどれくらい魅力的かを吟味できるほど長く見てはいなかった。もっとも魅力があれば、の話だが」

リヴィアは笑いを押し殺すために下唇の内側を噛んだ。「ねえ、マーカス……あなたは健康な三五歳の男性なのよ。それなのに女性用下履き《ドロワーズ》姿で立っているミス・ボウマンをほんのちらりとでものぞき見しなかったというの？」

「リヴィア、わたしはのぞき見などしない。何かを見るときにはしっかり見つめるか、でなければ見ない。のぞき見は、子どもか変質者のすることだ」

彼女は兄を深く憐れむような目で見た。「あえてそんなに骨の折れることをしなければならないなんて、心からお気の毒だと思うわ。今回の滞在中、ミス・ボウマンがお兄様の繊細な神経に再びショックを与えないよう、お兄様の前ではしっかりドレスを着ていてくれることを願うばかりだわ」

マーカスはそのからかいの言葉に顔をしかめた「疑問だな」

「彼女がドレスをきちんと着ているかどうか？　それとも彼女がお兄様にショックを与える

かどうか？」

「もうたくさんだ、リヴィア」と彼が怒り出すと、リヴィアはくすくす笑った。

「さあ、行きましょう。ボウマン家を出迎えなくては」

「わたしはいま手が離せない」マーカスはつっけんどんに言った。「おまえが皆さんを歓迎してくれ。わたしのことはなんとか言いつくろっておいてくれ」

リヴィアは驚いて兄を見つめた。「お兄様、まさかそんなこと……いいえ、だめよ、マーカス、いっしょに来て！　お兄様がそんな失礼なことをするなんて、いままで一度もなかったわ」

「あとで埋め合わせはする。なにしろ彼らは一カ月近くここに滞在するのだから。ご機嫌を取るチャンスはいくらでもある。しかし、ボウマンの娘の話をしていたらすっかり不愉快になった。いま、彼女と同じ部屋にいることを思うだけで気分が悪くなってくる」

軽く首を振りながら、リヴィアは思わせぶりなまなざしを兄に向ける。そんな妹の視線がどうにも気に食わない。「ふーん。お兄様が嫌いな人々と接するところをこれまで何度も見てきたわ。でもそういうときでも、いつも礼儀正しくふるまっていた。とりわけ、彼らから何かを得ようというときには、ね。でもなぜか、ミス・ボウマンはお兄様の心を必要以上にかき乱すみたい。その理由について、わたしには思いあたることがあるわ」

「ほう？」いどむような光がかすかに彼の瞳に躍った。

「まだ、人に話す段階じゃないけど。はっきりと結論が出たらお兄様にお教えするわ」

「まったくもう。さあ、行きなさい、リヴィア。そしてお客様を歓迎するんだ」

「お兄様が、巣穴に逃げ込んだキツネみたいにこの書斎にこもっているっていうのに？」

マーカスは立ち上がって、妹を戸口から追い出した。「わたしは裏口から出ていく。遠乗りにでも行ってこよう」

「いつごろお帰りになるの？」

「夕食の着替えをするころには戻るよ」

リヴィアは腹立たしそうにため息をついた。今夜の夕食にはたくさんの客が出席する。明日から正式に始まるハウスパーティーの前夜祭とも言える晩餐だ。招待客のほとんどはすでに到着していて、残りの数名もまもなくあらわれるだろう。「遅れないようにしてね」と彼女は念を押した。「女主人の役を引き受けたとき、すべてをわたしひとりに押しつけるような話ではなかったはずよ」

「絶対に遅刻はしない」マーカスはそう静かに答えると、絞首刑を免れた男のように疾風のごとく姿を消した。

2

マーカスは屋敷をあとにし、庭園を抜けて通りなれた森の小道に沿って馬を走らせた。一段下がった小道《サンクン・レーン》を横切り、反対側の坂を登るとすぐに馬の手綱をゆるめた。やがてシモツケソウと太陽の光を浴びてしおれた牧草に覆われた野原に出たので、そこを全力疾走で駆け抜けた。ストーニー・クロス・パークはハンプシャーでもっとも素晴らしい場所だった。樹木が密に茂った森と、花の咲き乱れる草地や沼、そして広々とした黄金の畑も敷地内に含まれていた。かつて王族の猟場として保護されていたこともあるこの領地は、現在、イギリスでもっとも人々が訪れたいと願う土地のひとつとなっている。

領地に絶え間なく客が訪れることは、マーカスにとって好都合だった。大好きな狩りやスポーツの仲間ができるし、事業や政治的な話し合いの機会も得られる。ハウスパーティーではあらゆる種類のビジネスが行われた。マーカスはこうしたチャンスを利用して、政治家や業界人を自分の味方につけていた。

今回のパーティーもこれまでと変わらないものであるはずだった。しかし、ここ数日ざわざわと落ち着かない気分に悩まされていた。徹底的な合理主義者である彼は、霊的な予兆のようなものは信じなかった。とにかく、最近流行しつつある超自然現象のたぐいは、はなからくだらないと相手にしていなかった……しかし、ストーニー・クロス・パークの空気がなんとなく変わってしまったような気がするのだった。嵐の前のエネルギーをはらんだぞくぞくするような静けさに似た、なにごとか起こりそうな緊張感が空気に満ちていた。マーカスはいらついて、落ち着きを無くし、いくら激しく体を動かしても心の波立ちを抑えることはできないように思われた。

今夜のことを考えると、そしてボウマン家の人々と親しく付き合わなければならないと思うと、マーカスの不快感はさらに増して、それは不安に似た感情に変わりつつあった。彼らを招待したことを後悔した。彼らを屋敷から追い出すことができるなら、トーマス・ボウマンとのビジネスの可能性など喜んで忘れようという気にすらなっていた。しかし、彼らはすでに到着してしまったのだし、一カ月ほど滞在することになる。それなら自分もなんとかこの機会を最大限に利用しよう。

マーカスはトーマス・ボウマンと積極的に事業の交渉を始めるつもりでいた。ボウマンは自分の石鹸会社を拡大して、リバプールかブリストルあたりに工場を建てる予定だった。自由主義の国会議員の友人たちから仕入れた話が本当であれば、イギリスでは石鹸に課せられる税が数年以内に撤廃されることがほぼ確実だった。そうなれば、石鹸は市井の人々にも買える品となり、公衆衛生にも役立つし、マーカスの懐にとっても都合がいい。それも、ボウマンが彼をパートナーにするかどうかにかかっているのだが。

しかし、トーマス・ボウマンを招くということは、彼の娘たちの存在を我慢しなければならないということも意味する。その事実から逃れる道はなかった。リリアンとデイジーは、アメリカの富豪の娘たちがイギリスに夫探しにやってくるという最近の忌まわしき流行の波に乗って、イギリスにやってきた。イギリス貴族たちは、身の毛のよだつようなアメリカなまりで自分のことをまくしたて、いつも新聞記者に向かってポーズをとっている、あさましい魂胆丸出しの娘たちの標的にされていた。品のかけらもなく、騒がしくて、うぬぼれ屋の若い娘たちが、親の財産を餌に貴族を釣り上げようとしている……そしてしばしば、それは成功していたのだった。

ボウマン姉妹とは、彼女たちが前回ストーニー・クロス・パークを訪れた際に知り合ったのだが、どちらの娘にも褒められるような美点はほとんど見つからなかった。彼はとくに姉のリリアンを嫌っていたが、それは彼女が、友人たちと「壁の花」と勝手に名づけたグループをつくり（まるでその名前が誇らしいものだとでもいうように！）、貴族を結婚に引きずり込む策略を立てているのを知ったからだった。マーカスはその策略が暴かれた瞬間をけっして忘れないだろう。「なんということを。あなたには節度というものがないのか？　これだけはすまい、ということが？」とマーカスはリリアンに言った。すると彼女はあつかましくもこう答えたのだ。「あるとしても、まだ見つけてはおりませんわ」

彼女の並外れた傲慢さは、マーカスが知っているどの女性にも見られないものだった。その出来事と、下着姿でラウンダーズをやっていた件で、マーカスの意見は固まった。リリアン・ボウマンはじゃじゃ馬だ、と。そして彼はいったんだれかに対する評価を決めてしまうと、めったに意見を変えることはなかった。

不機嫌な面持ちで、マーカスはリリアンとどう接するのが最善だろうかと考えた。彼女がどのように挑発してきても、冷静に超然と構えていればいい。彼にとって彼女など取るに足らない存在だと知れば、彼女は間違いなくかんかんになるだろう。無視されていらつく彼女の姿を思い浮かべると、胸がすっとする。そうだ……できるだけ彼女を避けよう。そしてどうしても同席しなければならない事態が生じたら、冷たく慇懃な態度で接するのだ。不快な気分は消え、マーカスは馬を軽くジャンプさせた。馬と乗り手は完璧な調和を保ちながら、垣根、柵、細い石壁など、容易な障害を次々に飛び越えていった。

「さあ、あなたたち」ミセス・マーセデス・ボウマンは、娘たちの部屋の戸口に立って、ふたりをいかめしい顔でにらみつけながら言った。「少なくとも二時間は昼寝をしなくてはいけません。そうすれば、今夜、眠くならずにすっきりと過ごせるわ。ウェストクリフ伯爵の晩餐はたいてい始まりが遅いので、終わるのは真夜中を過ぎます。テーブルであくびをするような不作法は許しませんよ」

「はい、お母様」とふたりは従順に返事をし、無邪気な顔で母親を見たが、ミセス・ボウマンはそんなことではだまされない。

ミセス・ボウマンはたいへんな野心家で、活力に満ち溢れていた。彼女の小枝のように細い体を見れば、レース用のホイペット犬ですらぽっちゃりして見えるほどだ。彼女のせっつくような猛烈なおしゃべりは、たいていの場合、ふたりの娘の輝かしき結婚を見届けるという人生の目的に向けられていた。「どのようなことがあっても、この部屋から出てはなりません」と彼女は厳しく命じた。「ウェストクリフ伯爵のお屋敷の中をこそこそ歩き回ることは許しません。冒険も喧嘩も、とにかくそういったたぐいの厄介ごとはいっさい禁止です。この部屋には鍵をかけることにします。あなたたちがこの部屋から抜け出さず、ゆっくり休めるようにね」

「お母様」とリリアンは抗議の声をあげた。「文明社会でストーニー・クロスよりも退屈でない場所があるなら、わたし、靴を食べてもいいわ。いったいどんなトラブルに巻き込まれるっていうの？」

「あなたたちは空気からでもトラブルをつくりだすじゃないの」マーセデスは目を細めた。「だからわたしは、あなたたちをしっかり見張るつもりですよ。前回ここに滞在したときのあなたがたの行状を思うと、再び招かれたのが奇跡だわ」

「そうかしら」リリアンは冷淡な口調で言葉をはさんだ。「ウェストクリフがお父様の会社に目をつけているから招かれたんだってことはみんなが知っているわ」

「シーッ、ウェストクリフ伯爵とおっしゃい」マーセデスはたしなめた。「リリアン、尊敬をこめてあの方をお呼びしなければなりませんよ！　彼はイギリスでもっとも裕福な貴族で、その血筋は——」

「――女王様よりも古いのです」デイジーが節をつけてつづけた。何度となく聞かされてきた台詞だからだ。「そしてその伯爵領はイングランドでもっとも古く、だから彼は――」「――ヨーロッパでもっとも結婚相手にふさわしい独身男性である」リリアンは、あざけるように眉を上げて、あっさり結んだ。「たぶん、世界で一番。もし本気でウェストクリフがわたしたちのどちらかと結婚するとお考えなら、お母様は頭がいかれているわ」「いかれてなんかいないわよ」とデイジーは姉に言った。「お母様はニューヨーカーですもの」

ニューヨークにはボウマン家のような家族が増えつつあった。つまり、非常にファッショナブルな生粋の上流階級のニューヨーク市民になりきれない成り上がり者である。こうした成金たちは製造業や鉱業で巨額の富を蓄えてきたが、のどから手が出るほど欲しい社交界への切符が手に入れられないのだった。ニューヨーク社交界から完璧に締め出されている寂しさと恥ずかしさが、マーセデスの野心の炎にさらに油を注いでいた。

「ウェストクリフ伯爵にはなんとしてでも前回のあなたたちの失態を忘れていただかなければなりません」マーセデスはにこりともせずに言った。「どんなときも、慎み深く静かに、上品にふるまうこと。それから、壁の花ごっこはもうおしまいですよ。あの恥知らずのアナベル・ペイトンに近づいてはいけません。それからもうひとりの――」

「エヴィー・ジェナー。それからアナベルは、アナベル・ハントになったのよ、お母様」とデイジー。

「アナベルはウェストクリフの親友と結婚しているのよ」リリアンはのんびりと言った。

「だから彼女とはお付き合いをつづけるべきだと思うけど、お母様」

「考えておきます」マーセデスは疑惑の目をふたりに向けた。「とにかく、あなたたちにはゆっくり静かにお昼寝をしてもらいますよ。どちらの声も聞きたくありません。わかりましたね」

「はい、お母様」ふたりは声をそろえた。

ドアが閉められ、がちゃりと鍵が閉まる音が聞こえた。

姉妹はにんまりと見つめ合った。「ラウンダーズの件がばれてなくて本当によかったわ」とリリアンが言った。

「ばれていたら、いまごろ、わたしたちは屍《しかばね》よ」デイジーは神妙に同意した。

リリアンは化粧台の上にあったエナメル塗りの小さな箱からヘアピンを取り出し、ドアのところへ行った。「お母様ったら、ささいなことでカリカリするから、いやになっちゃうわね」

「たとえば、油を塗った子ブタをミセス・アスターの客間に忍び込ませたときのこととか?」

思い出し笑いをしながら、リリアンはドアの前にひざまずき、ピンを鍵穴に差し込んだ。

「わたしたちはお母様のためにしているのに、お母様はそれをわかってくれないのよ。ミセス・アスターがお母様をパーティーにどうしても招こうとしないから、何かしなきゃと思ったのよ」

「だれかの家に家畜を忍び込ませても、ゲストのリストに加えてはもらえないって、お母様は言いたかったのだと思うわ」

「でも、あれはニューヨーク五番街の店で筒型花火を打ち上げたときよりはましだったと思うわ」

「だって、店員があまりに失礼だったから、ああするしかなかったのよ」

リリアンはピンを引き抜くと、器用にピンの一端を指で曲げてから、もう一度差し込んだ。目を細めてピンを動かしていると、かちゃりと中のレバーが外れる音がした。リリアンは勝ち誇ったように笑いながらデイジーを振り返った。「最短記録よ」

けれども、妹は笑顔を返さない。「リリアン……あなたが今年、結婚相手を見つけてしまったら……すべてが変わってしまうわ。あなたは変わるでしょう。そしたらもう、冒険も、遊びもみーんななくなって、わたしはひとりぼっちになってしまうのよ」

「ばかなことを言わないで」リリアンは眉をひそめて言った。「わたしは変わらないし、あなたをひとりにしたりしない」

「でも、あなたはだんな様の相手をしなければならないわ。それに、あなたの夫は妻が妹といたずらするのを許さないでしょう」

「そんなことない、ない、ない……」リリアンは立ち上がって、手で何かを追い払うような仕草をした。「わたしはそういう人とは結婚しないわ。わたしがいっしょにいなくても気づかないような、あるいはそんなこと気にもしないような相手を選ぶわ。お父様みたいな」

「お父様のような夫を持って、お母様が幸せだとは思えないわ。あのふたり、一度でも愛し合ったことがあるのかしら」

ドアによりかかり、リリアンは妹が言ったことを、顔をしかめながら考えた。これまで、両親が愛し合って結ばれたと考えたことは一度もなかった。なぜか、そうは思わなかったのだ。彼らはまったく依存し合っていないように見えた。両親の結婚には、心のつながりなどほとんどないと言ってよかった。リリアンの知る限りでは、ふたりが言い争うことはめったになく、かといって抱擁しあうこともなく、しゃべることすらまれだった。互いに相手には無関心で、どちらも幸せになりたいという欲求も、幸せになる資質も持ち合わせていないようだった。

「愛なんて小説の中だけのものなのよ」リリアンはなるべく皮肉な調子に聞こえるように言った。ドアをそうっと開け、左右の廊下を確かめると、振り向いてデイジーを見た。「だれもいないわ。使用人の出入り口から抜け出す？」

「ええ、そして屋敷の西側へ行きましょう。森に向かうの」

「どうして森に？」

「アナベルに頼まれたことがあるの、覚えてる？」

リリアンはしばらく釈然としない顔で妹を見つめていたが、やがてあきれたという目つきをした。「まあ、デイジー。あんなばかげた頼まれごと以外に、もっといいことを思いつかないの？」

妹はずる賢い視線を姉に投げた。「あなたは、あれがウェストクリフ伯爵のためになるからいやなんでしょ？」

「だれのためにもなりゃしないわ」リリアンはむきになった。「無駄骨よ！」

デイジーは決意に満ちた目で、「わたしはストーニー・クロスの願いの泉を探し出すつもりよ」と威厳たっぷりに宣言した。「そしてアナベルに頼まれたとおりにするわ。ついてきたいなら来てもかまわないし、ひとりで別のことをしてもいいのよ。でも」――デイジーのアーモンド形の目が脅すように細められる――「これまでずっと、ほこりっぽい香水店やら薬種屋やらにさんざんつきあわされて、長い時間待たされてきたんだから、たまにはそっちが辛抱してもいいんじゃないかしら――」

「わかったわ」リリアンはしかたなく同意した。「いっしょに行くわよ。でないとあなたには見つけられっこないから。あなたひとりじゃ、森のどこかで迷うのが関の山よ」廊下をもう一度偵察し、だれもいないのを確かめてから、リリアンが先に立ち、廊下のつきあたりにある使用人の出入り口まで、抜き足差し足で進んでいった。姉妹にとって、こうした芸当は慣れたものだ。床は厚い絨毯に覆われているので、まったく音がしない。

リリアンはストーニー・クロス・パークの当主を心底嫌っていたが、この領地の素晴らしさは認めざるをえなかった。屋敷はヨーロッパ風のデザインだった。蜂蜜色の石造りの要塞さながらで、四隅には空高くそびえる美しい塔が立っていた。険しい断崖にはさまれたイッチェン川を見下ろす屋敷はテラスつきの庭園や果樹園に囲まれ、さらにその外側には二〇〇エーカーの草地と手つかずの森林が広がっている。一五代続いたウェストクリフ伯爵家――マースデン家――がこの領地を占有しつづけてきたことは、使用人たちの自慢の種だ。さらに、ウェストクリフ伯爵が所有しているのはこの領地だけではない。イングランドとスコットランドで二〇万エーカー近い土地を直接管理しており、城をふたつ、田舎の邸宅を三カ所、テラスハウスを一軒、屋敷を五軒、そしてテームズ川べりの別荘を一軒所有していると言われていた。しかし、ストーニー・クロス・パークがマースデン家にとって宝物のような存在であることは間違いなかった。

屋敷の周囲をぐるりとまわって、姉妹は母屋から姿を見られないように、注意深くセイヨウイチイの生垣沿いを歩いていった。古いシーダーやオークの森に入ると、頭上の木々の枝のあいだからキラキラと太陽の光が差し込んでくる。

デイジーは元気一杯に両手を広げて叫んだ。「ああ、わたし、ここが大好き!」

「まあね」とリリアンはしぶしぶという感じで返事をしたが、心の中では、花の咲き乱れる九月初旬のストーニー・クロスほど美しい場所はイングランド中探してもどこにもないだろうと認めざるをえなかった。

小道の横にどけられていた倒木の幹にひょいと飛びのると、デイジーは慎重にその上を伝い歩いた。「ストーニー・クロス・パークの女主人になれるなら、ウェストクリフ伯爵と結婚する価値は十分あると思わないこと?」

リリアンは両眉をつり上げた。「その代償として、彼のもったいぶった意見を拝聴し、彼の命令にいちいち従わなければならないとしても?」彼女は顔をしかめて、いかにも不愉快そうに鼻にしわを寄せた。

「アナベルが言っていたけど、ウェストクリフ伯爵は最初彼女が思っていたよりもずっといい方らしいわよ」

「数週間前のあの事件のあとでは、彼女はそう言わざるをえないでしょうよ」

姉妹は黙り込んだ。どちらも最近起こったドラマチックな出来事の数々を思い出している。アナベルと夫のサイモン・ハントは、ウェストクリフ伯爵と共同所有している機関車工場を視察していた際に、恐るべき爆発事故に遭い、危うく死にかけた。そのとき、同じく工場に来ていたウェストクリフ伯爵が自らの危険も顧みず、ふたりの命を救うために工場に駆け込んで、彼らを無事救出したのだった。アナベルがいまではウェストクリフを英雄視するのもあたりまえだ。さらに最近になって、彼の傲慢さもかわいく思えてきたなどと言い出す始末だ。リリアンはそれに対して意地悪く、アナベルは煙を吸い込んだ後遺症にまだ悩まされているのよと言っていた。

「ウェストクリフ伯爵には感謝の気持ちを示したほうがいいと思うわ」倒木からぴょんと飛び降りながら、デイジーは言った。「だって、結局のところ彼はアナベルの命を助けてくれたわけでしょう。それにわたしたち、最初からすごくたくさん友人がいたというわけでもないんだし」

「アナベルを救ったのは偶然よ」リリアンは不機嫌に言った。「ウェストクリフが自分の命を危険にさらしたのは、ただお金儲けにとって大切な共同経営者を失いたくなかったからなのよ」

「リリアン！」数歩前を歩いていたリリアンは、びっくりして姉を振り返った。「そんなひどいことを言うなんて、あなたらしくないわ。伯爵は燃え上がっている工場に入って、私たちの友人と彼女の夫を助けてくれたのよ……」

「ウェストクリフはわたしにどう思われようと、まったく気になんかしないわよ」リリアンは自分のあまりにもすねたものの言い方にたじろぎながらも、先をつづけた。「デイジー、わたしが彼のことをこれほど嫌う理由は、彼が明らかにわたしのことを嫌っているからなのよ。あの人、あらゆる点でわたしより勝っていると思っているの。道徳的にも、社会的にも、頭脳の面でも……ああ、なんとか彼をやりこめてやりたいわ！」

ふたりは一分ほど黙って歩いていったが、デイジーはふと立ち止まり道の脇にかたまって咲いていたスミレの花を摘んだ。「ウェストクリフ伯爵の前で感じよくふるまおうと思ったことはないの？」と彼女はささやくように言いながら、スミレを髪に挿した。「もしかすると伯爵も親切な対応をしてくださるかもよ」

リリアンはむっつりと首を振った。「いいえ、おそらく彼は何か皮肉なことを言って、自己満足して悦に入るに決まっているわ」

「ちょっと手厳しすぎるんじゃ……」とデイジーは言いかけたが、はっと何かに気づいて言葉を切った。「水の音がする。願いの泉はこの近くだわ！」

「まったく、もう」リリアンはそうつぶやいて微笑むと、湿った草地の横を走っているサンクン・レーンを元気に駈けていく妹のあとをのろのろついていった。ぬかるんだ草地にはブルーと白のアスターや、瓶洗いブラシのようなスゲの花、棘のように尖ったアキノキリンソウが一面に咲いていた。道の近くにはセント・ジョーンズ・ワートのこんもりした茂みがあり、黄色い花の群れが太陽の雫のように輝いていた。空気に満ちた花々の香りに、リリアンは歩を緩めて、深く息を吸い込んだ。地下からの湧水が渦を巻いている願いの泉の近くまでくると、空気はしっとりと柔らかさを増す。

夏の初めに願いの泉を訪れたとき、壁の花たちは地元の人々の習慣を真似て、泡立つ水底にピンを投げ入れた。そのときデイジーは、アナベルのために何か秘密の願い事をし、その願いはのちに叶えられた。

「はい、これ」とデイジーはポケットから針のように細い金属片を取り出した。それは爆発事故の際に、ぶどう弾のように空中に飛び散った鉄の破片のひとつで、アナベルがウェストクリフの肩から抜き取ったものだった。ウェストクリフにほとんど同情を示さないリリアンですら、その忌まわしい破片を見て眉をひそめた。「これを泉に投げ入れて、わたしがアナベルのためにした願いと同じ願いを彼のためにしてきてとアナベルに頼まれたの」

「どんな願い?」リリアンは問い詰めた。「あなた、教えてくれたことがなかったわね」

デイジーは冷かすように笑って姉を見つめた。「あら、言わなくたってわかるでしょう? わたしはアナベルが心から愛する人と結婚できますようにって願ったのよ」

「まあ」アナベルが結婚できたこと、そして彼女とサイモンが傍目にも明らかに愛し合っていることを考えると、その願いは本当に叶えられたのだとリリアンは思った。まったく、あなたったら、という目でデイジーをにらんでから、一歩下がって儀式をながめようとした。

「リリアン、だめよ。あなたもわたしの横に立たなくちゃ。ふたりで心をこめれば、泉の精のご利益はもっともっと上がるはずだわ」

リリアンののどから低い笑い声が漏れた。「あなた、本当に泉の精を信じているの？ いったい、いつからそんなに迷信深くなったのかしら」

「魔法の香水を最近買った人の口からそんな言葉が出るとは――」

「わたしはあれを魔法の香水だなんて思っちゃいないわ。ただ香りが好きなだけよ！」

「リリアン」デイジーはおどけて姉をたしなめた。「可能性を信じて何が悪いの。わたしはこれから魔法のような出来事がまるで起こらない人生なんてまっぴらよ。さあ、こっちへ来て、ウェストクリフ伯爵のために願いをかけましょう。アナベルを救ってもらったことに対して、彼に感謝の気持ちを示すために私たちができることはこれくらいしかないのよ」

「ええ、わかったわ。あなたの横に立つことにするわ。でもあなたが泉に落ちないようにするためだけよ」リリアンはデイジーと並んで立ち、妹の細い肩に腕をまわしてぶくぶく音を立てている濁った水をのぞき込んだ。

デイジーは目を固くつぶり、金属片をぎゅっと手で握りしめた。「わたしは心の底から強く願っているわ。リリアン、あなたは？」とささやく。

「願っているわ」とリリアンは小声で答えたが、正確には、ウェストクリフ伯爵が真実の愛と出会えますようにと願っていたわけではなかった。彼女はこう願っていたのだった。ウェストクリフ伯爵が、彼をひざまずかせるような女性とめぐり会いますように、と。彼女は満足そうににやりと笑い、デイジーが鋭利な金属片を泉に投げ込むのを微笑みながら見守った。金属片は泉の果てしない深みへと沈んでいった。

ぱっぱっと両手のほこりを払い、デイジーは満ち足りた気分で泉に背を向けた。「さあ、すべて済んだわ」とにっこり笑う。「ウェストクリフ伯爵がだれと結ばれるか、楽しみだわ」

「わたしはそのかわいそうなお嬢さんに同情するわ。どこのだれにしろ」とリリアンが答えた。

デイジーは屋敷の方向に頭を振って「戻る？」ときいた。

ふたりの会話はすぐに作戦会議に変わった。最後に会ったときにアナベルが言っていたことを話し合う。ボウマン姉妹には、イギリス社交界のさらに上流層に彼女たちを紹介してくれる身元引受人がどうしても必要だった。しかも、ふつうの引受人ではだめだ。権力と影響力を持ち、非常に顔の広い引受人でなければ。その人の推薦があればほかの貴族も彼女たちを受け入れてくれるような人でなければならない。アナベルによれば、ウェストクリフの母親、ウェストクリフ伯爵夫人をおいて適任者はいないということだった。

伯爵夫人はヨーロッパを旅するのが好きらしく、めったに姿を見ることはない。ストーニー・クロス・パークに滞在しているときでも、客と交わることはめったになく、息子が貴族でない事業家たちとつきあうのを快く思っていない。ボウマン姉妹はどちらも、伯爵夫人と直接会ったことはなかったが、話はたっぷり聞いていた。そうした噂が本当なら、彼女は外国人嫌いで気難し屋の恐るべき老女であるらしい。アメリカ人をとくに嫌っていると聞く。

「伯爵夫人が私たちの後ろ盾になってくれる可能性が少しでもあると思うなんて、わたしにはアナベルの心が理解できないわ」デイジーは道に転がっている小石を蹴りながら歩いている。「伯爵夫人が喜んで引受人になってくれることなど、ありえないわ」

「ウェストクリフに頼まれれば、承諾するんじゃないかしら」とリリアンは答えた。大きめの枝を拾い上げ、意味もなく振り回す。「ウェストクリフにどうしてもと言われれば、きっと伯爵夫人も折れるわよ。アナベルが言っていたのだけど、伯爵夫人はレディー・オリヴィアとミスター・ショーとの結婚を認めなかったんですって。それで結婚式にも出席するつもりがなかったらしいわ。でも、ウェストクリフは、それでは妹が非常に傷つくことを知っていたので、母親に式に出席して、しかも慇懃にふるまうようにさせたのよ」

「本当?」デイジーはかすかに笑って好奇心いっぱいの目で姉を見つめた。「いったいどうやったのかしら?」

「伯爵家の当主として命じたのでしょう。アメリカでは家の中のことを取り仕切っているのは女性だけど、イギリスではなにもかもが男性中心なのよ」

「ふーん、わたしはそういうのあんまり好きじゃないわ」

「ええ、わたしだって」リリアンは一呼吸おいてから、陰鬱な調子で付け加えた。「アナベルによれば、イギリスでは、食事のメニューから、家具の配置、カーテンの色にまで……とにかくなんにでも、夫の承諾が必要らしいわ」

デイジーはあきれた顔をした。「ミスター・ハントがそんなことを気にするとは思えないけど」

「そりゃそうよ。彼は貴族じゃないもの。彼は事業家よ。ビジネスで忙しい男性は、そんな細かいことを気にかけたりしないものよ。でも、一般的な貴族は暇をもてあましているから、家の中のささいなことにまで口を出すのよ」

石蹴りをやめたデイジーは、眉をひそめてリリアンを見つめた。「ねえ……わたしたちどうして絶対に貴族と結婚しようと決心したのかしら。巨大なくずれかけた古い屋敷に住み、ねっとりしたイギリスの料理を食べ、わたしたちに尊敬のかけらも抱いていないたくさんの使用人たちにあれこれ指図するなんて……」

「お母様がそれを望んでいるからよ」リリアンはあっさり言い放った。「それに、ニューヨークにはわたしたちと結婚したがる男がひとりもいないから」不運なことに、幾重にも階層ができあがっているニューヨーク社交界では、成金の男性は簡単に上流の娘と結婚できるが、庶民の出の跡継ぎ娘は、上流の生まれの男たちからも、社交界に溶け込みたいと考えている新興の富豪にも相手にされないのだった。となると、金持ちの妻を求めている没落貴族がうようよいるヨーロッパこそが、花婿探しにうってつけの場所となる。

デイジーのしかめっつらは、皮肉な笑顔に変わった。「ここでも花婿を見つけられなかったら?」

「そしたらわたしたち、意地悪オールドミスになって、ヨーロッパとアメリカを行ったり来たりすればいいのよ」

デイジーはそれを想像して笑い出し、長い三つ編みを後ろに振った。帽子をかぶらず若い女性が歩き回るのは不作法きわまりないふるまいだった。ましてや、髪を結い上げもせず、下ろしているのだからなおさらだった。しかし、姉妹の黒髪はたっぷりしていてとても重く、流行のヘアスタイルに結い上げてピンで留めるのは苦行に等しかった。ひとりあたり少なくとも三ケース分のピンが必要で、正式の晩餐に出席できるように髪を捻りあげて留めつけるとリリアンの敏感な頭皮はひりひり痛むのだった。アナベルの髪がうらやましかった。彼女の軽い絹のような髪はどんなときでも望みどおりになってくれるように思われた。いまリリアンは、髪を首筋のところでまとめて後ろに流していた。こんなヘアスタイルではけっして人前には出られない。

「伯爵夫人に私たちの身元引受人になってもらえるよう、ウェストクリフをどう説得したらいいのかしら?」デイジーがきいた。「彼が承諾してくれるとはとても思えないけど」

リリアンは腕を後ろに引いて、小枝を森の奥に投げ込んだ。それから手のひらに残った樹皮のかけらを払い落とした。「皆目見当がつかないわ」と彼女は認めた。「アナベルはミスター・ハントにウェストクリフを説得して欲しいと頼んでくれたのだけど、彼は友情を利用するような真似はしたくないと拒否しているそうよ」

「わたしたちでなんとかウェストクリフがそうせざるをえなくなるようにできないかしら。だますとか、脅迫するとかして」

「脅迫できるのは、恥ずべき行為を隠したがっている人間だけよ。あの格式ばって退屈な老いぼれウェストクリフが、これまで脅迫のネタになるような不始末をしたことがあるとは思えない」

デイジーはその形容にくすくす笑った。「彼は格式ばってもいないし、退屈でもない。まして や老いぼれでもないわ！」

「少なくとも三五歳にはなっているってお母様がおっしゃっていたわ。それなら十分に老いぼれと言えるんじゃない？」

「賭けてもいいけど、二〇代の男でも、ウェストクリフほど体が引き締まっている人はなかなかいないわよ」

いつものことながら、話題がウェストクリフのことにおよぶと、なぜかリリアンはかっかしてくるのだった。子どものころ、兄たちが大事にしていた人形を奪って、彼女の頭上で投げあっているときに、泣きながら必死に上に手を伸ばして人形を取り返そうとしたときの気持ちに似ていた。どうして伯爵の名前が出るだけでこんなに心が乱れるのか、彼女にはわからなかった。リリアンは妹の言葉に、いらだたしげに肩をすくめただけだった。

家に近づくと、遠くから楽しげな叫び声と若々しい歓声が聞こえてきた。子どもたちが遊んでいるような声だった。「何かしら？」リリアンは厩舎のほうに目をやりながら言った。

「わからないわ。でも、なんだかとっても楽しそう。見に行きましょうよ」

「あまり時間がないわ」とリリアンが注意した。「わたしたちが部屋にいないことがお母様に見つかったら――」

「ちょっとだけよ、ねえ、リリアンってば！」

ふたりがためらっていると、厩舎の庭からまた野次やら笑い声が聞こえてきた。その騒がしさはあたりの平和な景色にあまりに不釣合いで、ついにリリアンも好奇心に負けてしまった。彼女はデイジーにむかってにっと笑い、「競走よ」と言うなり、だっと駆け出した。

デイジーはスカートをたくしあげ、彼女のあとを猛烈な勢いで追いかけた。デイジーの脚はリリアンよりもずっと短かったが、小妖精のように身が軽く敏捷だったので、厩舎の庭につくころにはほとんどリリアンと並んでいた。長い坂を駆け上ってきたので軽くあえぎながら、リリアンはきちんと柵に囲われた小放牧地のまわりをぐるりと歩いていった。すると一二歳から一六歳くらいの五人の少年たちが、すぐ近くの小さな野原で遊んでいるのが見えた。服装から厩舎係であることがわかった。ブーツを小放牧地の脇に脱ぎ捨て、裸足で走り回っている。

「見える？」デイジーがせっついた。

少年たちのひとりが長いヤナギのバットを振り回している。リリアンはうれしそうに笑いながら言った。「ラウンダーズをやっているわ！」

ボールとバットを使い、ベースとなる四本の杭をダイヤモンド型に配置してプレイするこの球技はアメリカでもイギリスでも人気があったが、とくにニューヨークではものすごく流行っていた。学校ではどのクラスの男子も女子もラウンダーズで遊んだ。ピクニックに行けば、午後からはラウンダーズ。リリアンは、そうしたたくさんのピクニックのことを懐かしく思い出した。少年たちがベースを回るのをながめているうちに、温かなノスタルジックな思いで胸がいっぱいになった。この野原はしょっちゅうラウンダーズに使われているらしく、ベースの杭がしっかりと大地に打ち込まれて、ベース間の地面は踏みつけられて草がはげ、土が露出していた。リリアンは、壁の花たちが下着姿でラウンダーズをやっていて、ウェストクリフたちに見つかってしまったあの二カ月前の出来事の際、バットを貸してくれた少年を見つけた。

「わたしたちにもやらせてくれるかしら?」デイジーが期待をこめて言った。「ほんの数分だけ」

「やらせてくれるんじゃないかしら。あの赤毛の少年、ほら、彼はこの前バットを貸してくれた子よ。たしか名前はアーサー……」

そのとき、バッターに向かって投手が速い低めの球を投げた。するとバッターはコンパクトなスイングで巧みにバットを振った。バットの平らな面は革のボールをしっかりととらえ、ボールは勢い良くバウンドしながら——ニューヨークではこれを「ホッパー」という——彼女たちのほうに飛んできた。リリアンはボールをすくい取り、上手にさばいてファーストベースを守っている少年に向かって投げた。彼は反射的にボールをキャッチしたが、目を丸くして彼女を見つめている。ふたりの若い娘が小放牧場の横に立っているのに気づいたほかの少年たちも、どうしたらいいかわからず動きを止めた。

リリアンは前に進み出て、赤毛の少年のほうを見た。「アーサーだったわね？　わたしのこと、覚えている？　六月に会ったわよね。バットを貸してくれたじゃないの」

少年の怪しむような表情が消えた。「ああ、そうでした。ええと……ミス……」

「ボウマン」リリアンは身ぶりでデイジーを示して言った。「そして、こちらが妹。ねえ、もしよかったら……わたしたちにもやらせてくれない？　ほんの少しだけでいいから」

少年たちは啞然として黙り込んだ。バットを貸すのはかまわないとしても、いっしょにゲームをするというのはまったく別の話なんだわ、とリリアンは気づいた。「わたしたちそんなに下手じゃないのよ、本当のところ。ニューヨークでは昔よくプレイしたの。わたしたちがゲームの邪魔になると考えているなら――」

「いいえ、そういうことではないんです、ミス・ボウマン」アーサーは、髪の毛と同じくらい顔を真っ赤にして否定した。どうしたものかと仲間の少年たちを見回したあとで、ふたたびリリアンに視線を戻した。「つまり、その……あなたがたのようなレディーは……だめなんです……ぼくらは使用人ですから」

「だって、いまは休憩時間なんでしょ？」リリアンはひきさがらない。

少年は用心深くうなずいた。

「じゃあ、わたしたちもいま、休憩時間なの」とリリアン。「それに、たかがラウンダーズをやるだけよ。ねえ、やらせて——絶対に人には言わないから」

「自慢の変化球を見せてあげなさいよ」とデイジーは口の端からこそっとささやいた。

少年の反応の乏しい顔を見つめながら、リリアンはデイジーの助言にしたがった。「わたし、投げるのが得意なの」と眉をぐっと上げる。「速球も、変化球も投げられる……アメリカ人の投げ方を見てみたくない？」

彼らが心そそられているのを、リリアンは感じ取った。しかし、アーサーは遠慮がちに言った。「ミス・ボウマン、もしだれかにあなたたちがここでラウンダーズをしているのを見られたら、ぼくらがしかられます。そして——」

「いいえ、そんなことにはならないわ」とリリアンは言った。「もしだれかに見つかってもわたしたちが全部責任をとります。わたしたちが無理矢理あなたたちを従わせたと言うわ」

少年たちはあからさまに不審そうな顔をしていたが、リリアンとデイジーはしつこくせがんだり、頼み込んだりして、とうとう彼らにうんと言わせた。リリアンはすりきれた革のボールを受け取ると、腕を曲げて指をぽきぽきと鳴らし、キャッスルロックと呼ばれるホームベースのところに立っている打者に顔を向けて、ピッチングのポジションについた。左足に体重を移し一歩踏み出して、威力のある速球を投げた。打者は空振りし、ボールはぴしっという音を立ててキャッチャーの手に収まった。リリアンの好投を称える口笛があちこちから聞こえた。

「女にしてはなかなかやるな！」とアーサーが声をかけると、リリアンはにっと笑った。

「さあ、お嬢さん。もしよかったら、さっき言っていた変化球とやらを見せてくれませんか」

投げ返されたボールをキャッチして、リリアンは再びバッターと向き合った。今回はボールを親指と人差し指と中指の三本だけで握っている。彼女は腕を後ろに引き、手首のスナップをきかせてボールを投げた。ボールに回転がかかり、キャッスルロックに届くころにはぐっと内角に向かってカーブを描いた。バッターはまたもや空振りをしたが、その彼ですら彼女の変化球に賞賛の声をあげた。三球目に彼はようやくボールにバットを合わせることができ、打球は野原の西側に飛んでいったが、そこで嬉々として待ち構えていたデイジーが機敏にボールを追いかけた。彼女が三塁の杭を守るプレーヤーにボールを投げると、彼は飛び上がってボールを手でキャッチした。

数分もすると、ゲームのおもしろさにつられて少年たちから硬さがとれた。彼らはこだわりをすててボールを追いかけ、投げ、全速力で走った。少年たちと同じように大声で笑い、歓声をあげていると、くったくのない自由な子ども時代のことが思い出された。イギリスの地に足を下ろして以来、彼女たちの息を詰まらせてきた数え切れないほどの規則と窮屈な礼儀作法を、たとえ一時でも忘れられたことで信じられないくらい心が休まった。しかもこの素晴らしい天気。太陽は明るく輝いていたが、ニューヨークの日差しよりも優しく、快い新鮮な空気が彼女の胸を満たした。

「今度は打つ番ですよ、お嬢さん」アーサーはそういうと、彼女からボールを受け取ろうと高く手を挙げた。「投げるのと同じくらいうまく打てるか、お手並み拝見！」

「リリアンは打つほうは下手なのよ」デイジーが即座に口をはさみ、リリアンが手でだめという仕草をすると、少年たちからはやしたてる声があがった。

残念ながらそれは本当のことだった。あれほど正確なピッチングができるのに、バッティングはからきしなのだった。打つほうは姉よりもずっと上手いデイジーは、その事実を指摘するのがうれしくてしかたがない。リリアンはバットを手にすると、まるで金槌を握るかのように左手で持ち手を握り、右手の人差し指をかすかに開いて構えた。バットを肩の上に振り上げ、球を待つ。目を細めてタイミングをはかり、力いっぱいバットを振った。ボールはバットの上をかすってキャッチャーの頭上を越えて後ろに高く飛んでいったので、彼女はがっかりした。

キャッチャーの少年が追いかける前に、ボールはどこからともなくピッチャーに投げ返されてきた。アーサーの顔から突然血の気が引いたのでリリアンは不思議に思った。炎のような赤毛との対比でその顔はよけいに白く見える。彼をこんな顔にさせたのはいったいだれなんだろうとリリアンは後ろを振り返った。やはり振り返ってその人物の顔を見たキャッチャーの呼吸も止まってしまったかのようだった。

小放牧場の柵にくつろいだかっこうでよりかかっていたのは、ほかでもない、ウェストクリフ伯爵だった。

3

心の中で悪態をつきながら、リリアンはウェストクリフを憮然とした顔でにらみつけた。彼はそれに応えて、嘲るように片方の眉を上げた。ツイードの乗馬用上着は着ていたが、シャツは胸元まで開いており、力強い日焼けした首のラインが見えていた。これまでふたりが顔を合わせたときには、ウェストクリフの服装は常に完璧で、身だしなみには非の打ち所がなかった。だがいま、彼の豊かな黒髪は風で乱され、うっすらと髭も生えている。不思議なことに、このような姿の彼を見て、リリアンの体に心地よい震えが走った。ひざの力が抜けて、なぜかがくがくしだした。

彼のことは嫌いだったが、ウェストクリフがきわめて魅力的な男性であることをリリアンは認めざるをえなかった。彼の体型は、ある部分は幅が広すぎ、また別の部分は締まりすぎていたが、その顔立ちには粗削りな詩のような雰囲気があり、彼の前では典型的な美貌というのが意味をなさなくなる。彼ほどの根っからの男らしさを持ち合わせている男性は数少なく、その個性の強さに思わず引き寄せられてしまうのだ。彼は権力の座に慣れているだけでなく、生まれながらのリーダーであり、だれかに従うことなど絶対にできないように見えた。

偉ぶった人に出会うと、いつだってその顔に卵を投げつけたくなるリリアンにとって、ウェストクリフはつい困らせてやりたくなる相手だった。堪忍袋の緒が切れるほど彼をいらつかせることができたときほど、胸がすっとすることはない。

ウェストクリフは吟味するように、彼女の乱れた髪からコルセットをつけていない体の線へと視線を走らせた。もちろん、締めつけられていない胸のラインも見落としはしない。厩舎係の少年たちとラウンダーズをやっていたわたしを、みんなの前で非難するつもりかしらといぶかりながら、リリアンは値踏みするようにこちらをじっと見つめている彼をにらみ返した。彼女は軽蔑的な目つきでにらんでやろうとしたが、ウェストクリフの引き締まった運動選手のような体を見ていると、またまたみぞおちのあたりがうずいてきて、うまくいかないのだった。デイジーの言ったとおりだ。ウェストクリフの男らしい力強さに対抗できる若い男はそうめったにいないだろう。

リリアンに視線を固定したまま、ウェストクリフは小放牧場の柵からゆっくり身を起こして、こちらに近づいてきた。

緊張しつつも、リリアンは一歩も退かずに立っていた。リリアンは女性にしては長身だったので、ふたりの身長にそれほど大きな差はなかったが、それでもウェストクリフのほうが八センチくらいは高かったし、体重にいたっては三〇キロ以上の差があった。彼の瞳を見つめているとなんとなく意識してしまって神経がぴりぴりする。彼の瞳は黒と言ってもいいほど濃いこげ茶色だった。

彼の声は低く、ベルベットにくるんだ砂利のように響いた。「ひじを体につけるようにして構えなくては」

しかられるのを覚悟していたので、リリアンは拍子抜けしてしまった。「なんですって?」

伯爵は濃いまつげを軽く下げて、彼女の右手に握られているバットを見下ろした。「脇をしめるんだ。もう少し振りを小さくすればバットをもっと上手にコントロールできる」

リリアンはいやな顔をした。「あなたには得意でないものってないの?」

伯爵の黒い瞳がおもしろがるようにきらりと光った。彼はその質問をじっくり考えているようだった。しばらくしてから、彼は言った。「口笛が吹けない。それから投石機を扱うのも苦手だ。それ以外は……」彼はさも困ったように両手を挙げた。上手くできないことをほかには何ひとつ思いつかずお手上げだとでも言うように。

「投石機?」リリアンは聞き返した。「それから、口笛を吹けないってどういうこと? あんなもの、だれだって吹けるわ」

ウェストクリフは唇を丸くすぼめて息を吹き出したが音は出ない。ふたりは接近して立っていたので、リリアンは、彼の息が軽くおでこをくすぐり、汗で肌にはりついている絹のように柔らかい数筋の髪を揺らすのを感じた。彼女は驚いて目をぱちくりさせて、視線を彼の口元へ、それから開かれたシャツの胸元へと下ろした。彼のブロンズ色の肌は滑らかでとても温かそうに見えた。

「わかっただろう？……音が出ない。何年も練習しているんだが」

リリアンはぼんやりと音の出し方を教えてあげようかしらと考えた。もっと強く息を吹き出して、歯の付け根に舌の先をあてるといいのよ……しかし、なぜか、「舌」という単語が含まれる文をウェストクリフに言うことはできないように思われた。何も言わずに彼をぽかんと見つめていると、彼が背中に手を伸ばしてきてアーサーのほうに体を向けさせようとしたので、リリアンはびくっとした。アーサーは数メートル離れたところに、ラウンダーズのボールを手に握ったまま立っていて、伯爵を畏怖と不安のまざった表情で見つめている。

彼は、わたしとデイジーをゲームに入れたことで少年たちをしかるつもりかしら。リリアンは心配そうに言った。「アーサーたちは悪くないの――わたしたちがどうしてもって言い張ったから――」

「そうだろうね」と伯爵は彼女の肩越しに言った。「彼らに断わるチャンスをやらなかったのだろう」

「罰を与えたりしないわよね」

「休憩時間にラウンダーズをやったからと言って？　そんなことするはずないだろう」彼は上着を脱いで、地面に放り投げた。そばでうろうろしていたキャッチャーのほうを向き、「ジム、すまないが、転がっているボールをいくつか集めてくれ」

「はい、御前《ごぜん》」少年はすぐさま杭の西側の草地に走って行った。

「何をするつもり？」ウェストクリフが自分の背後に立ったので、リリアンは尋ねた。

「振りを直してあげよう」と冷静な答えが返ってきた。「バットを構えて、ミス・ボウマン」

振り向いて疑うような目で彼を見ると、彼は挑戦するように目を輝かせて微笑んだ。

「ただの遊びなのに」とリリアンはぶつぶつ文句を言った。打ちやすいように足を開いて立ち、フィールドの奥にいるデイジーをちらっと見ると、彼女は顔を真っ赤にし、目をきらきらさせながら笑いをこらえていた。「わたしの振りにはまったく問題はないわ」背中のすぐ近くにある伯爵の体を妙に意識しながら、リリアンは不満そうにつぶやく。彼が手を彼女の両ひじの外側に押し当てて、ひじを体にくっつけようとしたので、彼女はびっくりして目を見開いた。彼のハスキーなささやき声が彼女の耳をなでると、彼女の興奮した神経は火がついたように燃え上がり、顔や首が、そして全身がくまなく真っ赤になるのが自分でもわかった。

「足をもっと開いて」とウェストクリフは命じた。「そして両足に均等に体重をかけるんだ。よろしい。さあ、両手を体に近づけて。このバットはあなたには長すぎるから、もっと短く持たなければ――」

「わたしは付け根のところを握るのが好きなの」

「あなたには長すぎる」彼はゆずらない。「だからボールに当る前に、引っ張ってしまうんだ――」

「長いバットが好きなの」彼に持ち方を直されつつも、彼女は言い張った。「長ければ長いほどいいのよ」

遠くから、少年たちのひとりが忍び笑いをする声が聞こえてきた。彼女はいぶかるようにさっと少年を見てから、ウェストクリフに顔を向けた。彼は無表情だったが、目にはかすかに笑いが浮かんでいる。「何がおもしろいのかしら?」

「さあ、わたしにもわからない」ウェストクリフは穏やかに言うと、彼女の体を再びピッチャーのほうに向けた。「脇をしめるのを忘れないで。そうだ。手首を返してはだめだ。まっすぐにしたまま、水平に振る……違う、そうじゃない」彼が両側から腕をまわしてきて、彼女の手の上に直接手をあてて、ゆっくりとバットを振らせたので彼女は度肝を抜かれた。彼の口は彼女の耳のすぐ横にある。「違いがわかったかな? もう一回……ずっと自然だろう?」

リリアンの心臓は早鐘のように打ち、体中の血管にわっと血液を送り込んだ。こんなにぎこちない気分を味わったことはなかった。背中から男性のたくましい温かみに包まれ、彼の頑丈な脚が彼女の散歩用ドレスのスカートに食い込んでいる。彼の大きな手は彼女の手をすっぽりと包んでいた。彼の指にたこができているのを感じて彼女は驚く。

「さあ、もう一度」彼女の手を包んでいるウェストクリフの手の握りが強くなった。ふたりの腕が重なり、リリアンは彼の二頭筋の鋼のような硬さを感じた。突然、彼女は彼の存在に圧倒され、それは肉体的な影響よりもはるかに強く彼女を脅かした。肺の中に空気が充満し、胸が苦しくなるほどだった。短く浅く息を吐き出すと、さっと彼の体が離れた。

ウェストクリフは一歩下がって、眉間にしわを寄せて、彼女をしげしげと見つめた。彼の黒い虹彩と瞳孔を見分けることは難しかったが、リリアンは彼の瞳孔が強い薬の影響で開いているときのように拡大しているような印象を受けた。彼は彼女に何か問いかけたいように見えたが、ただそっけなくうなずくと、もういちどバッティングのスタンスをとるように身ぶりで示した。キャッチャーの位置についてしゃがみこみ、アーサーに手で合図した。

「まずは易しい球を何球か投げてみてくれ」と彼が叫ぶと、アーサーはうなずく。不安は消えたようだ。

「はい、御前！」

アーサーは振りかぶって、ゆるい真っ直ぐな球を投げた。打つ気まんまんで目を細め、リリアンはバットをぎゅっと握りしめ、一歩踏み出して振った。腰をぐっと回転させて勢いをつける。ところが完璧な空振りに終わり、リリアンはがっかりした。彼女は振り返ってウェストクリフを険のある目でにらみつけ、「あなたのアドバイスは本当に役に立つわ」と意地悪く言った。

「ひじだ」と彼はひとこと言って、ボールをアーサーに投げ返した。「もう一球」

ため息をひとつついて、リリアンはバットを構え、もう一度ピッチャーに顔を向けた。

アーサーは腕を後ろに振り上げ、速い球を投げてきた。

リリアンはえいっとばかりバットを振った。すると思いがけず容易に正しい角度でバットは振られ、バットがボールをしっかりと捕える快感が体の芯に伝わった。かーんといい音がして、ボールは高く飛んでいき、アーサーの頭を越し、さらにはフィールドを守っている少年たちの手さえも届かなかった。きゃーっと歓声をあげながらリリアンはバットを投げ捨て、一塁の杭を回って二塁に向かった。目の隅で、デイジーがボールを拾い上げ、すぐに近くの少年にボールを投げるのを見た。リリアンがスカートを翻して走る速度を上げ、三塁の杭を回るあいだに、ボールはアーサーに向かって投げられた。

自分の快挙に驚きながら本塁の杭、キャッスルロックを見ると、ウェストクリフが手を高く上げてボールをキャッチする構えをしているのが見えた。ひどいじゃないの。ボールの打ち方を教えてくれたくせに、今度はわたしをアウトにしようというの？

「どいて！」とリリアンは叫びながら、杭に突進した。絶対にボールより先に着いてやる。

「わたしを止めることはできないわよ！」

「ほう、そうかな」ウェストクリフは、にっと笑って杭の前に立ちふさがった。ピッチャーに「アーサー、こっちに投げろ！」と叫ぶ。

必要とあれば、彼を押しのけるつもりだった。雄叫びのような声をあげて、彼に突っ込んでいく。彼が後ろによろめいたのと、ボールをちょうどキャッチしたのは同時だった。倒れずにバランスを保つこともできたが、彼はそうはせず、柔らかい土の上に後ろ向きに倒れた。リリアンも勢い余って彼の上にどさりと倒れこみ、たっぷりしたスカートと体全体で彼に覆いかぶさった。土煙がもうもうとあがる。リリアンは彼の胸の上で体を起こし、彼を見下ろした。一瞬、彼の息が止まってしまったのかとリリアンは思ったが、すぐに彼が吹き出すのをこらえているのだとわかった。

「ずるいわよ!」と怒ると、彼の笑いはさらに激しくなるようだった。彼女は息苦しくなって、胸一杯に息を吸い込んだ。「杭の前に……立つなんて……この、卑怯者!」

ふふんと鼻でせせら笑いながら、ウェストクリフは博物館員に貴重な考古学的遺物をわたすようなときのわざとらしいうやうやしさでボールを彼女に差し出した。リリアンはボールを受け取り、力いっぱい横に投げつけた。「アウトじゃなかったわ」と指で彼の硬い胸を突いた。まるで灰受け石をつついているようだった。「セーフだったのよ……聞いているの?」

アーサーが近づいてきて、楽しげに言うのが聞こえた。「お嬢さん、本当に――」

「アーサー、レディーに口答えはいかんぞ」伯爵はなんとかしゃべれるようになるとそうさえぎった。少年は主人に向かってにっこり笑った。

「はい、御前」

「レディーなんかここにいたかしら?」デイジーがフィールドから元気に叫ぶ。「そんな人見かけないけど」

笑顔のまま、伯爵はリリアンを見上げた。彼の髪は乱れ、日に焼けた泥まみれの顔に白い歯がまぶしい。独裁者のような外面は引き剝がされ、目は楽しそうに輝き、その笑顔が意外にもとても魅力的で、リリアンは体の一部が溶けてしまうような奇妙な感覚を味わった。彼の上に覆いかぶさっている彼女の唇に、ゆっくりと笑いが広がっていく。結び目からもつれたまま下がっている絹のように艶やかな髪の束が、彼の顎をくすぐる。

「投石機って?」彼女は尋ねた。

「中世の武器だ。友人にそういうのを研究している男がいて……」彼女の下に横たわっているといままで経験したことのない緊張が引き締まった体に走るような気がして、彼は言いよどんだ。「その男が最近、昔の設計図を使って投石機をつくったのだ……そしてわたしは彼に発射の手伝いを頼まれ……」

ふだんは冷静なウェストクリフも、そのような子どもっぽいいたずらができるのだと思うとなんだかリリアンは嬉しくなった。彼にまたがっているのに気がつき、彼女は赤くなって、彼から体を離した。「的が外れたのね？」何気ないふうを装ってきく。

「われわれが破壊した石壁の所有者はそう思ったようだ」彼女の体が滑るように彼から離れると、伯爵はふうっと息をついた。そして、彼女が立ち上がったあともまだ、地面に座ったままだった。

なんでこの人はこんな妙な表情でわたしを見つめているのかしらと思いながら、リリアンは手でスカートをはたいて泥を落とそうとしたけれど、服はすでに泥だらけになっていた。「まあ、どうしましょう」彼女はデイジーに向かってつぶやいた。妹の服も汚れて乱れているとはいえ、リリアンほどはひどくなかった。「この散歩着の汚れ方をどう説明したらいいのかしら？」

「メイドのひとりに頼んで、お母様に見つかる前に洗濯場に持っていってもらうわ。それで思い出した――もうそろそろお昼寝が終わるはずの時間よ！」

「急がなくちゃ」とリリアンは言って、ウェストクリフをちらりと振り返った。彼は上着を着て彼女の後ろに立っていた。「伯爵様、だれかにわたしたちを見かけたかと尋ねられたら……見かけなかったと言っていただけます？」

「わたしはけっして嘘をつかない」と彼が言うと、彼女は絶望的な声を発した。

「では、せめて自分からわたしたちを見かけたと人に言うことだけはしないでいただけます？」

「それならできる」

「なんてご親切な」リリアンの言い方には少しも感謝の気持ちはこもっていなかった。「ありがとうございます、伯爵様。では失礼させていただきます。走って帰らないと。本当に走って」

「ついて来なさい。近道を教えよう。庭園を抜けて厨房の横の使用人用戸口から入る道を知っている」

姉妹は目と目で合図しあって、同時にうなずき、アーサーたちにおざなりに手を振ると、急いで彼のあとを追った。

マーカスに案内されて、ボウマン姉妹は夏の終りの庭園を抜けていったが、リリアンがいつも自分よりも前に出たがるのが彼には腹立たしかった。どうやら彼女は彼の後についていくということができないらしかった。マーカスはひそかに彼女をながめた。軽やかなモスリンの散歩着のスカートの下で彼女の脚が動くさまを。彼女は柔軟な脚で大またに歩いていく。

ほとんどの女性がしているような女らしいお行儀よい歩き方とはまったく違っていた。

マーカスは黙ったまま、ラウンダーズのゲームをしていたときの彼女に対する自分の不可解な反応について考えた。あの元気はつらつとした明るい表情はたまらないほど魅力的だった。彼女は小馬のようにエネルギッシュで、スポーツには目がなく、そこは彼自身によく似ている気がした。彼女のような立場の若い女性が、あのようにすこぶる健康的に元気いっぱいにふるまうのは、上流社会にはまったくそぐわない。レディーはそそとして慎ましやかに、控えめにしていなければならないのだ。しかし彼はそんなリリアンにとても惹きつけられてしまい、無視することができなかった。自分が何をしているのか気づかぬうちに、彼はゲームに混ざっていたのだった。

興奮して顔を火照らせている彼女の姿を見ているうちに、彼としてはあまり歓迎できない感覚が呼び覚まされた。彼女は記憶していたよりもずっと美しかった。そして、あの怒りっぽい強情な性格がまたかわいらしくて、彼女から挑まれると無視できず、ついかまいたくなってしまうのだ。そして、彼女の後ろに立って、体の正面を彼女の体にぴたりと合わせて、バットの振りを直してやろうとしたとき、原始的な欲求が沸き起こってくるのを彼は強く意識した。彼女を人気のない場所に連れ去って、スカートをめくり上げ、そして——。

静かに舌打ちして、その考えを押しやり、彼は再び前を行くリリアンを観察した。彼女のドレスは薄汚れて、髪はもつれていた……だが、なぜか、彼は地面に寝転んで彼女に馬乗りになられていたときどんなふうに感じたかを思い出さずにいられなかった。彼女はとても軽かった。彼女は背が高かったが、女性らしいふくらみはあまりなくてほっそり痩せていた。彼の好みとはかけ離れている。しかし、彼は彼女のウエストを手でつかみ、自分の腰に彼女の腰を押し当てたかった、そして――。

「こっちだ」彼はつっけんどんに言うと、リリアンの横をすり抜けて前に立ち、屋敷から見えないように生垣と壁伝いに進んだ。彼は姉妹を、青いサルビアの花に縁取られた小道や、赤いバラと明るいアジサイの毬のような花に覆われた古い壁に囲われ、白いヴィオラの花が溢れ出る大きな石の壺が置かれている道に導いた。

「これが本当に近道なの?」とリリアンが尋ねた。「別の道のほうがずっと早く着くような気がするけど」

自分の下した決定に疑問の声が出ることに慣れていないマーカスは、彼の横にやってきたリリアンに冷たい視線を投げた。「わたしは自分の屋敷の庭園を抜ける道をよく知っているのだよ、ミス・ボウマン」

「姉の言うことは気にしないでください、ウェストクリフ伯爵」デイジーが後ろから言った。「彼女、もし見つかったらどうなるだろうって、心配しているだけなんです。わたしたち昼寝をしていることになっているもので。お母様は部屋に鍵をかけたのですが、わたしたちは――」

「デイジー」リリアンは厳しく口をはさんだ。「伯爵様はそんな話、お聞きになりたくないわ」

「いや、大いに興味があるね」とマーカスが言った。「あなたたちはどうやって部屋を抜け出したのだろう。窓から？」

「いいえ、鍵をこじ開けたの」とリリアンが答えた。

その話を心の奥にしまいこみ、マーカスはからかうように尋ねた。「礼儀作法を身につける女学校《スクール》では、そういうことも教えるのかな」

「わたしたちはフィニッシング・スクールには行っていないの」とリリアン。「鍵の破り方は自分で身につけたのよ。小さいころからよく鍵のかかった部屋に閉じ込められたから」

「驚きだね」

「あなたはお仕置きされるようなことはけっしてしなかったんでしょうね」とリリアンは言った。

「いや、実はわたしもしばしば罰をくらった。だが鍵のかかった部屋に閉じ込められることはなかったな。父は、わたしが罪を犯したときには鞭で打つほうがずっと効果があるし、しかも叩く側も楽しめると考えていた」

「なんだか、人非人だったようね」とリリアンが言うと、デイジーはびっくりして息を詰まらせた。

「リリアン、亡くなった方の悪口を言うものではないわ。伯爵様だってそんなことを言われていい気持ちはなさらないでしょう」

「かまわないよ。彼は人非人だったのだ」マーカスはリリアンと同じように遠慮なく言った。

彼らは生垣に囲まれた広場に出た。屋敷の横に沿って敷石が敷かれた散歩道がついている。身ぶりで姉妹に声を立てないように合図して、マーカスはだれも通っていない道を一瞥し、背の高い狭いビャクシンの生垣に半分隠されている場所に彼女たちを導き、道の左側に寄るように仕草で示した。「厨房の入口はあそこだ」と彼はささやいた。「そこを通って、右手の階段を昇って二階に行く。そうしたらわたしがあなたたちの部屋に通じる廊下への行き方を教えよう」

娘たちは明るい笑顔で彼を見つめた。彼女たちの顔はとてもよく似ていたが、また違ってもいた。デイジーは頰が丸く、瀬戸物の人形のような古風な顔立ちだったが、エキゾチックな茶色の目がその顔に異質な魅力を加えていた。リリアンのほうは面長で、猫を思わせた。目はやや吊り上がり、ふっくらした甘く肉感的な唇は彼の心臓をどきんとさせる。マーカスは彼女がしゃべっているときも彼女の唇を見つめていた。「ありがとうございました、伯爵様。ラウンダーズのことは黙っていてくださいますね」

彼が別の種類の男だったら、あるいはどちらかの娘に多少なりとも恋心を抱いていたなら、この機会をロマンスの駆け引きに利用したかもしれない。しかし彼はうなずくと、はっきりと答えた。「心配は無用だ」

もう一度敷石の小道に人がいないことを確かめてから、三人はビャクシンの陰から踏み出した。ところが困ったことに、広場と厨房のちょうど真ん中くらいにさしかかったところで、突然、滑らかな粘板岩敷の小道の向こうから人の声が聞こえてきて、かすかに屋敷の壁にこだました。だれかが近づいてくる。

デイジーは驚いたシカのようにだっと走り出し、一瞬のうちに厨房の入口に消えた。しかしリリアンは逆方向に走ってビャクシンの陰に再び隠れた。どうするか考える間もなく、マーカスは三、四人のグループが道に姿をあらわすと同時に彼女のあとを追った。彼女とともに生垣とビャクシンの狭い隙間に身を潜めるのは、ちょっとばからしい気がした。自分の屋敷で、客に見つからないように隠れなければならないとは！　とはいえ、自分のほこりまみれの薄汚れた姿は人に自慢できるものでもない……と、いきなり彼の思考はかき乱された。リリアンが彼の上着の肩に腕をかけて、彼を生垣の陰に引き込もうとしたからだ。彼女は自分のほうに彼を引っ張る。彼女は震えている……こわがっているのだ、と最初彼は思った。守ってやりたいという自分の反応にあわてながら、彼は彼女に腕をまわした。しかし、彼女が声を殺して笑っているのだとすぐに気づいた。この奇妙な状況に吹き出さずにはいられないらしく、彼女は何度も彼の肩に笑いの息を吹きかけた。

マーカスは困ったように笑って彼女を見下ろし、彼女の右目にかかっていたチョコレート色のほつれ髪をうしろに払った。彼は密に絡み合うかぐわしいビャクシンの枝の隙間から道のほうをのぞいた。事業の話をしながらこちらにゆっくり歩いてくる男たちがだれかを確認すると、頭を低くしてリリアンの耳元でささやいた。「静かに。あなたのお父上だ」

彼女は目を見開いた。笑いは消え、彼女の指が反射的に彼の上着に食い込む。「まあ、たいへん。お父様に見つかったらどうしましょう！　お母様にばれてしまうわ」

マーカスは彼女に腕をまわしたまま、顎をぐっと引いて安心させるようにうなずいた。彼の口と鼻は、彼女のこめかみのあたりにあった。「彼らからは見えない。彼らが行ってしまったらすぐに、道を横切って行こう」

彼女はビャクシンの葉の小さな隙間から道をのぞきながら、じっとしていた。ウェストクリフ伯爵の胸の中にいることには気づいていないようだった。だれが見ても抱きしめられているようにしか見えない状況だったのだが。彼女を抱えて、こめかみの近くで呼吸していると、かすかな花のような香りがただよっていることに気づいた。ラウンダーズをやっていた野原でもおぼろげに感じた香りだった。源をさぐると、彼女の首筋から濃い香りが発せられていることがわかった。血液で温められたそのにおいは、うっとりと人を酔わせる。口の中に唾液がたまってくる。急に舌で彼女の柔らかな白い肌に触れてみたくなった。彼女のドレスの前を引き裂き、自分の唇を彼女ののどからつま先まで這わせてみたくなった。

ぎゅっと腕に力をこめて彼女の細い体を抱きしめ、手で彼女の腰をさぐって、優しく、しかししっかりと自分に引き寄せた。そうだ、彼女の背の高さは完璧だ。ひざをまげて高さを調節したりしなくても、ふたりの体はぴたりと上手い具合に合わさる。彼の体は興奮に満たされた。官能の炎が燃え上がり、どくどくと血管をつたって全身に広がっていく。彼女を自分のものにするのは簡単だ。ドレスをたくしあげて、脚でひざを割らせればいい。彼女を幾通りものやり方で抱きたかった。上になり、下になり、彼の体のあらゆる部分を彼女の中に入れる。薄手のドレスの下に彼女の自然な体のラインを感じることができた。コルセットをつけていない彼女の背中のラインは滑らかだった。彼の唇がのどに触れると、彼女ははっと身を硬くし、驚いて息を止めた。

「何を……何をしているの？」彼女はささやいた。

生垣の向こう側では、四人の男性が足を止めて株式を巧みに操る方法について夢中で話し合っている。一方マーカスはまったく別のことを巧みに操る方法に心を奪われていた。自分の乾いた唇を舌でなめ、マーカスは頭を引いてリリアンの困惑した表情を見つめた。「すまない」彼は息を吸い込み、正気を取り戻そうと必死になる。「そのにおいのせいだ……それは何？」

「におい？」彼女はひどく混乱しているように見えた。「わたしの香水のこと？」

マーカスは彼女の口元に気をとられてしまった……ビロードのように滑らかでバラ色の唇は、言葉に表せないほど魅惑的だった。彼女の香りが彼の鼻を何度も何度も刺激する。その贅沢な香りは、彼の体の内部に再び非現実的なほどギラギラとした新たな欲望の波を引き起こした。体が強ばり、股間がかっと熱くなる。心臓は破裂しそうなほど激しくどきんどきんと打ち始めた。もうはっきりと物が考えられなくなっていた。彼女を愛撫する欲望を抑えようとすると、手がぶるぶる震え始めた。目を閉じ、彼女から顔をそらす。しかし、次の瞬間にはもう、彼はむさぼるように彼女ののどに鼻をこすりつけていた。彼女は軽く彼を押しのけようとし、耳元で鋭くささやいた。「いったいどうしたの？」

マーカスはただ首を振るだけだった。「許してくれ」自分が何をしようとしているかを意識しながら、彼はしわがれた声でつぶやいた。「ああ、許してくれ――」彼は唇を彼女の唇に重ね、命がかかっているとでもいうように激しくキスし始めた。

4

許可を求められることなく男性にキスされたのは初めてだった。リリアンは懸命にもがいて逃れようとしたが、さらに強く抱きすくめられてしまった。ウェストクリフはほこりと馬と日光のにおいがした……それに、なにか別のにおいも……刈りたての牧草を思わせる甘く乾いた香りだ。彼は唇をさらに強く押しつけてきて、情熱的に彼女の唇を開かせた。このように濃厚で、甘く性急なキスを思い描いたことはなかった。力が吸い取られていくような気がした。彼女は目を閉じ、たくましい彼の胸に身をあずけた。ウェストクリフはすぐにその変化を感じ取り、体と体のあいだの隙間がなくなるほど強く彼女を引き寄せ、屈強な腿を彼女の脚のあいだに滑り込ませた。

温かな舌の先が彼女の口の中をさぐる。舌は歯の先端に触れてから、その奥のしっとりと濡れた滑らかな深みへと進んでいく。リリアンはびっくりして体を退いたが、彼は彼女を離すまいと体を前に倒し、両手で彼女の頭を抱えた。彼女は自分の舌をどうしたらいいのかわからず、ぎこちなく舌をひっこめたが、彼の舌は彼女の舌をもてあそび、突いたりからかったりして、彼女を快感へと導いた。ついに彼女ののどからかすれたうめきが漏れ、彼女はしやにむに彼を押しのけた。

彼の唇が彼女の唇から離れた。ビャクシンの茂みの反対側に父たちがいるのを意識して、リリアンは呼吸を整えようと努めながら、緑の葉に覆われた枝の隙間から男たちの黒い影をうかがった。歩み去っていく彼らは、隠れているふたりには気づいていないようだった。彼らが行ってしまったのでほっとして、リリアンはふうっと震える息を吐いた。ウェストクリフの口が彼女の繊細な首の曲線をたどっていくのを感じて、リリアンはどきんとした。唇の軌跡がびりびりと燃えあがる。彼女は身悶えて彼に体をすり寄せた。彼のひざにまだしなだれかかったままだ。彼女の内部で熱い情熱の花が開き始める。

「伯爵様」彼女はささやいた。「頭がおかしくなってしまわれたの?」

「ああ、そうだ」彼の唇は滑らかに肌を伝って彼女の唇にまた戻ってきた。「きみの唇が欲しい……きみの舌が……ああ、そうだ。なんて甘い……甘いのだろう……」彼の熱い唇はまだまだ満足できないとでもいうように彼女の唇をむさぼる。彼の息が彼女の頬にかかり、髭の伸び始めた肌のざらつきが感じられる。

「伯爵様」彼女は口を彼の口から引き剥がし、再びささやいた。「お願いですから、放して!」

「ああ……すまない……だが、もう一度だけ……」彼は再び彼女の唇を求めたが、彼女は力いっぱい彼を押しのけた。彼の胸は御影石のように硬い。

「やめてったら、このとんま!」死に物狂いで身をよじらせ、リリアンは彼から自由になった。彼の体と激しくこすれあったせいで、離れたあとも体中がひりひりした。

見つめ合っているうちに、彼の表情から激しい欲望がすうっとひいていくのがリリアンにはわかった。自分が何をしでかしたかを徐々に認識し始めるにつれ、彼の目は大きく見開かれていった。「なんてことを」彼は小声でつぶやいた。

彼は、見た者を石に変えてしまう怪物メドゥサを見るかのようにリリアンを見つめている。彼女はその目つきが気に入らなかった。彼をにらみつけると、「部屋へはひとりで帰れます」と冷たく言った。「絶対にわたしのあとを追ってこないで——今日はもう十分に助けていただきましたから」くるりと体を返し、彼女は小道をさっと横切っていく。彼はその姿をぽかんと口を開けて見つめていた。


奇跡的に、リリアンは母親が起こしに来る前に部屋に戻ることができた。少し開いていたドアから体を滑り込ませるとドアを閉め、急いでドレスの前ボタンを外した。すでに下着姿になっていたデイジーは、ドアのところへ行って曲げたヘアピンを鍵穴に差し込み、かちゃかちゃと動かし始めた。

「どうしてこんなに遅かったの?」鍵と格闘しながら、デイジーは尋ねた。「待たずに先に戻ってしまって、怒っていない? 早く戻って、すぐに着替えたほうがいいと思ったの」

「怒ってないわよ」リリアンは、汚れたドレスを脱ぎながら放心したように答えた。衣装箪笥にそれを放り込むと、見えないように扉を閉めた。かちっと音がした。デイジーは鍵をかけ直すのに成功したのだ。急いでリリアンは洗面台へ行き、汚い水を下の壺に捨てて、新しい水を洗面器に注いだ。顔と腕をさっと洗って、清潔なタオルで水気を拭き取った。

突然、鍵を回す音がした。ふたりはびくっとして、見つめ合った。それぞれのベッドに走って滑りこんだ瞬間に、母親が部屋に入って来た。幸いカーテンが閉まっていて薄暗かったので、マーセデスに午後の行動を感づかれることはまずないだろう。「あなたたち？」マーセデスが声をかけた。「もう起きる時間ですよ」

デイジーは伸びをして、声を出してあくびをした。「うーん……よく寝たわ。とてもすっきりした」

「わたしもよ」とリリアンは枕に顔を埋めたままくぐもった声で言った。マットレスに押しつけられている彼女の胸はどきんどきんと鳴っている。

「さあお風呂に入って夜のドレスに着替えなくてはなりませんよ。メイドを呼んで風呂の準備をさせるわ。デイジーは黄色のシルクのドレスになさい。リリアン、肩に金の留め金がついたグリーンのドレスを着るのですよ」

「はい、お母様」ふたりは声をそろえて返事をした。

マーセデスが隣の部屋に行ってしまうと、デイジーは上半身を起こして詮索するようにリリアンを見つめた。「どうしてこんなに遅くなったの？」

リリアンはごろりと体を回転させて仰向けになり、庭園で起こったことを考えた。いつも、彼女のやることなすことすべてが気に入らないという態度を示していたウェストクリフが、あんなふるまいをしたことが彼女にはどうしても信じられなかった。どう考えてもおかしい。伯爵が彼女に興味を持っているそぶりを見せたことはなかった。実際、角をつきあわせることなく過ごしたのは、今日が初めてだった。「わたしとウェストクリフは数分ほど隠れていなければならなかったの」リリアンは自分の声を聞きながら、いったいどうしてなんだろうと心の中で考えつづけていた。「男の人たちが何人か小道を歩いてきたの。その中にはお父様も混ざっていたのよ」

「まあ、なんてこと！」デイジーは脚をベッドの横に投げ出し、びっくりして顔をしかめながらリリアンを見つめた。「でもお父様には見つからなかったのでしょう？」

「ええ」

「ああ、よかった」デイジーは軽く眉をひそめる。まだなにか大事なことを隠しているでしょうと言いたげな目つきだ。「わたしたちをかくまってくれたなんて、ウェストクリフ伯爵には、スポーツマンらしい、さっぱりしたところがあるわね」

「たしかに、スポーツマンらしいわ」

突然デイジーはにやりと笑った。「彼があなたにバットの振り方を伝授している姿ったら。あんなにおもしろい見世物は見たことがなかったわ――あなたがバットで彼をひっぱたくんじゃないかしらと思ったわ」

「そうしたいのは山々だった」リリアンは不機嫌に答え、ベッドから立ち上がってカーテンを開けに行った。幾重にもひだが寄った裏付きのダマスク織りのカーテンを開くと、午後の光が室内に差し込み、空中に舞っているほこりをきらきらと輝かせた。「ウェストクリフは自分の優位を示せるチャンスを逃さないのよね」

「そうなのかしら。わたしにはどちらかというと、あなたの体に腕をまわすチャンスをうかがっていたように見えたけど」

妹の言葉に驚いて、リリアンは目を細めた。「なんでそんなことを言うの?」

デイジーは肩をすくめた。「彼のあなたを見る目つきから……」

「どんな目つき?」リリアンは問いただした。千もの小さな羽がいっせいに体内で羽ばたき始めたようにそわそわと落ち着かなくなる。

「なんていうか、そうね……興味がある目つきっていうか」

リリアンは怖い顔をすることで動揺を隠そうとした。「伯爵とわたしは嫌いあっているのよ」ととげとげしく言う。「彼にとって興味があるのは、お父様との事業がうまくいくかどうかだけよ」彼女は言葉を切って化粧台に近づいた。台の上に置かれていた香水瓶が秋の日光をたっぷり受けてきらめいている。洋梨形のクリスタルの瓶を指でつかみ、それを持ち上げると親指で蓋を何度もこすった。「でも」彼女はためらいがちに言った。「あなたに話さなければならないことがあるの、デイジー。生垣の後ろにウェストクリフと隠れていたとき、ちょっとした出来事があったの……」

「どんな?」デイジーは好奇心いっぱいの表情を輝かせた。

間の悪いことに、ちょうどそのときを選んで母親がふたりのメイドを従えて部屋に戻ってきた。メイドたちは折りたたみ式のスリッパ型バスタブを重そうにひきずっている。風呂の準備をするためだ。母親が近くを歩き回っているので、リリアンはデイジーだけに話をするチャンスがなかった。でも、それがかえってよかったのかもしれない。おかげであの出来事をもう少しじっくり考えることができた。今夜食事に持っていくつもりの手提げ袋の中に香水瓶を滑り込ませながら、リリアンは、ウェストクリフは本当にこの香水の魔力にやられてしまったのかしらと考えた。あんな奇妙な行動を彼がとったのは何かが起こったからに違いない。自分のしたことに気づいたときの彼の顔から判断すると、ウェストクリフは自分の行動にショックを受けていたようだった。

この香水を試してみればいいんだわ。本当に効力があるかどうかを。友人たちのことを思い出し、思わずにんまりする。彼女たちならきっとこの実験に喜んでつきあってくれる。

壁の花たちが知り合ってからそろそろ一年になる。彼女たちはどの舞踏会でも、ダンスに加わらずに壁際に座っていた。思い起こせば、なぜ友情を結ぶまでにあんなに時間がかかったのか不思議なくらいだった。たぶん理由のひとつは、アナベルがあまりにも美しかったからだろう。濃い蜂蜜色の髪に、輝く青い瞳、そして豊満でセクシーな体の曲線。美の女神のような彼女が、平凡な自分たちと友だちになりたがるとはとても思えなかった。一方、エヴアンジェリン・ジェナーのほうはというと、あきれるほど内気で、言葉がつかえる癖があるのでうまく会話することができなかった。

しかし、ついに自分たちの力だけでは壁の花から抜け出せないことを悟った彼女たちは、協定を結んで互いの花婿を見つける約束をした。一番手はアナベルだった。壁の花たちの協力のおかげでアナベルはサイモン・ハントという夫を勝ち取った。彼はアナベルがもともとねらっていたような貴族の出身ではなかったし、リリアンは当初この結婚を疑問視していたけれど、最終的にはふたりが結婚したことは正しい選択だったとは認めざるをえなかった。いま、壁の花グループの中で未婚の最年長はリリアンだった。今度は彼女の番だ。

姉妹は風呂につかって髪を洗った。それから、それぞれ部屋の別の隅でメイドに手伝ってもらってドレスを着た。母親の言いつけどおり、リリアンは薄い青緑のシルクのドレスを着た。膨らんだ短い袖がついており、前後の身ごろは肩のところで金の留め金で合わせるようになっている。大嫌いなコルセットで締めつけられるとウエストは五センチ細くなり、胸元には薄いパッドが入っているので胸に浅い谷間ができる。それから化粧台の前に座らされ、すくみあがっているあいだに、メイドは髪にブラシをかけてもつれを解き、入念に結い上げてピンで留めていく。頭皮がひりひり痛む。そのころデイジーも同じような拷問に耐えていた。紐で締めつけられ、パッドを入れられ、ボタンを留められ、身ごろにフリルのついたバター色のドレスを着せられた。

母親は娘たちのまわりをうろうろ歩き、正しいふるまいについて絶え間なく指示を与えている。「……忘れてはなりませんよ。イギリスの紳士は若い女性がおしゃべりしすぎるのを嫌います。彼らはあなたたちの意見になど興味がないのです。したがって、ふたりともできるだけおとなしくしていなければなりませんよ。スポーツの話などもってのほかです！　ラウンダーズのような球技についてあなたたちがしゃべるのをおもしろがるふりをする紳士もいるかもしれません。でも、彼らは内心、男性のような話題を口にする娘を軽蔑しているのですよ。そしてもし、紳士に何か尋ねられたら、その質問を相手に返すのです。そうすればその紳士は自分の経験を話すことができますからね……」

「今夜のストーニー・クロスの晩餐もとてもわくわくするものになりそうね」リリアンはそっとつぶやいた。デイジーには聞こえたらしく、部屋の反対の隅から、忍び笑いが聞こえてきた。

「何だか騒がしいわね」マーセデスはきりっとした声で言った。「デイジー、わたくしの話をちゃんと聞いているの？」

「はい、お母様。苦しくてうまく息ができないの。コルセットがきつすぎるのだと思うわ」

「では、深く呼吸しないようになさい」

「紐をゆるめてはだめ？」

「いけません。イギリスの紳士はウエストの細い女性が好みなのです。さあ、どこまで話したかしら。そう、そう、食事中に、もしも会話が途切れたら……」

憂鬱な気持ちで母親の訓示に耐えながら——ここに滞在しているあいだ、形を変えて何度も同じ話を聞かされるに違いない——リリアンは鏡をのぞき込んだ。今夜ウェストクリフと顔を合わせると思うと心がざわめく。彼の浅黒い顔が近づいてくるイメージがぱっと心に浮かび、彼女はきゅっと目をつぶった。

「申しわけありません」とメイドがささやいた。ピンをきつく留めすぎたと思ったのだろう。

「大丈夫よ」リリアンは困ったように笑って答えた。「引っ張っても平気よ——わたしの頭は頑丈だから」

「その言い方は控えめすぎるわ」部屋の向こう側からデイジーの声が聞こえてきた。

メイドがリリアンの髪を捻って留めているあいだ、彼女の思考はまたウェストクリフに戻っていった。彼は生垣の後ろでキスしたことについて、知らんぷりを決め込むつもりかしら。何もなかったかのように。それとも、それについてわたしと話し合うつもりかしら？　これからのことを考えると腹が立ってきて、そうだわ、アナベルに話を聞いてもらわなくちゃと思った。彼女はウェストクリフの親友のサイモン・ハントと結婚してから、ウェストクリフのことを前よりずっとよく知るようになっていた。

ちょうど最後のピンが髪に挿されて髪が結いあがったときに、ドアをノックする音が聞こえた。ひじまでの長さの白い手袋を引っ張ってはめていたデイジーは、メイドが出るからあなたはいいのよ、というマーセデスの言葉を無視して、ドアに急いだ。ぱっとドアを開け、デイジーは歓声をあげた。そこにはアナベル・ハントが立っていた。リリアンも化粧台の椅子から立ち上がって駆け寄り、三人は抱き合った。両方の家族が住んでいるロンドンのラトレッジ・ホテルで最後に会ってから数日が経っていた。ハント夫妻は間もなくメイフェアに建設中の新しい家に移ることになっているが、それまでのあいだ娘たちは互いの部屋を頻繁に訪ねあっていた。マーセデスは、アナベルが娘たちに悪い影響をおよぼしていると考えており、交際には不満そうだった——しかし、悪い影響をおよぼしているのは実はボウマン姉妹のほうなのだから笑ってしまう。

いつものようにアナベルはうっとりするほど美しかった。彼女の均整のとれた体をぴたりと包む淡いブルーのサテンのドレスは、同色のシルクの紐で前開き部分を編み上げて閉じるデザインだった。そのドレスの色は彼女の深いブルーの瞳を引き立たせ、桜色の肌をさらに美しく見せていた。

アナベルは一歩下がって、輝く瞳でふたりをながめた。「ロンドンからの旅はどうだった？ もう何か冒険をしたの？ いいえ、いくらなんでもまだよね。だってここに到着してから、まだ丸一日も経っていないんですもの」

「それが、そうでもないの」リリアンは母親の鋭い耳を意識しながら、注意深くささやいた。「あなたに話さなければならないことがあるのよ——」

「ふたりとも！」マーセデスが厳しい声でさえぎった。「まだ夜会の準備が済んでいませんよ」

「わたしはもうできたわ、お母様！」デイジーは即座に答えた。「ほら——すべて済んだわ。手袋だってはめているのよ」

「わたしに必要なのは手提げ袋だけよ」リリアンは、小走りで化粧台のところへ行き、小さなクリーム色のバッグをさっと取り上げた。「さあ、わたしも準備完了」

マーセデスに嫌われていることをよく知っているアナベルは、明るく微笑んだ。「こんばんは、ミセス・ボウマン。リリアンとデイジーといっしょに下に降りてもよろしいですか？」

「わたしの用意ができるまでふたりは待たなければなりません」マーセデスは冷ややかに答えた。「わたしの無垢な娘たちには適切な年配の女性《シャペロン》の付き添いが必要なのです」

「アナベルにわたしたちのシャペロンになってもらうわ」リリアンは明るく言った。「彼女は、いまはもう、立派な既婚女性なのよ。お忘れになったの？」

「わたしは適切なと言ったのよ――」母親は言い張ったが、彼女の反対などどこ吹く風、姉妹はすでに部屋からいなくなっており、ドアがバタンと閉じられた。

「あら、まあ」アナベルは笑いを止められない。「『立派な既婚女性』なんて言われたのは生まれて初めてよ――なんだか、退屈な中年女になったみたいじゃない？」

「あなたが退屈な中年女なら」リリアンはアナベルと腕を組んで廊下を歩きながら言った。

「お母様はあなたとのお付き合いを喜ぶでしょうね――」

「――そしてわたしたちは、あなたとは絶対かかわりたくないと思う」とデイジーが付け加えた。

アナベルはにっこり笑った。「でも、もしわたしが壁の花たちの正式なシャペロンになるのだったら、いくつか基本的な行動のルールを決めなくっちゃ。まず、ハンサムな若い男性がふたりきりで庭に抜け出そうと誘ったら……」

「拒絶するの？」とデイジーがきいた。

「いいえ、ただしわたしにちゃんと報告すること。そうすればあなたがいないのを気づかれないようにしてあげられる。そして、あなたたちのような無垢なお嬢様には聞かせてはならないスキャンダラスなゴシップを偶然耳にすることがあったら……」

「聞かないふりをする？」

「いいえ、ひと言も聞き漏らさないようにして、すぐにわたしに教えること」

リリアンは歯を見せてにやりと笑い、二本の廊下が交差するところで立ち止まった。「エヴィーを探さない？　彼女がいなければ壁の花の正式な会合とは言えないわ」

「エヴィーはもうすでに、フローレンス伯母様と下にいるわ」とアナベルが答えた。

姉妹はそれを聞いて喜びの声をあげた。「彼女、どうだった？　どんなようす？」

「彼女に最後に会ってからずいぶん経つわ！」

「エヴィーは元気そうよ」アナベルは真顔になって言った。「でもちょっと痩せたみたい。そして少し悲しげだった」

「そうなるのは当然よ」リリアンは陰鬱に言った。「あんな扱いを受けていたら」

エヴィーにはもう何週間も会っていなかった。彼女は亡くなった母親の実家で隠遁生活を強いられていたのだった。彼女は、ささいな不始末の罰として、しょっちゅう鍵のかかった部屋に閉じ込められていた。外に出かけられるのは伯母の厳格な監視の下でだけだった。リリアンたちは、エヴィーがうまく話せないのは、意地悪で愛情のない親戚といっしょに暮らしていることも大きく関係していると思っていた。皮肉にも、壁の花の他の三人と違って、エヴィーはそのような規則を押しつけられる必要のない娘だった。彼女は生まれつき内気で、目上の人には従順だった。彼女たちが知る限りでは、どうやらエヴィーの母親という人は家族の中の反逆児で、彼女よりかなり身分の低い人と結婚したらしい。エヴィーを生むときに母親が死んでしまったので、エヴィーは母親の罪を背負わなければならなくなった。そして彼女の父親は——エヴィーはめったに彼に会う機会がないのだが——健康状態がすぐれず、おそらくそう長くは生きられないだろう。

「かわいそうなエヴィー」リリアンは憂鬱な面持ちでつづけた。「わたし、彼女をわたしより先に結婚させたいわ。わたしよりもはるかに逃げ場が必要ですもの」

「エヴィーはまだ準備ができてないわ」アナベルはきっぱりと言った。そのことについてはすでに考えていたのだろう。「彼女はあの内気さを克服しようとしているけれど、いまのところまだ紳士とうまく会話できるところまでいっていないの。それに……」彼女は美しい目をいたずらっ子のように輝かせ、リリアンの細い腰に腕をするりとまわした。「あなたは年をとりすぎているから、先に延ばすのは無理よ」

リリアンがにらむふりをしたので、アナベルは笑った。

「話って何？」とアナベルがきいた。

リリアンは首を振って「エヴィーに会うまで待ちましょう。でないと二度同じ話を繰り返さなくちゃならなくなるから」

三人は一階のラウンジに下りていった。そこでは客たちが優雅にグループをつくって歩き回っていた。今年の流行は色物だった。少なくとも女性たちのドレスはどれもとてもカラフルで、人々が集まっていると蝶の群れのように見えた。男たちは白いシャツに黒い伝統的なスーツを着ていた。かすかな違いは地味な柄のベストとネクタイだけだった。

「ミスター・ハントはどこ？」とリリアンはアナベルにきいた。

アナベルは夫の名前が出たのでかすかに笑った。「伯爵や友人たちと話をしているんじゃないかしら」エヴィーの姿を捉えると彼女の目つきが鋭くなった。「エヴィーよ――よかった、いつものようにフローレンス伯母様がまわりをうろついていないわ」

ぼんやりと金色の額縁にはまった風景画をひとりでぽつんとながめているエヴィーは、何か自分だけの考えごとに没頭しているように見えた。身をすくめているその姿は、わたしはこうした集まりは苦手だし、こういう人たちに加わりたくもないという、無言の信号を発しているかのようだ。彼女をじっくりながめる人はいないので、だれも気づいていないようだが、実は彼女はとても美しい女性だった。アナベルよりも美人だと言えるかもしれない。ただし、典型的な美の基準にはかなっていなかった。顔にはそばかすが散らばり、髪は真っ赤で、大きな丸い碧眼と、時代後れのよく動くふっくらした唇をしていた。人をはっとさせるような豊満な体つきをしているのに、無理矢理着せられている地味すぎるドレスがその美を隠してしまっていた。そのうえ、なで肩のせいでせっかくの魅力が生かされていなかった。

リリアンは忍び足で彼女に近づき、いきなりエヴィーの手袋をはめた手をつかんで彼女を驚かせた。彼女の手を引いて、「来て」とささやく。

リリアンだとわかり、エヴィーの瞳がぱっと明るくなった。彼女はためらい、どうしようかと部屋の隅で年配の貴婦人と話をしている伯母のほうに目をやった。フローレンスが話に夢中になっているすきに、四人は客間を抜け出して、脱獄囚のように素早く廊下を歩いていく。「どこへ行くの?」とエヴィーがきいた。

「裏のテラスよ」とアナベルが答えた。

彼女たちは屋敷の後方に進んでいき、いくつものフレンチドアを抜けて、広い石敷きのテラスに出た。家の全長に渡って張り巡らされているテラスからは広大な庭園が見渡せた。絵から抜けてきたような光景だった。果樹園や、美しく手入れされた小道や、珍しい花が植えられている花壇が森までつづいていて、鉄鉱石の壁でさえぎられている近くの断崖の下にはイッチェン川が流れていた。

リリアンはエヴィーのほうを向いて、彼女を抱きしめた。「エヴィー、とても会いたかったわ! あなたの家族からあなたを救い出すために、いろいろと計画を立ててみたんだけど、どれもこれもぱっとしなくて。どうしてあなたの家族はわたしたちの訪問を許してくれないのかしら」

「あ、あの人たちは、わたしをひどく嫌っているの」エヴィーははっきりしない声で言った。「つい最近までは、わたし、そ、それに気づいていなかったんだけど。それがわかったのは、わたしがお父様に会おうとして、捕まってしまったからなの。彼らは何日も私を部屋に閉じ込めて、ほとんど、た、食べ物も水もくれなかった。わたしのことを、恩知らずで、反抗的だとののしったわ。悪い血がとうとうあらわれてきたのだ、と。彼らにとって、わ、わたしは母が犯した忌まわしい過ちにすぎないの。フローレンス伯母様は、わたしのせいでお母様が死んだと言うのよ」

ショックを受けて、リリアンは体を離して彼女を見つめた。「あなたにそんなことを言ったの？　それを全部？」

エヴィーはうなずいた。

無意識にリリアンはいくつか呪いの言葉をつぶやいた。それを聞いてエヴィーの顔は蒼白になった。リリアンの問題行動のひとつは、船乗りも顔負けするほどすらすらと汚い言葉でののしることができることだった。船着場で洗濯女として働いていた祖母と過ごしているときに身につけた技だった。

「それが、ほ、本当でないことは知っているわ」とエヴィーは小さな声で言った。「つまり、は、母がお産で死んだことはたしかだけど、わたしのせいじゃない」

エヴィーの肩に片腕をまわして、リリアンは彼女をテラスに置かれている近くのテーブルに導いた。アナベルとデイジーもふたりについていく。「エヴィー、あの人たちのところからあなたを救い出すにはどうしたらいいのかしら」

エヴィーはあきらめきったように肩をすくめた。「お父様も、と、とても具合が悪いの。いっしょに暮らしたいとお父様に頼んでみたけれど、断わられたわ。それに、お父様はあまりにも弱っていて、お母様の家族がわたしを取り戻しに来てもわたしを守れない」

四人はしばらく黙り込んだ。不運なことに現実は厳しい。エヴィーがすでに成人していて家族の後見をもはや必要としなくなっていても、未婚の女性の立場は不安定だった。父親が亡くなるまでは財産を相続できないので、それまで彼女は生計を立てることができないのだった。

「ラトレッジ・ホテルでわたしとミスター・ハントといっしょに暮らしましょう」いきなりアナベルがきっぱりとした声で言った。「わたしの夫は、あなたが望まないかぎり、だれにも連れて行かれないようにあなたを守ってくれるわ。彼は頼りになる人だし、それに――」

「いいえ」とエヴィーは首を振って、アナベルをさえぎった。「わたしは、ぜ、絶対にそんなことはできない……迷惑をかけたくないの……どうしても。それに、そんなの変に思われるわ……何を言われるか……」彼女はせつなそうに首を振った。「わたしにも考えていることがあって……フローレンス伯母様は、わたしが伯母様の息子とけ、結婚すべきだと考えているの。いとこのユースタスよ。悪い人じゃないわ……結婚すればほかの親戚とは別のところで暮らせるだろうし……」

アナベルは鼻にしわを寄せた。「ふーん。いとこと結婚って、まだあるのねえ。でも、なんか近親相姦っぽくない？　血縁がある人とねえ……ううっ」

「ちょっと待って」デイジーがけげんな表情を浮かべて、リリアンの横にやってきた。「そのユースタスに、わたしたち会ったことがあるわ。リリアン、ウィンターボーン・ハウスの舞踏会よ、覚えてる？」彼女は問い詰めるように目を細めた。「あの椅子を壊した男、あの人よね、エヴィー？」

エヴィーはなにやらむにゃむにゃとつぶやき、デイジーの質問にそのとおりだと答えた。

「なんてこと！」リリアンは叫んだ。「あの人との結婚を考えているわけじゃないわよね、エヴィー？」

アナベルは不思議そうな表情を浮かべている。「その人、どうやって椅子を壊したの？ひどいかんしゃく持ちで、椅子を投げたとか？」

「座ったら壊れちゃったのよ」リリアンはこわい顔で答えた。

「ユースタスは、ちょ、ちょっと太めなの」とエヴィーは認めた。

「太めだなんて。デブよ、大デブ」リリアンはじれったそうに言った。「しかも、舞踏会の間中、口に食べ物を詰め込むのに忙しくて人と話もしないのよ」

「握手をしにいったら、食べかけのローストチキンの手羽先を手の代わりに差し出されたわ」

「それを持っていることを忘れていたのよ」エヴィーは申しわけなさそうに言った。「あなたの手袋を汚して悪いことをしてしまったと反省していたわ」

デイジーは眉をひそめた。「それよりももっと気になったのは、彼がチキンの手羽先以外の部分をどこにやってしまったかよ」

エヴィーの必死に哀願するような視線を感じて、アナベルは姉妹をなんとかなだめようとした。「あまり時間がないわ。いとこのユースタスの話は、もっと暇があるときにしましょうよ。ところで、リリアン、わたしたちに話があるんじゃなかった？」

アナベルは上手に話題を変えた。困惑しているエヴィーがふびんになり、リリアンもこの場はユースタスの話は打ち切ることにして、みんなをテーブルに呼び寄せた。「話は香水店に立ち寄ったところから始まるのよ……」ときどきデイジーにさえぎられながら、リリアンはネトルの店に行き、そこで魔法の力を持つという不思議な調合の香水を買った話をした。

「おもしろいわね」アナベルは疑わしそうに微笑みながら言った。「いま、その香水をつけているの？　わたしにもかがせて」

「ちょっと待って。話は終わっていないのよ」手提げ袋から香水の瓶を取り出し、リリアンはそれをテーブルの真ん中に置いた。テラスの鈍いたいまつの明かりに照らされて、瓶は淡く輝いている。「今日の出来事を話さなければ」彼女は厩舎の裏の庭で少年たちがやっていたラウンダーズに飛び入り参加したこと、そして思いがけずウェストクリフがあらわれたことを話した。アナベルとエヴィーは信じられないといった顔で話に聞き入っていたが、伯爵が実際にゲームに加わったと聞いて目を丸くした。

「ウェストクリフ伯爵が、ラウンダーズ好きと聞いても驚きはしないわね」とアナベルが言った。「彼は野外スポーツなら何でも得意なのよ。でも、喜んであなたといっしょにプレイしたというのが……」

リリアンはにやりと笑った。「いくら彼がわたしを嫌っていても、わたしの下手くそなプレイにあれこれ口出しする優越感を味わう誘惑には勝てなかったみたいね。まず、わたしの振りのどこが悪いか講釈をたれ始めたの。それから……」彼女の顔から笑いが消えた。厄介なことに、顔が真っ赤になっていくのがわかった。

「それから彼は腕をあなたの体にまわしたのよ」急にテーブルがしんと静まり返ってしまったので、デイジーが即座にあとをつづけた。

「彼が、何をしたって?」アナベルは口をあんぐり開けて尋ねた。

「バットの正しい振り方を教えるためよ」リリアンは黒い眉毛を鼻梁の上でつながるくらい強く寄せた。「とにかく、ゲーム中のことはあまり関係ないの。びっくりすることが起こったのはゲームのあと。ウェストクリフはデイジーとわたしを、近道を通って屋敷まで連れて行ってくれたの。でも、お父様が何人かの友人と散歩道を歩いてきたものだから、わたしたち別れ別れになってしまって、デイジーは先に部屋にもどったのよ。それで伯爵とわたしは生垣の茂みに隠れざるをえなくなった。そして茂みの陰に立っているときに……」

「何があったの?」アナベルが強い調子で尋ねた。

リリアンは耳の先が赤くなるのを感じた。自分の口から言葉を押し出すのがこんなに難しいとは思わなかった。小さな香水の瓶を凝視しながら彼女はささやくように言った。「彼がキスをしたの」

「なんですって」アナベルは叫び、エヴィーは黙ってリリアンを見つめた。

「やっぱりね!」とデイジー。「そうじゃないかと思っていたの!」

「どうしてわかったの——」と言いかけたリリアンをアナベルがじれったそうにさえぎった。

「一度? それとも何度も?」

情熱的に何度もつづけてキスされたことを思い出し、リリアンはますます赤くなった。

「何度も」

「ど、どんな感じだった?」とエヴィーがきいた。

リリアンは友人たちがウェストクリフのキスの腕前を聞いてくるとは考えてもいなかった。頬や首筋やおでこがじんじん痛み出すほど体中がかっと火照って、なんとかそれを鎮めるよい方法はないものかと思案した。一瞬、ウェストクリフの印象が強烈に甦ってきた……彼の硬い体、温かさ、求めてくる唇……彼女の心は溶けた金属に変わってしまったかのように揺れ動いた。そして、突然、本当のことを認めるわけにはいかないと思った。

「ひどいもんよ」彼女はテーブルの下でそわそわ足を動かしながら言った。「ウェストクリフはいままで一番キスが下手くそな男性だったわ」

「まあ……」デイジーとエヴィーはがっかりしてため息をついた。

しかしアナベルは明らかに疑っているようだ。「妙ね。噂によれば、ウェストクリフは女性を喜ばせるのがとてもうまいらしいけど」

リリアンはそれを聞いてうめいた。

「実際」アナベルはつづける。「一週間ほど前に、トランプの会に出席したんだけど、いっしょのテーブルにいたある女性が言っていたわ。ウェストクリフがあまりにもベッドで素晴らしかったので、ほかの男が物足りなく感じられて困ると」

「だれなの、それ」リリアンが迫った。

「言えないわ。こっそり教えてもらったんですもの」

「わたしは信じないわよ」とリリアンは不機嫌に答えた。「トランプの会の中だけにしろ、そんな赤裸々な話題が出るなんてありえないわ」

「でも本当なのよ」アナベルはかすかな優越感をにおわせてリリアンを見た。「既婚女性は、未婚の娘たちよりもっとすごいゴシップを耳にするのよ」

「ずるいわ!」デイジーはうらやましそうに言った。

テーブルに再び沈黙が訪れた。くやしいことに、アナベルはからかうような目つきで、にらんでくるリリアンをじっと見据えた。先に目を逸らしたのはリリアンのほうだった。「白状なさい」吹き出しそうになるのを必死にこらえているアナベルは声を震わせながらリリアンに命じた。「正直に言うのよ──ウェストクリフは本当にキスが下手くそだったの?」

「それほどひどくはなかったと思うわ」リリアンはしぶしぶ認めた。「でも、話したいのはそんなことじゃないのよ」

するとエヴィーが興味津々に目を丸くして尋ねた。「じゃあ、何を話したいの?」

「ウェストクリフをその気にさせたのは、つまり、大嫌いな女性──わたしのことよ──にキスするように仕向けたのは、その香水の香りなのよ」リリアンは輝く小さな瓶を指差した。

四人の娘たちは畏怖の念に打たれたように瓶を見つめた。

「まさか」とアナベルが信じられないという顔で言った。

「本当なのよ」リリアンは言い張る。

デイジーとエヴィーは、心奪われたように黙り込み、テニスの試合を見るときのようにアナベルとリリアンの顔をかわりばんこに見つめている。

「リリアン、わたしの知り合いの中で一番現実的な人であるあなたが、媚薬のような香水を持っていると言い出すなんて、こんなに驚いたことは——」

「ビヤク?」

「惚れ薬よ」とアナベルが言った。「リリアン、もしウェストクリフ伯爵があなたになんらかの興味を示したとしたら、それは香水のせいじゃないわ」

「なぜそう断言できるの?」

アナベルは眉を上げた。「その香水は、ほかの知り合いの男性にも効果があったの?」

「そういう徴候は見られなかったわ」リリアンはいやいやながら認めた。

「どれくらいそれをつけているの?」

「一週間くらい、でも、わたし——」

「で、効果があった男性はどうやら伯爵だけなのね?」

「これに反応する男性はほかにもいるわ」リリアンは引き下がらない。「まだ香りをかぐ機会がないだけなのよ」アナベルが信じないわよという顔をしているのを見て、彼女はため息をついた。「変に思われても当然だわ。わたしだってミスター・ネトルがこの香水について言ったことを、今日までまったく信じていなかったんだから。でも、伯爵がこのにおいをかいだとたん……」

アナベルは考え込むようにじっとリリアンを見ている。明らかにそれが真実かどうか測りかねているようだった。

エヴィーが沈黙を破った。「そ、それを見せてくれる、リリアン？」

「もちろん」

エヴィーは危険な爆発物でもあるかのように、香水の瓶におずおずと手を伸ばし、栓をはずして、そばかすだらけの鼻に近づけ、においをかいだ。「何も、か、感じないわ」

「男性にしか効き目がないんじゃないかしら」とデイジーが考えを声に出した。

「ねえ、考えたんだけど」リリアンはゆっくり言った。「あなたたちのだれかがこの香水をつけたら、ウェストクリフはその人にも惹きつけられるのかしら。わたしのときのように」

彼女はまっすぐアナベルを見つめながら話した。

彼女が何を提案しようとしているか気づいたアナベルは、ふざけて顔をしかめてみせた。「あら、だめよ」彼女は激しく左右に首を振った。「わたしは結婚しているのよ、リリアン。そして旦那様にくびったけなの。彼の親友を誘惑する気にはならないわ」

「あなたがウェストクリフを誘惑するつもりがないことはわかっているわよ、もちろん」とリリアン。「ただ香水をちょっとつけて、彼の隣に立ってみてほしいの。彼があなたの香りに気づくかどうか」

「わたしやってみる」とデイジーがやる気満々に言った。「それより、今夜みんなでこの香水をつけましょうよ。そしてふだんより男性を惹きつけられるかどうか、調べてみるの」

それを聞いてエヴィーは大笑いし、アナベルはあきれたようにぐるりと目を回した。「真面目に言っているんじゃないわよね」

リリアンはにやりと大胆な笑いを浮かべた。「試してみても、害はないでしょう？　科学の実験だと思えばいいのよ。学説を証明するために証拠を集めるだけと考えるの」

若いふたりがすでに瓶から香水を数滴自分にふりかけているのを見て、アナベルの唇からうめき声がもれた。「こんなばかげたこと、初めてよ。ドロワーズ姿でラウンダーズをやったときより、もっと滑稽だわ」

「ドロワーズでなく、ニッカーズだったわ」とリリアンが即座に言うと、いつものように下着の正しい名前についての議論が始まった。

「わたしにも貸して」しかたがないという表情でアナベルは手を差し出し、瓶を受け取った。そしてそのかぐわしい霊薬を指先につけた。

「もう少したくさんつけて」リリアンはそう言うと、アナベルが香水を耳のうしろにつけるのを満足そうに見つめた。「首筋にもつけてね」

「わたし、ふだんは香水をつけないの」とアナベルが言った。「ミスター・ハントは清潔な肌のにおいを好むので」

「でも、レイディー・オブ・ザ・ナイトはお気に召すかも」

アナベルはぎょっとした。「そういう名前なの？」

「夜に花をひらくランにちなんで名づけられたのよ」とリリアンが説明した。

「ああ、びっくりした」アナベルは冷やかに言った。「売春婦にちなんで名づけられたのかと思ったわ」

リリアンはそれを無視して、彼女から瓶を受け取った。自分ののどと手首に数滴香水をつけてから、瓶を手提げ袋にしまい、立ち上がった。「さあ」彼女はうれしそうに壁の花たちを見た。「ウェストクリフを探しに行きましょう」

5

　まもなく壁の花たちの襲撃に遭うとも知らず、マーカスは義弟のギデオン・ショーと、友人のサイモン・ハント、セントヴィンセント卿といっしょに書斎でくつろいでいた。彼らは正式な晩餐が始まる前に、プライベートなこの部屋に集まって語らっていたのだった。巨大なマホガニーの机のうしろで、ゆったりと椅子の背にもたれ、マーカスは懐中時計をちらりと見た。八時――客たちのところへ行かなければならない。なにしろ自分はこの家の主人なのだから。しかし、彼はじっと動かず、不愉快な義務を遂行しなければならない男特有の厳しい顔つきで、時計の無情な文字盤をにらみつけていた。

　リリアン・ボウマンと話をしなければならないだろう。今日、自分は彼女に、頭がおかしくなったとしか言いようのないふるまいをしてしまったのだ。なぜかはわからないが、突然、狂暴なまでの欲望に衝き動かされて、彼女を抱きしめ、キスしてしまった……それを思い出すと、落ち着いて座ってはおれず、そわそわと体の位置を変えつづけていた。

　真っ直ぐな性格のマーカスは、妙な技巧を凝らさずに、この状況に正面から立ち向かわなければならないと思う。このジレンマの解決法があるとすれば、たったひとつ――自分の行動について謝罪し、二度とこのようなことは起こらないと彼女を安心させることだ。あの娘と顔を合わさないようにするために、この先一カ月間も自分の家の中でこそこそ隠れて暮らすのはあまりにもばかげている。知らぬ存ぜぬを決め込むのは言語道断だ。

そもそもなぜあんなことが起こったのか、彼はどうしてもそれがわからなかった。生垣の陰の出来事のあと、ほかのことがいっさい考えられなくなっていた――自制心が崩れてしまったことも驚きだったが、さらにあきれるのはあのけしからんじゃじゃ馬にキスしたことで大きな喜びを感じてしまったことだった。

「つまらん」セントヴィンセントの声がした。彼はウェストクリフの机の角に腰掛け、ステレオスコープをのぞきこんでいた。「風景や山の写真を見て何がおもしろい」セントヴィンセントはものうげに話しつづける。「女の写真のステレオカードを手に入れなくてはだめだよ、ウェストクリフ。そうすれば、のぞく価値が出てくるというものだ」

「きみはそういうたぐいの立体像は見飽きていると思うがね」マーカスはそっけなく言った。

「セントヴィンセント、女性の解剖学に興味を持ちすぎているんじゃないか?」

「趣味は人それぞれさ」

マーカスは、礼儀正しく表情を変えずにいる義弟と、ふたりのやりとりをおもしろがっているように見えるサイモン・ハントに目をやった。三人の男たちは、性格も出身も大きく異なっていた。彼らに共通しているのはマーカスとの友情だけだった。ギデオン・ショーは、いわゆる「アメリカ貴族」といわれる人々の一員で、イギリスから新大陸アメリカにわたった野心あふれる船長のひ孫にあたった。サイモン・ハントは肉屋の息子として生まれたが、いまは実業家として成功しており、あらゆる面で賢く、進取の気性に富み、信頼できる男だった。そしてこのセントヴィンセントは、道徳心のかけらもないろくでなしのプレイボーイだ。彼はおしゃれなパーティーや集まりにはかならず顔を出すが、会話が「つまらなく」なると――つまり、何か意味のある真面目な議論が始まると――その場を離れて、らんちき騒ぎをしている連中に加わるのだった。

マーカスは、セントヴィンセントほどの筋金入りの皮肉屋をほかに知らなかった。子爵である彼が本心を話すことはまずなく、だれかに束の間でも情を感じたとしても、絶対にそれを表にあらわすことはなかった。人々はときに彼を「魂を失った男」と呼び、実際にセントヴィンセントは救いようのない人間に見えた。マーカスとの友情がなかったら、ハントもショーもセントヴィンセントとつきあうことはないだろう。

マーカス自身、同じ学校で過ごした少年時代の思い出がなかったら、セントヴィンセントと関係を持とうとしなかったはずだ。少年時代のセントヴィンセントは、頼りになる友人だということを幾度も証明してみせた。マーカスを窮地から救うためならどんなことでもしたし、さり気なく家から持ち帰った菓子をポケットから出してわけてくれたりしたものだった。そして、喧嘩となれば、いつでも彼はまっさきにマーカスの味方についてくれた。

セントヴィンセントの父親も、マーカスの父親と大差ない人間だったので、彼は親から疎まれるということがどんなことなのかをよく知っていた。ふたりの少年は暗いユーモアで互いをなぐさめ、できるかぎり助けあった。学校を卒業してから、セントヴィンセントの性格はかなりひねくれてしまったようだったが、マーカスは昔の借りを忘れる人間ではなかったし、友人に背を向けるようなこともしなかった。

セントヴィンセントとギデオン・ショーが隣り合った椅子にゆったりと腰掛けている光景は、まるで一幅の絵を見るようだった。どちらも髪の色は明るく、生まれつき容姿に恵まれていたが、ふたりの外見にはかなりの差があった。ショーは都会的なハンサムで、見る者を魅了する不敵な笑顔の持ち主だった。しかし、どこか醒めた雰囲気があり、物質的な富には恵まれていても、彼にとって人生はつねに楽なものではなかったことがうかがわれた。どのような困難が自分の前に立ちふさがろうと、彼は気転をきかせて優雅に処理した。

対照的に、セントヴィンセントはエキゾチックで男らしい美貌を備えていた。猫を思わせる目は薄いブルーで、微笑んでいるときでさえ口元には冷酷さが潜んでいた。常に退廃的なムードを漂わせ、流行に敏感なロンドン社交界では、多くの人々はそれを真似ようとしていた。伊達男のようなかっこうが似合ったならば、彼は間違いなくそういう服装をしただろう。しかし彼は、余計な装飾は、自分の黄金の美貌にはむしろ邪魔だと知っていたので、上等の仕立ての黒っぽい服できわめてシンプルに装うことにしていた。

セントヴィンセントが会話に加わったため、自然と話題は女性のことになった。三日前ロンドンで、ある貴族の奥方が自殺を図るという事件があった。原因はどうやら不倫相手のセントヴィンセントに捨てられたせいらしいとの噂だった。スキャンダルに巻き込まれた彼は、ロンドンから逃げ出し、ストーニー・クロス・パークにやってきたのだった。「まったく、ばかげたメロドラマごっこだよ」セントヴィンセントはブランデーグラスの縁を長い指の先でこすりながら、冷笑した。「手首を切ったと言われているが、実際にはハットピンでちょっと引っ掻いた程度だったようだ。そのあと悲鳴をあげて、メイドを呼んだらしい」彼はうんざりしたように首を左右に振った。「愚かな女だ。情事を秘密にしておくためにあれほど骨を折ったあとで、こういうことをしでかすんだから。これでロンドン中に知れ渡ってしまった。もちろん、彼女の夫にも、だ。こんなことをして何の得があるというのだろう。彼女を捨てたわたしを罰したかったのだとしたら、このせいで彼女は前よりも百倍も苦しむことになるだろう。いつでも責められるのは女だ。とくに、結婚している場合はね」

「彼女の夫の反応はどうなんだ?」マーカスは、即座に現実的な質問をした。「彼は決闘を申し込むつもりだろうか?」

セントヴィンセントはさらに不機嫌な顔になった。「それはないんじゃないかな。彼は彼女の倍の歳だし、何年も妻の体に触れてもいない。いわゆる妻の名誉を守るためなどに、自分の命をかけたりはしないだろう。彼女がこっそり不倫して、夫に寝取られ男の汚名を着せるようなことをしない限りは、彼は妻に好きなようにさせておくつもりだったのだ。ところが彼女ときたらあんなことをしでかして、自分の無分別を世間に知らせてしまった。ばかな女さ」

サイモン・ハントは子爵を冷静に吟味するような目で見つめた。「なかなか興味深いですね」と彼は穏やかに言った。「あなたはこの事件を彼女の無分別と言う。われわれの、とは言わずに」

「そのとおりだからだ」とセントヴィンセントは強調した。ランプの光が彫りの深い顔を効果的に照らし出す。「わたしは慎重に行動したが、彼女はそうしなかった」彼は世の中にうんざりしたように首を振った。「彼女に誘惑されるべきではなかったのだ」

「彼女のほうから迫ってきたと?」マーカスは信じられないといったふうに尋ねた。

「わたしが尊敬するものすべてにかけて……」とセントヴィンセントは言いかけてやめた。

「いや、待てよ。わたしには尊敬するものなど何もないから、言い直さなければならない。とにかく、わたしの言うことを信じてくれ。持ちかけてきたのは彼女のほうだ。いろいろと思わせぶりなことをしたのだ。わたしが行くところはどこにでもあらわれ、いつでも好きなときに訪ねてきてくださいとメッセージを寄越し、夫とは別居しているからとわたしをけしかけたのだ。わたしは彼女を欲しいとさえ思っていなかった。彼女に触れる前から、おそろしく退屈な情事になるとわかっていた。しかし、しだいに拒みつづけるわけにもいかなくなって、しかたなく彼女の家を訪ねたのだ。すると彼女は裸で玄関広間にあらわれた。わたしはどうすべきだったのだろう」

「そのまま帰る?」ショーは軽く笑って、王立サーカスの見世物動物を見るような目で子爵を見つめた。

「そうすべきだった」セントヴィンセントはむっつりと認めた。「しかし、わたしはやりたがっている女を拒絶できたためしがない。それに、ずいぶん長いこと、そう少なくとも一週間は、女と寝ていなかったら――」

「たった一週間で、長い間と？」マーカスは眉を上げて口をはさんだ。

「そうじゃないのか？」

「セントヴィンセント、一週間に何度も女性とベッドをともにする男がいるとしたら、そいつはよっぽど暇なのだと思うよ。いくらでも果さなければならない責任があるだろう、つまり……」マーカスは、適切な言葉を捜した。「そう、性的な交渉以外にも」それを聞いてほかの三人は黙りこんでしまった。マーカスがショーをちらりと見ると、彼は急にクリスタルの灰皿に、煙草の灰をちょうどよい量だけ落とすのに熱中し始めたように見えた。マーカスは顔をしかめて言った。「ショー、きみは忙しい男だ。ふたつの大陸で事業を展開しているのだからね。だから当然、きみもわたしの言うことに賛同するだろう」

ショーはかすかに笑った。「伯爵閣下、ぼくの『性交渉』の相手は妻に――つまりあなたの妹に――限定されておりますので、この件に関して、ぼくは分別を持って発言を控えたいと思います」

セントヴィンセントはけだるい笑みを浮かべた。「こんなにおもしろい会話に分別を持ち出して水をさすというのは、はなはだ残念だね」彼は視線を、軽く眉をひそめているハントに移した。「ハント、きみの意見を聞きたいね。男はどのくらいの頻度で女性と愛を交わすべきかな？ 週に二度以上というのは、許し難い好色だろうか？」

ハントは詫びるような視線をマーカスに投げた。「言いにくいがぼくはセントヴィンセントに同意……」

マーカスは顔をしかめて言い張った。「性欲にふけりすぎると体によくないというのは周知の事実だ。食べすぎや飲みすぎと同様——」

「そういうのがわたしにとっての最高の晩なんだ、ウェストクリフ」セントヴィンセントはにやにや笑いながらつぶやくと、ハントに注意を向けた。「きみと奥さんはどのくらい——」

「ベッドルームの中でのことは話すつもりはない」ハントはきっぱりと言った。

「だが、週に一度ということはないだろう？」セントヴィンセントはしつこく食い下がった。

「それは、そうだが」ハントはあいまいに答える。

「ミセス・ハントほどの美女となら、あたりまえだな」とセントヴィンセントはさらりと言った。ハントが警告を与えるように厳しい目でにらむと、セントヴィンセントは笑い出した。「おい、そんなこわい顔をするなよ。きみの奥さんに手を出すつもりは毛頭ないから。そのハムのようにでかい拳骨でしたたかに殴りつけられるのは願い下げた。それに、幸せな結婚をしている女性には惹かれないんだ——不幸な結婚をしている女性のほうがはるかに簡単に落ちるからね」彼はマーカスのほうを見た。「きみに賛成する者はどうやらいないようだな、ウェストクリフ。勤労と自制は、ベッドの中の温かい女性の体には勝てないということだ」

マーカスは眉をひそめた。「もっと重要なことがある」

「たとえば？」セントヴィンセントは反抗的な少年が高齢の祖父の説教を無理矢理聞かされ

ているときのような、大げさにうんざりしたふりをして尋ねた。「きっと、『社会の発展』とか言い出すんだろうね。なあ、ウェストクリフ……」彼は茶目っ気たっぷりにウェストクリフを見た。「もしも悪魔が取引しようと言い出し、イギリス中の腹をすかせた孤児たちがこれから二度と餓えることがないようにしてやるが、そのかわりにきみは二度と女性と寝ることができなくなる、という条件を出したらきみはどうする？　孤児を選ぶか、自分の快楽を選ぶか？」

「わたしはそういう仮定の質問には答えない」

セントヴィンセントは笑った。「思ったとおりだ。孤児たちには気の毒なことをしたようだ」

「違う、わたしは――」マーカスは言いかけたが、いらだたしげに言葉を切った。「もう、いい。客たちが待っている。きみたちは、このまったく意味のない会話をここでつづけるのもよし、わたしといっしょに応接室に来るもよし」

「ぼくはいっしょに行くことにしよう」ハントはすぐにそう答えると、長い体を椅子から起こして立ち上がった。「妻がぼくを探していると思う」

「ぼくの妻もだ」ショーも快活に言って、立ち上がった。

セントヴィンセントはやんちゃ坊主のような視線をマーカスに向けた。「女にのぼせあがったことがないのは幸いだ――しかも、それにすっかり満足している」

これにはマーカスも同感だった。

しかし、四人の男たちが書斎を出てぶらぶらと歩いて行くあいだ、マーカスはどうしても奇妙な事実について考えずにいられなかった。セントヴィンセントは別として、サイモン・ハントはマーカスが知る中でもっとも結婚を嫌う独身者だったはずだ。それなのに、予想に反して、結婚という鎖につながれて満足しているように見えた。ハントが自由に強く固執していたこと、そして女性とのつきあいはごくわずかしかなかったことをだれよりもよく知るマーカスは、ハントが喜んで独身の自由を放棄したことにたいへん驚いていた。しかもアナベルのような女性と結婚するとは。彼女は当初、夫を探すこと以外には興味のない、浅はかで利己的な女性にしか見えなかったのに。しかし、やがてふたりが深く愛し合っているのが明らかになり、マーカスはハントが正しい選択をしたのだと認めざるをえなくなったのだった。

「後悔はないのか？」廊下を歩きながらマーカスはハントに小声で尋ねた。ショーとセントヴィンセントは、うしろからのろのろついてくる。

ハントはいったい何のことかと微笑みながら彼を見返した。彼は大柄で、髪は黒く、マーカスと同じく強靭な筋肉質の体型で、これまたマーカスと同様、狩りやスポーツに目がなかった。「何について？」

「妻に鼻面を取って引き回されていること、さ」

それを聞いてハントは苦笑いをして、頭を振った。「ウェストクリフ、ぼくがもしも妻に引き回されているとしたら、取られているのは鼻面じゃなく、別の部分だな。それから答えはノーだ。後悔はない」

「結婚にはきっと都合のいい面もあるんだろう」マーカスは考えを口に出した。「身近に女性がいて必要を満たしてくれる。愛人を囲うより、妻を持つほうがずっと経済的だというだけでなく、もっと、ほかにも、たとえば跡継ぎを生ませることとか……」

ハントは、マーカスが一生懸命現実的にその問題を考えようとするのがおかしくて笑った。

「ぼくがアナベルと結婚したのは、都合がいいからじゃない。これまで数字は明らかにしたことがなかったが、彼女のほうが愛人より安くつくなんてことはないんだ。それから跡継ぎの件だが、ぼくが彼女にプロポーズしたときにはそんなことはまったく頭になかった」

「ではなぜ？」

「教えてやろう。だが、少し前にきみはぼくに言ったね――どういう台詞だったかな？――たしか『めそめそした感傷をふりまくな』だったかな」

「きみは、彼女に恋していると思っているんだな」

「いや」ハントはゆったりとした口調で言い直した。「ぼくは真実彼女に恋しているんだ」

マーカスはさっと肩をすくめた。「そう信じることで結婚をよいものと思えるなら、好きにすればいい」

「おい、なんだよ、ウェストクリフ……」ハントは不思議そうに笑いながらウェストクリフを見つめてつぶやいた。「恋をしたことがないのか？」

「もちろん、あるさ。明らかに、性格や容姿の面で他の女性よりも好ましいと思われる女性は何人かいたが――」

「違う、違う……ぼくが言っているのは『好ましい』女性を見つけることじゃない。ひとりの女性にのめりこみ、彼女に焦がれ、切望し、我を忘れるほど夢中になる……」

マーカスは侮蔑の視線を投げた。「そんなたわごとに割く時間はない」

ハントは笑ってマーカスをいらだたせた。「じゃあ、だれと結婚するか決めるときに、愛は決定要素にはならないと言うんだな」

「あたりまえだ。結婚は移り気な感情などでは決めることができない重要な問題なのだ」

「おそらくそうなんだろう」ハントはあっさり同意した。だが、あまりにもあっさりしすぎていて、本当のところはそう思っていないような印象を受けた。「きみのような人間は合理的に妻を選ぶべきだ。きみがどうやり遂げるか、興味深いね」

彼らは応接室のひとつに到着した。そこではリヴィアが如才なく客たちに、そろそろ晩餐が始まるのでダイニングホールへ向かう準備をなさってくださいと声をかけていた。リヴィアはマーカスの姿を認めるやいなや、客の相手をすべて自分に押し付けていた兄にしかめ面をして見せた。彼は妹の非難がましい目に、頑固な顔で答えた。部屋の奥へと進むと、トーマス・ボウマンと妻のマーセデスが、すぐ右手に立っているのが目に入った。

マーカスはボウマンと握手をした。彼はもの静かで、ずんぐりした体つきの男で、ほうきのような口ひげはとても濃く、薄くなった頭髪よりもたっぷりあるほどだった。社交の場では、ボウマンはいつもぼんやりとしていて、心ここにあらずといったふうだった。しかし話が事業のことにおよぶと、何の事業の話であっても俄然彼の注意は研ぎ澄まされるのだった。

「ごきげんよう」とマーカスは小声で言うと、マーセデス・ボウマンの手をとってお辞儀をした。彼女はとても痩せていたので、手の指や節が細切りのニンジンのように手袋を通して浮き出していた。彼女は図太い神経と攻撃的な性格をあわせ持つ癇にさわる女性だった。

「今日の午後は、お出迎えできず、たいへん申しわけありませんでした。ストーニー・クロス・パークに再びお出でくださり、たいへん嬉しく思っております」

「まあ、伯爵様」マーセデスが声を震わせて言った。「わたくしたちは、この素晴らしいお屋敷にまた滞在させていただくことができて、たいへん喜んでおりますの！ それから、今日の午後のことでございますが——あなた様がおいでにならなかったこと、わたくしたちはなんとも思っておりません。あなたのような重要なお方には、たくさんのご用事や責任がおありになるでしょうから、そういった数知れない要求のためになかなかお時間がとれないことはよくわかっております」彼女の腕の動きは、カマキリに似ているとマーカスは思った。

「あら、うちの美しい娘たちがあそこにおりますわ——」さらに声を高くして、娘たちを呼ぶ。「リリアン！ デイジー！ ほら、こちらへいらっしゃい。ウェストクリフ伯爵様にごあいさつなさい！」

マーカスは、近くに立っていた数人が眉をつり上げても、表情を動かさないように努めた。さかんにマーセデスが合図を送っている方向をちらりと見ると、ボウマン姉妹が目に入った。ふたりとも、昼間、厩舎の裏で泥だらけになって腕白小僧のように遊んでいたときとはまるで別人だった。彼の視線はリリアンに留まった。彼女は、薄いグリーンのドレスを着ていた。ドレスの胴部は肩のところで二個の金のクリップで留められているだけだった。思考の暴走を止める間もなく、彼はそのクリップを外してグリーンのシルクを、クリームのようになめらかな胸と肩からはがすところを想像していた。

マーカスはなんとか視線を上げて彼女の顔を見た。輝く黒髪は頭のてっぺんにきちんと結い上げられていたが、その複雑に編み上げられたまげはとても重そうで彼女の細い首は折れてしまいそうに見えた。前髪を下ろさず額を出しているので、彼女の目はふだんよりもっと猫の目のように見えた。彼女は振り向き、頬骨のあたりをかすかに赤く染めて、顎を引いて警戒するようにうなずいた。彼女が部屋を横切ってこちらに——彼のところに——来たがっていないことは明白だった。彼女を責めることはできなかった。

「お嬢さん方を呼ぶにはおよびません、ミセス・ボウマン」彼はつぶやくように言った。「お友だちと楽しくやっておられるようだ」

「お友だちですって?」マーセデスはばかにしたように叫んだ。「あの評判の悪いアナベル・ハントのことをおっしゃっているのでしたら、わたくしはあの方には我慢がなりませんの——」

「わたしはミセス・ハントを非常に素晴らしい女性だと思っています」マーカスはマーセデスをまっすぐ見つめた。

その言葉に虚を衝かれ、マーセデスは青ざめたが、すぐに気をとりなおして言った。「あなたのようなお目の高い方がそうおっしゃるのでしたら、わたくしも考えをあらためなければなりませんわ、伯爵様。実際、わたくしはいつも思っていたのですが――」

「ウェストクリフ」トーマス・ボウマンが割って入った。自分の娘たちやその友人についての話題には興味がないらしい。「前回お会いしたときに出た事業の話は、いつできますかな?」

「よろしければ明日にでも」とマーカスは答えた。「朝食の前に、早朝の乗馬を計画しています」

「乗馬は遠慮するが、朝食の席でお会いしよう」

彼らは握手をし、マーカスは軽く会釈して夫妻から離れ、マーカスと話したがっている別の客たちと会話を始めた。間もなく新しい人物が部屋にあらわれた。人々はすばやく小柄なジョージアナのために場所を空けた。マーカスの母親、レディー・ウェストクリフである。

彼女は白粉をたっぷりはたき、銀髪を入念に結い上げており、手首や首や耳はきらびやかな宝石類で飾りたてられていた。杖すらもきらきらと輝き、金メッキされた持ち手の部分にはダイヤモンドがはめこまれていた。

老齢によって容姿は衰えても、内面が美しく輝く高齢の女性もいるが、ウェストクリフ伯爵夫人はそういうたぐいの女性ではなかった。心が美しく輝くどころか、思いやりとか親切心には無縁の女性だった。外見については、伯爵夫人は美しい女性ではなく、若いころですら美しかったことは一度もなかった。その高価な衣装を、質素なブロードのドレスとエプロンに取り替えたら、年老いた乳搾りの女と間違えられるだろう。彼女は丸顔で、口が小さく、生気のない鳥のような目をしていた。鼻も大きすぎも小さすぎもせず平凡だった。彼女のもっとも目立つ特徴は、誕生日プレゼントを開けたら、去年と同じものでがっかりした子どものような、なにもかもに幻滅している気難しい雰囲気を漂わせていることだった。

「ごきげんよう、母上」マーカスは皮肉な笑いを浮かべて母親を見つめた。「今夜は、お出ましいただいて光栄です」伯爵夫人は、客の多い晩餐には出てこないことがよくあり、二階の自室で食事をとるのを好んでいた。今夜は、めずらしく仲間に加わる気になったようだ。

「だれかおもしろい客が来ているかどうか知りたくて来たのですよ」伯爵夫人はにこりともせずに答え、威厳のある視線で部屋中をながめた。「でもまあ、見たところ、いつものようにうすのろだらけのようね」

伯爵夫人の言葉を、愚かにもしゃれと受け取った人々のあいだから、神経質な忍び笑いやら高笑いが聞こえてきた。

「そう決めつけるのは、わたしがあと何人か、新しい客人をご紹介するまではお待ちになってからになさったらいかがですか」とマーカスは、ボウマン姉妹のことを考えながら答えた。意見の厳しい母は、あの度しがたいふたりを素晴らしい退屈しのぎと考えるだろう。

席次にしたがって、マーカスは伯爵夫人をダイニングルームにエスコートし、ほかの人々はそのあとにつづいた。ストーニー・クロス・パークの晩餐の贅沢さは有名で、今夜も例外ではなかった。魚、猟獣、家禽、ビーフなど八種類のコースが供されるたびに、テーブルの生花のアレンジも交換された。ウミガメのスープに始まり、ケーパーを添えた焼きサケ、スズキとボラのクリーム煮、風味のあるエビのソースをかけた汁気たっぷりのマトウダイとつづく。次のコースは、コショウ風味のシカ肉、ハーブをつけ合せたハム、ゆっくり揚げた子牛の膵臓にほかほかのグレービーソースをかけたもの、皮がかりかりになるまでローストした鶏肉——といった具合に晩餐はつづき、客たちは、腹が膨れてまぶたが重くなり、召使たちが常にグラスにワインを満たしてくれるので顔を真っ赤にしている。ディナーのしめくくりとして、アーモンド・チーズケーキ、レモン・プディング、ライス・スフレが盛り付けられた皿が次々に運ばれてきた。

マーカスは、デザートはとらずに、ポートワインを飲み、リリアン・ボウマンをさっと盗み見た。静かに口を閉じているまれな瞬間には、彼女は上品なプリンセスさながらに見えた。しかしおしゃべりを始めるやいなや——フォークを振り回し、男性の話におかまいなく口をはさみ——高貴な見かけは消え去った。リリアンは率直すぎるし、自分の言っていることがおもしろくて、聞くに値すると思い込みすぎていた。彼女は他人の意見に感心したふりをしようともせず、だれかに敬意を示すということができないようだった。

男性には食後のワイン、女性には紅茶が出され、しばらく雑談が交わされると、客たちは席を立ち始めた。マーカスは何人かの客たちとともに大広間に移動した。その中にはハント夫妻もいたが、マーカスはアナベルのふるまいが少し奇妙なことに気づいた。彼女はひじが触れ合うほど彼の近くを歩いており、室内はとても涼しいというのに、さかんに扇であおいでいる。マーカスは彼女がぱたぱたと送り込んでくるよい香りの空気を受けながら、眉をひそめて不思議そうに彼女を見た。「部屋が暑すぎますかな、ミセス・ハント？」

「ええ、まあ……暑く感じませんこと？」

「いいえ」彼は笑顔で彼女を見下ろした。なぜアナベルが突然扇を動かすのをやめ、うかがうような目で彼を見るのかといぶかりながら。

「何かお感じになりません？」

彼はおもしろがって首を左右に振った。「いったいどうしたんです、ミセス・ハント？」

「あら、なんでもありませんわ。ただ、あなたがわたしにいつもと少し違う印象をお持ちになったのではないかと思っただけです」

マーカスはさっと機械的に彼女に視線を走らせた。「髪型かな？」と彼は言った。ふたりの妹を持っていたので、彼女たちが理由を言わずに彼に「どうかしら？」と尋ねたときには、たいてい髪型について意見を求めているのだということを彼は学んでいた。親友の妻と容姿に関する話をするのはこの場にふさわしいとは思えなかったが、アナベルは彼を、兄のように見ているのだろうと彼は思った。

答えを聞いて、アナベルは残念そうに微笑んだ。「ええ、そうですわ。わたしのふるまいを少し奇妙にお感じになったのなら、お許しくださいませ、伯爵様。ワインを飲みすぎたようですわ」

マーカスは静かに笑った。「夜気にあたれば気分もすっきりするでしょう」

彼らの隣にやってきたサイモン・ハントは会話の最後の部分を耳にして、妻のウエストに手をあてた。微笑みながら妻のこめかみに唇を触れる。「裏のテラスに行くかい？」

「ええ、お願い」

ハントは体を硬くして、頭を彼女のほうに傾けた。アナベルは夫の自制するような表情に気づかなかったが、マーカスは見逃さなかった。なぜハントは突然、居心地悪そうな、心ここにあらずという表情になったのだろう。「失礼するよ、ウエストクリフ」ハントはそうつぶやくと、不作法なほど素早く彼女を引っ張って、急ぎ足で連れ去った。

当惑して首を振りながら、マーカスはふたりが逃げるように速足で玄関広間から出ていくのを見つめた。

「何にも起こらなかったわ、なーんにも」デイジーは、リリアンとエヴィーとともにダイニングホールからぶらぶら歩き出ながら、不機嫌に言った。「わたしはふたりの紳士にはさまれて座っていたのだけど、どちらもまったくわたしに関心を示さなかったわ。香水がにせものか、彼らが無嗅覚症であるかのどちらかね」

エヴィーはぽかんとした顔でデイジーを見た。「む……む、きゅうかくしょうって？」

「父親が石鹸会社を経営していればいやでも耳にする言葉よ」リリアンがそっけなく言った。「つまり、においの感覚がないってこと」

「まあ。では、わたしのお隣にいた、か、かたがたも、無嗅覚症だったに違いないわ。だって、あの方たちもわたしに気づいていなかったみたいだもの。リリアン、あなたはどうだった？」

「同じよ」彼女は困惑と欲求不満がまざった気分で答えた。「結局、香水に効き目はなかったってことのようね。でも、ウェストクリフ伯爵には効いたと確信していたのだけど……」

「そのときほど接近したことはいままでなかったのよね？」

「あたりまえじゃないの！」

「じゃあ、あんまり近くに立っていたせいで、彼はおかしくなっちゃったのよ、きっと」

「ええ、まあ、そういうことでしょうね」リリアンは自分をあざ笑うように言った。「わたしは世界に名だたる妖婦だから」

デイジーは笑った。「あなたに魅力がないってことじゃないのよ。わたしが思うに、ウェストクリフ伯爵は常に——」

しかし、その意見が口に出されることはなかった。玄関広間にさしかかった三人は、ウェストクリフその人の姿を目にしたからだ。くつろいだかっこうで肩を柱にもたれかけている姿には威厳があった。尊大な頭の傾け方から自信に満ちた肉体にいたる彼のすべてが、何世代にもわたる伯爵家の血筋を物語っていた。リリアンは、そっと彼に近づいて、くすぐってやりたいという強い衝動に駆られた。いらだって吠える彼の姿を見てみたかった。

彼は顔をこちらに向け、儀礼的に三人を順番にながめ、それからリリアンをじっと見つめた。するとその視線からは礼儀正しさが消え、かすかに肉食獣を思わせる獰猛さが感じられ、リリアンははっと息を呑んだ。いまは上等な仕立ての黒ラシャのスーツに隠されている彼の硬い筋肉質の体の感触を思い出さずにはいられなかった。

「お、おっかないわ」というエヴィーのささやき声が聞こえて、リリアンは急におかしくなり、彼女をちらりと見た。

「ただの男よ。彼もきっと、召使に片足ずつズボンをはかせてもらうのよ、他の男たちと同じく」

デイジーは姉の無礼な言葉に笑い、エヴィーはショックを受けたようだった。

リリアンを驚かせたことに、ウェストクリフはぱっとよりかかっていた柱から離れて、彼女たちに近づいてきた。「こんばんは、みなさん。夕食を楽しんでいただけましたかな」

舌がもつれて、エヴィーはただうなずき、デイジーは元気いっぱいに「素晴らしかったですわ、伯爵様」と答えた。

「それはよかった」彼は視線をリリアンの顔に向けたまま、エヴィーとデイジーに言った。「ミス・ボウマン、ミス・ジェナー……まことに申しわけないのだが、あなたがたのお仲間をちょっとお借りしたいのですが、よろしいですかな…………」

「どうぞ、どうぞ」デイジーは、リリアンにからかうような笑顔を向けて言った。「どうぞ、お連れ下さいませ、伯爵様。わたしたち、いまはとくに姉に用事はありませんから」

「ありがとう」彼は重々しくリリアンに腕を差し出した。「ミス・ボウマン、よろしいかな？」

リリアンは彼の腕をとった。彼に連れられて広間を横切っていくとなぜか自分がか弱くなったように感じられる。ふたりのあいだの沈黙はぎこちなく、いろいろな疑問をはらんでいた。ウェストクリフはいつも彼女をいらだたせてきたが、いま彼は、彼女を無防備にさせるこつを心得ているようだった――彼女はそれがしゃくだった。巨大な柱の陰で彼は立ち止まり、顔をこちらに向けたので、彼女は手を彼の腕から離した。

彼の口と目は、彼女の顔より七、八センチほど上にあった。向かい合って立っていると、ふたりの体はみごとにつり合っていた。彼女の心臓はとくとくと速く打ち始め、血管に血液を送り込む。まるで火のすぐ近くに立っているかのように、急に肌がかっと火照ってきた。彼女が赤くなったのに気づいたウェストクリフは、濃いまつげを少し下ろして闇夜のような黒い瞳にかぶせた。

「ミス・ボウマン」彼はささやくように言った。「今日の午後の出来事があったにせよ、あなたはまったくわたしを恐れる必要はありません。もしあなたに異存がないなら、あのことについてだれにも邪魔されない場所で話がしたいのですが」

「けっこうですわ」リリアンは穏やかに答えた。どこかふたりきりの場所で彼と会う――まるで恋人どうしが逢引するみたいで、居心地が悪いけれど、事実はまったく違うのだ。それでも、背筋に走る震えを抑えることができない。「どこで？」

「オレンジ温室はどうですか」

「ええ、どこにあるか知っていますわ」

「五分後に？」

「わかりました」リリアンは、そういう秘密の約束には慣れているといわんばかりに、まったく動じていないふりを装って彼に笑いかけた。「わたしが先に参ります」

彼から離れて歩き始めると、背中に彼の視線を感じた。自分の姿が見えなくなるまで、彼がじっと見つめていることが、彼女にはなんとなくわかっていた。

6

オレンジ温室に入ると、よい香りに包まれた……オレンジの香りだ。だがほかにも、レモンや月桂樹やキンバイカの香りが、ほんわりと暖められた空気に充満していた。四角い建物のタイル敷きの床にはところどころに鉄格子のはまった通気孔があり、下の階でたいているストーブからの暖気が部屋の中に均等に昇ってくる仕組みになっていた。ガラスの天井から星明かりが差し込んで、ガラスをきらきらと輝かせ、熱帯植物の鉢が並んでいる室内の棚を照らし出していた。

温室の中は薄暗く、闇にかすかな光を加えているのは、室外で焚かれているたいまつのちらちら輝く火だけだった。足音が聞こえて、リリアンはさっと侵入者のほうを振り返った。ウェストクリフはその仕草から彼女の不安を感じ取ったのだろう。低い声で安心させるように言った。「こわがらなくていい、わたしだ。もし、ほかの場所がよかったら――」

「いいえ」リリアンは彼の言葉をさえぎった。イギリスでもっとも権力を持つ男のひとりである彼が、自分を「こわがらなくていい」と言ったのがなんとなくおかしい。「わたしはオレンジ温室が好きです。実際、このお屋敷の中で一番好きな場所だわ」

「わたしもだ」ゆっくり彼女に近づきながら、彼は言った。

「あなたにはほとんど個人の生活というものがないのでしょうね？　ストーニー・クロス・パークには常にお客が来ては、去っていき……」

「なんとかひとりの時間をつくるようにしている」

「ひとりでいるときには、何をしているの？」この状況のすべてが夢のように思えてきた。ウェストクリフとオレンジ温室で語り合い、ちらちらと遠くで輝くたいまつの光が映し出す、彼の粗削りでありながらエレガントな顔のラインを見つめているとは。

「読書」と彼の重々しい声が聞こえてくる。「散歩。たまには川で泳ぐ」

突然闇がありがたく感じられた。服を脱ぎ捨てた彼が水の中に飛び込むさまを想像すると顔が真っ赤になる。

彼女が急に黙り込んだので彼女が困惑していると感じた彼は――しかし、その理由を誤解していたのだが――不機嫌な声で言った。「ミス・ボウマン。今日の午後起こったことについて、わたしはあなたに詫びなければならない。なぜあのようなふるまいをしたのか自分でも不思議で、あの一瞬、頭がおかしくなってしまったとしか言えない。しかし、二度とあのようなことは起こらないでしょう」

リリアンは「頭がおかしくなって」という言葉にちょっとむっとした。「いいわ、謝罪を受け入れます」

「わたしは、これから先どのような状況においても、あなたを誘惑しようとすることはないので、どうぞ安心してください」

「わかりました。もう十分ですわ、伯爵様」

「もしわたしたちふたりだけで無人島に取り残されても、あなたに迫ったりすることは絶対にない」

「承知しています」彼女はそっけなく言った。「もうこれ以上おっしゃる必要はありません」

「ただわたしは、自分がしたことは精神錯乱によるものだということを明確にしておきたいのです。あなたはわたしが関心を寄せるようなタイプの女性ではない」

「わかりました」

「実際――」

「十分、あなたの意見は明確に伝わっていますわ、伯爵様」リリアンは顔をしかめて口をはさんだ。「こんなにむかつく謝罪の言葉は、聞いたことがない。「しかしながら……父がいつも言っておりますの。心からの謝罪には償いがつきものだ、と」

ウェストクリフは警戒するように彼女を見た。「償い？」

ふたりのあいだにぴりぴりと緊張が走った。「ええ、伯爵様。ひとこと、ふたこと、謝罪の言葉を述べればそれでおしまいというのなら、簡単ですわよね？　でもあなたが本当に自分のなさったことを詫びたいとお思いなら、償おうとするものじゃありません？」

「わたしはあなたにキスしただけだ」彼女が事件を大げさに捉えすぎているとでも言うように、彼は言い返した。

「わたしの意志に反して」リリアンはきっぱりと言い、威厳が傷つけられたという表情をした。「おそらく、あなたにロマンチックな興味を持たれて喜ぶ女性もいるでしょう。でも、わたしは違います。そしてわたしは、抱きすくめられて、望みもしないのに強引にキスをされることには慣れていないのです――」

「あなたもいやがってはいなかった」ウェストクリフは反論した。冥府の王のような険しい形相だ。

「いやがっていたわ！」

「あなたは――」水掛け論だと気づいてウェストクリフは言いかけた言葉を飲み込み、くそっと小さくつぶやいた。

「でも」リリアンは冷静に続けた。「わたし、喜んであなたを許し、この件をきれいに忘れるかもしれません。もしも……」彼女はわざと言葉を切った。

「もしも？」彼は陰鬱に尋ねた。

「わたしのささやかな願いを聞いてくださったら」

「願い？」

「あなたのお母様に、次のシーズンでわたしたち姉妹の身元引受人になっていただけるよう頼んでくださるだけでいいの」

その願いは理性の枠を超えているとでもいうように、彼は目を丸くしてあからさまに迷惑そうな顔をした。「だめだ」

「イギリスのエチケットの要点も教えていただけるともっと助かるんだけど――」

「だめだ」

「わたしたちには後ろ盾が必要なの」とリリアンは食い下がった。「でないと、わたしと妹は社交界からはじかれてしまうわ。伯爵夫人は影響力のあるお方だし、とても尊敬されているから、あの方に味方していただければわたしたちは成功間違いなし。わたしを助けてくださるよう、あなたならお母様を説得できると思うわ――」

「ミス・ボウマン」ウェストクリフは冷たくさえぎった。「ヴィクトリア女王ご自身ですら、あなたたちのような野蛮な小娘たちを、貴族社会に溶け込ませることはできない。不可能だ。いくらあなたのお父上を喜ばせるためとはいえ、あなたが引き起こすに決まっている大騒ぎに母を巻き込むことはできない」

「そうおっしゃるだろうと思っていたわ」リリアンは、本能にしたがって大きな危険を冒すべきかどうか迷った。壁の花たちは今夜、香水の実験に失敗したけれど、この香水はウェストクリフには魔力を働かせることができるのではないかしら。でも違ったら、とんだ恥をかくことになる。深く息を吸い込んで、彼女は彼に一歩近づいた。「いいわ――ではしかたがありません。わたしを助けると言ってくださらないのなら、わたしは今日の午後のことをみんなに話します。冷静沈着なウェストクリフ伯爵が、礼儀作法も知らない不遜なアメリカ娘に欲望を抑えることができなかったと知ったら、みなさん、とてもおもしろがることでしょうね。しかも、あなたは否定できない。だって、あなたは嘘がつけない方だから」

ウェストクリフは片方の眉を上げ、彼女を射すくめるようににらみつけた。「あなたは自分の魅力を過大評価しているようだ、ミス・ボウマン」

「そうかしら？　じゃあ、証明してみて」

ウェストクリフの祖先にあたる封建時代の伯爵たちは、いまの彼とそっくりな表情で、反抗的な農民を罰していたことだろう。「どうやって？」

思い切った行動に出る覚悟はできていたものの、やはり答える前にリリアンはごくりと唾を飲み込まずにはいられなかった。「今日の午後にやったように、わたしに腕をまわして。そして、あなたが自分を制することができるかどうか、試してみましょうよ」

彼のまなざしに軽蔑の色が浮かんだ。彼女の挑戦を彼が憐れんでいるのがわかった。「ミス・ボウマン、はっきり言っておかなければならないが……わたしはあなたに魅力を感じない。午後のことは単なる間違いだったのだ。もう二度とあのようなことは起こらない。では、これで失礼する。客たちが待っているので」

「いくじなし」

ウェストクリフは背を向け始めていたが、その言葉にさっと血がのぼり、彼女を振り返った。いくじなしと非難されたことは、めったに、いえ、いっぺんもなかったのだわ、とリリアンは思った。

「何と言った？」

彼の氷のような視線に負けないようにするには、全身を緊張させなければならなかった。

「明らかに、あなたはわたしに触れることを恐れている。自分を制することができなかったらと、不安なのだわ」

彼女から視線を外して、彼は耳を疑うように軽く首を左右に振った。再び彼女を見たときには、彼の目には激しい敵意がみなぎっていた。「ミス・ボウマン、あなたには触れたくもないと言っているのが、わからないのか？」

もし彼に誘惑に負けない絶対的な自信があるなら、こんなにごちゃごちゃ言う必要はないはずだ、とリリアンは気づいた。それに勇気づけられ、彼女は彼に近づいた。彼の全身に緊張が走ったのを彼女は見逃さなかった。「問題は、あなたが求めているかどうかではないの。いったんわたしを抱きしめたら、わたしを放せなくなるかどうかなのよ」

「信じられん」彼は忌まわしい敵を見るように彼女をにらみつけ、息とともに言葉を吐き出した。

リリアンはじっと動かずに、彼が挑戦に応じるのを待った。彼がふたりの距離を縮めるとすぐに、彼女の笑いは消え、唇が妙にこわばってきて、のどの奥で心臓がどきんどきんと激しく打ち始めた。彼の断固とした表情をさっとうかがうと、彼がやるつもりなのだとわかった。彼女は、彼が挑戦に応じて彼女の間違いを証明する以外の選択肢を与えなかったのだ。もし彼が正しかったら、わたしは二度と彼の顔をまともに見ることはできない。「ああ、ミスター・ネトル」と彼女は心の中で気弱につぶやいた。「あなたの魔法の香水が効きますように」

いかにも気が進まないといった仕草で、彼は用心深く腕を彼女の体にまわしてきた。心臓が早鐘のように打つせいで、肺から空気がすべて吐き出されてしまったように感じる。片方の広い手のひらは、彼女の緊張した肩甲骨の上に置かれ、もう一方はウエストのくびれにあてられた。彼は、まるで爆発物をあつかうように彼女にそっと触れた。彼に優しく抱き寄せられると彼女の血液は燃える液体に変わった。彼女の手のひらは着地する場所をさがすように漂っていたが、ようやく彼の上着の背中に落ち着いた。背骨の両側に手のひらをあてると、何層もの布地を通して、硬い筋肉の湾曲が感じられた。

「これでいいだろう?」と彼は彼女の耳に低い声でささやいた。

彼の熱い息に髪の生え際をくすぐられ、リリアンは足のつま先を靴の中で丸めた。彼女は声を出さずにうなずき、賭けに負けたことを悟ってうなだれた。ウェストクリフは彼女を放すのは簡単だと証明するだろう。そして、この先永久に、彼女を情け容赦なくあざけるのだ。

「もうけっこうよ、放して」と彼女はつぶやいた。恥ずかしくて口がひきつる。

しかしウェストクリフは動かなかった。彼は黒い頭を少し下げ、落ち着かないようすで息を吸い込んだ。わたしの首筋の香りをかいでいるんだわ、とリリアンは気づいた。常習者が麻薬の煙を胸いっぱい吸い込むように、ゆっくりと、しかし徐々に貪欲さを増しながら、香りを吸収している。香水だわ、彼女はぼんやり考えた。やはりわたしの妄想じゃなかった。またしても魔法の力をあらわしたのだ。でもなぜ、効き目があるように思えるのはウェストクリフだけなのだろう――。

彼が手に力をこめてきたので、彼女の思考は霧散した。彼女は震えて、体を弓なりにそらせる。

「くそっ」ウェストクリフは吐き出すように言った。何が起ころうとしているのか彼女がはっきり意識する前に、彼は彼女を近くの壁に押しつけた。彼の激しく非難するような視線が、ぼうっとした彼女の目から少し開いた口元へと移動する。彼は無言でいまにも燃え上がらんとしている欲望を抑えようと苦闘していたが、ついに呪いの言葉とともに屈服し、性急に彼女の唇に自分の唇を重ねた。

両手をあてがって彼女の頭の角度を合わせ、風味豊かな異国のごちそうを賞味するように、彼は優しく唇で彼女の口をつまんだり、軽く噛んだりした。ひざの力が抜けて、彼女は自分の力で立っていられなくなった。これはウェストクリフなのよ、と彼女は思い出そうとした……ウェストクリフよ、あなたが大嫌いな男……しかし、彼に強く口をふさがれているうちに、それに応えずにはいられなくなった。体を反らして彼に体を押しつけ、ふたりの体がぴたりと合わさるように無意識のうちに背伸びをしていた。彼女の股間のうずく谷間に、ズボンのボタン止めの前垂れ蓋に隠された固く盛り上がったものがすっぽりとはまりこむ。急に自分が何をしてしまったかに気づき、彼女は真っ赤になって彼から離れようとしたが、彼は彼女を放そうとしなかった。手でがっちりと彼女の腰を押さえつけ、そうしているあいだに口は、鬱積した欲望を解き放つように彼女の口をむさぼる。舌を深く侵入させ、彼女の頬の内側の滑らかな粘膜をさぐる。彼女は息をすることもできなかった。ドレスの胴部をまさぐる彼の手を感じて、彼女はあえいだ。

「きみに触れたい」ウェストクリフは、彼女の震える唇に向かってつぶやき、じゃまくさい芯の入ったドレスの胴部を引っ張る。「きみの体のあらゆる部分にキスしたい……」

彼女の胸はきつく締めつけてくるドレスの中で痛み出した。キルト芯の入ったコルセットを破り捨て、彼の口と手で傷めつけられた体を癒してもらいたいという、常軌を逸した思いに取りつかれた。だがそうする代わりに、欲望の熱に浮かされて彼がキスをつづけるあいだ、彼女は彼のふさふさした緩いカールのかかった髪に指を通した。やがて思考はぼやけていき、彼女の体はわなないた。

いきなり、性急な動きが止まった。ウェストクリフは自分の唇を引き剝がし、彼女の背中を縦溝彫りの半柱に押しつけた。不規則に呼吸しながら、彼は彼女から半分体をそむけ、両こぶしを握りしめて立っていた。

長い時間が経ち、リリアンの心は、ようやく話ができるくらい落ち着いてきた。香水がちょっと効きすぎたのだわ。彼女の声は深い眠りからさめたときのように、低くかすれていた。

「ええと、どうやら……どうやらこれで答えが出たようね。では……身元引受人をお願いする件に関しては……」

ウェストクリフは彼女のほうを見ずに「考えておく」とつぶやき、オレンジ温室から出て行った。

7

「アナベル、いったいどうしたの？」翌朝、朝食にやってきたリリアンは、裏のテラスの一番奥のテーブルに集まっていた壁の花たちに加わると、アナベルに尋ねた。「なんだかげっそりしているみたいね。どうして乗馬服に着替えていないの？　あなたも障害コースに行くんだと思っていたわ。それから、どうして昨晩は、あんなに急にいなくなったの？　何も言わずに消えてしまうなんて、あなたらしくない――」

「仕方なかったのよ」アナベルはぞんざいに答え、繊細な磁器のティーカップを手で包み込む。顔は青ざめて、疲れきっているように見え、青い目のまわりにはくまができている。先をつづける前に、たっぷり砂糖を入れた紅茶をごくんと飲んだ。「あのいまいましい香水のせいよ――あれをひとかぎしたとたん、彼、燃え上がっちゃったの」

　リリアンはショックを受け、アナベルが言おうとしていることをちゃんと理解しようとした。胃がずしんと重くなる。「じゃあ……ウェストクリフに効き目があったってこと？」

「あらいやだ、ウェストクリフ伯爵じゃないわよ」アナベルは疲れた目をこすった。「彼はわたしの香りになんか、ぜーんぜん、関心を持たなかったわ。おかしくなったのはわたしの夫。あの香水のにおいをかいだとたん、わたしを部屋にひきずっていって……一晩中寝かせてくれなかったの。一晩中よ」彼女は不機嫌に強調して、紅茶を飲み込んだ。

「何をしてたの？」デイジーはぽかんとした顔できいた。

　リリアンは、香水をつけたアナベルにウェストクリフが惹きつけられなかったと聞いて心からほっとした。妹をばかにするように見ると「何をしていたと思うの？　トランプでもしていたと？」と言った。

「ああ、なるほど」デイジーにもわかったようだった。彼女はアナベルを生娘らしからぬ好奇心に満ちた目で見つめた。「でも、嫌いじゃないんでしょう？　ミスター・ハントと……あれを……するのが」

「もちろん、好きよ、でもね……」アナベルは言葉を止めて、顔を赤らめた。「つまり、男性があれほど燃え上がると――」リリアンまで興味津々といった顔で聞いているのに気づいて、アナベルは途中でやめた。グループの中のたったひとりの既婚女性である彼女は、他の娘たちが非常に興味を持っている男女の親密な行為については他の三人よりも詳しかった。ただ、通常あまり隠し事をせずになんでも話すアナベルも、ミスター・ハントとのプライベートな生活の詳細については話さないことに決めているようだった。彼女は声をひそめてささやいた。「うちの主人は、香水の助けを借りるまでもない人なのよ」

「本当に香水のせいだというの？」とリリアンはきいた。「何か別の原因があって――」

「香水のせいよ」アナベルはきっぱりと言った。

エヴィーがけげんな表情を浮かべて、口をはさんだ。「でも、な、なぜ、ウェストクリフ伯爵は香水をつけたあなたに惹きつけられなかったのかしら？　どうしてあなたのご主人だけに効いて、ほかの人には効き目がないのかしら？」

「それから、どうしてわたしやエヴィーのことはだれも気づかないのかしら？」とデイジーはふてくされて言った。

アナベルは紅茶を飲み干して、あらたにカップに注ぎ、砂糖の塊を入れてかき回した。彼女ははれぼったい目で、カップの縁の上からリリアンを見つめた。「あなたはどうなの？　だれかあなたに関心を示した？」

「実は……」リリアンは自分のカップの中身をのぞきこんだ。「ウェストクリフが」と彼女は不愉快そうに言った。「またもや。まったくついてないわ。あの媚薬は、わたしが大嫌いな男にしか効かないみたいなの」

アナベルは飲み込みかけた紅茶にむせ、デイジーは笑いをこらえるために手で口をふさいだ。アナベルの咳と笑いがまざった発作がおさまってから、彼女は涙目でリリアンを見た。「ウェストクリフはあなたに惹きつけられてしまってさぞかし仰天していることでしょうね。だって、あなたたち、相性は最悪で、会えば喧嘩ばかり」

「わたしは彼に、もし自分の行いに対する償いをしたいなら、伯爵夫人にわたしたちの身元引受人になってくれるように頼んでと迫ったの」とリリアンは言った。

「おみごと！」デイジーは叫んだ。「で、彼はそうするって？」

「現在、考慮中のようよ」

アナベルは椅子のアームにもたれ、森をすっぽり包んでいる遠くの朝もやをぼんやり見つめた。「わからないわ……どうして香水はミスター・ハントとウェストクリフ伯爵にしか効かないのかしら？　そしてなぜ、わたしがつけていても伯爵にはまったく効き目がないのに、あなただと……」

「きっと、香水の魔法は」エヴィーは推測する。「その人が真実の愛を見つける助けをしてくれるのよ」

「ばかばかしい」リリアンは、その考えに腹を立てて言った。「ウェストクリフはわたしの真実の愛なんかじゃないわ！　彼は尊大で偉ぶったいけすかない男よ。あんな人とは礼儀正しく会話する気にもならない。あいつと結婚することになった不運な女は、このハンプシャーで朽ち果てることになるのよ。することなすこと逐一彼におうかがいをたてて。そんなの、ごめんこうむるわ」

「ウェストクリフ伯爵は、古臭い田舎紳士じゃないわ」とアナベル。「ロンドンの家に頻繁に滞在しているし、いろいろなところから招待を受けている。彼の偉そうな態度についてはーまあ、そういうところはあるかもしれないわね。でも、親しくなるにつれ、彼は防備を解いて、とても感じがよくなるの」

リリアンは口を真一文字に結んで、首を左右に振った。「この香水に引き寄せられるのが彼だけだとしたら、もうつけるのはやめるわ」

「まあ、だめよ！」アナベルの目がいきなり茶目っ気たっぷりに輝いた。「彼をいたぶりつづけるのは楽しいんじゃない？」

「そうよ、つけたほうがいいわ」とデイジーも加勢する。「あなたの香水に悩殺されるのは伯爵だけとまだ決まったわけじゃないし」

リリアンがエヴィーをちらっと見ると、彼女はかすかな笑みを浮かべていた。「どう思う？」とリリアンが尋ねると、エヴィーはうなずいた。「わかったわ」とリリアンは言った。「ウェストクリフ伯爵をいたぶる機会があるというなら、逃す手はないわね」彼女は乗馬服のスカートから香水瓶を取り出した。「ほかに、これをつけたい人は？」

アナベルはげんなりした顔になった「わたしはけっこう。わたしに近づけないで！」ほかのふたりは、すでに手を広げて待っていた。リリアンはにっこり笑って瓶をデイジーにわたした。デイジーは手首にたっぷり数滴たらし、耳のうしろにもつけた。「ほら」とデイジーは満足そうに言った。「昨夜の二倍はつけたわ。真実の恋人が半径一キロ以内にいるなら、わたしのところに駆けつけてくるわ」

エヴィーは瓶を受け取り、のどに少しつけた。「き、効き目がなくても、とてもすてきな香りだわ」

リリアンは瓶をポケットにしまい、立ち上がった。チョコレート色の乗馬服のたっぷりしたスカートのしわを伸ばす。スカートの長いほうのすそは、歩くときにすそ線が水平になるようにボタンでたくし上げられていた。しかし、馬上ですそを下ろせば、馬の背中に優雅にかかり、脚を上品に隠してくれる。髪は三つ編みにしてきっちりおだんごにまとめて、うなじのあたりにピンで留めつけられていた。羽根で縁取りをした小さな帽子がちょこんと頭のてっぺんにのっている。「さあ、乗馬する人たちが厩舎に集まる時間だわ」彼女は眉をあげて尋ねた。「行く人はいないの？」

アナベルは意味ありげな目でリリアンを見た。「昨夜はたいへんだったから」

「わたしは乗馬が苦手なの」とエヴィーは申しわけなさそうに言った。

「リリアンもわたしも苦手よ」とデイジーは警告の視線を姉に送った。

「あら、わたしは得意よ」とリリアンは断固として言った。「わたしが男顔負けに馬を乗りこなせること、知っているでしょう？」

「男のように乗った場合には、よ」デイジーは言い返した。アナベルとエヴィーの困惑した表情を見て、デイジーは説明し始めた。「ニューヨークでは、リリアンもわたしもたいてい馬にまたがって乗っていたの。そのほうがずっと安全だし、乗り心地もいいのよ。両親は、足首が締まったズボンをスカートの下にはいて、自分の家の地所内で乗るぶんには、黙認してくれていたの。たまに男性といっしょに乗馬するときには、横鞍を使ったわ。でも、わたしたちふたりとも、横鞍はあまりうまくないの。リリアンはまたがって乗りさえすればジャンプの名手よ。だけど、わたしの知る限りでは、横鞍でジャンプを試みたことはないと思う。バランスがまるっきり違うし、使う筋肉も違う。それにストーニー・クロス・パークの障害コースは——」

「しーっ、デイジー」リリアンがこっそり妹を制した。

「――とても難しいし、きっと――」

「黙りなさい」リリアンはすごみのある低音で言った。

「――姉は落馬して、首の骨を折ると思うの」とデイジーは言い終えて、姉をにらみ返した。

アナベルはそれを聞いて不安になったようだった。「リリアン、あなた――」

「行かなくちゃ」と、リリアンはそっけなく言った。「遅れたくないわ」

「ウェストクリフ伯爵の障害コースは初心者向きではないと聞いているわ」

「わたしは初心者じゃないの」リリアンはくいしばった歯のあいだから言った。

「いくつかバーが固定されている難しい障害があるの。サイモン、いえ、ミスター・ハントが、できたばかりのころに私を連れて行ってくれて、いろいろな障害の飛び越し方を教えてくれたのだけど、それでもすごく難しかった。もし、横鞍に慣れていないなら、馬の頭や首の自然な動きをさまたげて――」

「大丈夫よ」とリリアンは冷たくさえぎった。「まったくもう、アナベル、あなたがそんな口うるさい心配症だとは思わなかったわ」

リリアンの辛辣な言葉に耐えながら、アナベルはなぜ彼女はこんなにむきになるのだろうと思った。「どうして自分の身を危険にさらす必要があるの？」

「わかっていると思うけど、わたしはどうしようもない負けず嫌いなのよ」

「それはとても素晴らしい資質だと思うわ」とアナベルは優しく言った。「意味のないことで張り合うのでない限り」

ふたりのあいだに、これまでなかったような緊張が走った。「いいこと」とリリアンはいらだたしげに言った。「わたしが落馬したら、いくらでも非難するがいいわ。そしてわたしはおとなしく拝聴する。でも、今日、だれもわたしを止めることはできない……だから、あなたがこのことでうるさく言うことこそ、意味のないことなのよ」

彼女はくるりと背を向け、アナベルの激しい抗議の叫び声を聞きながら歩み去った。デイジーはあきらめたようにつぶやく。「……しようがないか、折れるのはリリアンの首なんだから……」

リリアンが行ってしまってから、デイジーは申しわけなさそうに眉をひそめてアナベルを見た。「ごめんなさい。姉はあんなトゲのある言い方をするつもりはなかったの。でも、姉はああいう性格だから」

「あなたが謝る必要はないわ」アナベルは皮肉っぽく言った。「謝らなければならないのはリリアンよ……でも、わたしが絞首刑にでもならない限り、あの人は謝ったりしないでしょうね」

デイジーは肩をすくめた。「姉もときには、自分の行動の結果に苦しむべきなのよ。でも、彼女のいいところは、自分が間違っていることがわかったらそれを素直に認めて、笑い種にできることなの」

アナベルは微笑みを返さなかった。「わたしだって彼女の良さはわかっているのよ、デイジー。だからこそ、盲目的に危険に突入するようなことはして欲しくないの。今回の場合は、馬で障害を飛び越すことだけど。彼女はあの障害コースがどんなに危険かわかっていないのよ。ウェストクリフは熟練した乗り手だから、自分の技術に合わせてコースを作ったの。わたしの夫も上手な乗り手だけれど、それでもあのコースは手ごわいと言っている。それなのに、横鞍でのジャンプに慣れていないリリアンが挑むとは――」アナベルはひたいにしわを寄せた。「彼女が落馬して怪我したり、死んでしまったらと考えるといてもたってもいられないわ」

そのときエヴィーがそっと言った。「ミ、ミスター・ハントがテラスにいるわ。ほら、フレンチドアの側に立っている」

三人は、背が高く浅黒いアナベルの夫のほうを見た。乗馬服を身につけている。彼が裏のテラスに姿をあらわすとすぐに近づいてきた三人の男たちと談笑している。男たちはハントの軽口に笑っている――どうやら、きわどい冗談を言ったらしい。ハントは女性よりも男性に人気のあるタイプの男だったから、ストーニー・クロス・パークの常連客にたいへん好かれていた。彼は冷笑を浮かべて、屋外に置かれたテーブルに座っている客たちのグループをながめた。召使たちがテーブルのあいだを忙しそうに歩き回り、食事の皿や搾りたてのジュースの入ったピッチャーを運んでいる。しかし、アナベルに目を留めると、ハントの表情は変わった。冷笑は消え、優しい笑みに変わった。それを見てデイジーはちょっとうらやましくなった。ふたりのあいだに電気のようなものが走ったように思えた。目には見えないけれど、だれも断ち切ることができない強い絆のようなものが。

「ちょっと失礼」とアナベルはつぶやいて立ち上がった。彼女が夫に近づくと、彼はすぐに妻の手をとり、手のひらにくちづけした。自分を見上げる妻の顔を見て、彼女の手を握ったまま、彼女のほうに頭を近づけた。

「彼女、旦那様にリリアンのことを話していると思う？」とデイジーはエヴィーにきいた。

「そうだといいんだけど」

「ああ、彼が慎重に行動してくれないとたいへんなことになるわ」とデイジーはうめいた。

「リリアンの邪魔をするようなそぶりを見せたら、彼女、手がつけられなくなるわ」

「ミスター・ハントは万事抜かりない方だと思うわ。事業においては、交渉の名人と言われているもの」

「そうね」デイジーは少し安心した。「しかも、アナベルの扱いに慣れている。アナベルの気性の激しさも相当なものだものね」会話しながら、デイジーは思わずにいられなかった。エヴィーとふたりきりで話しているときにはいつも、奇妙な現象が起こるのだ……エヴィーはリラックスして、言葉がつかえることもほとんどなくなる。

エヴィーは前に身を乗り出した。テーブルにひじをついて顎を手にのせている彼女の姿は気取りがなくて優雅だった。「ふたりはどうなると思う？　リリアンとウェストクリフ伯爵のことだけど」

デイジーは姉の気持ちを思うと心がちくりと痛み、憂いのある笑みを浮かべた。「リリアンは、昨日、ウェストクリフ伯爵に自分が心惹かれてしまったことに気づいて、恐ろしくなったのよ。そういうとき、彼女はうまく気持ちを処理することができなくなる。そしてたいてい猪突猛進して、むこうみずなことをしてしまうのよ。だから、今日、馬に乗って命を落とすことに決めたのだと思うわ」

「でも、どうして彼女、恐ろしくなったのかしら?」エヴィーは不思議そうに尋ねた。「だって、伯爵のような人の関心を引くことができたなら、喜んでもいいんじゃない?」

「もしも、ふたりが事あるごとに角を突き合わせているような間柄じゃなかったら、ね。それにリリアンは、ウェストクリフみたいな力のある男性にねじ伏せられるのががまんできないのよ」デイジーは深くため息をついた。「わたしもいやだけど」

エヴィーはうなずいて、しぶしぶ同意した。「わたし思うんだけど……伯爵はリリアンの元気の良すぎるところが苦手なのだわ、きっと」

「それより」デイジーはいたずらっぽく笑って言った。「ねえ、エヴィー……こんなこと言うのは失礼かもしれないけど、この数分間、あなたはまったく言葉がつかえなくなったわ」

赤毛の娘は手のひらで口元を隠して、恥ずかしそうに笑った。そして、赤褐色のまつげ越しにデイジーをちらりと見た。「家から離れるといつもずっとうまく話せるようになるの……家族から離れると。それから、ゆっくり話すようにして、何についてしゃべるか考えるとうまくいくのよ。でも、疲れているときとか、し、知らない人としゃべるときには、だめになる。舞踏会に出かけていって、知らない人だらけの部屋に入ることほどこわいものはならどうかしら」

いわ」

「エヴィー」デイジーは優しく言った。「今度、知らない人だらけの部屋に入るときには「……この中には、自分と友だちになりたがっている人が必ずいると自分に言い聞かせてみたらどうかしら」

もやで煙る朝の空気は新鮮だった。乗馬をする人々は厩舎の前に集まっていた。一五人ほどの男性と、リリアンのほかに女性がふたりいた。男たちは黒っぽい上着に、淡黄褐色かカラシ色の半ズボン、そしてトップブーツというでたちだった。女性たちは紐飾りのついたウエストが締まった乗馬服を着ており、片側のすそが長い非対称形のスカートをはいていた。長いほうのすそはボタンでたくしあげてある。召使と厩舎係の少年たちは、人々のあいだを走り回り、馬を引いてきたり、三つある石の踏み台から客人たちが馬に乗るのを順番に手伝ったりしていた。自分の馬を引いてこさせる客も何人かいたが、ほかの人々は名馬がそろっていることで有名なマースデン家の馬を使った。リリアンは前回の滞在中に、厩舎を見て回ったが、待ち受けている客のもとに引いてこられる手入れのゆきとどいた馬たちの美しさにあらためて感動を覚えるのだった。

リリアンは踏み台の横で、馬が引かれてくるのを待っていた。そばにいるのは、若いミスター・ウィンスタンリー——赤褐色の髪をしたなかなかのハンサムだが、顎の線が弱い感じがする——と、和やかに会話しているヒュー卿とベイズリー卿の三人だった。彼女は彼らの話に興味がなかったので、ぼんやりあたりの景色をながめていると、引き締まった体型のウェストクリフが厩舎の中庭をさっそうと横切っていくのが見えた。彼の上着は仕立ては上等だったが、何度も着ているせいで少々よれよれになっており、トップブーツの革は履き古してすっかり柔らかくなっていた。

思い出したくもないのに昨日のことが思い出され、心臓がどきどき鳴り始めた。きみの体のあらゆる部分にキスしたい……彼の言葉がいきなり甦ってきて、耳が燃え上がった。心の波立ちを意識しながら、彼女はウェストクリフが、すでに用意されていた馬に近づいていくのを見つめた……あの馬には見覚えがあった。名前はブルータス。馬の話題になれば必ずその名前が出るほど有名な馬だ。現在イギリスでブルータスほどもてはやされているハンター種の馬はいない。素晴らしい濃色の鹿毛で、賢く、職人のような気質の馬だった。胴は厚みがあり、肩は筋肉質で盛り上がっていて、でこぼこの大地を駆けるにも、見事な跳躍にも適していた。その足並みはよく訓練された兵士のように規律正しかったが、ジャンプをするときには、羽根が生えているかのように軽やかに飛ぶのだった。

「ブルータスがいるから、ウェストクリフは二頭目の馬を必要としないそうだ」と客のひとりが言った。

踏み台のところに立っていたリリアンは、好奇心にかられて話し手を見た。「それはどういうことですの?」

赤毛の男は意外だという顔で笑った。そんなことはだれでも知っているはずだとでも言いたげに。「狩りの日には、午前中には一頭目の馬に乗り、午後には元気な二頭目に乗り換えるのがふつうなのですよ。しかし、ブルータスはスタミナがあるから、二頭分の働きをしても平気らしい」

「所有者と同じだな」別の男が口をはさむと、男たちは全員、にやりと笑った。

あたりを見回すと、ウェストクリフはサイモン・ハントと話をしていた。ハントは何かウェストクリフが眉をひそめるようなことをひそかに告げているらしい。主人の横に立って、ブルータスは体を動かしたり、荒っぽく甘えて伯爵に鼻をこすりつけたりしていたが、ウェストクリフが鼻面をなでてやるとおとなしくなった。

昨日いっしょにラウンダーズをやった厩舎係の少年たちのひとりが、艶やかな毛並みの灰色の馬を踏み台のところに連れてきたので、リリアンは注意をそちらに向けた。リリアンが石段の上に乗ると、少年はこっそりウィンクした。彼女もウィンクを返し、少年が馬の腹帯と、大嫌いな横鞍のバランスストラップの具合を確かめるのを待った。賞賛の目で馬を眺める。その灰色の馬は洗練された引き締まった体をしていて、申し分なく均整がとれており、元気がよく、賢そうだった。背の高さは一三〇センチ以下だった……レディーの馬には最適だ。

「馬の名前は？」リリアンが尋ねた。彼女の声に、馬は片方の耳をぴくんと動かし彼女のほうに向けた。

「スターライトです、お嬢様。うまく乗りこなせますよ。こいつは厩舎の中で一番行儀がいい馬なんです。ブルータスには負けますが」

リリアンは馬の滑らかな首をかるく叩いた。「あなたは紳士のようね、スターライト。ばかげた横鞍なんか使わずに、あなたにちゃんとまたがって乗れたらいいのに」

葦毛の馬は頭を下げ、安心させるような静かな目で彼女を見た。

「もしお嬢さんが乗馬なさるのであれば、スターライトを連れてくるようにと、伯爵様に言われていました」と少年は言った。どうやら彼は、伯爵自ら、彼女の馬を選んだという事実にいたく感じ入っているようだった。

「まあ、ご親切なこと」とリリアンはつぶやいて、あぶみに足を滑り込ませ、三つの前橋《ぜんきょう》のついた鞍に軽々と乗った。体重のほとんどを右の腿と坐骨にかけて、安定させる。右の足をひとつの前橋にひっかけて、つま先を下に向け、左の脚は自然にあぶみにかける。この時点ではすわり心地は悪くなかったが、しばらくすると慣れない姿勢のせいで脚が痛くなってくるのがわかっていた。だが、手綱を取り、前屈みになってもう一度スターライトを軽く叩くと、喜びで体が震えてきた。彼女は乗馬が大好きだったし、この馬は自分の家の厩舎にいるどの馬よりも良い馬だった。

「ええと……お嬢さん」少年は低い声で言って、恥ずかしそうにまだボタンでたくしあげられたままのスカートを指さした。馬に乗ったいま、彼女の左脚のかなりの部分が露出している。

「ありがとう」と彼女は言って、腰のところについている大きなボタンを外してスカートを脚にかけた。すべて準備がととのったので、彼女は踏み台を離れるよう優しく馬を促した。するとスターライトはブーツのかかとのかすかな圧を感じ取って、即座に反応した。

　森をめざしていく乗り手たちのグループに加わり、障害コースのことを考えると胸が躍った。障害物は全部で一二あると聞いていた。それらがすべて、カーブを描いて森と野原を抜けていく走路に、うまい具合に配置されている。挑戦しがいのあるコースだが、彼女はそれを征服する自信があった。横鞍であっても、しっかりと腰を乗せているし、腿はカーブのついた鞍頭にあてがっているから、うまくバランスをとることができるだろう。しかも、この葦毛は非常によく調教されていて、元気があふれていながら従順で、容易に速歩《はやあし》からなめらかな襲歩《ギャロップ》に移行させることができる。

　コース開始地点に近づくと、最初の障害物が見えた。高さ六〇センチ、幅一八〇センチほどの三角屋根型《クープ》の障害だった。「わたしたちには問題ないわね、スターライト？」と彼女は馬にささやきかけた。速度を緩め、待っている乗り手たちのほうへ常歩《なみあし》で進んでいく。しかし、彼らのところに着く前に、だれかが隣に近づいてくるのを感じた。ウェストクリフだった。濃色の鹿毛の馬を、無駄な動作をいっさい省いて楽々と乗りこなすその姿に、彼女の腕と背中の産毛が逆立った。それは目を見張るばかりに完璧な技術を目の当たりにしたときの反応だった。馬上の伯爵がこの上なく立派に見えるのを彼女は認めざるをえなかった。

　その場にいたほかの紳士たちと違って、彼は乗馬用の手袋をはめていなかった。彼の手のひらにできたたこが彼女の肌をやさしくひっかいた感触を思い出し、リリアンはごくりと唾を飲み込んで、手綱を握る彼の手から視線をそらした。用心深く彼をちらりと見ると、どうやら何か不満なことがあるらしかった……眉間のV字の溝、頑固そうな顎のラインが証拠だ。

リリアンは努めてのんきな笑顔をつくろうとした。「おはようございます、伯爵様」

「おはよう」彼は静かに答えた。彼は言葉を慎重に選んで話をつづけた。「乗り心地はよいかな？」

「ええ、スターライトは素晴らしい馬だわ。この馬を選んでくださったお礼を言わなくちゃいけないみたいね」

ウェストクリフは、そんなことはたいしたことではないと言いたげに、少し口元をゆがめた。「ミス・ボウマン……あなたは横鞍に慣れていないように見受けられるが」

彼女の唇から笑みが消え、突然凍りついたようにこわばった。サイモン・ハントがさっき話したのだと気づいた。アナベルのしわざに違いない。邪魔をするなんて許せない。彼女は腹をたてて、顔をしかめた。「平気だわ」と彼女は冷たく言い放った。「どうぞおかまいなく」

「残念だが、客人を危険にさらすことはできない」

リリアンは手袋をはめた自分の手が手綱を強く握りしめるのを見つめた。「ウェストクリフ、わたしはここにいるだれにも負けないくらい上手に乗りこなせるの。あなたが何を聞いたのかは知らないけれど、わたしは横鞍の経験がまったくないわけではありません。だから、放っておいてちょうだい」

「もしもこのことを事前に知っていたら、先に一緒にコースを走り、あなたの技量がどのくらいかを判断できたのだが。しかし、こうなってしまった以上、もう手遅れだ」

彼女は彼の言葉の意味を理解した。その断固とした口調を、そして心にずしりとくる権威の重みを。「今日は乗ってはいけないと言うのね？」

ウェストクリフは彼女の視線をしかと受け止めた。「障害コースはだめだ。敷地内のどこでも自由に遠乗りするがいい。もしお望みなら、今週中にあなたがどれくらい乗りこなせるか見てあげよう。そうすれば、またチャンスがあるかもしれない。しかし今日は許可できない」

人から指図されるのに慣れていないリリアンは、彼をなじりたくなるのをぐっとこらえた。彼女は必死に心を落ち着かせて答えた。「わたしの安全を考えてくださって感謝しますわ、伯爵様。でも、わたしは妥協案を提案します。最初の二つか三つの障害を飛ばせてください。もしそれを見て、無理だと判断なさったら、あなたの決定に従いますわ」

「安全の問題に関して、わたしは妥協しない」ウェストクリフは言った。「あなたはいますぐ、わたしの決定に従うのだ、ミス・ボウマン」

こんなのフェアじゃない。彼は自分の力を見せつけるためだけに、障害コースを走ることを禁じているのだ。リリアンは怒りを必死に抑えようとした。口の周りの筋肉がぴくぴく痙攣するのがわかる。生涯悔やむことになるのだが、彼女は自分の癇癪を抑える戦いに負けてしまった。

「ジャンプくらいできるわ」彼女はにこりともせずに言った。「証明してみせる」

8

ウェストクリフが反応する前に、リリアンはスターライトの横腹をかかとで突いた。馬がいきなり前へ飛び出したので、彼女の体はがくんと揺れた。馬はすぐに元気よくギャロップで走り始めた。両腿で横鞍の前橋をしっかり挟みこんでいたので、乗る位置が中心からずれかかっているのがわかった。あとで知ることになるのだが、いわゆる「グリップ・シート」という姿勢の「グリップ」が強すぎたため、乗る位置が鞍の真ん中からサイドにずれてしまっていた。障害に近づくと、彼女は勇敢に腰の向きを調整した。馬の前足が上がり、後軀が地面を蹴る強い衝撃が感じられ、クープを飛び越す一瞬の快感を味わった。しかし、着地したとき、バランスを崩すまいとその衝撃を全部右の腿で受けたために筋肉が引っ張られてずきんと痛みが走った。とはいえ、やり遂げのだ。ちゃんと飛び越せた。

勝ち誇ったように笑って馬をまわすと、周りの人々は唖然とした顔でこちらを見ていた。いきなり障害を飛び越すとはいったい何があったのかと驚いているようだった。突然、激しいひづめの音とともに、黒い姿がにゅっと隣にあらわれたので、彼女はぎょっとした。もがいたり抵抗したりする間もなく、彼女はひっつかまれて鞍から降ろされ、何か硬いものにたたきつけられた。なすすべもなくウェストクリフの岩のように硬いひざにぶら下がるようなかっこうで、彼女は数メートル運ばれた。それからウェストクリフは馬を止めて馬から降り、彼女も引きずり降ろして地面に立たせた。両肩を青あざができるほど強くつかまれ、ウェストクリフの土気色の顔は一〇センチくらいの近さにあった。

「あの愚かしい見世物で、わたしを説得できるとでも思ったのか？」彼は怒鳴りつけると、短く彼女を揺すぶった。「わたしは客たちにうちの馬を使う特権を与えている――だが、あなたはいまその特権を失ったのだ。金輪際、厩舎に足を踏み入れてはならない。もし逆らうようなら、わたしの足で、あなたをこの領地から蹴り出してやるからな」

彼に負けないほどの怒りで顔面を蒼白にし、リリアンは低い震える声で答えた。「手を放して。この最低野郎」その汚い言葉に、彼が目を細めたのを見て、彼女はいい気味だと思った。しかし彼は、彼女を罰したいとでもいうように、肩に食い込むような手の握りを緩めない。彼女の反抗的な視線と彼の目が合うと、びりびりと電気が走るような気がした。彼女は彼をひっぱたき、傷つけ、地面に倒して、取っ組み合いの喧嘩がしたくなった。彼女をこんなに怒らせた男はいなかった。敵意をむき出しにして、にらみ合って立っていると、ふたりのあいだの空気はさらに過熱していき、どちらも怒りで顔が真っ赤になった。彼らは、すぐ近くに驚いてぽかんと見つめている人々がいることを忘れていた――相手に対する敵意以外のことはすっかり頭から抜けていたのだった。

なめらかな男性の声が、彼らの危険な沈黙を破り、巧みに緊張をほぐした。「ウェストクリフ……おもしろい見世物があると教えてくれなかったじゃないか、知っていたならもっと早く出てきたのに」

「邪魔をするな、セントヴィンセント」ウェストクリフは厳しい声で言った。

「おお、邪魔するだなんて、とんでもない。わたしはただ、きみの対処の仕方を褒めたかっただけだ。非常に如才ないやり方だ。うん、穏やかで上品、とすら言える」

軽い皮肉が功を奏して、伯爵は乱暴にリリアンを突き放した。彼女は後ろに一歩よろめいたが、素早く手が伸びてきて彼女のウエストを支えた。びっくりして見上げると、悪名高きプレイボーイ、セントヴィンセント卿セバスチャンの驚くほどハンサムな顔があった。

強くなった日差しがもやを消し去り、セントヴィンセントの濃いブロンドの髪に混ざる明るい琥珀色の筋を輝かせた。リリアンは遠くから彼を何度も見たことがあったが、正式に紹介されたことはなく、セントヴィンセントのほうもたまたま出席した舞踏会で壁の花たちを見かけても避けるようにしていた。遠くから見ていたときには、とても優れた容姿の男性という印象だった。しかし、近くで見ると、そのエキゾチックな美貌に体が凍りついてしまいそうだった。リリアンはこんな瞳を見たことがなかった。猫のような薄いブルーの瞳は濃い色のまつげに縁取られ、その上には黄褐色の眉がかかっている。力強い体は洗練されており、肌は何時間もかけて丹念に磨かれたブロンズのように輝いている。リリアンが想像していたのと違って、セントヴィンセントは不道徳な感じはするけれど、女たらしにはまったく見えなかった。彼の微笑みは、巧みに彼女の怒りの殻を破り、ためらいがちな反応を楽しんでいた。こんなに魅力にあふれているなんて、反則だわ。

ウェストクリフの強ばった顔に視線を移し、セントヴィンセントは片方の眉を上げて、軽く言った。「犯人を屋敷に連行しましょうか、閣下？」

伯爵はうなずいた。「彼女を見えないところに連れて行ってくれ」と彼はぶつぶつ言った。「わたしが後悔するようなことを言う前に」

「さっさと言ったらいいでしょう」とリリアンはぴしゃりと言った。

ウェストクリフはものすごい形相で、一歩彼女に近づいた。

急いでセントヴィンセントは彼女を後ろにかばった。「ウェストクリフ、客が待っているぞ。彼らがこのとびきりおもしろいドラマを楽しんでいることは確かだが、馬たちは落ち着きを無くしている」

伯爵は束の間、自制心と激しく戦ったようだったが、なんとかかんしゃくを抑えて、冷静な態度に戻った。彼は頭をくいっと屋敷のほうに振って、リリアンを屋敷に連れて行けと無言の指示をセントヴィンセントに与えた。

「わたしの馬に乗せてもよろしいかな？」セントヴィンセントは丁寧に尋ねた。

「だめだ」ウェストクリフは冷酷に答えた。「家まで歩かせるんだ」

セントヴィンセントはすぐに馬係に合図して、乗り手を失った二頭の馬をまかせた。いきり立っているリリアンに腕を差し出し、薄いブルーの眼をきらめかせて彼女を見下ろした。

「さあ、牢屋にお入りなさい。わたしがこの手で親指締めの拷問をしてさしあげよう」

「彼といっしょにいるより、拷問のほうがよっぽどましだわ」とリリアンは言うと、スカートの長いほうのすそを歩きやすい長さにたくしあげてボタンで留めた。

歩いていこうとすると、ウェストクリフの声が聞こえてきたので、リリアンは背中を強ばらせた。「屋敷へ向かう途中で、貯氷庫に寄るといい。彼女は頭を冷やす必要がある」

感情を整理して、心の秩序を取り戻そうと戦いながら、マーカスは彼女の乗馬服の上着が焼け焦げてしまいそうなほど強く、彼女の背中を凝視した。ふだんの彼なら、一歩下がって状況を見つめ、それを客観的に評価するのは簡単だった。ところが、この数分間、自制心はふっとび、その痕跡すら残っていなかった。

リリアンが自分に逆らって障害に向かって馬を走らせたとき、一瞬彼女がバランスを崩すのをマーカスは見逃さなかった。横鞍では致命的な事故につながりかねない。彼女が落馬するかもしれないと思った瞬間、彼は激しく動揺した。あのスピードでは、背骨か首の骨を折ってしまう。それなのに、彼にはどうすることもできず、ただ見ているしかなかった。不意に恐怖で体が凍りつき、吐き気がした。しかし、あの愚かな娘がなんとか安全に着地したとき、彼の恐怖は白熱した怒りに変わった。彼女のところに行こうと意識的に決断したわけではなかったが、気づいたときにはふたりとも地面の上に立っていて、自分は彼女の細い肩をつかんでいた。本当は彼女をしっかり抱きしめたかったのだ。そして安堵の気持ちを噛みしめ、彼女にキスして、素手で彼女の全身を愛撫したかった。

彼女の安全がそれほど自分にとって大切だという事実……それは彼にとって考えたくない事実だった。

マーカスはしかめ面で、ブルータスの手綱を握っている馬係から手綱を受け取った。物思いにふけっていたので、サイモン・ハントが手際よく客たちに、伯爵の先導を待たずにコースに出るように指示している声もほとんど耳に入らなかった。

ハントは馬に乗って彼に近づいてきた。顔にはどんな表情も浮かんでいない。「乗らないのか？」と静かに尋ねた。

答える代わりに、マーカスは鞍にひらりとまたがった。ブルータスが鞍の下で体を動かすと、軽く蹄鉄の触れ合う音がした。「あの女には我慢できない」と彼はぶつぶつ言ったが、その目つきからハントは逆の意味を感じ取った。

「彼女を怒らせて、障害を飛び越すようにしむけるつもりだったのか？」とハントはきいた。

「まったく反対のことを彼女に命じたのだ。聞こえたはずだ」

「ああ、ぼくも、ほかのみんなも聞いた」ハントはそっけなく答えた。「ぼくがききたいのは、きみの駆け引きのやり方さ。ミス・ボウマンのような女性には、おおっぴらに命令するのではなく、もっと柔らかに接しなきゃだめだというのはわかっていることじゃないか。それにぼくは交渉の場でのきみを知っているが、説得のうまさは群を抜いている。きみに匹敵するのはおそらくショーくらいのものだ。きみさえその気になれば、彼女をたちまちのうちにうまくおだてて説き伏せ、きみの意のままにさせることができただろう。それなのに自分が上であることを証明するために、棍棒並みの繊細さで彼女に接したんだ」

「きみがそんな大げさな表現が得意だとは知らなかったよ」マーカスはぼそぼそ言った。

「そして今度は」ハントは冷静につづけた。「彼女を同情心あふれるセントヴィンセントの手にゆだねたわけだ。おそらく、屋敷に着く前に彼女の貞操は奪われているぞ」

マーカスはハントを鋭くにらみつけた。くすぶっていた怒りは突然こみあげてきた不安のせいで鎮まってしまった。「彼はそんなことはしないさ」

「どうして？」

「彼女は彼の好みのタイプじゃない」

ハントは静かに笑った。「セントヴィンセントに好みなんかあったかな？　彼が追いかけていた相手に、似た点があったとは思えないが。共通するのは全員女性だったということだけだ。黒髪、金髪、ぽっちゃり型、痩せ型……彼は火遊びの相手をおそろしく偏見を交えず選んでいるようだ」

「くそっ、そんなこと知るか」マーカスは小声で毒づいた。生まれて初めて、彼は激しい嫉妬の痛みを経験した。


リリアンはやっとの思いで、足を一歩、また一歩と前に進めた。本当は引き返してウェストクリフにつかみかかりたいところなのをぐっとがまんする。「あの高慢ちきの、きどったま ぬ け 男——」

「落ち着きなさい」セントヴィンセントのささやく声が聞こえる。「ウェストクリフはいまひどいかんしゃくを起こしている——あなたを守るために、彼と取っ組み合いをするのは願い下げだ。剣で戦うならいつでも来いだが、殴り合いはごめんだね」

「なぜ」リリアンは不満そうに言った。「あなたの腕のほうが長いのに」

「彼の右フックは、わたしが知っている中で一番強烈だ。それにわたしには、顔を守るという困った癖がある——それで、よく腹にパンチを食らうんだ」

その言葉の裏に隠されているあつかましいほどの自尊心に、リリアンはしかたなく笑みを浮かべた。怒りの熱がさめていき、彼のような顔を持つ男ならそれを守ろうとしても仕方がないだろうと思った。「伯爵とよく喧嘩するのですか？」と彼女は尋ねた。

「いや、学校を卒業してからはないな。ウェストクリフはなんでも完璧にやりすぎるんだ——だからわたしがときどき、彼の虚栄心が膨らみすぎないように、灸をすえてやらなきゃならない。こちらへ……庭を通って、もっと景色のいい道を歩こう」

リリアンは、彼について耳にしたたくさんの噂を思い出してためらった。「どうかしら、それって分別のあることかしら」

セントヴィンセントは微笑んだ。「わたしの名誉にかけて、あなたに迫ったりしないと誓ったら？」

少し考えてからリリアンはうなずいた。「それならば、いいわ」

セントヴィンセントは、葉の生い茂る木立を抜けて、セイヨウイチイの並木が影を落としている砂利道へと彼女を導いた。「話しておくべきだと思うが」と彼は慎重に言った。「わたしのユーモアのセンスはすっかり枯れてしまっているので、わたしのした約束は役に立たない」

「では、わたしも申し上げておきますが、わたしの右フックはウェストクリフより一〇倍強烈ですからね」

セントヴィンセントはにっこり笑った。「さあ、おしえてくれ、かわいい人。あなたと伯爵はどうしてそんなに仲が悪いのかな」

思いがけない親密さに驚いて、リリアンは彼を非難すべきか迷ったが、何も言わずにおくことにした。なにしろ彼は、朝の乗馬をあきらめて、屋敷まで自分を送り届けてくれようとしているのだから。「一目見たときから馬が合わなかったようですわ。わたしは彼を独善的で無骨な人間と思っているし、彼はわたしのことを行儀の悪い生意気な小娘と考えている」

彼女は肩をすくめた。「おそらくどちらも正しいんだわ」

「わたしはどちらも間違っていると思う」セントヴィンセントはつぶやいた。

「だって、実際……わたしは生意気な小娘ですもの」とリリアンは認めた。

彼は笑いをうまく抑えられず唇をねじまげた。「本当に?」

彼女はうなずいた。「わたしは自分の流儀を通すのが好きで、それを邪魔されるとものすごく不機嫌になるの。よく言われるのですけど、わたしの気性は祖母ゆずりだって。祖母は波止場の洗濯女だったんです」

セントヴィンセントは洗濯女というイメージに興味を持ったようだった。「仲がよかったのかい？」

「ええ、祖母はとってもすてきなおばあちゃんだったわ。口が悪くって、生命力にあふれていた。祖母の話に腹がよじれるくらい笑ったものだった。あら、ごめんなさい……紳士の前で腹なんて言葉を使っちゃいけなかったんだわ」

「実に衝撃的だった」とセントヴィンセントはわざとまじめくさって言った。「だが、なんとか立ち直れそうだ」それから近くで聞いている人がだれもいないことを確かめるようにまわりをきょろきょろ見回してから、仲間に秘密を打ち明けるときのようにささやいた。「それに、わたしは紳士ではない」

「だってあなたは子爵でしょう？」

「だからといって自動的に紳士になるわけではない。あなたは貴族についてよく知らないのだね？」

「すでにもう十分すぎるほど聞かされているように思うけれど」

セントヴィンセントはおもしろがって笑った。「そしてあなたは貴族のひとりと結婚するつもりでいる。わたしの推測があたっていれば、あなたとあなたの妹さんは富豪のお嬢さんで、植民地から爵位を持つ夫を探しにやってきたのでしょう？」

「植民地？」リリアンはたしなめるように笑いながら繰り返した。「ご存知ないかもしれないので申し上げますが、わたしたち独立戦争に勝ちましたのよ」

「ああ、どうやらその日の新聞を読み忘れたようだ。ところでわたしの質問への答えは？」

「イエスよ」リリアンは少し顔を赤らめて言った。「両親は結婚相手を見つけるために、わたしたちを連れてきたのです。我が家に貴族の血が欲しいのよ」

「それがあなたの望み？」

「今日のわたしのたったひとつの望みは、貴族の血を流させること」ウェストクリフのことを考えながら彼女はつぶやいた。

「なんと凶暴な女性だ、あなたは」セントヴィンセントは笑いながら言った。「あなたをもう一度怒らせたら、ウェストクリフに同情するな。実際、彼に警告してやる……」彼女の顔が急に苦痛でゆがみ、はっと彼女が息を吸い込むのが聞こえたので、彼は言葉を止めた。

リリアンの右の腿にすさまじい激痛が走った。もし彼が腕を背中にまわして支えてくれなかったら、地面に倒れ込んでいただろう。「ああ、いたっ」彼女は腿をつかんで、震える声で言った。筋肉が痙攣する痛みに、彼女は食いしばった歯のあいだからうめき声をもらした。

「いたっ、痛い――」

「どうした？」セントヴィンセントは素早く彼女を小道に座らせてきいた。「こむらがえりか？」

「ええ……」青ざめ震えて、リリアンは顔を苦痛にゆがめながら脚をおさえた。「ああ、神様。痛い！」

彼は彼女におおいかぶさるように屈んで、心配そうに眉をひそめた。彼の静かな声には切迫したものが混ざっている。「ミス・ボウマン……いま一時だけ、あなたが聞いているわたしの評判を忘れることができるかい？　あなたを助けるあいだだけ」

　顔をしかめて彼の顔を見ると、そこには彼女の痛みを和らげてやりたいという正直な思いしか見えなかったので、リリアンはうなずいた。

「いい子だ」と彼はささやくと、もだえ苦しむ彼女の体を半座りの姿勢にさせた。彼女の気持ちを逸らすように早口でしゃべりながら、慣れた手つきで手をスカートの下に滑り込ませた。「ほんの一瞬で終わる。だれにも見られないことを神に祈るばかりだ——有罪の証拠にしか見えないからな。それに、こむらがえりなどという、ありきたりで、使い古された言い訳を信じてもらえるかどうかも怪しい——」

「わたしはかまわないわ」彼女はあえいだ。「とにかく痛みを取って」

　セントヴィンセントが手を脚の上のほうに滑らせるのが感じられた。ぴくぴく痙攣して硬く緊張している筋肉を探っている彼の手の温かみがニッカーズの薄い生地を通して染み込んでくる。「ここだ。さあ、息を止めて」リリアンは言われたとおりにした。彼の手のひらが強く筋肉をこする。脚が焼けつくように激しく痛み、彼女は悲鳴をあげそうになったが、いきなり痛みが消えて、すうっと緊張が解けていった。

　彼の腕にもたれて体の力を抜き、リリアンは深く息を吐いた。「どうもありがとう。ずっと楽になりました」

　かすかに微笑んで、彼は手際よくスカートを脚の上にかけた。「どういたしまして」

「こんなことは初めてだわ」とつぶやきながら、彼女はおそるおそる脚を曲げてみる。

「間違いなく、横鞍のせいだな。脚の筋を違えたのだ」

「ええ、そうね」頬から赤みが消えていき、彼女はしぶしぶそれを認めた。「横鞍でのジャンプには慣れていなかったの。いつもはまたがって乗っていたから」

彼の顔に、微笑みがゆっくり広がっていった。「なんと興味深い。アメリカのお嬢さんたちのことを知らなすぎたようだ。あなたがこれほど素晴らしくはつらつとした女性だとは思っていなかった」

「わたしは他の人よりはつらつとしすぎているの」と弱々しく言うと、彼はにっこり笑った。

「あなたとここに座っておしゃべりしていたいが、もう立てるようなら、家に送り届けたほうがよさそうだ。わたしとふたりきりで長い時間すごすと、あなたに悪い評判が立つ」彼は軽快に立ち上がり、彼女に手を差し延べた。

「でも、とても助かりましたわ」とリリアンは言って、彼の手をとって助け起こしてもらった。

セントヴィンセントは腕を差し出しながら、彼女が脚の具合をたしかめるのを見つめた。

「大丈夫かな?」

「ええ、ありがとうございます」リリアンは答えると、彼の腕をとった。「ご親切に感謝しますわ、子爵様」

彼は薄いブルーの瞳を奇妙にきらめかせ、彼女を見た。「わたしは親切な人間ではないんだ、ダーリン。わたしが他人に愛想よくするのは相手を利用しようとするときだけだよ」

リリアンは屈託なく笑って、あえて尋ねた。「じゃあ、わたしは危険にさらされているわけですのね」

表情は朗らかに和らいだままだったが、彼のまなざしは異様に鋭かった。「そのようだな」

「ふーん」リリアンは彼の彫りの深い横顔をじっくり観察しながら、悪者を気取っているけれど、さっきはまったく無防備だったわたしに手を出そうとはしなかったじゃないの、と考えた。「邪悪な企みをそんなふうに大っぴらに宣伝しては、かえって逆効果みたい。本当は心配する必要はないんじゃないかって気がしてくるわ」

彼はただ謎めいた微笑でそれに答えた。


セントヴィンセント卿と別れて、リリアンは広々とした裏のテラスにつづく階段を昇っていった。笑い声と興奮した女性の話し声が敷石に響いている。ひとつのテーブルのまわりに、一〇人ばかり若い女性が集まって、ゲームかなにかをしているらしい。いろいろな液体が満たされたグラスがずらりと並べられ、彼女たちはそれを覗き込んでいる。中のひとりが目隠しをされて、用心深くグラスのひとつに指をつっこんだ。結果がどうあれ、彼女たちはみな歓声をあげたり、くすくす笑ったりしている。貴族未亡人のグループは近くに座って、楽しそうにそのようすを見物している。

リリアンは妹がその輪の中にいるのを見つけて、歩み寄った。「何をしているの?」

デイジーは振り返り、姉の姿を見ると目を丸くした。「リリアン」彼女はつぶやいて、腕を姉の腰にまわした。「どうしてこんなに早く戻ったの？　障害コースは難しすぎたの？」

ゲームはつづいていたが、リリアンは妹を脇に引っ張っていった。「まあそんなところね」と苦々しく答え、朝の出来事を語った。

デイジーは仰天して目を見開いた。「ああ、びっくり」とささやく。「ウェストクリフ伯爵がそんなふうに頭に血をのぼらせるなんて……そして、あなたのことだけど……セントヴィンセント卿にそんなふうにされてどんな気持ちだったの？」

「すごく痛かったの」リリアンは弁解がましくささやき返した。「だから何も考えられなかったわ。動くことすらできなかったんだから。あなただって、こむらがえりを経験すれば、どんなに痛いかわかるわよ」

「わたし、セントヴィンセントのような人をそばに寄らせるくらいなら、脚をそっくり失ったほうがいいわ」デイジーは声をひそめて言った。しばらくその状況について考えているうちに、どうしても聞かずにいられなくなった。「どんな感じだったの？」

リリアンは笑いをかみ殺した。「わかんないわよ。脚の痛みがとれたときには、彼の手はなくなっていたんだから」

「いまいましいったら！」デイジーはわずかに眉を寄せた。「彼はだれかに言うかしら？」

「なんとなく、言わないような気がする。自分は紳士ではないと言っているくせに、本当は紳士みたいだから」リリアンはひたいにしわを寄せてもうひとこと加えた。「ウェストクリフ伯爵よりはるかに紳士だったわよ」

「ふーん。どうして彼はあなたが横鞍ができないことを知ったのかしら」

リリアンは悪意のない目で妹を見た。「とぼけないでよ、デイジー。アナベルがご主人に言ったに決まっているじゃないの。そしてミスター・ハントがウェストクリフに話したのよ」

「アナベルを責めたりしないでね。彼女、こんなことになるとは思っていなかったんだから」

「よけいな口出しをするべきじゃなかったわ」リリアンはふてくされて言った。

「横鞍でジャンプをしたら、あなたが転倒するんじゃないかって心配していたのよ」

「転ばなかったわ」

「でも、転んだかもしれないじゃない」

リリアンはためらった。しだいにしかめ面が消えていき、正直に認める気持ちになっていった。「いつかは、そうなったことは間違いないわ」

「じゃあ、アナベルのこと怒らないわね？」

「もちろんよ」とリリアン。「ウェストクリフの野蛮な行動を彼女のせいにするのはフェアじゃないもの」

ほっとしたようすで、デイジーは姉を人々が群がるテーブルに引っ張っていった。「来て、あなたもこのゲームをやってみなきゃ。ばかげているけど、とってもおもしろいの」テーブルに集まっていた一〇代前半から二〇代半ばの未婚の娘たちは、ふたりのために場所を空けてくれた。デイジーがルールを説明している間に、エヴィーが目隠しをして、ほかの娘たちは四個のグラスを並べ替えた。「わかるでしょ。ひとつのグラスには石鹼水が入っている。あとのふたつには真水か青い洗濯水が入っていて、もうひとつは空よ。どのグラスを選ぶかで、結婚相手を占うことができるの」

娘たちはエヴィーが慎重にグラスのひとつに触れるのを見つめた。石鹼水に指をひたし、目隠しが取られるのを待った。そして結果を知ってくやしがるようすを見て、娘たちはいっせいにくすくす笑い出した。

「石鹼水を選んだら、結婚相手は貧しい男性というわけ」デイジーが説明する。指を拭きながら、エヴィーは朗らかに言った。「とにかく結婚できることがわかってよかったわ」

列に並んでいた次の順番の娘がわくわくした表情で目隠しをされているあいだに、グラスが並べ替えられた。彼女は手さぐりでグラスに触れて、あやうくひとつを倒しそうになったが、なんとか青い液体の中に指を入れた。「青い水なら、相手は有名な作家。次はあなたの番よ！」デイジーはリリアンに言った。

リリアンはあきれたわといった目で妹を見た。「本気で信じてやしないでしょう?」

「あら、そんな皮肉屋になっちゃだめ——楽しまなくちゃ！」デイジーは目隠しを取ると、つま先立ちになってリリアンの頭に結んだ。

目が見えなくなったので、リリアンはテーブルに導いてもらった。まわりの娘たちからやんやの喝采を受けると彼女はにっこり笑った。グラスを動かす音が聞こえる。彼女は手を空中に浮かせたまま待った。「空のグラスを選んだらどうなるの？」

エヴィーの声が耳の近くで聞こえた。「オールドミスのまま死ぬの！」と彼女が言うと一同は笑った。

「グラスを持ち上げて重さを確かめてはだめよ」だれかがくすくす笑いながら警告した。

「それがあなたの運命なら、空のグラスを避けることはできないのよ！」

「いまこの瞬間には、わたしは空のグラスを望むわ」とリリアンが答えると、またわっと笑いが起こった。

グラスのなめらかな表面をさぐりあて、それに沿わせて指を上に滑らせ、冷たい液体に浸した。拍手とはやしたてる声がまわりから起こった。「わたし、作家と結婚するの？」

「いいえ、あなたは透明な水を選んだの」とデイジー。「お金持ちでハンサムな夫があなたのもとにあらわれるのよ！」

「やれやれ、ほっとしたわ！」リリアンはふざけて言うと、目隠しを下げて、縁から目をのぞかせた。「今度はあなたね？」

妹は首を左右に振った。「わたしは一番先に試したの。二度つづけてグラスを倒して、ひどいことになっちゃったのよ」

「それにはどういう意味があるの？　絶対に結婚できないとか？」

「わたしが不器用だって意味よ」デイジーは朗らかに答えた。「それ以上のことはわからないわ。まだわたしの運命は決まっていないということかもね。あなたのお相手はこちらにやってくる途中みたいだから、よかったわ」

「もしそうなら、そのろくでなしは遅刻よ」リリアンが言い返すと、デイジーとエヴィーは笑い出した。

9

不運にも、リリアンとウェストクリフのいさかいの噂は屋敷中にまたたくまに広まった。夕方までには、マーセデス・ボウマンの耳にも届き、結果は小さなため息では済まされなかった。マーセデスは白目をむいて金切り声をあげ、娘たちの前をいったりきたり歩いている。

「ウェストクリフ伯爵の前でなにか失言をしてしまったというのなら、おそらく見逃してもらえたでしょう」マーセデスは骨ばった腕を激しく動かしながら、怒鳴り散らしている。

「けれども伯爵様ご自身と言い争いをして、しかも皆さんがいる前で彼の命令にそむくとは——そのせいでわたくしたちがどんな目で見られるかわかっているのですか？　あなたは自分の結婚のチャンスをだめにしてしまっただけでなく、妹のチャンスまで奪ってしまったのです！　無教養な俗物がいるような家の娘と結婚したがる人などいませんよ」

すっかり恥じ入って、リリアンは隅のほうに座っているデイジーに詫びるような視線を投げた。デイジーは安心させるようにかすかに首を振った。

「あなたが野蛮人のようなふるまいをつづけるつもりなら、厳しい方法をとらざるをえませんよ、リリアン・オーデル」

リリアンは、大嫌いなミドルネームが呼ばれるのを聞いてソファーに沈み込んだ。この名前で呼ばれるときはいつも、悲惨な罰が待っているのだった。

「これから一週間、あなたはこの部屋から出てはなりません。出られるのはわたしといっしょのときだけです」マーセデスは厳しく言った。「あなたが分別のある人間として行動できるとわたくしが確信するまで、あなたのすべての行動、あらゆる仕草、そしてあなたの口から出るすべての言葉を監視します。これはわたくしたちふたりへの罰なのですよ。なぜならあなたがわたくしを煙たがっているように、わたくしもあなたといっしょにいるのが楽しいわけではないからです。けれども、ほかによい方法が思いつきません。もしもひと言でも口答えするなら、罰を二倍にして、二週間に延長します！　わたくしが監視できないときには、あなたはこの部屋にいるのです。読書するか、軽率な行動を反省するかなさい。わかりましたね、リリアン」

「はい、お母様」一週間ものあいだ、間近で監視されるなんて、まるで檻に入れられた動物になったようだわとリリアンは思った。泣き喚いて抵抗したい衝動を抑えて、反抗的な目で花模様の絨毯を見つめていた。

「今夜、一番にあなたがすることは」マーセデスは、ほっそりした白い顔に目をぴかっと光らせてつづけた。「今日の午前中にあなたが引き起こしたトラブルについて、ウェストクリフ伯爵にお詫びすることです。わたしの目の前で謝るのですよ、そうすれば――」

「いやよ」リリアンは背筋を伸ばして母をにらんだ。「いやよ。いくらお母様の命令でも、わたしは彼に謝ることはできないわ。そんなことするくらいなら死んだほうがましよ」

「言ったとおりにするのです」マーセデスの声は低くなり、ほとんどうなりに近くなった。「あなたは、恥じ入って心から伯爵にお詫びするのです。でなければ、滞在中この部屋から一歩たりとも出ることは許しません！」

リリアンは口を開いて何か言おうとしたが、デイジーがあわてて割って入った。「お母様、リリアンとふたりきりで話がしたいの、お願い。一分だけでいいから、どうか」

マーセデスは鋭い目で両方の娘を交互に見て、頭を振った。どうして、こんな手のつけられない娘たちに苦しめられなければならないのかと自問するように。それから部屋を出て行った。

「お母様は今度ばかりは本気で怒っているわ」母が残していった険悪な沈黙を破ってデイジーはつぶやいた。「あんなに怒っているのを見たことがないもの。お母様の言うとおりにしたほうがいいわ」

リリアンは抑えられない怒りにかられて妹をにらみつけた。「わたしはあの高慢ちきのうすのろに絶対謝らない！」

「リリアン、謝ったからといって何かを失うわけじゃない。ただ言葉をしゃべるだけじゃない。心から言う必要はないのよ。ただ、『ウェストクリフ伯爵、わたしは――』と」

「絶対、いや」リリアンは頑固に言い張った。「それに、失うものがあるわ――わたしのプライドよ」

「そんなプライドのために、この部屋に閉じ込められるというの？　みんなが夜会や晩餐を楽しんでいるときに、あなただけが仲間外れ。どうか、意地を張るのはやめて！　リリアン、約束するわ。ウェストクリフ伯爵に復讐する方法を考える手伝いをする……すごく意地悪なことを考えましょうよ。だからいまは、お母様が望むとおりにして――小競り合いには負けるかもしれないけど、戦争には勝つのよ。それに……」デイジーは彼女をゆさぶる手立てはほかにないかと必死に思案している。「それに、ここに滞在中、あなたがこの部屋に閉じ込められてたら、ウェストクリフ伯爵の思う壺よ。あなたは、彼を悩ませたり、いたぶったりすることができないんですもの。あなたの姿を見なければ、彼はあなたのことなどきれいさっぱり忘れてしまうわ。そんな満足を彼に与えていいの、リリアン！」

彼女の心を動かすことができるのは、おそらくこの最後の理由だけだっただろう。リリアンは眉をひそめて妹の顔を見つめた。その利口そうな黒い目と眉は彼女の小さな象牙色の顔にはちょっと強すぎるようだった。自分のむこうみずな冒険に一番喜んで参加する彼女が、一番上手に自分に分別を思い出させてくれる人物であるのはなんて不思議なことかと、いまさらながらリリアンは思うのだった。多くの人は、デイジーがしょっちゅう見せる突飛な行動にだまされてしまい、この妖精のような外見の下に容易に崩れない常識が隠されているとは思いもしないのだった。

「わかったわ」彼女はこわばった声で言った。「でも、おそらく言葉がのどに詰まってしまうでしょうけど」

デイジーはほうっと安堵のため息をついた。「わたしが仲介人の役を務めるわ。お母様にあなたが謝ることに同意したと話して、もうこれ以上お説教しないように頼むわ。でないとあなたがまたつむじを曲げるかもしれないとおどすの」

リリアンは椅子にぐったりもたれかかり、自分がしかたなく謝罪の言葉を述べれば、ウェストクリフは満足して悦に入るだろうと考えた。ああ、いまいましいったらないわ。憎しみを煮えたぎらせながら、彼女はウェストクリフにこみいった手で復讐をしかけて、最後に彼が慈悲を請う場面を想像して心をなぐさめた。

一時間後、ボウマン一家は全員そろって部屋を出た。先頭はトーマス・ボウマンだった。目指すはダイニングホールだ。今晩もそこで四時間にわたる豪勢な晩餐が開かれることになっていた。上の娘の恥ずべき行動を聞かされたばかりのトーマスは、怒りを抑えられないという表情で、真一文字に結んだ口の髭が逆立っていた。

リリアンは、短い膨らんだ袖の、胴部にレース飾りがついた薄いラベンダー色のシルクのドレスを身につけ、決然とした表情で両親のうしろを歩いていた。父親の憤然とした言葉が聞こえてくる。

「おまえがわたしの事業の邪魔になることが判明した瞬間、わたしはおまえをニューヨークに送り返す。これまでのところ、この夫さがしの一時逗留は金がかかるばかりで、まったく実りがないことが証明されている。いいか、リリアン、おまえの行動がわたしの事業の交渉に悪影響を――」

「そのようなことにはならないと思いますわ」マーセデスはあわてて口をはさんだ。貴族と娘を結婚させるという自分の夢が、テーブルの端に置かれたティーカップのようにあやうくなってきたので必死だ。「あなた、リリアンはウェストクリフ伯爵にきちんと謝罪します。そうすればすべて丸くおさまりますとも」夫から半歩さがって、肩越しに長女にむかって威嚇の一瞥を投げかける。

リリアンは穴があったらはいりたいほど良心の呵責を感じている一方で、憤りを爆発させたい欲望にもかられていた。もちろん父は自分の事業の邪魔になるようなものは、人であれ物であれ絶対に許さない……そうでなければ、彼女が何をしようと彼はまったく気にしないだろう。父が娘たちに求めていることはただひとつ、彼を煩わせないことだった。もしリリアンに、三人の男の兄弟がいなかったら、男性からごくわずかであっても関心を向けられるという経験は皆無だっただろう。

「おまえがきちんと伯爵に謝罪できるように」トーマスは言葉の途中で、鋭く石のように冷たい視線を娘に投げた。「晩餐の前に、書斎でわたしたちと会っていただけるようお願いしておいた。おまえはそこで伯爵にお詫びするのだ——わたしとあの方を満足させるために」

リリアンははっと動きを止めて、目を見開いて父親を見つめた。ウェストクリフはわたしに恥をかかせるためにこのシナリオを仕組んだのだろうかと考えると怒りがこみあげてきて体がかっとほてり、のどに何かが詰まったように感じられる。「伯爵はなぜ私たちがそこで会いたいと申し出たのか、理由をご存知なの？」

「いや、それに、うちのじゃじゃ馬娘のひとりからの謝罪を期待しているということもないだろう。しかし、きちんと謝罪の言葉を述べられなかったら、おまえはニューヨークに向かう船のデッキでイギリスに最後の別れを告げることになるのだぞ」

リリアンは父の言葉が単なる脅しだと思うほどばかではなかった。彼の厳しい命令口調は非常に説得力があった。イギリスを去らなければならなくなったら、いえもっと悪いのは、デイジーと別れることになったら……。

「わかりました、お父様」リリアンは歯を食いしばって答えた。

家族は緊張した雰囲気で黙って廊下を進んでいく。

リリアンがいらいらした気分でいると、妹の小さな手が自分の手の中に滑り込んできた。「気にすることはないわ」デイジーがささやいた。「素早く言って、済ませてしまえば――」

「黙りなさい!」父親に怒鳴りつけられ、ふたりは手を放した。

むっつり考え込んでいたので、家族とともに書斎に歩いていくあいだ、まわりはほとんど目に入らなかった。書斎のドアは少し開いていた。父はぱっと扉を開けて、妻と娘たちを部屋に入れた。素晴らしい書斎だった。天井は六メートルほどの高さで、ぎっしり本が並んでいる上下二段の回廊には可動式階段がついていた。革と書物とワックスをかけたばかりの木のにおいが空気に満ちていて、つんと鼻をつく。

使い込んだ机に両手をついて、机の上にかがみこむようにして書類に目を通していたウェストクリフ伯爵が顔を上げた。彼は背筋を伸ばし、リリアンを見ると黒い目を細めた。寸分の隙もない着こなし、陰鬱で気難しそうな表情は、完璧なイギリス貴族の姿だった。男性が首に巻くスカーフ状の布《クラヴァット》をすっきりと美しく結び、たっぷりした髪をうしろに無造作になでつけている。目の前に立つこの男性が、厩舎の裏でラウンダーズをしていたときに自分といっしょに地面の上に倒れこんだ、髭の伸びかけた陽気な野蛮人と同じ人間だなんて――それを信じることが突然不可能に思われてきた。

　妻と娘たちを部屋に導き入れ、トーマス・ボウマンは無愛想に言った。「ここでお会いすることに同意していただき感謝します、閣下。そう長くお時間をとらせることはありません」

「ミスター・ボウマン」ウェストクリフは低い声で挨拶を返した。「ご家族にもお会いする光栄にあずかるとは思っていませんでした」

「この場合、『光栄』という言葉は合いませんな」トーマスは不機嫌に言った。「どうやらうちの娘のひとりが、あなたの前で不作法なふるまいをしたようです。娘がお詫びをしたいと申しております」彼はこぶしでリリアンの背中の真ん中を押して彼女を伯爵の前に立たせた。「さあ」

　ウェストクリフの眉と眉のあいだにしわが刻まれた。「ミスター・ボウマン、その必要は――」

「娘にお詫びをさせてください」とトーマスは言って、リリアンを前に押した。

　書斎の空気は静まり返っていたが、いまにも爆発しそうな緊張感があった。リリアンは視線を上げてウェストクリフを見た。眉間のしわがさらに深くなるのを見た瞬間、彼はわたしからの謝罪を受けたくないんだわ、と悟った。少なくとも、父親にみっともなくせかされてするような謝罪は。そう思ったら、なんだか気が楽になった。

ごくんと唾を飲み、彼女は彼の不可解な黒い瞳をまっすぐに見つめた。光のかげんで、真っ黒な虹彩に細い筋が走っているのがわかった。「朝の出来事をお詫びいたします、伯爵様。寛大にわたしたちをもてなしてくださるあなたに対し、わたしはもっと感謝と尊敬の気持ちを持つべきでした。障害コースでのあなたのご決断にさからい、しかもあのような口のきき方をしたことを心から反省しております。どうかわたしの謝罪の気持ちをお受け取りくださ い」

「いや」彼は静かに言った。

リリアンは最初、謝罪を拒絶されたのかと思って困惑し、目を瞬かせた。

「謝罪するのはこちらで、あなたではありません、ミス・ボウマン」ウェストクリフはつづけた。「あなたがあのように威勢のよい行動に出たのは、わたしが高飛車な態度をとったせいです。わたしの傲慢さにあなたが反応したからといって、あなたを責めることはできない」

リリアンは驚きの気持ちを隠そうとしたがうまくいかなかった。ウェストクリフは彼女が予想していたのとは、まさに逆のことをしたのだから。彼女のプライドをつぶす絶好の機会を与えられたのに、彼はそうしなかった。彼女には理解できなかった。これには何か裏があるの？

彼はうろたえている彼女の姿を静かにながめた。「今朝の言い方はまずかったけれど」と彼はつぶやくように言った。「わたしは純粋にあなたの安全を気遣っていたのです。それであんなに怒ってしまったのですよ」

彼を見つめているうちに、胸につかえていた憤慨のかたまりが溶けていく。なんて素晴らしい人だろう！　しかも、口先だけとりつくろっているようにも見えない。本物の親切心と思いやりが感じられた。安堵の気持ちに包まれ、彼女は今日初めて、深く呼吸ができるようになった気がした。「でも、怒りの原因はそれだけではないでしょう？　あなたは逆らわれるのが嫌いなんだわ」

ウェストクリフはハスキーな声で笑った。「そうだな」彼はゆっくり笑いを浮かべて認めた。「たしかにそうだ」笑みは彼のいかめしい顔つきを変貌させた。生来のよそよそしさが消え、ただのハンサムよりも何百倍もすてきな魅力的な表情になった。リリアンは、不思議な、でもなんとなく心地よい戦慄が皮膚を走るのを感じた。

「では、あなたの馬に乗ることを許していただけます？」リリアンは大胆にも尋ねた。

「リリアン！」母親のたしなめる声が聞こえた。

ウェストクリフの目は、彼女のずうずうしさをおもしろがるように、陽気に輝いた。「それはまだだ」

彼の視線の甘い罠にかかったリリアンは、わたしたちの絶え間ない衝突は、気の置けない仲間どうしの意地の張り合いに変わったのだと気づいた。そこには、かすかにエロティックな感情も混ざっている。ああ、どうしよう。ウェストクリフに優しい言葉をかけられたら、ばかなことをしてしまいそう。

ふたりが仲直りしたことを見て取ったマーセデスは調子づいてしゃべり始めた。「まあ、ウェストクリフ伯爵様、なんと度量のある紳士でいらっしゃることか！　しかもあなたが高飛車な態度をおとりになったなんてことはまったくございません――あなたが、うちのかわいらしいわがまま娘のためを思ってやってくださったということは明らかですわ。それはさらにあなたの慈悲深さを証明する証拠になりますわね」

伯爵は、「かわいらしいわがまま娘」というのは正しい表現だろうかと吟味するように、リリアンをじろじろながめ、からかうように微笑んだ。マーセデスに腕を差し出し、彼は穏やかに言った。「ダイニングホールまでごいっしょしましょう、ミセス・ボウマン」

ウェストクリフにエスコートされる自分をみんなが見る――マーセデスは上機嫌で、嬉しそうにほっとため息をつき、ウェストクリフの腕をとった。書斎を出て、晩餐を待つ客が集う客間に向かうあいだ、マーセデスは得意になってハンプシャーの印象をうんざりするほど長々と語り始めた。自分では気の利いたことを言っているつもりでいくつか批判的なコメントを混ぜたので、リリアンとデイジーは絶望的な気分で目配せしあった。ウェストクリフ伯爵はマーセデスの愚かな話をつとめて礼儀正しく聞いていたが、その洗練されたマナーがかえってマーセデスの下品さを際立たせた。それを見て、リリアンは生まれて初めて思った。これまで自分はエチケットをわざとばかにしてきたけれど、もしかするとそれは自分が考えていたほど賢いことではなかったのかもしれない。もったいぶったり、よそよそしい態度をとりたいとは思わない……でも、もう少し、はすっぱな態度は改めて上品な行動をとるのも悪くはないのかもしれない。

客間に到着して、マーセデスと別れることができ、ウェストクリフ伯爵は心底ほっとしたに違いないが、彼はそれを口にも仕草にも示さなかった。感情を顔に出さずに、楽しい夜をおすごしくださいと述べてから、軽く頭を下げて彼らから離れ、妹のレディー・オリヴィアとミスター・ショー夫妻のいるグループに加わった。

デイジーは真ん丸い目でリリアンを見た。「なぜウェストクリフ伯爵はあんなにあなたに感じがよかったのかしら?」とささやく。「そしてなぜ、お母様に腕を差し出して、わたしたちをここまでエスコートしてくれ、お母様の果てしないおしゃべりにつきあってくれたのかしら」

「まったくわからないわ」リリアンはささやき返した。「でも、彼は苦痛に耐えるのが上手みたいね」

サイモン・ハントとアナベルが、部屋の向こう側のグループに加わった。ぼんやりとシルバーブルーのドレスの腰のあたりを直しながら、アナベルは人々の群れを見まわし、リリアンの視線をとらえると、困ったような顔をした。障害コースでの出来事を聞いたのだろう。ごめんなさい、とアナベルは声に出さず口を動かした。リリアンが安心させるようにうなずき、だいじょうぶよ、と無言のメッセージを送ると、アナベルはほっとしたようだった。

やがて、一同はダイニングホールへ向かった。ボウマン家とハント夫妻は身分がぐっと低いので、列の最後のほうに並んだ。「金を持っているものが常にしんがりを務めるのだ」と父親がぶっきらぼうに言うのをリリアンは聞いた。父はこうした場面では常に明らかになる、家柄による席次の規則に我慢ができないのだろう。伯爵夫人がいないときには、ウェストクリフ伯爵と妹のレディー・オリヴィアは、あまり序列にとらわれずものごとを進め、なるべく自由に客たちをダイニングホールに入れるようにしていることにリリアンは気づいていた。しかし、伯爵夫人が同席するとなると、伝統がしっかりと守られることになる。

客の数と同じくらいたくさん召使たちが立ち働いていた。彼らはみな黒いフラシ天の半ズボンに、カラシ色のベスト、裾が鳩尾型になった青い上着という仕着せを身につけていた。手際よく客たちを席に座らせ、一滴もこぼさずワインや水をグラスに注ぐ。

驚いたことに、リリアンの席はウェストクリフのテーブルの上座に近い、彼からたった三席しか離れていないところだった。その家の主人にこれほど近いところに席を用意してもらったことはたいへんな好意のあらわれであり、貴族の家柄でもない未婚の女性にはめったに起こらないことだった。召使が席を間違えたのではないかといぶかりながら、近くに座っている客たちの顔をながめると、彼らも不思議がっているようだった。マーカスと向かい合うテーブルの反対側に座っている伯爵夫人も、眉をひそめて彼女を見つめていた。

リリアンはテーブルの一番前の席についたウェストクリフ伯爵に、問い掛けるような視線を投げた。

彼は黒い眉毛の一方をつり上げた。「何かお困りのことでも？　なんだか落ち着かないようだが、ミス・ボウマン？」

顔を赤らめて、このような予期せぬ光栄にあずかった感謝の言葉を述べるのが、おそらくは正しい返事なのだろう。しかし、ろうそくの光のせいで和らいで見える彼の顔を見ているうちに、あつかましくも率直な言葉が口から出てしまった。「どうしてわたしに上座に近い席が与えられたのかしらと考えているんです。今朝のことを思えば、裏のテラスに座らされても仕方がないのに」

リリアンがおおっぴらに伯爵とのいさかいについて口にしたことで客たちはショックを受け、沈黙があたりを覆った。しかし、ウェストクリフは静かに笑って一同を驚かせ、彼女をじっと見つめた。しばらくすると、ほかの者たちもくすくす笑い出した。

「どうもあなたはトラブルを引き起こす癖があるようなのでね、ミス・ボウマン、目の届くところにあなたを置いておいて、いざとなったらすぐに救いの手を差し延べられるようにしておいたほうが安全だと結論したのですよ」

彼は感情を交えず軽い調子で述べたので、そこにほのめかしが隠されていると勘ぐる人はまずいないだろう。しかし、リリアンは心の中に奇妙で不安定な小波が立つのを感じた。その感触は熱い蜂蜜のように神経を伝って全身に広がっていった。

冷たいシャンペンのグラスを口元に持っていき、リリアンはダイニングホール全体をながめた。デイジーはこのテーブルの最後部近くに座り、生き生きとしゃべっているが、言葉を強調するときのジェスチャーが激しくてワイングラスを倒しそうになっている。アナベルは隣のテーブルに着いており、たくさんの男性から賞賛の眼差しを浴びているようだった。彼女の両側の男たちは、このような魅力的な女性の隣に座ることができた幸運を喜んでにこにこしており、数席離れて座っているハントはなわばりを守る雄のような険悪な目つきで彼らをにらんでいる。

エヴィーと伯母のフローレンス、リリアンの両親は一番遠いテーブルについていた。いつものように、エヴィーは隣の男性とほとんど言葉を交わさず、口を結んで神経質に皿を見つめている。かわいそうなエヴィー、とリリアンは同情した。わたしたちでなんとかあなたのいまいましい内気を直してあげなくちゃ。

まだ結婚していない自分の兄弟のことを思い出し、その中のだれかとエヴィーを結婚させることはできないかしらと考えた。なんとかひとりくらいイギリスに呼び寄せる口実はないものか。三人のうちのだれでも、彼女のいとこのユースタスよりも良い夫になるだろう。一番上の兄ラファエルと、双子のランソムとリース。彼らほどたくましい若者たちはいない。ただ、どの兄も、エヴィーを震え上がらせてしまうだろう。性格のよい青年たちだけど、洗練されているとは言いがたいし、教養があるとすら言えない。

彼女は、最初のコースを運んでくる召使たちの長い列に目を奪われた。ウミガメのスープが入った蓋つきの壺、ロブスターソースをかけたヒラメ、ザリガニのプディング、ハーブ風味のマスの茹でレタス添えなどをのせた銀の皿が続々と運ばれてくる。これは少なくとも八つあるコースの最初のコースで、コースのあとにはデザートが何皿か待っている。これからまた延々と晩餐がつづくのかと考えながら、リリアンはため息を抑えて、ウェストクリフのほうを見た。彼はなんとなくさぐるような目で彼女を見ていた。しかし、彼が何も言わないので、自分のほうから話しかけた。

「あなたのハンター種のブルータスはすばらしい馬のようですわね、伯爵様。あなたは鞭も拍車もお使いにならなかったわ」

あたりの会話が止まり、リリアンはまた失言をしてしまったのかしらと思った。おそらく、未婚の女性はだれかに話しかけられるまでは話してはならないのだろう。しかし、ウェストクリフはすぐに答えてくれた。「わたしは自分の馬たちにはめったに鞭も拍車も使わないのですよ、ミス・ボウマン。通常、そうしなくても、思ったように馬を走らせることができるので」

この屋敷内のだれもが、そしてなにもかもがそうであるように、あの葦毛も主人に逆らおうなどと考えたこともないのだわ、とリリアンは意地悪く考えた。「あの馬は一般的な純血種よりも、安定した気質を持っているようですわね」

召使が彼の皿にマスの切り身を盛り付けているあいだ、ウェストクリフは椅子の背にもたれた。短く刈り込まれた黒い髪に光が躍った。リリアンはそのたっぷりした髪を指でくしけずった感触を思い出さずにいられなかった。

「ブルータスは雑種なのですよ、実は。純血種とアイルランドの馬との」

「本当に？」リリアンは驚きを隠そうともしない。「あなたは純血種の馬にしか乗らないのだと思っていました」

「純血種を好む人は多いが」と伯爵は認めた。「ハンター種には強い跳躍力が必要だし、容易に方向を変えられる力も要る。ブルータスのような雑種は、純血種並のスピードとスタイルを持っていながら、アイルランドの馬の運動能力も備えているのです」

テーブルのほかの人々も熱心に耳を傾けていた。ウェストクリフが話し終えると、ある紳士が朗らかに言い足した。「ブルータスはとびきり上等な馬ですな。エクリプスの子孫でしたか？ダーリーアラビアン（イギリスのサラブレッドの祖先である一七〇〇年ごろ英国にもたらされた三頭の種馬の一頭）の血が流れているのがよくわかります」

「雑種に乗るとは、とてもお心が広いわ」リリアンがつぶやいた。

ウェストクリフは軽く微笑んだ。「わたしも、ときには心が広くなるのです」

「という噂ですわね……でも、実際にその証拠を見たことはなかったわ、いままでは」

またしても、リリアンの挑発するような発言に客たちは沈黙した。いらだつかわりに、ウェストクリフは興味を隠さず彼女を見つめた。その興味は、彼女に魅力を感じたために生じたのか、あるいはただ彼女を変わった性格の女だと思ったからなのかは判断がつきかねた。しかし、興味を持ったことはたしかだ。

「わたしは常に合理的にものごとに取り組むように努めている。そのせいでときどき、伝統を破ることがあるのですよ」

リリアンは茶化すように笑った。「あなたは伝統的な考え方が必ずしも合理的ではないとお考えなのね」

ウェストクリフはかすかに首を左右に振った。彼は目をさらに明るく輝かせて、ワインを飲むと、光が躍るクリスタルグラスの縁の上から彼女をじっと見た。

別の紳士が、ウェストクリフの自由主義的な考えを多少揶揄するような冗談を言っているあいだに、次のコースの料理が運ばれてきた。奇妙な大きな物体が盛られた銀の皿がどんどん運ばれてくると、客たちから嬉しそうな声があがった。テーブルごとに四皿、全部で一二皿が小さい折りたたみ式のテーブルに載せられて、ほどよい間隔に配され、副執事や召使頭たちが、肉を切り分け始めた。スパイスをきかせたビーフの香りが漂い、客たちは期待をこめて大皿の中身をのぞき込んだ。椅子の上で体を少しひねって、リリアンは一番近くのサイドテーブルに置かれた大皿を見た。彼女は、その正体不明の獣の焦げた姿を見て、恐怖でのけぞりそうになった。焼きたての頭蓋骨からは湯気が立ち昇っていた。

ぎょっとして体をぐっと引いた拍子に、銀器を落としてしまった。召使が即座にやってきて新しいフォークとスプーンを並べ、腰をかがめて落ちた銀器を拾った。

「あ、あれは何ですか?」リリアンはその忌まわしいものから目を離すことができず、とくにだれにということもなく尋ねた。

「子牛の頭ですのよ」まったく、だからアメリカ人は田舎者で困るわ、とでもいわんばかりの、人を見下すような笑いを含んだ声でレディーのひとりが答えた。「イギリスでは高級なご馳走ですわ。まさか食べたことがないなんておっしゃらないわよね？」

表情に出すまいと必死にがんばりながら、リリアンは無言で首を左右に振った。召使が煙の立つ子牛の顎を開けて、舌を切り出したので、リリアンはたじろいだ。

「舌が一番おいしいと言う人もいますのよ」とレディーは続けた。「でも、いや、脳のほうがずっと美味だとおっしゃる方もいます。でも、わたしは、やはりなんといっても目が極上の珍味だと思いますわ」

リリアンはこれを聞いて青ざめ、目を閉じた。苦い胆汁がのどに上がってくる。彼女はもともとイギリス料理が苦手で、これまでにもいくつかどうしても好きになれない料理があったが、この子牛の頭のようなグロテスクな光景を見る心の準備ができていなかった。目を細く開けて、彼女は部屋を見回した。どこでもかしこでも子牛の頭が切り分けられていた。脳をスプーンですくって皿にのせ、胸腺は薄くスライスして……。

吐きそうだった。

顔から血がひいていく。テーブルの後方の席にいるデイジーを見ると、仰々しく皿にもられた数口分のご馳走をけげんな目で見ている。リリアンはゆっくりとナプキンの角を口元に持っていった。だめ、吐いたらだめ。しかし、子牛の頭の濃厚な脂っこいにおいがあたりに充満し、ナイフとフォークがかちゃかちゃ鳴る音と、食事をほめたたえるささやき声が聞こえてくる。吐き気がこみ上げてきた。小さな皿が彼女の前に置かれ、その上には何切れかの……なにかと……だらりと皿の縁に向かって伸びている円錐状の基部がついたままのゼラチン状の眼球。

「おお、なんてこと」リリアンは小さな声で言った。額に汗が噴き出す。

冷静で落ち着いた声が吐き気を束の間断ち切った。「ミス・ボウマン……」

絶望的な気持ちで声のほうを向くと、ウェストクリフ伯爵の冷静な顔があった。「はい、なんでしょう、伯爵様？」かすれた声で彼女はきいた。

彼はいつになく言葉を慎重に選んでいるようだった。「突然こんなことを言い出して恐縮だが……この屋敷にいる珍しい蝶をお見せするには、いまが絶好のタイミングなのです。夜の早い時間にしか姿をあらわさないのですよ。もちろん、この時間に飛び立つのが通常のパターンです。このあいだ、このことをお話ししたのを覚えていますか？」

「蝶？」リリアンは繰り返した。こみ上げてくる吐き気をこらえるために、何度も唾を飲み込む。

「あなたと妹さんを外の温室にお連れして、蝶をお見せしたいと思うのだが、いかがだろうか。最近温室で羽化するのが見られています。残念ながら、そうするとこの料理を食べのがすことになるが、次のコースが始まるまでには戻ってこられますよ」

何人かの客は、ウェストクリフの奇妙な申し出に驚いて、フォークを宙に浮かせたまま動きを止めた。

彼はダイニングルームから出る口実をつくってくれているのだとリリアンは気づいた。しかもふたりきりではまずいので、作法に従って妹も連れて行くと言ってくれている。彼女はうなずき、「蝶ね」と息を切らせながら繰り返した。「ええ、ぜひ見たいわ」

「わたしも」テーブルの反対の端からデイジーの声が聞こえた。彼女がすばやく立ち上がったので、紳士たちもレディーに敬意を表して立ち上がった。「ハンプシャーにしかいない昆虫にわたしたちが興味を持っていることを覚えていてくださるなんて、伯爵様はなんて思いやりのある方でしょう」

ウェストクリフはリリアンの席にやってきて、手を差し延べて立ちあがらせた。「口で呼吸して」と彼はささやいた。青ざめた顔にびっしょり汗をかいていた彼女はそれに従った。すべての視線が彼らに集まった。「閣下」紳士のひとり、ワイマーク卿が尋ねた。「あなたがおっしゃっているめずらしい蝶の名前をおしえていただけませんか？」

わずかにためらったが、ウェストクリフはじっくり考えて答えた。「パープル・スポッテド……」ちょっと間をおいてからつづけた。「……ディンギー・ディッパーだ」

ワイマークは顔をしかめた。「わたしはいっぱしの蝶研究家のつもりです。それに、ディンギー・スキッパーというのなら知っています。たしかノーサンバーランドにしかいない蝶です。だが、ディンギー・ディッパーというのは聞いたことがない」

慎重な間をおいてウェストクリフは言った。「雑種なのです。モルフォ・プルプレウス・プラクティクス。わたしが知る限りでは、ストーニー・クロス周辺にしか見られないはずだ」

「よろしければ、わたしもご一緒して、群れを見てみたいものです」ワイマークはナプキンをテーブルに置いて、立ちかけた。「新しい雑種の発見はいつでも素晴らしい――」

「明日の晩に」ウェストクリフは命令口調で言った。「ディンギー・ディッパーは人の気配に敏感なのです。そのように繊細な蝶を危険にさらしたくない。二、三人の少人数で見にゆくのがもっとも好ましい」

「わかりました」とワイマークは言って、いかにも不満そうに椅子に腰を戻した。「では、明晩」

リリアンは心から感謝してウェストクリフの腕をとり、デイジーも反対側の腕をとり、三人はおごそかに部屋をあとにした。

10

リリアンは必死に吐き気をこらえながら、ウェストクリフにともなわれて戸外の温室へ歩いていった。空はプラム色に変わり、闇が深まりつつあった。明かりは星の光と、灯されたばかりのたいまつの火だけだった。清浄な甘い夜の空気に包まれ、彼女は深く息を吸い込んだ。ウェストクリフは籐の椅子に彼女を座らせ、妹のデイジーよりもずっと親身になって心配してくれた。デイジーはと言えば、柱によりかかって笑いの発作に体を震わせている。

「ああ……おかしい……」デイジーはあえぎながら、笑いの涙をぬぐっている。「あなたの顔ったら、リリアン……グリンピースみたいに真っ青。みんなの前で、気を失ってしまうんじゃないかと思ったわ」

「わたしもそう思ったわよ」とリリアンはぶるっと体を震わせた。

「どうやら子牛の頭が苦手のようだな」ウェストクリフは彼女の隣に座ってぼそぼそ言った。上着から白いハンカチを取り出し、リリアンの額の汗を拭う。

「食べようとするときに、こちらをにらみ返してくるようなものは全部嫌い」とリリアンは神経質に言った。

デイジーはようやく笑いがおさまって息がつけるようになった。「そんなに騒ぎ立てることはないじゃない。にらみつけてくるのは一瞬だけ……」と少し間をおいて、さらに付け加えた。「眼球がぽんとえぐり出されてくるまでよ！」そしてまたげらげら笑い出した。

リリアンは笑い転げている妹をにらみつけてから、弱々しく目を閉じた。「まったくもう、あなたったら――」

「口で呼吸して」ウェストクリフが再び言った。ハンカチが顔の上を動き、最後の冷たい汗の痕が拭い取られた。「頭を下げて」

リリアンは素直におでこをひざにつけた。彼は冷たいうなじに手をあて、軽く強ばった腱をもみほぐした。その手は温かく、少しざらついていた。優しいマッサージはとても心地よく、吐き気はおさまっていった。彼は触れるつぼを心得ているようだった。彼の指先は首と肩のもっとも敏感な部分をさぐりあて、痛むところを上手に刺激した。静かに介抱されているうちに、リリアンの全身の緊張はほぐれ、呼吸も深く規則正しくなっていった。

あまりにもあっけなく、彼が彼女の上体をもとの位置に戻したので、リリアンは不満の声をあげそうになるのを必死にこらえなければならなかった。くやしいことに、もっと彼にそうしていてもらいたかった。一晩中ここにすわって、首をさすってもらいたかった。首だけでなく、背中も……ほかの場所も。彼女は青ざめた頰にかかっていたまつげを上げると、彼の顔があまりに近くにあったので思わずぱちぱちとまばたきをした。不思議なことに、彼のいかつい顔の線は、見るたびにますます魅力的に見えてくるのだった。太い鼻の先に、そしていかめしいくせに柔らかな口の輪郭に触れてみたくて指がうずく。うっすらと生え始めた髭のせいでできた魅力的な影にも触れたかった。それらがすべて合わさって、とても男性的な顔立ちができあがっていた。でも、一番の魅力は目だ。たいまつの光を受けて温かく輝く黒いビロードのような目。まわりを縁取るまっすぐなまつげが、ぐっと突き出した頬骨に影を投げている。

パープル・スポッテド・ディンギー・ディッパーについての彼の創造力あふれる説明を思い出し、リリアンはぷっと吹き出した。彼女はウェストクリフのことをユーモアのかけらもない人間だといつも考えていた。その点では彼を誤解していたことになる。「あなたはけっして嘘をつかない人だと思っていたわ」と彼女は言った。

彼は口をねじ曲げた。「ディナーのテーブルであなたの具合が悪くなるのと、あそこからすばやくあなたを連れ出すために嘘をつくことのどちらがより好ましくないかを考えて選んだのだ。少し気分はよくなったかな？」

「ええ、だいぶ」リリアンは自分が彼の曲げた腕にもたれていることに気づいた。スカートの一部は彼の腿にかかっている。彼の体は温かくがっしりしていて、彼女の体にしっくりくる。下のほうに目をやると、ズボンの布地が筋肉質の腿にぴたりとはりついているのが見えた。心の中に、淑女らしからぬ好奇心が芽生え、彼の脚に手のひらを滑らせたい衝動を抑えるために手を握り締めた。「ディンギー・ディッパーのところは傑作だったわ」視線を彼の腿から顔に向けて彼女は言った。「とくに、ラテン名を捏造したところには恐れ入りました」

ウェストクリフはにっこり笑った。「いつかラテン語の力が役に立つときがくることを願っていたんだ」彼女の体を少しどけて、ベストのポケットから時計を取り出してながめる。「だいたい一五分くらいでホールに戻ろう。そのころには子牛の頭は下げられているはずだ」

リリアンは顔をしかめた。「わたし、イギリス料理って大嫌いだわ。べっちゃっとしたゼリーとか、ぷるぷる動くプディングとか、運ばれてくるころにはすっかりさめて汁気もなくなっている獣肉とか――」彼の体が笑いをこらえて震えているのを感じて、彼女は半分体を回転させて彼を見た。「何がおもしろいの?」

「あなたの話を聞いていると、わたしまでディナーのテーブルに戻るのが憂鬱になる」

「そりゃそうでしょう!」と彼女が目を輝かせて言うと、彼はこらえきれなくなって笑い始めた。

「すみませんけど」近くからデイジーの声が聞こえた。「この機会を利用して、わたし、あの、あそこへ……ああ、上品に表現するのはどうしたらいいかわからないわ。とにかく、あとでダイニングホールの入口で落ち合いましょう」

ウェストクリフはリリアンの体にまわしていた腕をひっこめ、デイジーがそばにいることを忘れていたかのように彼女を見た。

「デイジー――」リリアンはぎこちなく言った。妹はきっと気を利かせて、ふたりきりにさせるつもりなんだわ。

姉の言葉を無視して、デイジーはいたずらっぽい笑みを浮かべ、手を振るとフレンチドアをすり抜けていった。

ウェストクリフとふたりきりで、ちらちら揺れるたいまつの光に照らされて座っていると、急に落ち着かない気分になってきた。外には珍しい雑種の蝶はいないかもしれないが、胃の中では蝶が暴れているみたい。ウェストクリフは片腕を籐の椅子の背にかけて、顔をこちらに向け、彼女を正面から見つめた。

「昼間、母と話をした」口元にかすかな微笑を浮かべたまま彼は言った。

リリアンはすぐには反応することができなかった。いきなり心の中に浮かんできたイメージを――彼の顔が近づいてきて、舌が自分の柔らかな唇をこじ開けて侵入してくるイメージを――なんとか追い払おうと必死だったからだ。「どうして？」彼女はぼうっとした頭で尋ねた。

ウェストクリフは皮肉たっぷりのまなざしを返した。

「ああ、あれね……わたしがお願いした、引受人の件ね……」

「あれはお願いと言えるのかな？」ウェストクリフは手を伸ばして彼女のほつれ毛を耳の後ろにかけた。彼の指先が、耳の縁に、それからふっくらした耳たぶに触れた。「わたしの記憶では、どちらかといえば脅迫に近いものだったようだが」彼は繊細な耳たぶを指でつまみ、親指で感じやすくなっている皮膚をなでた。「あなたはイヤリングをつけたことがない。どうして？」

「わたしの……」突然、リリアンは息苦しくなった。「わたしの耳はとても敏感なの」なんとか声を出す。「イヤリングのクリップを留めると痛くてたまらないし……かといって、耳たぶに穴を開けるのは……」彼の中指が耳殻をさぐり、耳の内側のこわれそうなひだをたどっていくのを感じて、彼女ははっと息を呑んで言葉を止めた。ウェストクリフは親指で彼女の顎の緊張したラインをたどり、おとがいの下の柔らかな肌をそっとなでた。頬が真っ赤に火照るのがわかった。ふたりは寄り添うように体を近づけて座っている……彼はわたしの香水の香りをかいだに違いない。そうでなければまるで恋人のような仕草でわたしの顔に触れるはずがない。

「あなたの肌はシルクのようだ」と彼はつぶやいた。「何の話をしていたのだったかな？　そうだ、母のことだ。なんとか母を説き伏せて、次のシーズンにあなたがた姉妹の身元引受人になることを承諾してもらった」

リリアンはびっくりして目を見開いた。「本当に？　どうやって？　伯爵夫人をおどしたの？」

「わたしが六〇歳になる母親をおどすような男に見えるのかな？」

「ええ」

低い笑い声が彼ののどに響いた。「おどすよりもいい方法がある。あなたにはまだ見せていないが」

その言葉には何か含みがあるように思えた。それがどういう意味なのか、彼女にはわからなかったが、なんとなくどきどきするような期待感が膨らんだ。「どうしてわたしを助けるために、お母様を説得してくださったの？」

「母にあなたを押しつけたらおもしろいことになると思ったんだ」

「いいわ、わたしのことをまるで疫病神みたいに言うなら――」

「それに」ウェストクリフはリリアンの言葉をさえぎった。「今朝のわたしの強引なやり方の埋め合わせがしたかった」

「あれはあなただけのせいじゃないわ」彼女は言いにくそうに言った。「わたしが挑発したせいだと思う」

「いくらかはね」と彼はそっけなく言い、指先を耳から髪の生え際へと移した。「警告していたほうがいいと思うので言うが、母がこれに同意したのはわたしが条件をつけたからだ。だからあなたが母の癇に障れば、母はつむじを曲げていやだと言い出すだろう。したがって、わたしは、母の前ではうまくふるまうようにと助言する」

「どのようにふるまえば？」彼の優しい指の動きを強く意識しながらリリアンは尋ねた。妹がすぐに戻ってこなかったら、ウェストクリフはきっとわたしにキスするわ、と彼女は夢見心地で考えた。彼女はそうして欲しかった。唇が震え出すほど、激しくそれを望んでいた。

彼はその質問に微笑んだ。「そうだな、たとえばやってはならないことは……」彼は突然話すのをやめて、だれかが近づいてくるのを察知したかのように周囲を見回した。リリアンには、木々のあいだを吹き抜け、敷石の上に散らばっている数枚の落ち葉を鳴らすそよ風の音しか聞こえなかった。しかし、次の瞬間、ほっそりとしたしなやかな体が、たいまつの光と影のモザイクのあいだからあらわれた。輝く古風な金髪を見て、やってきたのがセントヴィンセント卿であることがわかった。ウェストクリフはさっとリリアンから手を引っ込めた。官能の魔力は消え、すっと熱がひいていくのを彼女は感じた。

セントヴィンセントは両手をポケットにつっこんで、大までのんびりと歩いてくる。ベンチに座っている両人を見て、彼は微笑み、リリアンの顔をじろじろながめた。

堕天使の顔と夜明けの空の色の瞳を持つ、この飛びぬけた美男子があまたの女性のあこがれの的であることは疑うべくもない。そして妻を寝取られたたくさんの男たちから恨まれていることも。

このふたりが友人どうしなんてとても不思議――ウェストクリフとセントヴィンセントの顔を見比べながらリリアンは思った。伯爵はまっすぐな性格で主義を重んじるタイプだから、友人の気まぐれな性癖にがまんができないはず。それなのに、その違いが彼らの友情を損なうどころか、かえって深めているようなのだ。

セントヴィンセントはふたりの前で立ち止まると、「もう少し早くきみたちを見つけるつもりだったんだが、ディンギー・ディッパーの大群に襲われてしまったものでね」彼は共犯者に話しかけるときのように声をひそめて言った。「それから、驚かせたくはないのだが、警告しておかねばならないだろう……五コース目にはキドニープディングが出されるようだ」

「それなら我慢できるわ」とリリアンはつらそうに言った。「動物の姿のまま出てくるお料理だけがだめみたいだから」

「わかるよ、ダーリン。わたしたちは野蛮人だから。多くのイギリス人がそうさ。だから子牛の頭でぎょっとするのも当然だ。わたしも好きじゃない。実際、わたしはどんなふうに料理されていてもビーフはめったに口にしないんだ」

「では、あなたは菜食主義者なの?」リリアンは最近よく耳にする言葉を言った。近ごろでは、ラムズゲートの病院協会が推奨している野菜中心の食事の話題でもちきりだった。

セントヴィンセントはうっとりするような美しい笑顔で答えた。「違うよ、かわいい人、わたしは人食いだ」

「セントヴィンセント」リリアンの困惑を見て取って、ウェストクリフが警告のうなりを発した。

子爵は動じることなくにやりと笑った。「わたしがたまたま通りかかってよかった、ミス・ボウマン。ウェストクリフとふたりきりでは危ないから、ね」

「そうかしら?」リリアンはうまくかわした。しかし、心は緊張している。もし彼が、わたしと伯爵のキスのことを知っていたら、こんなにべらべらと軽口をたたいたりはしなかっただろう。彼女はウェストクリフのほうを見ることはできなかったが、すぐ近くにある彼の男らしい体が急にこわばったのを感じた。

「そうさ」セントヴィンセントは自信たっぷりに言った。「陰で悪いことをするのは、高潔ぶっているやつなんだ。だが、わたしのように堕落の烙印を押されている人間といっしょの場合は、絶対に安心できる。さあ、あなたはわたしに守られてダイニングルームに戻ったほうがいい。伯爵がどんな好色な下心を抱いているかわからないからね」

くすくす笑いながら、リリアンはベンチから立ち上がった。ウェストクリフがからかわれているのを見るのは愉快だった。彼は自分も立ち上がりながら、ちょっと顔をしかめて友人をにらみつけた。

差し出されたセントヴィンセントの腕をとって、リリアンはなぜ彼はわざわざここまでやってきたのだろうと考えた。わたしになんらかの関心を抱いているから？　ううん、そんなはずはない。未婚の娘はセントヴィンセントの恋愛遍歴に含まれていないことは知られているし、リリアンは彼が遊び相手に望むタイプではない。しかし、ふたりの男に囲まれているのは、なんとなく嬉しかった。ひとりはイギリスでベッドの相手としてもっとも望まれている男、もうひとりは結婚相手としてもっとも望まれている男。きっとものすごくたくさんの娘たちが、わたしを殺してでも、取って代わりたいと思うことだろう。そう考えると笑いをこらえることができなくなった。

セントヴィンセントは彼女を引っ張って、ウェストクリフから引き離した。「われらが友ウェストクリフは、たしかあなたに乗馬を禁じたが、馬車で出かけることについては何も言っていないはずだ。明日の朝、わたしといっしょに馬車でこのあたりを見物しないか？」

リリアンはその誘いについて考えながら、一瞬黙り込んだ。もしかするとウェストクリフが口をはさんでくるかも、と期待して。すると思ったとおり、彼は黙っていなかった。

「ミス・ボウマンは明日の朝は用事がある」後ろから伯爵のぶっきらぼうな声が聞こえた。

リリアンは反論しようと口を開きかけたが、セントヴィンセントはドアを開けながら彼女を横目でちらりと見て、茶目っ気のある目で「黙って、わたしにまかせて」とサインを送った。「どんな用事だ?」

「ボウマン姉妹は伯爵夫人に会うことになっている」

「ああ、あの素晴らしき年寄りドラゴンか」セントヴィンセントはリリアンを戸口に導きながらしみじみと言った。「わたしは、伯爵夫人とはとても馬が合うんだ。アドバイスをあげよう。彼女はお世辞が大好きだ。そうでないふりをしているけれどね。ちょっとばかりおだててやれば、簡単に手なずけられる」

ウェストクリフを振り返ってリリアンは尋ねた。「本当、伯爵様?」

「わたしに聞かないでくれ。わたしは母にお世辞など言ったことがないのだから」

「ウェストクリフはお世辞やお愛想は時間の無駄だと思っているのさ」セントヴィンセントはリリアンに言った。

「そのようですわね」

セントヴィンセントは笑った。「では、馬車で出かけるのはあさってだな。どうだい?」

「ええ、ありがとうございます」

「よろしい」セントヴィンセントはそう言ってから、何気なく付け加えた。「ただし、ウェストクリフ、きみがミス・ボウマンの予定に何か口出しすることがなければ、だが?」

「何もない」ウェストクリフはそっけなく言った。

　もちろん、あるわけないわよね。リリアンは急に不愉快になった。ウェストクリフがわたしといっしょにいたいと思うはずがない。わたしがディナーテーブルでげろを吐いて、客人たちにそれを見せるのを防ぐという目的でもなかったら。

　彼らはデイジーを見つけた。デイジーはセントヴィンセントを見ると眉を上げて、静かに尋ねた。「どこからあらわれたの？」

「母が生きていたら、教えてくれただろうが」と彼は明るく答えた。「といっても、知っていたかどうか怪しいけれど」

「セントヴィンセント」ウェストクリフは今夜二度目の鋭い口調で制した。「純真無垢なお嬢さんたちだぞ」

「そうかい？　おもしろいね。よろしい、礼儀正しくするとしよう……純真無垢なお嬢さんたちとはどんな話題を話せばいいかな」

「話などありません」とデイジーがむくれて言ったので、彼は笑った。

　ダイニングルームに入る前に、リリアンは立ち止まってウェストクリフに尋ねた。「明日、何時に伯爵夫人のところへうかがえばいいのでしょうか。それにどこへ？」

　彼のまなざしは冷ややかで暗かった。セントヴィンセントがあらわれて、彼女を馬車の遠出に誘って以来、なんだか急に不機嫌になったような気がしてならなかった。でも、なぜそれが彼の気に障ったのか？　彼が嫉妬したなんて思うのはお笑い種だ。なにしろわたしは彼にとって、世界中でもっとも興味の持てない女なのだから。納得できる結論はただひとつ。彼はセントヴィンセントがわたしを誘惑しようとするのを心配しているのだ。厄介ごとに巻き込まれるのがいやなのだ。

「一〇時に、マースデン家の客間で」と彼は言った。

「その部屋へはどう行ったらいいのかわかりません」

「知っている人は少ししかいない。二階の客間で、家族だけが使うようになっている」

「まあ」彼女は感謝と困惑の入り混じった気持ちで彼の黒い瞳を見つめた。彼はずっと親切にしてくれてきたが、どんなに想像をたくましくしても、ふたりの関係は友情と呼ぶべきものではない。彼のことをいろいろ知りたいという気持ちを自分の中から排除したかった。彼を自尊心のかたまりの高慢ちきと思っていたほうがどんなに楽だったことか。しかし、彼は彼女が思っていたようなそんな単純な人物ではなく、ユーモアも性的魅力も驚くべき思いやりもかねそなえた、はるかに複雑な人物だった。

「伯爵様」と彼女は彼に視線を向けさせた。「わたし……わたし、お礼を申し上げなくては……」

「さあ、部屋に入ろう」彼女といるのはもうたくさんだとでもいうように、それをあっさりさえぎった。「ずいぶん遅くなってしまった」

「どきどきする?」翌朝、母の後ろについて、マースデン家の客間に向かう途中、デイジーはきいた。マーセデスは招かれていたわけではなかったが、伯爵夫人との面談に自分も加わるつもりだった。

「いいえ」とリリアンは答えた。「口さえ閉じていれば、心配することはないと思うわ」

「伯爵夫人はアメリカ人がお嫌いだと聞いたわ」

「まあ、お気の毒。だって、伯爵夫人の娘はふたりともアメリカ人と結婚しているのよ」

「静かになさい、ふたりとも」マーセデスは小声でたしなめた。シルバーグレイのドレスを着て、首のところに大きなダイヤモンドのブローチを留めている。マーセデスは手を握って固いこぶしをつくるとドアを叩いた。部屋の中からは何の音も聞こえない。デイジーとリリアンは眉を上げて顔を見合わせた。伯爵夫人はやはりわたしたちと会わないことに決めたのではないかしら。顔をしかめて、マーセデスはもう一度、先ほどよりも強くドアを叩いた。

今度は、トゲのある声が、マホガニーの板の隙間から聞こえてきた。「そのいまいましいノックをやめて、入ってきなさい！」

しおらしい表情で、ボウマン家の三人は部屋に入った。そこは小さいけれど美しい客間だった。壁は青い花柄の壁紙で被われ、大きな窓からは下の庭が見えた。ウェストクリフ伯爵夫人は窓際の長椅子に腰掛けていた。首には何重もの稀少な黒真珠のネックレスをつけ、指も腕もずっしりと宝石類で飾りたてられていた。明るい銀髪とは対照的に、眉は黒くて太く、厳しく目の近くに寄せられていた。顔だちも体型も、角張ったところはまったくなかった。顔は丸く、体つきはふくよかだった。ひそかにリリアンは、ウェストクリフ伯爵は父親似なんだろうと思った。彼と母親には容姿の点で似たところはほとんどなかった。

「呼んだのはふたりだけのはず」伯爵夫人はマーセデスを鋭い目で見た。彼女の発音はケーキの上にのっている白いアイシングのように明快で歯切れがよかった。「なぜ三人いるのです？」

「閣下夫人様《ユア・グレース》」マーセデスはご機嫌をとるような笑みをうかべて、ぎこちなくぴょこんとお辞儀をした。「まず、ミスター・ボウマンとわたくしが、いかにあなた様のご厚意に感謝しているか――」

「ユア・グレースと呼ぶのは、公爵夫人に対してだけです」と伯爵夫人は言って、下向きに強い引力が働いているかのように、口をへの字に結んだ。「わたしをからかうつもりですか？」

「とんでもございません、ユア……いえ、奥様《ミレディー》」彼女はあわてて言った。顔面は蒼白だ。

「からかうなんて、めっそうもない。わたくしはただ――」

「わたしはあなたの娘たちとだけ話をします」伯爵夫人は横柄な態度で言った。「二時間きっかり経ったら、迎えに来なさい」

「はい、奥様！」マーセデスはさっと部屋から出て行った。

抑えきれない笑いを隠すように咳払いをして、リリアンはデイジーのほうを見た。彼女も母親がいとも簡単に追い出されたのを見て吹き出したくなるのをこらえているようだった。

「なんと不愉快な音でしょう」伯爵夫人はリリアンの咳払いに顔をしかめた。「これからはそういうことはお控えなさい」

「はい、奥様」リリアンはできるかぎりへりくだって言った。

「こちらへ来なさい」伯爵夫人はそう命じ、近づいてくるふたりを交互に見た。「昨晩、わたくしはあなたたちふたりを観察していました。そして、見苦しいふるまいの数々をずらりと見せてもらいましたよ。来シーズン、わたしはあなたたちの身元引受人にならなければならないと言われています。どうやら息子はわたしをできる限り困らせてやろうと決心したようです。気のきかないふたりのアメリカ娘の後援をしろとは！　いいですか、わたしの言うことすべてに素直に従わないなら、あなたたちを大陸のいかさま貴族と結婚させて、ヨーロッパの辺鄙な田舎に追いやってしまいますからね」

リリアンはちょっと感動した。脅しにしては、なかなかいい感じじゃないの。デイジーを盗み見ると、彼女はかなり真面目に受け取っているようだった。

「座りなさい」伯爵夫人は厳しく命じた。

ふたりはできる限り素早く命令にしたがい、夫人が宝石で光り輝く手で示した椅子に座った。伯爵夫人は、長椅子の横の小さなテーブルからコバルト色のインクで字がびっしり書かれた羊皮紙を取り上げた。「書き出してみました」片手で小さな鼻眼鏡を短い鼻の先にのせながら言う。「昨晩、あなたたちふたりが犯した間違いを。ひとつずつ直していきますよ」

「どうしてそんなに長いリストになるのでしょう？」デイジーはうんざりしたように言った。「晩餐はたった四時間。それだけのあいだに、不作法なふるまいがそんなにたくさんできるはずがないわ?」

鼻眼鏡の上からふたりを冷酷な目で見つめて、伯爵夫人はたたんであったリストを開いた。それはアコーデオンのように開いた……どんどん伸びて……伸びて……ついに床につくほどの長さになった。

「ちっ、なんてこと」リリアンは小声でつぶやいた。

彼女の汚い言葉を耳にした伯爵夫人は、両眉がつながってしまうくらいぐっと眉をひそめた。「この紙にまだ余白があれば、その下品な言葉も書き加えますよ」

ため息をこらえて、リリアンは椅子に深く沈みこんだ。

「背筋を伸ばしてお座りなさい。レディーは椅子に背中をつけてはならないのです。さて、まず紹介から始めますよ。あなたたちはふたりとも、握手をするという嘆かわしい習慣を持っています。それは、懸命にご機嫌取りをしようとしているような不快な印象を与えます。一般に容認されている規則では、紹介されたら、握手ではなく、お辞儀するだけでよろしい。例外は若い女性どうしが紹介された場合だけです。それからお辞儀についてですが、まだ紹介されていない紳士には決してお辞儀をしてはいけません。何度も見たことがある方であっても、です。また、互いの友人の家であなたに何か話しかけた紳士にも、あなたが軽く会話を交わしたことがある紳士にもお辞儀をしてはなりません。ひとこと、ふたこと言葉を交わしたからといって、面識があるとは言えないのです。したがって、会釈したりしてはなりません」

「では、その紳士が自分に親切にしてくれたときは？」デイジーがきいた。「たとえば落ちた手袋を拾ってくれたとか、そういう場合」

「そのときにはお礼を述べますが、そのあとはその方にお辞儀をしてはなりません。正式に紹介されていないからです」

「なんだか恩知らずみたい」デイジーは意見を述べた。

伯爵夫人はそれを無視した。「では、次に晩餐に移りましょう。最初にワインを注がれたあとは、おかわりをいただいてはなりません。主人が食事中にワインのデカンターを客に回すのは、紳士のためであって、レディーのためではないのです」伯爵夫人はリリアンをにらみつけた。「昨夜、あなたがワインのおかわりを頼むのをわたしは聞きましたよ、ミス・ボウマン。たいへん不作法です」

「でも、ウェストクリフ伯爵は何も言わずに注いでくださいました」リリアンは反論した。

「それは、あなたにさらに恥をかかせないためです」

「でもなぜ……」伯爵夫人の険悪な表情を見て、リリアンの声はだんだん小さくなりやがて黙り込んだ。もしすべてのエチケットの要点にいちいち質問していたら、午後中かかっても終わらないわ、と彼女は悟った。

次に伯爵夫人は、アスパラガスの正しい切り方、ウズラや鳩の正しい食べ方など、晩餐中のテーブルマナーについて説明した。「……ブラマンジェとプディングはスプーンでなく、フォークで食べます。それから、あなたたちがリソールにナイフを使ったのには仰天しました」伯爵夫人は、ふたりが恥ずかしさで身をすくめているだろうと重々しく彼女たちを見た。

「リソールって何？」大胆にもリリアンが尋ねた。

デイジーがおそるおそる答えた。「緑色のソースがかかった小さな茶色のパテのことじゃないかしら」

「あれはけっこう美味しかったわ」とリリアンがつぶやいた。

デイジーはひょうきんに笑って言った。「あれの中身が何か知ってる？」

「いいえ、知りたくないわ！」

伯爵夫人はふたりのやりとりを無視した。「リソールやパテなど、型に入れて固めた料理はフォークだけで食べなければなりません」いったん話をやめて、どこまで行ったかとリストを見た。彼女の鳥のような目は、次の項目を見るや、線のように細くなった。「さて、次は」リリアンを意味ありげに見る。「子牛の頭のことですが……」

リリアンはうめき声をあげ、片手で目をおおって、椅子に沈み込んだ。

11

ウェストクリフ伯爵のいつものきびきびした歩き方に慣れている人々は、いま彼が書斎から二階の客間に向かってゆっくり歩いていく姿を見て少々驚くことだろう。彼の手には一通の手紙が軽く握られている。この数分間、手紙の文面が彼の心を占めていた。しかし手紙の内容だけが、彼のこの物思いに沈んだムードの原因ではなかった。

マーカス自身、それを否定できたらどんなにいいだろうと思う。しかし、リリアン・ボウマンに会うことを思うと期待に胸が膨らんでくるのだった……そして、彼女が母とどんなふうにやりあっているかにとても興味があった。ふつうの娘なら、伯爵夫人にこてんぱんにやられてしまうだろうが、リリアンなら母をものともしないのではないか。

リリアン。彼女のせいで、落として散らばったマッチ棒をあわてて拾い集めようとしている少年のように、彼は自制心をとりもどせなくてあたふたしているのだった。もともと感情に走ることを嫌っていたし、とくにおのれの感情はしっかり抑えるようにしていた。そして自分の威厳を脅かすものは、だれであれ、なんであれ、激しく嫌悪してきた。マースデン家は、謹厳な家系として有名だった。何代にもわたり、当主たちはもったいぶった顔つきで重た。手のつけられない跳ね返り娘に心を奪われることなどもってのほかだった。待と義務によって形づくられており、何かに心を乱されることはあってはならないことだっはできなかったが、強い影響を残したことはたしかだ。マーカスの存在は、情け容赦ない期子から軽薄さやユーモアをすべて排除するつもりだった。彼はそれを完全にやり遂げることまれに笑うときがあっても、通常それは何か非常に不快な出来事の前触れだった。先代は息大な問題に心を砕いてきた。マーカスの父親、先代の伯爵もめったに笑うことはなかった。

リリアン・ボウマンは、マーカスが交際したいと考えるような相手ではなかった。リリアンのような女性は、イギリスの貴族社会に閉じ込められたら幸せにはなれないだろう。彼女の不敬な態度や個性から考えて、マーカスの生活にうまく溶け込めるとは思えない。それに、妹がふたりともアメリカ人と結婚しているので、彼だけはどうしてもイギリス人の花嫁を迎えて、傑出した血筋を守らなければならないことは、周知の事実だった。

マーカスは、自分が毎シーズン社交界にデビューしてくる無数の若い女性の中のひとりといずれ結婚することになるだろうと思ってきた。どの娘も同じように見えるので、だれを選んでも大差ない気がする。そうしたつつましやかで上品な娘ならだれでも彼の目的にかなうのだろうが、彼女たちに興味を持つことはできなかった。ところがリリアン・ボウマンは、最初に会った瞬間から彼の心に取り付いて離れなかった。その理由をうまく論理的に説明することはできなかった。彼女は知り合いの中で最高の美人というわけではなかったし、とくに秀でたところがあるわけでもない。毒舌で、独善的。強情なところは女性にしておくには惜しいくらいだ。

自分とリリアンはどちらも意地っ張りすぎるし、会えば衝突せずにはいられない。障害コースでのいさかいは、ふたりがいっしょになることがいかに不可能であるかを明確に示す例だ。しかしだからといって、マーカスがリリアン・ボウマンをいままで出会ったどの女性よりも欲する気持ちが変わるわけではない。彼女の新鮮で、型にはまらない魅力は、いくら彼が否定しても、彼の心を捉えて放さない。夜、彼女の夢を見るようになっていた。彼女とたわむれ、もつれあい、もだえる彼女の温かい体に入って彼女に歓喜の叫びをあげさせる夢を。またこんな夢も見る。彼女と交わったまま静かに横たわり互いの鼓動を感じあう……あるいは、生まれたままの姿でいっしょに川で泳ぐ。彼女の肌が彼の肌の上を滑り、濡れた人魚のような巻き毛が胸と肩にかかる。あるいは、農家の娘のようなかっこうをした彼女を野原に連れ出し、日光で温まった草の上にいっしょに転がる……そんな夢だ。

マーカスは、こんなふうに抑圧された情熱に苦しめられたことはなかった。彼の要求を喜んで満たしてくれる女性はたくさんいた。耳元でささやき、こっそりベッドルームのドアを叩けば、女たちは喜んで彼を迎えた。しかし、手に入れられない人の代わりにだれかを使うのはいけないことに思えた。

家族用の客間に近づくと、マーカスは半分開いたドアの前にたたずみ、母親がボウマン姉妹に説教しているのを聞いた。伯爵夫人がいま槍玉にあげているのは、ディナーテーブルに料理を運んでくる召使たちに話しかけるという、姉妹の困った癖に関することらしかった。

「でも、何かしてくれた人にお礼を言って何が悪いんですか?」リリアンが本心から困惑しているようすで質問するのが聞こえてきた。「ありがとうというのが礼儀じゃないですか」

「乗せてくれたからといって馬に礼を言ったり、あなたの皿を支えてくれているからとテーブルに礼を言うことはないでしょう。それと同じで召使にも言うべきではありません」

「でも、動物や動かない物体の話をしているんじゃありませんわ。召使は人間です」

「いいえ」伯爵夫人は冷たく言い放った。「召使は使用人です」

「でも使用人も人間です」リリアンは頑固に言い張った。

伯爵夫人はいらだって答えた。「あなたが召使についてどう考えようと、晩餐の席で召使に礼を言ってはなりません。第一、使用人はそのような恩着せがましい行動を期待してもいないし、望んでもいません。もしあなたがどうしてもそうするというなら、彼らはあなたの言葉に返事をしなければならないという困った状況に陥り、彼らもあなたに悪い感情を持ちますよ……ほかの人々と同じく。そんな退屈そうな顔でわたしを見てわたしを侮辱する気ですか、ミス・ボウマン! あなたは資産家の娘なのですから、あなたのニューヨークの家にも使用人がいるでしょう!」

「ええ」リリアンは生意気な返事をした。「でも、わたしたちは使用人に話しかけます」

マーカスは吹き出しそうになるのを懸命にこらえた。伯爵夫人とだれかがやりあっているのを聞くのは、もしあったとしても、ごくまれだった。ドアを軽くノックして、彼は部屋に入り、だんだん激しくなりそうなやりとりを中断させた。リリアンは座ったまま体をねじ曲げて彼を見た。しみひとつない象牙色の肌は、頬骨のあたりだけがピンクに染まっていた。入念に編んでねじりあげ、頭のてっぺんでまとめてピンで留めつけたヘアスタイルは、彼女をふだんより年上に見せるはずだったが、かえって若さを強調しているようだった。椅子に座ったまま彼女はじっとしていたけれど、びりびりと火花をちらすようないらだちを発散させていた。授業を抜け出して外に走っていきたくてたまらない女学生を思わせた。

「ごきげんよう」マーカスは丁寧に言った。「話し合いはうまくいっているのでしょうね」

リリアンは物言う目で彼を見た。

ぐっと笑うのをこらえて、マーカスは母親に形式ばったお辞儀をした。「母上、アメリカから手紙がきました」

母は息子を鋭い目で見つめた。手紙がアリーンからのものであることはわかっていても何も言わない。

頑固な意地悪ばあさんめ、とマーカスは思った。冷やかないらだちが彼の胸に広がった。伯爵夫人は、身分が低い男と結婚した長女をけっして許そうとはしなかった。アリーンの夫マッケナは、少年時代にこの家の使用人として厩舎で働いていた。まだ一〇代のうちに成功を夢見てアメリカにわたり、のちに裕福な産業資本家としてイギリスに戻ってきた。しかし、伯爵夫人の考えでは、マッケナがどんなに成功しようと、生まれの卑しさは消えるものではなく、マッケナと娘の結婚に猛反対した。アリーンがとても幸せそうに見えても、伯爵夫人の心は動かなかった。彼女にとって何より大切なのは体面だった。もしもアリーンがマッケナと恋人どうしになるだけなら、伯爵夫人は気にもかけなかっただろう。しかし、娘が彼の妻になることは、許し難い行為だった。

「すぐにこのニュースをお知りになりたいと思ったのです」とマーカスは言いながら母に近づいて手紙を差し出した。

彼は母の顔がこわばるのを見た。彼女の手はひざの上に置かれたまま動かない。その目は冷たく、不快の色をたたえていた。母が明らかに無視したがっている事実を、彼女の目の前につきつけたことに、マーカスは少し意地の悪い快感を覚えた。

「あなたの口から、そのニュースとやらを聞かせてちょうだい」彼女は温かみのない声で言った。「どうせそうするまで、そこにそうしているつもりでしょうから」

「わかりました」マーカスは手紙をポケットにしまった。「おめでとうございます、母上。孫ができたのですよ。レディー・アリーンは元気な男の子を産み、ジョン・マッケナ二世と名づけました」彼は声の調子に皮肉のかけらを混ぜて付け加えた。「彼女と赤ん坊がとても元気であるとお聞きになってほっとなさったことでしょう」

視界の隅で、ボウマン姉妹が怪訝な顔でめくばせしあっているのが見えた。空気に充満している敵意の理由を考えているのだろう。

「元厩舎係がわたしの長女に、自分と同じ名前の息子を生ませたとは、なんておめでたいのでしょう」伯爵夫人は辛辣に言った。「これからごろごろ子どもが生まれることでしょうよ。残念ながら、伯爵家にはまだ跡継ぎがいません……それはあなたの責任ね。家柄のよい娘と明日にでも結婚するという朗報を持ってきてちょうだいな、ウェストクリフ。そうしたらわたしも心から満足しますよ。それまでは、祝う理由などありませんね」

アリーンの赤ん坊に対する母の冷たい反応に対して——そして跡継ぎを生ませることへの彼女の妄執に対してもだが——彼は感情を外にあらわさなかった。しかし、マーカスは母をなじりたくなるのをぐっとこらえていた。陰鬱な気持ちに浸っていると、リリアンがじっと自分を見つめているのに気づいた。

リリアンは心を見透かすような目で彼を見た。口元にはかすかに奇妙な笑いが浮かんでいる。マーカスは片方の眉を上げて、皮肉な調子で尋ねた。「何かおもしろいことでも？　ミス・ボウマン」

「ええ」彼女はつぶやくように言った。「なぜあなたは外に走り出て、最初に見つけた農家の娘と結婚してしまわないのかしらって考えていたんです」

「小生意気なばか娘！」伯爵夫人は叫んだ。

マーカスはリリアンの無礼な言葉ににやりとした。すると、胸にたまった怒りが消えていくような気がした。「そうすべきだと思うかい？」その質問には考慮の価値があるとでも言うように、彼は真面目な顔で聞いた。

「ええ、もちろん」リリアンはいたずらっぽい目を輝かせて断言した。「マースデン家に新しい血が混じるのも悪くないと思いますわ。わたしの意見では、この家系は血統が良くなりすぎる重大な危機に瀕しているもの」

「血統が良くなりすぎる？」マーカスは繰り返した。彼女に飛びかかって、どこかに連れ去ってしまいたい、と心の中で思う。「ミス・ボウマン、あなたはどうしてそんな印象を持ったのだろう？」

「あら、わからないわ……」彼女はのんびり答えた。「でもたぶん、あなたたちが、プディングを食べるのにはフォークを使うべきか、スプーンを使うべきかなんてことを、天地もひっくり返るほどの重大事だと考えているからだと思いますわ」

「貴族の本分は、よいマナーだけではないのですよ、ミス・ボウマン」マーカス自身、ちょっと尊大だと思うような言い方だった。

「わたしの意見では、伯爵様、マナーや儀式にこだわりすぎるのは、その人が時間をもてあましていることを示す確かな証拠です」

マーカスは彼女の無礼な発言に微笑んだ。「世を揺るがすような意見だが、一理ある。異論を唱えるべきか迷うところだ」

「彼女のあつかましさを助長させないでちょうだい、ウェストクリフ」伯爵夫人が警告を与えた。

「わかりました――では、わたしは退散します。どうぞ、シシュフォスの仕事をおつづけください」

「あれ、どういう意味？」とデイジーが尋ねるのが聞こえた。

リリアンは笑いを含んだ目で彼を見つめたまま答えた。「あなたはギリシャ神話の授業をさぼりすぎたみたいね。シシュフォスっていうのは死後地獄に落とされた魂で、永遠に終わらない罰を科されたの……大きな丸石を山のてっぺんまで運ばなくちゃならないんだけど、頂上に着く直前に石は必ず転がり落ちてしまうのよ」

「ということは伯爵夫人がシシュフォスで」デイジーがつづけた。「わたしたちは……」

「丸石」伯爵夫人が簡潔に述べたので、ふたりは笑い出した。

「どうぞ、レッスンをおつづけください、奥様」とリリアンが言って、伯爵夫人に注意を向けたので、マーカスはお辞儀をして部屋を出た。「ころがり落ちるとき、あなたをぺしゃんこにしないように気をつけますわ」

リリアンはそのあと午後中ずっと、憂鬱な気分に悩まされた。デイジーが言っていたように、伯爵夫人のレッスンを受けたあとではげんなりするのも当然かもしれないが、気持ちがふさぐのは、ただ気難しい老女と長い時間すごしたせいではなく、もっと深いところに根ざした原因がある気がした。それは、ウェストクリフが甥の誕生を知らせるためにマースデン家の客間にやってきてからあとのやりとりに関係があった。ウェストクリフはそのニュースを喜んでいたようだったが、母親の冷たい反応にはまったく驚いていなかった。そのあと母と息子のあいだに辛辣な会話が交わされ、その中で、ウェストクリフには「血筋のよい女性」――そう伯爵夫人は言った――と結婚することが大事なのだと、いや必要なのだという話が出た。それがリリアンをふさぎこませたのだ。

血筋のよい花嫁……リソールの食べ方をちゃんと心得ていて、自分に仕える召使に礼を言うことなど考えもしない女性。自分から紳士に話しかけるような間違いは犯さず、素直にじっと立って男性が近づいてくるまで待つ女性。ウェストクリフの花嫁になる人は、明るい金髪と薔薇の唇、そしておだやかな性格の上品なイギリス美人だろう。貴族の血が濃すぎるのよ、とリリアンは見知らぬ娘にかすかな敵意を抱いた。ウェストクリフが上流の生活に完全に溶け込める娘と結婚する運命にあることが、どうしてこんなに自分を苦しめるのだろう。

リリアンは眉をひそめて、昨晩伯爵が自分の顔に触れたときの感触を思い出した。愛撫とは言えないようなかすかなタッチだったけれど、彼女と結婚する意志がまるでない男の仕草としては、非常に不謹慎なたぐいのものだった。でも彼は、そうせずにはいられないようだった。きっと香水の魔力のせいなんだわ、と彼女は暗澹たる気持ちになった。香水の魔力で彼を誘惑できたら、彼を苦しめることができて、きっとおもしろいに違いない——そう思っていたのに、てひどいしっぺ返しをくらってしまった。苦しむことになったのは彼女のほうだった。彼が自分を見るたびに、彼が触れるたびに、彼が微笑むたびに、いままで経験したことのない感情がわきおこる。それは、手に入れられないものがどうしても欲しくてたまらなくなる熱望の痛みだった。

ウェストクリフとリリアン。こんな不釣合いなカップルはいないとだれもが言うだろう。血筋のよい跡継ぎを生ませなければならないという彼の責任を思えばなおさらだ。ウェストクリフほど花嫁を選べる立場にはない独身貴族がほかにもいる。相続した財産が乏しくなっていて、彼女の財産を必要としている貴族たちが。伯爵夫人に後ろ盾になってもらえれば、まあまあ我慢できる花婿候補は見つかるだろうし、そうしたらその人と結婚して、この花婿さがしという永遠にも思える苦行が終わるのだ。でも――別の考えが彼女を襲った――イギリスの貴族社会はとても狭い。きっとウェストクリフと彼のイギリス人の花嫁には何度も何度も顔を合わせることになるだろう。それを思うと落ち着かなくなった。いや、落ち着かない、くらいではすまされない。最悪だ。

彼へのあこがれは嫉妬に変わった。ウェストクリフは運命の命じる相手と結婚しても真から幸せにはなれないだろう。簡単に従わせることができる妻に、彼は飽きてしまうはずだ。常に変わることのない静かな生活は彼を退屈の地獄に落とすだろう。ウェストクリフに必要なのは、彼に挑戦してくる相手、彼をおもしろがらせる女性だ。何層もの冷静沈着な貴族の衣の下に隠されている温かで人間味あふれる男の心に手を届かせることができる女性だ。彼を怒らせ、彼をからかい、彼を笑わせることのできる女性。

「そう、わたしみたいな」リリアンは惨めな気持ちでそっとつぶやいた。

12

その晩、正装の舞踏会が開かれた。とても気持ちのいい夜だった。空気はからっと乾いて涼しく、ずらりと並んだ縦長の窓は開け放たれ、外の空気を入れていた。シャンデリアの光が、輝く雨粒のように寄木の床に反射している。楽しく弾むようなオーケストラの調べが空気を満たし、客たちの噂話や笑い声を盛り上げている。

リリアンは、クリーム色のサテンの舞踏会用ドレスにしみをつけるのがこわくて、パンチのグラスは受け取らなかった。簡素なスカートの輝くひだは床に届き、細い腰には同色のサテンの固い帯が巻かれていた。ドレスの装飾は、胸元がえぐれた胴部の縁に美しくちりばめられたビーズだけだった。白い手袋を引っ張ってしっかりと指にフィットするように直しながら、リリアンはウェストクリフが部屋の向こう側にいるのを見つけた。黒の夜会服を着ている姿はとても魅力的で、白いクラヴァットにはナイフの刃のようにぱりっとアイロンがかけられていた。

いつものように、何人かの男女が彼を囲んでいた。その中のひとり、豊満な体つきのブロンドの美女が彼の耳元に顔を寄せてなにごとかささやくと、彼の唇にかすかに微笑が浮かんだ。彼は冷静な目であたりを観察し、あちらへこちらへと緩やかに動く人々をながめていた……そしてリリアンに目を留めた。品定めするようにすばやく彼女に視線を走らせる。リリアンはまるで手で触れられているかのように強く彼の視線を意識した。ふたりを隔てている一五メートルほどの距離が消滅したかに思えた。部屋の向こうに立っている男を生々しく意識してしまう自分にたじろぎながら、リリアンは彼に短く会釈して顔をそむけた。

「どうしたの？」デイジーがそばに寄ってきてささやいた。「なんだかぼうっとしているみたい」

リリアンは苦笑いしながら答えた。「伯爵夫人がおっしゃったことをすべて思い出そうとしているのよ」と嘘をつく。「そして全部頭に叩き込んでおこうと思って。とくにお辞儀のルール。だれかがわたしにお辞儀をしたら、きゃっと叫んで逃げ出すわ」

「わたし、間違ったらどうしようって、びくびくしているの」デイジーは打ち明けた。「あんなにたくさん不作法なことをしていると知らなかったときのほうが、どんなに気が楽だったことか。今夜は壁の花になって部屋の端で座っていてもちっとも寂しくないわ」ふたりはそろって部屋の壁に設けられている半円形のくぼみの列に目をやった。くぼみの両側には付け柱が立っていて、中にはビロードで被われた椅子が置かれている。エヴィーは部屋の角の一番遠いくぼみにひとりで座っていた。ピンクのドレスは赤い髪にまったく似合っていない。彼女はこっそりとパンチをすすっていたが、だれもわたしに話しかけないでというサインを全身で発していた。「ああ、あれじゃだめだわ」とデイジーが言った。「かわいそうなエヴィーをあそこから引っ張り出して、わたしたちといっしょに歩き回らせましょう」

リリアンは笑って同意すると、妹のあとにつづこうとした。しかし、低い声が近くから聞こえてきて、彼女ははっと息を呑んで凍りついた。「こんばんは、ミス・ボウマン」

おどろいてぱちぱち瞬きしながら、顔をそちらに向けると、ウェストクリフが驚くべきスピードで部屋を横切って近づいてきていた。「伯爵様」

ウェストクリフはリリアンの手をとってお辞儀をし、それからデイジーにも挨拶した。彼の視線はリリアンに戻った。彼が話しているあいだ、シャンデリアの光が、彼の豊かな黒髪の上で躍り、顔のいかつい線を照らし出した。「わたしの母との対面を生き延びたようですね」

リリアンは微笑んだ。「というよりは、伯爵夫人が生き延びたとおっしゃったほうがいいみたい」

「母が非常に楽しんだことはたしかですよ。自分の前で萎縮しない若い娘に会うことはめったにないですからね」

「伯爵様、あなたの前で萎縮せずにいられるなら、伯爵夫人の前でも平気ですわ」

ウェストクリフはそれを聞いてにっこりと笑い、それから彼女から視線をはずして顔を別の方向に向けると、なにか重大なことを考えているかのように眉間に二本の小さな溝があらわれた。かなり長く感じられる間をおいてから、彼はふたたび彼女を見た。「ミス・ボウマン……」

「はい？」

「わたしと踊っていただけますか？」

リリアンは呼吸することも、動くことも、考えることもできなくなった。ウェストクリフはこれまで一度もダンスを申し込んでくれたことがなかった。紳士の礼儀として申し込むのが当然という場面がこれまでに幾度もあったのだが。それも彼を嫌う理由のひとつだった。彼は自分を数段上の存在だと思っており、彼にとって彼女は取るに足らぬ人間で、わざわざダンスを申し込む価値などないと彼が考えていると思っていた。そして、もしも彼がダンスを申し込んでくるようなことがあったら、それをぴしゃりと断わってやろうと、意地悪く想像をめぐらしたりしていた。ところが、現実にそうなると、びっくりして言葉が出なくなってしまった。

「わたしは失礼しますわ」明るいデイジーの声が聞こえた。「エヴィーのところへ行かなければなりませんから……」と言うと、またたくまに姿を消した。

リリアンはぎこちなく息を吸い込んだ。「これは伯爵夫人がお考えになったテストのようなものでしょうか？　わたしがレッスンを覚えているかどうか試すための」

ウェストクリフはくっくっと笑った。リリアンの気持ちもようやく少し落ち着いてきた。すると、まわりの人々の注目が自分たちに集まっているのを意識せずにいられなかった。人々は、彼女がどんなことを言って彼を笑わせたのだろうと考えているようだった。「いや」と彼は言った。「これはわたしが自ら課したテストだ。あなたが……」彼は彼女の瞳をのぞき込んでいるうちに何を言おうとしていたのか忘れてしまったようだった。「ワルツを一曲だけ」と静かに言った。

彼の腕に飛び込んでしまいそうな自分の反応がこわくて、リリアンは首を左右に振った。「これは……これは間違いだと思います。お誘いに感謝しますが――」

「いくじなし」

リリアンは自分も彼を同じ言葉で挑発したことを思い出した……そして彼女も彼と同じく挑戦にあらがうことができなかった。「どうしていま、あなたがわたしと踊りたくなったのか理由がわかりません。いままで一度も申し込んでくれたことがなかったのに」

この言葉は自分が意図したよりもずっと意味深長だった。彼のさぐるような視線が彼女の顔の上をさまよっているあいだ、彼女は言うことを聞かない自分の舌を呪った。

「申し込みたかった」彼のつぶやきは彼女を驚かせた。「だがいつでも、誘わないほうがいいような気がしていたのだ」

「なぜ――」

「それに」彼は彼女の言葉をさえぎって、手袋をはめた彼女の手をとった。「あなたが断わるのがわかっているのに、申し込んでも意味がない」彼女の手をさっと自分の腕に押し当てると、部屋の中央部で踊っている人々のほうへ彼女を導いた。

「断わるとは決まっていなかったわ」

ウェストクリフは疑るような目で彼女を見た。「では、わたしの申し出を受けた?」

「たぶん」

「どうかな」

「だっていまも受けたじゃないの」

「そうせざるをえなかったからだ。いわば恩返しだな」

彼女は笑い出さずにいられなかった。「何の？」

「子牛の頭」彼は簡潔に答えた。

「そもそもあなたがあんな胸の悪くなるものを出させたりしなければ、助けていただく必要もなかったのよ！」

「そもそもあなたの胃が弱くなければ、助けてもらうこともなかったんだ」

「レディーの前で体の部分の名前を言うのは礼儀に反するわ」

ウェストクリフはにっこり笑った。「一本とられたな」

かけあいを楽しみながら、リリアンは彼に笑みを返した。しかし、スローなワルツが始まると彼の微笑みは消え、顔を彼女のほうに向けた。彼女の心臓は破裂しそうにどきどき鳴り始めた。差し延べられた手袋をはめた彼の手を見る。彼女はその手をとることができない。人々の前で、彼の腕に抱かれることはできない……気持ちが顔にあらわれてしまうことがこわかった。

すこし間をおいてから、彼の低い声が聞こえてきた。「わたしの手をとって」

頭がぼうっとして、気がつくとそれに従っていた。震える手が彼の手に向かって伸びていく。

またしても一瞬の沈黙がすぎ、静かな声が聞こえた。「もう一方の手をわたしの肩に」

彼女は自分の白い手袋がゆっくりと彼の肩に置かれるのを見た。手のひらに触れる肩の表面は固くがっちりとしていた。

「さあ、わたしを見て」と彼がささやく。

彼女はまつげを上げた。彼の深い温かみをたたえたコーヒー色の目を見つめると心臓がどきんとした。見つめ合ったまま、ウェストクリフは最初のターンで彼女をぐっと近くに引き寄せ、ワルツへ引き込んだ。すぐに彼らは踊るカップルたちに溶け込み、燕の飛翔のように、ゆっくりと優雅に回りはじめた。リリアンが思っていたとおり、ウェストクリフのリードは力強く、ミスステップをする余地もなかった。彼はしっかりと彼女の腰のくびれに手をあて、もう一方の手で巧みに彼女を導いた。

驚くほど踊りやすかった。生まれてからこんなに完璧なダンスを踊ったことはなかった。これまでふたりで千回もワルツを踊ってきたかのように、彼らの動きはぴったり調和していた。ああ、彼は踊りの名手なんだわ。彼は彼女がいままで踏んだこともないステップでリードし、彼女に逆回転やクロスステップをさせたけれど、すべてはとても自然で苦もなくできるので、彼女はターンがうまくいくと息を殺して笑った。彼の腕の中では、体がとても軽く感じられ、彼の無駄のない優雅な動きに操られて自分も滑るように踊れた。リズミカルな反復動作にあわせて、彼女のスカートが彼のひざをこすり、ひざにからまり、また離れた。

混雑した舞踏場は消え去り、どこか遠くでふたりきりで踊っているような錯覚に陥った。彼の体を強く意識し、ときおり頬にかかる彼の息を感じているうちに、リリアンの心は不思議な白昼夢にさまよい込んだ……ウェストクリフ伯爵マーカスはワルツのあと、彼女を二階に連れて行き、服を脱がせて、彼のベッドにそっと横たわらせる。彼は、このあいだささやいた言葉どおり、彼女の体中にキスをして……彼と愛を交わし、彼に抱かれたまま眠りにつく。これまでこんなふうに男性と親密な関係になりたいと思ったことはなかった。

「マーカス……」彼女は夢見心地のまま、彼の名前を口に出してみた。彼ははっとして彼女を見た。非常に親しい間柄でなければ、ファーストネームでだれかを呼ぶことはない。結婚しているか近い親類でなければ、なれなれしすぎる。いたずらっぽく微笑んで、リリアンは会話を適切な方向に向けた。「わたし、マーカスという名前が好きだわ。いまどき珍しい名前ですもの。お父様の名前をいただいたの？」

「いや、伯父だ。母方のたったひとりの伯父だ」

「その方の名前をもらって満足している？」

「どんな名前でもかまわない。父の名前でなければ」

「お父様を憎んでいたの？」

ウェストクリフは首を振った。「いや、憎むより悪かった」

「憎むより悪いなんてありえる？」

「無関心」

彼女は好奇心もあらわに彼を見つめた。「では伯爵夫人は？」大胆にも尋ねる。「お母様に対しても無関心なの？」

彼は唇の片方の端をひねり上げて、笑いに似た表情をつくる。「母のことは、年老いた雌虎だと思っている――牙や爪はなまくらになったが、まだ人に危害をおよぼす力は持っている。だから、母上とは安全な距離を保ってつきあうことにしているんだ」

リリアンは怒ったふりをして彼をにらんだ。「それなのにあなたは今朝、わたしを彼女とおなじ檻に放り込んだのね！」

「あなたもちゃんと牙と爪を持っているからね」ウェストクリフは彼女の表情を見て笑った。

「褒めたつもりだが」

「教えてくださってありがとう。でないと、自分では気がつかなかったかも」

バイオリンの甘く長い響きでワルツが終わった。リリアンはがっかりした。中央のフロアから離れる人々と、彼らと交替するために中央に向かう人々の流れの中で、彼は突然立ち止まった。彼がまだ自分の手を握っていることに彼女は気づいて困惑し、おずおずと一歩退いた。反射的に彼は、彼女の腰にあてていた腕に力をこめ、彼女をぐっと引き寄せようとした。彼の行動とそれの意味することに驚き、彼女の呼吸は止まった。

衝動を抑えて、ウェストクリフは苦しそうに彼女を放した。それでも、激しい欲望が山火事の熱風のように強烈に、彼から発散しているのがリリアンには感じられた。自分の彼に対する気持ちは純粋なのに、彼の欲望は香水の香りの気まぐれのせいなのかもしれないと思うと、なんだかくやしかった。彼にこんなに惹きつけられないでいられるなら、何を投げ出してもいい。この先には、失望と傷心しか待っていないことがわかっているのだから。

「わたしが正しかったでしょう?」彼女は彼を見ることができず、かすれた声で言った。「わたしたちがダンスをするのは間違いだったのよ」

ウェストクリフは思いがけず長いあいだ黙っていた。そしてついに「ああ」と言った。その短いひとことは、どう解釈したらいいかわからない感情で荒らげられていた。わたしを欲しがるなんて、自分を許せないからだ。彼もわたしと同じく、わたしたちがうまくいくわけがないと思っているからだ。

急に彼の近くにいるのがつらくなった。「では、このワルツはわたしたちの最初で最後のダンスということになりますわね、伯爵様」と彼女は軽く言った。「ごきげんよう、そしてどうもありが――」

「リリアン」彼がささやくのが聞こえた。

彼女はくるりと彼に背中を向け、かたくなな微笑を浮かべて歩み去った。背中と首筋の露出した部分に鳥肌が立つのがわかった。

もしもセントヴィンセントがタイミングよくあらわれなかったなら、その晩リリアンはずっとみじめな気持ちですごしたことだろう。ビロード張りの椅子に腰掛けているエヴィーとデイジーのところに行く前に、彼はうまい具合にあらわれたのである。

「あなたの踊りは実に優雅だ、ミス・ボウマン」

ウェストクリフとすごしたあと、自分よりずっと背の高いセントヴィンセントの顔を見上げるのは骨が折れる感じがした。セントヴィンセントのいたずらっぽい目で見つめられると、その魅力に逆らうのは難しかった。彼の謎めいた微笑は友人にも敵にも向けられるのだろう。視線を下げて少し曲がったクラヴァットの結び目を見る。彼の着こなしにはどこか微妙に崩れたところがあり、愛人のベッドから出てあわてて着替え、そしてまたそこにすぐに戻ろうとしているような印象を与えた。

彼のお世辞にリリアンは笑顔で答え、少しぎこちなく肩をすくめた。レディーはけっして肩をすくめてはならないという伯爵夫人の訓戒を思い出したがもう遅かった。「わたしの踊りが優雅に見えたのなら、それは伯爵のお手柄ですわ。わたしの踊りのせいではありません」

「あなたは謙虚すぎるよ、かわいい人。わたしはウェストクリフがほかの女性と踊るところを見たことがあるが、こんなに見事に踊ったことはない。あなたと彼は互いの違いをうまく補いあっているのだろう。彼とは友達どうしになったのかな？」

それは無害な質問だったが、リリアンはそこに幾重にも意味がこめられているのを感じた。彼女は慎重に答えながら、ウェストクリフ伯爵が赤褐色の髪の女性を飲み物のテーブルにエスコートしているのを見た。その女性は伯爵に関心を持ってもらえたことがとても嬉しいらしく顔を輝かせている。「わかりませんわ。あなたのおっしゃる友人という意味とわたしの思っているものが一致していないかもしれませんし」

「あなたは賢い女性だ」セントヴィンセントの瞳は青いダイヤモンドさながらに透き通り、数え切れない切子面が光を反射するように、きらきらと輝いている。「さあ、飲み物のテーブルまでエスコートしよう。そして、友人の定義を比べてみようじゃないか」

「いいえ、けっこうです」のどがからからだったが、リリアンは断わった。心の平和を保つには、ウェストクリフに近づかないほうがいい。

セントヴィンセントは彼女の視線をたどって、伯爵が赤褐色の髪の女性といっしょにいるのを見つけた。「やめておいたほうがいいようだ」とのんびりした口調で言った。「あなたがわたしといっしょのところを見たら、ウェストクリフは不快に思うに決まっている。実際、彼はわたしに、あなたに近づくなと警告したんだ」

「彼が？」リリアンは顔をしかめた。「なぜ？」

「あなたがわたしと関係して、身を汚したり、あるいはなんらかの形で傷つくのを恐れているんだ」子爵は誘惑するような視線を彼女に走らせた。「わたしの評判、わかるだろう？」

「ウェストクリフには、わたしがだれとおつきあいするかを決める権利はないわ」怒りがめらめらと燃え上がる。「人を見下した、尊大な知ったかぶり。わたしは――」彼女は途中でやめて、必死に感情を抑えた。「のどがかわきました」とそっけなく言う。「飲み物のテーブルに行きたいわ。あなたといっしょに」

「どうしてもとおっしゃるなら」セントヴィンセントは穏やかに言った。「なにがいいかな？　水？　レモネード？　パンチ、それとも——」

「シャンペン」彼女は不機嫌に答えた。

「お望みとあらば、何でも」彼は長いテーブルに彼女を連れて行った。そのまわりには客たちの長い列ができている。リリアンにとって、ウェストクリフが自分とセントヴィンセントがいっしょにいるのに気づいたこの瞬間ほど胸がすっとしたことはなかった。結んだ彼の口元はこわばり、黒い目を細めて彼女を見据えた。リリアンは挑戦的な笑いを浮かべて、セントヴィンセントから冷えたシャンペンのグラスを受け取り、レディーには似つかわしくない仕草でぐいっと飲み干した。

「そんなに急いで飲んではいけない」セントヴィンセントのささやきが聞こえる。「シャンペンはすぐに酔いがまわるから」

「もう一杯」と言うと、ウェストクリフからセントヴィンセントに視線を移した。

「わかった。でもまたあとで。赤くなっているよ。とてもチャーミングだが、このへんでいまはやめておいたほうがいい。ダンスはどうだい？」

「喜んで」トレーを持っていた近くの召使に空のグラスを渡し、リリアンはわざとまぶしい笑顔をつくってセントヴィンセントを見つめた。「なんて不思議。丸一年、ずっと壁の花でいたのに、一晩で二度もダンスの申し込みを受けるなんて。なぜかしら？」

「それは……」セントヴィンセントは彼女とゆっくり歩きながら踊る人々の輪に加わった。

「わたしは悪い男で、ときどき、ちょっと感じよくなれる。そしてわたしは、感じがよくて、ときどき、ちょっと悪くなれる娘をずっと探してきたんだ」

「で、そういう人を見つけたと？」リリアンは笑いながら尋ねた。

「そのようだ」

「どうするつもりだったの？　その人を見つけたあと」

彼の目に興味深い複雑な光が宿っていた。彼はどんなことでもできる男に思われた。そして、むこうみずな気分になっているいま、自分にうってつけなのはこういう男なのだとリリアンは思った。「いつか教えよう」セントヴィンセントはつぶやいた。

セントヴィンセントと踊るのは、ウェストクリフと踊るのとはまったく異なる経験だった。絶妙な肉体的ハーモニーは感じられなかったし、無意識に体が動くということもなかった……しかしセントヴィンセントは軽快で熟練した踊り手だった。舞踏場をまわっているあいだ中、彼が挑発的な言葉を投げてくるので、彼女は笑わずにはいられなかった。彼は手でしっかりと彼女を支えていた。その手からは――礼儀正しく彼女の体に置かれていたにもかかわらず――女性の体に触れる経験が豊富なことがうかがわれた。

「あなたについての噂はどの程度真実なのかしら？」彼女はあえて尋ねた。

「半分程度だろう……それでも、十分すぎるほど不埒な輩ということになるが」

リリアンは笑いながらいぶかるように彼を見つめた。「あなたのような人がなぜウェストクリフ伯爵と友だちづきあいをしているのかしら。ふたりは違いすぎるわ」

「わたしたちは八歳のときからの友人だ。ウェストクリフは頑固者だから、わたしが敗北者だと認めたがらないんだ」

「あなたが敗北者だなんて、なぜ？」

「答えは聞かないほうがいい」彼は彼女がさらに質問しようとするのをさえぎった。「ワルツが終わる。金色の小壁の近くに立っている女性が、わたしたちをじっと観察している。お母上だね。さあ、彼女のところに連れて行こう」

リリアンは首を振った。「ここでお別れしたほうがいいわ。本当よ——母にはお会いにならないほうがいいわ」

「ぜひお会いしたいね。あなたに似ているところがあるなら、きっと心を奪われるだろう」

「もし母にわたしと似ているところがあっても、どうかそれは心にしまっておいてね」

「恐れることはない」と彼は物憂げな調子で言い、ダンスの輪から彼女を連れ出した。「わたしは嫌いな女性に会ったことがないんだ」

「そうおっしゃるのも今夜が最後よ」と彼女は陰鬱に予言した。

噂話に花を咲かせている女性たち——その中にリリアンの母親もいた——のほうにリリアンを導きながら、彼は言った。「明日、馬車で出かけるときにシャペロンが必要なら、お母上を招待しよう」

「必要ないわ」リリアンは反論した。「男性と女性がいっしょに馬車に乗る場合でも、屋根つきの馬車でない限りシャペロンなしでもいいことになっているわ。それにそれほど遠くでないなら——」

「シャペロンは必要だ」彼が優しくしかし断固として繰り返したので、彼女は急にめんくらって黙り込んだ。

彼のまなざしが、自分の思っていることを意味しているはずがないと思いながら、彼女は神経質に笑った。「でないと……」なにか思い切ったことを言ってやろうと考える。「でないと、あなたに襲われてしまうから？」

いかにも彼らしくあいまいに、急がずゆっくりと笑顔をつくった。「そんなところだ」スプーン一杯の甘いシロップを飲み込んだような、奇妙な、でも心地よいくすぐったさをリリアンはのどの奥に感じた。セントヴィンセントは、デイジーが大好きな貴族社会のロマンスを描いたシルバー・フォーク小説に登場する女たらしのようなふるまいはまったくしない。髭をたっぷりたくわえ、好色な目つきをした小説の中の下劣な男たちは、無垢なヒロインがその手に落ちる瞬間まで、邪悪な下心を隠しとおすために嘘をつく。ところがセントヴィンセントは、自分に油断しないようにと彼女に警告するつもりのようだ。彼女には、セントヴィンセントが女性の意志に逆らって何かするような男にはどうしても思えなかった。

リリアンが母親とセントヴィンセントを引き合わせると、マーセデスがすぐさま頭の中で計算をはじめたのがその目つきでわかった。マーセデスは、年齢や容姿や評判にかかわりなく、独身の貴族ならばだれでも花婿候補と考えていた。彼女は娘たちを貴族と結婚させられるならどんなことにも動じない。相手が若くハンサムであろうと、よぼよぼの年寄りであろうと関係ないのだ。名だたるイギリス貴族のほとんどすべてについて密かに人を使って調べさせてあったので、マーセデスは何百ページにもわたる彼らの経済状態に関する報告を覚えこんでいた。目の前のエレガントな子爵を見つめながら、彼女が頭の中で分厚い報告書のページを素早くめくっているのが手に取るようにわかった。

しかし驚くべきことに、セントヴィンセントの魅力的な対応に、数分もしないうちにマーセデスはすっかり気を許してしまった。彼は馬車で出かけることを同意させ、彼女をからかったり、お世辞を言ったり、彼女の意見に真剣に耳を傾けたので、たちまちマーセデスは一〇代の娘のように頰を上気させてくすくす笑い始めた。男性の前でこんなふうにふるまう母をリリアンが見るのは初めてだった。ウェストクリフはマーセデスを落ち着かない気分にさせるが、セントヴィンセントはまったくその逆の効果を母に及ぼすのだということがすぐに明らかになった。彼はどのような女性であっても、自分が魅力的な女なのだと思わせることができるというユニークな能力を持っていた。彼はほとんどのアメリカ人よりもずっと洗練されていたが、彼にはイギリス男性らしからぬ温かみと人当たりのよさがあった。彼があまりにも魅力的なので、リリアンはしばらく、ウェストクリフの姿をさがして部屋を見回すのを忘れてしまうほどだった。

マーセデスの手をとり、セントヴィンセントは彼女の手首に向かってお辞儀をして言った。

「では、また明日」

「では、明日」マーセデスはうっとりとした表情で繰り返した。リリアンは突然、昔の母の姿を見たような気がした。失望によっていかめしさを身につける前の若かった母の姿を。仲間の女性たちがマーセデスのほうに体を寄せてきたので、彼女は会話に加わった。

彼は濃い金髪の頭を下げて、リリアンの耳にささやいた。「では、もう一杯シャンペンはいかがかな？」

リリアンは軽くうなずき、彼にまとわりついている心地よい複雑な香りを吸い込んだ。高価なオーデコロンと髭剃り石鹸、そして清潔でクローブのような香りのする彼の素肌のにおいがミックスした香りだった。

「ここで？　それとも庭へ行く？」彼は優しくきいた。

彼が自分と数分間ふたりきりになりたがっているのだと気づいて、リリアンの心はざわめいた。セントヴィンセントと庭で……軽率な娘たちはこうして身を落として行くのだろう。そのことについて考えながら、視線を泳がせていると、ウェストクリフが女性を腕に抱いている姿が目に入った。自分と踊っていたときのように、彼女とワルツを踊っている。絶対に彼を手に入れることはできないんだ、そう思うと怒りがこみ上げてきた。彼女は気を紛らわしたかった。慰めが欲しかった。自分の前に立っている背の高いハンサムな男性は、喜んでそれを提供してくれそうだった。

「庭で」と彼女は言った。

「では一〇分後に、人魚の噴水のところで。場所は――」

「どこにあるか知っているわ」

「もし抜け出すのが難しかったら――」

「大丈夫」彼女は無理に笑顔をつくった。

彼はしばらく、心を見透かすような、しかし妙に思いやりのある目で彼女を見つめた。

「気分を良くしてあげよう、かわいい人」と彼はささやいた。

「本当に?」彼女はぼんやり言った。困ったことに頬がケシの花のように真っ赤に染まる。

彼は約束すると言うように明るい瞳を輝かせ、軽くうなずいてから立ち去っていった。

13

抜け出す口実をつくるために、リリアンはデイジーとエヴィーといっしょに化粧直しに行くふりをして舞踏場を離れた。三人は素早く打ち合わせをして、リリアンが庭でセントヴィンセントと会っているあいだ、デイジーたちは裏のテラスで待っていることにした。そうすれば舞踏場にもどったとき、ずっと三人はいっしょだったとマーセデスは思うだろう。

「ほ、本当に、セントヴィンセント卿とふたりきりになって平気だと思うの？」玄関広間に向かいながら、エヴィーがきいた。

「まったく心配ないわ」リリアンは自信たっぷりに答えた。「彼は迫ってくるかもしれないけど、そこが大事なのよ。わたし、香水が彼にも効くのか試したいの」

「だれにも効き目がなかったわよ」とデイジーがむっつり言った。「少なくともわたしがつけているときには」

リリアンはエヴィーのほうを見た。「あなたは？　成果はあった？」

デイジーが代わりに答えた。「エヴィーは効果を確かめられるほど近くに男を寄せつけないの」

「では、わたしがセントヴィンセントに香水をかぐチャンスをあげるわ。悪名高きプレイボーイにになら、なんらかの効き目があるはずよ」

「でも、だれかに見られたら――」

「だれにも見られやしないわ」リリアンはちょっといらだってさえぎった。「セントヴィンセント以上にあいびきに詳しい人がこのイギリスにいるならお目にかかりたいものだもの」

「気をつけたほうがいいわ」デイジーは心配している。「あいびきは危険よ。本でいろいろ読んだことがあるけど、良い結果が出たためしがない」

「ごく短時間だけよ」リリアンは妹を安心させる。「長くても一五分。そんなに短い時間に何が起こるっていうの?」

「アナベルから、き、聞いたところによれば、いろいろと起こるらしいわよ」エヴィーは暗い声で言った。

「ところで、アナベルはどこ?」リリアンは今夜アナベルを見かけていないことを思い出した。

「昼間気分がすぐれなかったらしいの、かわいそうに」とデイジー。「顔色が悪いみたいだった。きっとお昼に食べたものがよくなかったのね」

リリアンは顔をしかめて、肩をすくめた。「ウナギか、子牛の膝関節か、鶏の足……」

デイジーはにやりと笑った。「あなたの気分が悪くなるから、やめておいたほうがいいわよ。とにかく、ミスター・ハントがそばについているわ」

三人は玄関広間の奥のフレンチドアを出て、だれもいない石敷きのテラスに出た。デイジーはおどけて人差し指をリリアンに向かって振った。「一五分経っても帰ってこなかったら、エヴィーとわたしが探しにいくわよ」

リリアンは低い声で笑った。「遅くなったりしないわ」彼女は心配そうに見つめているエヴィーにウィンクして笑いかけた。「大丈夫よ。帰ってきたらおもしろい話を聞かせてあげるから楽しみにしていて!」

「それが、し、心配なのよ」エヴィーは答えた。

スカートを手でつまんで片側の裏階段を下り、リリアンはテラスつきの庭園に入っていった。下の階のまわりをぐるりと囲んでいる古い生垣のひとつを通り過ぎると、たいまつに照らされた庭園は九月の色と香りに満ちていた。金色と銅色の茂み、バラとダリアが咲き乱れる縁取り花壇、そして花をつけた草と真新しい根覆いのぴりっとすがすがしいにおいが空気に満ちていた。

人魚の噴水の優しい水音を聞きながら、リリアンは敷石の道を歩いていった。しばらくすると長いたいまつに照らされた、石敷きの小広場に出た。噴水のそばで人の動く気配がする――ひとり、いや、ふたり。噴水のまわりに配されている石のベンチのひとつに体を絡ませるように寄りそって腰掛けている。リリアンは驚いて声を出しそうになるのを抑えて、生垣の陰にひっこんだ。セントヴィンセントはここで会おうと言った……でも、ベンチの男性は彼ではない……そうよね? 彼女はうろたえて、数センチ前に出て、生垣の角からのぞいた。

どうやらカップルは、象の群れがそばを走っていっても気づかないほど愛の行為に夢中になっているようだった。女性の波打つ薄茶色の髪は、半分開かれたドレスから露出している背中にかかっていた。彼女の細く青白い腕は男の肩にゆるく巻きついている。男がドレスの袖を引いて肩をあらわにし、その白い曲線にキスをすると、彼女は震えながらため息を漏らす。男は顔を上げ、ものうい熱情のこもった目で彼女を見つめてから、体を前に倒して彼女の口にキスをした。リリアンはカップルの正体に気づいた。レディー・オリヴィアとミスター・ショーだ。恥ずかしさと好奇心がないまぜになり、彼女はミスター・ショーが妻のドレスの背中に手を滑り込ませた瞬間に生垣の後ろに引っ込んだ。こんなに熱烈なラブシーンを見たのは初めてだった。

そしてこれほど親密な恋人どうしの声を聞いたのも初めてだった……かすかなあえぎ声と愛のささやき、そしてミスター・ショーの不可解な優しい笑い声。それを聞いて、リリアンは足の指先を靴の中で丸めた。恥ずかしさで顔が燃え上がり、彼女は少しずつ広場から遠ざかった。どこへいったらいいのか、どうしたらよいのか途方に暮れた。ランデブーの場所はすでに占拠されていた。ショー夫妻の激しく情熱的な愛の行為を目撃したのだ。夫婦間の愛。リリアンは、夫とそんなことをしたいと思ったことがなかった。

彼女の前に大きな体があらわれた。ゆっくり近づいてくると、片腕を彼女のこわばった肩にまわし、冷たいシャンペンのグラスを彼女の手に持たせた。「セントヴィンセント卿？」リリアンはささやいた。

セントヴィンセントのひそかなささやき声が彼女の耳をくすぐった。「こっちへ来て」

彼女は喜んで彼に導かれ、もっと暗い道を進んでいった。しばらくいくと、やはり明かりに照らされた開けた場所があり、真ん中にどっしりした石の丸テーブルが置かれていた。奥の洋梨の果樹園から漂ってくる熟したフルーツの香りが空気に充満していた。リリアンの肩に腕をまわしたまま、セントヴィンセントは彼女を前に押し出した。「ここで休もうか？」と彼はきいた。

彼女はうなずき、テーブルに腰をもたれかけ、彼のほうを見ることができずにシャンペンをすすった。ショー夫妻のラブシーンの場に出くわしてしまうというへまをおかしかけたことを思い出し、彼女は真っ赤になった。

「どうした、恥ずかしがっているわけじゃないだろうね？」セントヴィンセントはおもしろがっているような声できいた。「あれをちょっとのぞき見……いや、あんなものは何でもない」彼は手袋をとり、指を彼女の顎の下へ滑らせ、軽く顎先を押して彼女を上向かせた。「顔が真っ赤だ」と彼はつぶやいた。「ああ、無垢というのがどういうものか、わたしはすっかり忘れていたよ。自分が無垢だったことがあるかどうかは疑問だが」

たいまつに照らされたセントヴィンセントはうっとりするほど魅力的だった。頬骨の下に美しい影ができ、ふさふさとした髪は古いビザンチン様式の彫像のように黄金色に輝いていた。「結局のところ、彼らは結婚しているんだから」と彼はつづけた。両手で彼女のウエストを抱えて持ち上げ、テーブルに座らせる。

「ああ、わたし……わたし、いけないことだとは思わないわ」リリアンはなんとかそういうと、シャンパンを飲んだ。「それどころか、彼らはなんて幸運なんだろうと考えていました。とても幸せそう。伯爵夫人がアメリカ人を嫌っておいでなることを考えると、レディー・オリヴィアがミスター・ショーと結婚できたのが不思議だわ」

「それはウェストクリフの手柄だ。彼は母親の偽善によって、妹の幸せが壊されるのを許さなかった。伯爵夫人のスキャンダラスな過去を考えれば、自分の娘がだれと結婚しようととやかく言える筋合いじゃないが」

「伯爵夫人のスキャンダラスな過去?」

「そうさ。彼女は火遊びが激しい人だった。だからわたしと気が合うんだろう。伯爵夫人が若かりしころの愛人たちとわたしは同類だから」

彼女は空になったシャンパングラスを危うく落としそうになった。繊細なグラスを横において、彼女はセントヴィンセントを新たな驚きをもって見つめた。「伯爵夫人は恋愛事件を起こすような方にはまったく見えないわ」

「ウェストクリフとレディー・オリヴィアがあまり似ていないと思ったことはないかい? 伯爵とレディー・アリーンは嫡出子だが、レディー・オリヴィアは違うというのはかなりよく知られた事実だ」

「まあ」

「しかし、伯爵夫人の不貞を責めるのは酷だ」セントヴィンセントは軽い調子でつづけた。

「なにしろ結婚相手が、先代の伯爵だったんだから」

先代の伯爵の話題に、リリアンは強く興味をそそられた。彼は謎めいた人物で、だれも彼のことを話したがらないように思われた。「ウェストクリフ伯爵が一度、お父様のことを冷酷な人だったと言っていたことがあります」セントヴィンセントからもっと聞き出せるのではないかと期待して、リリアンはそう言ってみた。

「彼が？」セントヴィンセントは目を輝かせて興味を示した。「めずらしいな。ウェストクリフは父親の話はけっしてだれにもしないのに」

「そうなの？　本当に先代は、冷酷な方だったの？」

「いいや」セントヴィンセントは静かに言った。「冷酷という表現では手ぬるすぎる。それじゃあ、自分の残忍さに気づいていないだけのように聞こえる。亡くなった伯爵は悪魔だった。わたしが知っているのは彼の暴虐のごく一部だが、それ以上知りたいとは思わないね」手に体重をかけてテーブルにもたれ、セントヴィンセントは考え込むようにつづけた。「マースデン家の子育てのやり方に耐えぬける人間は多くないと思う。愛情のかけらも示さず無関心で、しかも残酷だ」首を傾けたので、彼の顔は影に覆われた。「ウェストクリフが、父親が望むような人間にだけはなるまいと苦闘しているのを、わたしはずっと見てきた。しかし、彼は重い期待を背負っている……そのせいで、彼は個人的なことでも、自分が望まない選択をせざるをえないことがよくあるのだ」

「たとえばどんな？」

彼は彼女をまっすぐ見つめた。「たとえば、だれと結婚するか」

即座に意味を理解して、リリアンは慎重に答えを考えた。「そのことを、わたしに警告する必要はありません」彼女はしばらく間をおいてから言った。「ウェストクリフ伯爵がわたしのような女と結婚を考えることはありえないのはよくわかっていますから」

「むろん、考えたことはあるさ」とセントヴィンセントが言ったので、リリアンは目を丸くした。

心臓が止まった。「どうしてそんなことがわかるの？　彼が何かあなたに言ったの？」

「いいや。しかし、彼があなたを欲しがっていることは明白だ。あなたがそばにいると、彼はあなたから視線を離せなくなる。そして、今夜わたしとあなたが踊っていたときには、彼は手近にある尖った物をひっつかんで、わたしを突き刺したいといわんばかりの顔で見ていた。しかし……」

「しかし……」リリアンは先を促した。

「ウェストクリフが最終的に結婚するときには、月並みな選択をするだろう……彼になにかを要求することはけっしてない従順な若いイギリスの花嫁だ」

もちろんそうでしょうとも。リリアンだってそんなこと百も承知だった。でも、真実を受け入れるのがつらいときもある。さらに頭にくるのは、自分には嘆き悲しむ正当な理由がひとつもないことだった。失ったものはないのだ。ウェストクリフは何か約束をしたわけでも、愛の言葉をささやいたわけでもない。何度かのキスとワルツを一回。これでは失恋とも言えやしない。

ではなぜ、こんなに惨めな気持ちになるのだろう？

彼女の表情の微妙な変化を読み取って、セントヴィンセントは思いやり深い微笑を浮かべた。「いつか忘れるさ、かわいい人」彼はつぶやいた。「そういうものだ」彼は身を屈めて、彼女の髪をなぜるように軽くキスし、それから唇をこめかみの繊細な肌に押しつけた。

リリアンはじっとしていた。香水が魔力を発揮するならいまだ。これほどの至近距離なら、香水の力から逃れることはできないはずだ。しかし、彼女から体を離した彼は、冷静で落ち着いたままだった。セントヴィンセントの表情にはウェストクリフが彼女に見せたような危険なほどの情熱の片鱗すら見られなかった。いまいましい香水め。彼女は欲求不満にかられて思った。間違った相手しか惹きつけられないなら、ぜんぜん役に立たないじゃない。

「子爵様」彼女は静かにきいた。「手に入れることができない相手を欲しいと思ったことはおありですか？」

「これまでのところは、ない。だが、望みは捨てていない」

彼女は不思議そうな顔で微笑んだ。「手に入れられない女性に恋したいと望んでいるの？なぜ？」

「おもしろい経験になるからさ」

「崖から飛び降りるのだって、そうよ」彼女は皮肉っぽく言った。「でも、そういうことは人から聞いて学ぶほうがいいと思うわ」

笑いながらセントヴィンセントはテーブルからぱっと離れると、彼女に顔を向けた。「おそらく、あなたの言うのが正しい。さあ、そろそろ戻ったほうがいい、お利口なお嬢さん。みんながあなたの不在に気づく前に」

「でも……」わざわざ庭園に抜け出してきたのに、これでは散歩して短い会話を交わすだけで終わってしまいそうだ。「これだけ?」彼女はうっかり口を滑らせた。「あなたはこれ以上なにも……」声は小さくなり、彼女はふてくされて黙り込んだ。

彼女の前に立ち、セントヴィンセントは、彼女には触れずに彼女の腰を挟むように両手をテーブルに置いた。彼の微笑みはとらえどころがなく、温かかった。「わたしがあなたに迫るべきだと、言っているのかな?」彼は息が彼女の額にかかるようにわざと頭を低く下げた。

「わたしはもう少し待つことに決めた。もうしばらくこのままでいよう」

リリアンはうなだれて、彼はわたしに魅力を感じないのだろうかと考えた。評判では、彼はスカートをはいていればだれでも追いかけるといわれている。彼にキスされたいと本気で思っているのかどうかはわからない。でもそんなことは、またもや男性から拒絶されたというゆゆしき問題の前では、どうでもよいことだった。一晩で二度目——彼女の虚栄心にとって、これはかなりな打撃だった。

「だけどあなたは、わたしを良い気分にさせてくれると約束したわ」と反論する。彼女は自分の声に懇願するような響きがあるのに気づき、恥ずかしさで真っ赤になった。

セントヴィンセントは静かに笑った。「あなたが苦情を申し立てるのなら……さあ、思い出に残ることをしてあげよう」

　彼の顔が下りてきた。彼は指を彼女の顎にかけて、頭の角度を調節する。リリアンは目を閉じた。彼の唇の滑らかな圧力が、じらすように軽く彼女の唇の上を動く。彼は漂うように唇を動かし、ゆっくりと、しかし執拗に彼女の唇をさぐり、徐々に唇の圧力を高めていく。そしてついに彼女の唇を開かせた。しかし、リリアンがキスの味を楽しみ始めたときには、彼は唇を軽くもう一度すりつけてキスを終わらせてしまった。平衡感覚を失い、息を切らしていたので、テーブルから落ちないようにしばらく彼に肩を支えてもらわなければならなかった。

　たしかに、思い出に残るわ。

　彼女を地面に降ろしてから、セントヴィンセントは庭を抜け、裏のテラスにつづく庭へリリアンを連れて行った。ふたりは生垣のところで立ち止まった。月明かりがリリアンの顔を見下ろしている彼の横顔のラインを銀色に縁取っている。「ありがとう」と彼はつぶやいた。

　彼はキスのことで礼を言っているのかしら？　リリアンはあいまいにうなずいた。どちらかといえば、お礼を言うのはわたしのほうみたいだけど。ウェストクリフのイメージはいまだに心の奥に憂鬱な影を落としていたが、舞踏場にいたときほどもう落ち込んではいなかった。

「明日の朝、馬車で出かけることになっているのを忘れそうかな？」セントヴィンセントはそうききながら、指を彼女の手袋の上に滑らせていき、露出している上腕の素肌に触れた。

リリアンは首を左右に振った。

セントヴィンセントは心配するようなふりをして顔をしかめた。「わたしはあなたから言葉を盗んでしまったのかな?」彼女がうなずくと、彼は笑った。「じゃあ、じっとして。返してあげるから」彼はさっと頭を下げて、彼女の口に唇を押し当てた。血管を介して、彼女の体中に熱い震えが走った。長い指で彼女の頬を包み、問いかけるように彼女を見つめる。

「治ったかい? きみの声を聞かせてくれ」

彼女は微笑まずにはいられなかった。「おやすみなさい」とつぶやく。

「おやすみ」彼は気まぐれな笑みを浮かべて、彼女の体をくるりと回した。「さあ、先に行って」

セントヴィンセント卿セバスチャンがチャーミングにふるまおうとするとき——翌朝の彼はまさにそのようにふるまっていた——彼以上に魅力的な男性はこの世にいないのではないかとリリアンは思った。デイジーもいっしょに行くと言ってきかなかったので、彼はマーセデスのためのバラの花束をかかえて、玄関広間で三人を待っていた。彼は女性たちを外に待たせてあった黒いラッカー塗りの二頭立て二輪馬車へ案内した。御者に合図すると、スプリングのよくきいた馬車は砂利道をスムーズに走り出した。

セントヴィンセントはリリアンの隣に座り、三人にニューヨークでの生活についていろいろと質問した。リリアンは、自分と妹が生まれ故郷のことについてだれかと話すのは本当に久しぶりだと思った。ロンドンの人々はニューヨークのことや、そこでどんなことが起こっているかには微塵の興味も示さない。しかし、セントヴィンセントはたいへん聞き上手で、すぐに次から次へと話に花が咲いた。

五番街に建ち並ぶ石造りの邸宅のこと、冬のセントラルパークのこと、五九番街の池が凍り毎週そこで氷祭りが開かれること、そして、乗合馬車や貸し馬車の渋滞のためにブロードウェイ通りを渡るには半時間もかかることなどを三人は熱心に語った。ブロードウェイ通りとフランクリン通りの交差点のアイスクリームパーラーには、男性のエスコートがいなくても、娘たちだけで入れることなども。

セントヴィンセントは、マンハッタンの人々の度が過ぎたふるまいの描写をとてもおもしろがっているようだった。彼女たちが出席したあるパーティーでは、舞踏室が三〇〇〇鉢の温室育ちのランで飾りたてられていた。また、南アフリカで新しいダイヤモンド鉱山がいくつか発見されて以来、ダイヤモンド熱は激しくなるばかりで、いまや老人から幼児まで光り輝く宝石を身につけている始末。そして室内装飾家への注文はごくシンプル……「もっと」……もっと金メッキの置物を、もっと骨董品を、もっと塗装や装飾用布地を――しまいにはどの部屋も床から天井までぎっしり装飾品で埋まることになる。

かつての華やかな生活を語りながら、リリアンは最初ノスタルジックな気持ちになった。しかし、収穫を待つばかりの黄金の畑や、さらさらと風に葉をゆらしている暗い森を馬車が通り過ぎていくうちに、故郷の生活との驚くべき対比を意識せずにいられなくなった。あれは空っぽの毎日だった。そう、流行を追いかけ、遊びにふけるだけの日々。その意味ではロンドンの社交界も大差ないように思われた。ハンプシャーのような場所に自分が惹きつけられるとは思ったこともなかった……ここでなら本物の生活が送れる、とリリアンはあこがれに似た思いを抱いた。未知の未来を追いかけつづけるのではなく、腰を落ち着けた生活が送れるだろう。

自分が黙り込んでしまったことにも気づかず、ぼんやり通り過ぎていく景色をながめていたリリアンは、セントヴィンセントの静かな声ではっと我に返った。

「またしゃべる力を失ってしまったかな？」

彼女は彼の明るい笑みの浮かんだ目を見上げた。デイジーとマーセデスは向かい側の席でおしゃべりをつづけていた。リリアンはうなずいた。

「たちどころに治す方法を知っているんだがな」と彼が言うので、彼女は頬を真っ赤にして、恥ずかしそうに笑った。

馬車の遠出のあと、ゆったりといい気分になっていたリリアンは、母が部屋に入りながら花婿候補として有望なセントヴィンセントのことをぺらぺらしゃべっているのを聞き流していた。「あの方についてもっと調べなくてはなりませんよ、もちろん。それからわたくしは、貴族に関する報告書にもう一度目を通して、忘れていることがないか調べるつもりです。けれども、わたくしの記憶では、あの方はまあまあの資産をお持ちで、生まれも血筋もたいへんよろしい……」

「わたしは、セントヴィンセントを花婿に迎えることには、あまり乗り気になれないわ」とリリアンは母親に言った。「あの人は女性をもてあそぶタイプよ、お母様。彼は結婚という言葉に魅力を感じないと思うわ」

「これまでは、です」キツネのような顔をしかめて、マーセデスは言った。「けれども、あの方もいつかは結婚しなければならないのです」

「そうかしら？」リリアンは納得しかねるようすだ。「もしそうだとしても、彼が伝統的な結婚のあり方に縛られるとは思えないわ。たとえば、妻に忠実でいるとか」

マーセデスは窓の近くに歩いて行き、やつれた表情で輝く窓ガラス越しに外をながめた。細い、ほとんど骨そのもののような指で、カーテンのどっしりしたシルクのフリンジをむしった。「浮気をしない夫などいません」

リリアンとデイジーは眉を上げて顔を見合わせた。

「お父様は違うわ」リリアンは即座に言った。

マーセデスは、踏み潰された枯葉が立てる音のような笑い声をあげた。「違うって？　おそらく、肉体的にはわたしを裏切ってはいらっしゃらないでしょう。でも、お父様のお仕事は、ぴちぴちしたブロンドの女よりもずっと嫉妬深くて要求の多い愛人なのですよ。あの人は、工場やら従業員やら法的手続きのことにかかりきりで、ほかのことは目に入らないのです。競争相手が生きた人間だったら、耐えるのは簡単だったはず。だって情熱はやがて冷めるものだし、女の美しさなどすぐに衰える。でもあの人の会社は衰えることも弱ることもない。わたしたちよりも長生きするでしょう。あなたたちがたった一年でも夫から関心を持たれ、愛されることができるなら、わたくしの場合よりもずっと長いということになるのよ」

リリアンはいつも両親の冷え切った関係を意識してきた。ふたりの互いに対する無関心はだれの目からも明らかだった。けれども、マーセデスがそれを口にしたことはこれまで一度もなかったし、母の傷ついた声が哀れに思われて、リリアンはたじろいだ。

「わたしはそういう男とは結婚しないわ」とリリアンは言った。

「もう、幻想を抱く年頃ではありませんよ。わたしが二四歳のときには、すでにふたりの子どもがいました。あなたも結婚する時期にきています。あなたの夫となる人がだれであれ、どのような評判の人であれ、守れないような約束を夫にさせてはなりません」

「では、その人が貴族であれば、どうふるまおうと、わたしをどんなふうに扱おうとかまわないというわけ?」リリアンは反論した。

「そのとおりです」マーセデスは不機嫌に答えた。「お父様はこのことにどれくらいお金を投資してくださったことか……ドレスにホテルの滞在費、その他もろもろ……あなたたちには――ふたりともですよ――選択の余地はありません。貴族と結婚するのです。それにわたくしは、失敗しておめおめとニューヨークに戻り、娘たちを貴族と結婚させられなかったと笑いものにされるのはまっぴらです」ぱっと窓から離れると、彼女は部屋を出て行った。怒りで心が乱れていたせいで部屋に鍵をかけるのを忘れていた。ドアはさっと閉じられ、戸口の柱にぶつかる直前で止まった。

デイジーが先に話し出した。「ということは、お母様はあなたとセントヴィンセントを結婚させたがっているのかしら？」彼女はあきれたように言った。

リリアンは乾いた声で笑った。「貴族の血をひいている男であれば、間抜けだろうと、頭のおかしい犯罪者まがいの男だろうとかまわないのよ」

デイジーはため息をつきながら近づいてきて、背中を向けた。「ドレスとコルセットを脱ぐのを手伝ってくれる？」

「どうするつもり？」

「この鬱陶しいものを脱いで、読書してから、昼寝でもするわ」

「あなたが昼寝？」リリアンは驚いて尋ねた。こんな真昼間に妹が自分から休むと言い出すなんてありえないことだった。

「そうよ。馬車で揺られていたら頭が痛くなっちゃった。その上、お母様のあの話でしょう」散歩用ドレスに締めつけられていたデイジーのか細い肩はこわばっていた。「あなたはセントヴィンセントをちょっと気に入っているみたい。本当のところはどうなの？」

リリアンはずらりと並んだ彫刻の施された象牙のボタンから小さなループを慎重に外していく。「楽しい人よ。それに魅力的。浅薄なろくでなしと言い切ってしまいたい気もするけど……でも、ときどき、その仮面の下に何かが見えるの……」彼女はうまく言葉にできず、言いよどんだ。

「うん、わかるわ」デイジーは体をかがめて繊細な柄のモスリンのドレスを脱いで腰から床に落としながらくぐもった声で言った。「でも、それがなんであれ、わたしは好きになれない」

「そうなの？」リリアンはびっくりして尋ねた。「だって今朝、あなたは彼ととても親しげに話していたじゃない」

「彼の前に出ると、どうしても愛想をよくせずにはいられなくなっちゃうの」とデイジーは認めた。「ほら、動物磁気って呼ばれているやつよ。彼は人を催眠状態にしてしまう能力を持っているのよ。生まれつき人を惹きつける魅力があるのね」

リリアンはにっこり笑って、首を左右に振った。「あなたは雑誌の読みすぎなのよ」

「とにかく、動物磁気を持っているかどうかは別として、セントヴィンセントは自己の利益のためにしか行動しない人に思えるの。だからわたしは彼を信用しない」デイジーは脱ぎ捨てた服を椅子にかけて、ぐいっとコルセットの骨組みを引っ張り、ほっそりした優美な体からコルセットをはずしてほうっとため息をついた。コルセットを必要としない娘がいるとしたら、それはデイジーだ。しかし、コルセットなしで人前に出るのは、レディーにあるまじき行為なのだった。デイジーは急いでコルセットを床に投げ出し、ベッドサイドテーブルから本を取り上げるとマットレスの上に転がった。「よかったら雑誌があるわよ」

「いらないわ、ありがとう。なんだか落ち着かなくて、読書する気分になれないの。眠れそうもないし」リリアンは少し開いているドアをうかがった。「わたしが抜け出して庭を散歩しにいっても、お母様に気づかれないわよね。これから二時間は、貴族の報告書を読むのに忙しいでしょうから」

すでに小説に引き込まれているデイジーは返事をしない。リリアンは妹の集中した顔に微笑みかけてから、静かに部屋を出て、廊下の先の使用人出入り口に向かった。

庭に出ると、彼女はいままで通ったことのない道をとった。道と平行に、きれいに刈り込まれたセイヨウイチイの生垣が延々とつづいている。構造と形に細心の注意を払って設計されているこの屋敷の庭園は、冬場にはとても美しく見えるに違いない。うっすら雪が積もれば、生垣や装飾庭園《トピアリー》や彫像はクリスマスケーキのアイシングのような白い衣をかぶり、ブナの木々の枝には霜が下りてガラス細工さながらになるだろう。しかし、この朽葉色の九月の庭には、まだまだ冬は遠く感じられた。

彼女は巨大な温室の前を通りかかった。中にサラダ菜や異国の野菜を植えたプランターが置かれているのが見えた。温室のドアの前でふたりの男が話をしているのが見えた。ひとりは干した種芋を並べた木のトレーの前でしゃがみこんでいる。立っているほうの男は年老いた庭師長だった。温室に沿った道をさらに進んでいくと、しゃがみこんでいる男の姿がいやでも目に入って来た。みすぼらしいズボンとシンプルな白いシャツだけで、ベストも着ていないその男の体は非常に引き締まっていた。しゃがみこんでいる姿勢のせいで、シャツが背中にぴったりはりついている。彼は種芋のひとつを摘み上げ、じっくりとながめていたが、だれかが近づいてくる気配に気づいた。

立ち上がって、彼は顔をこちらに向けた。やはりウェストクリフだ、とリリアンは思った。どきどきして胃がひっくり返りそうになる。彼は自分の領地のあらゆるものを細かく監督していた。たかが芋といえども、のんびり平凡に育つことは許されないのだ。

いまのウェストクリフは、彼女が知る彼の中で一番すてきだった。めったに見せない、鎧を脱ぎ捨ててリラックスした姿には、渋い男らしさが漂っている。ボタンを外したシャツから、カールした胸毛がのぞいている。ズボンは引き締まった腰にはちょっとゆるめで、二本のズボンつりでたくましい肩から吊り下げられている。セントヴィンセントが動物磁気を発しているというのなら、ウェストクリフは天然磁石だ。彼女の感覚はぐいっと引き寄せられ、全身がその引力で痺れるような気がした。彼のもとに走って行きたかった。ふたりで地面に転がって、激しい情熱的なキスを浴び、性急な愛撫を受けたかった。でも彼女は、彼のつぶやくような挨拶に答えて、ぐっと顎をひいて会釈しただけで、急いでそこを通り過ぎた。

ウェストクリフが追いかけてこなかったのでリリアンはほっとし、心臓はすぐにいつものゆるやかな鼓動に戻った。あたりを探索していると、高い生垣と繁茂して滝のようにかぶさっているツタにほとんど隠されている壁に行き当たった。どうやら、庭のこの区画は高い壁に完全に囲まれているようだ。好奇心にかられて、生垣に沿って歩いてみたが、この秘密の中庭への入口は見つからなかった。「扉があるはずだけど」と彼女は声に出した。一歩下がって目の前にそびえ立つ壁をじっと見つめ、ツタの切れ目を探そうとした。それらしきものはまったく見あたらない。作戦を変えて、彼女は壁に近づき、垂れ下がるツタに隠された石壁を手で探って、扉を探した。

後ろからくっくっと笑う声がして、彼女はさっと振り返った。

どうやらウェストクリフは、やはり彼女のあとを追うことに決めたらしい。多少なりとも身だしなみを整えたつもりか、濃色のベストを着ていたが、シャツの襟元のボタンは外したままで、ズボンは泥だらけだった。彼は口元にうっすら笑みを浮かべて、のんびりと歩み寄ってきた。「あなたが秘密の庭園に入る道を探そうとするとは、思いつかなかったな」

静かな鳥のさえずりやツタをさらさら鳴らしながら渡っていくそよ風をリリアンは妙に意識する。彼女を見つめたまま、ウェストクリフは近づいてくる……近くへ、さらに近くへ……そしてとうとうふたりの体が触れ合うほどになった。彼の香りが彼女の鼻孔をくすぐる。日差しで温められた男性の肌のにおいと、風変わりな乾いた甘さがまざったその贅沢な香りに彼女はうっとりした。彼の片腕がゆっくり彼女にまわされ、彼女はさらさら鳴るツタの中で身を縮こまらせた。かちっと掛け金が外れる金属音がした。

「もう少し左を探れば、見つけられたんだが」と彼は優しく言った。

彼女はさっと彼の腕の中で体を半回転させ、彼がツタを押しのけて、ドアを内側に開けるのを見つめた。

「さあ、入って」ウェストクリフは促した。腰にかかっていた彼の手に押されて、彼女は彼といっしょに庭園に入った。

14

言葉にならない感嘆の声が、リリアンの口からもれた。四角い芝生はぐるりとバタフライ・ガーデンに取り囲まれていた。どの壁もあふれんばかりの色にふちどられ、咲き乱れる野草の上を繊細な羽をひらひらさせながら蝶たちが飛び交っている。真ん中に据えられた丸いベンチ以外、庭には何も置かれていない。ベンチに座ると庭をすべて見渡すことができた。太陽に温められた花々からのかぐわしい香りが彼女の鼻孔に漂ってきて、その甘いにおいに彼女は酔いしれた。

「バタフライ・コートと呼ばれる庭だ」ウェストクリフは扉を閉めながら言った。仕上げされていないベルベットのような声が彼女の耳をなでた。「ここには蝶がよく集まる花々が植えられている」

リリアンはヘリオトロープやマリーゴールドの上を忙しく飛んでいる小さな蝶たちをながめながら、夢見るような顔で微笑んだ。「名前は？　あのオレンジと黒の蝶の」

ウェストクリフは近づいてきて彼女の横に立った。「ヒメアカタテハ」

「蝶がたくさん集まっているときはなんて呼ぶの？　群れ？」

「それが一般的だ。しかし、わたしは最近の呼び方が気に入っている。一部の人々は蝶の万華鏡と呼んでいる」

「万華鏡……なにか、望遠鏡みたいにのぞき込む道具よね。聞いたことはあるけど、見たことはないわ」

「書斎に万華鏡がある。もしよければ、あとで見せてあげよう」彼女が返事をする前に、ウェストクリフはラベンダーの大きな茂みを指差した。「あそこの――白い蝶がセセリチョウ《スキッパー》だ」

急に笑いがこみあげてきた。「ディンギー・スキッパーね？」

それに答えて彼の瞳が楽しそうにきらりと光った。「いや、あれはふつうのスキッパーだ」

太陽の光が彼のたっぷりした黒髪を艶やかに光らせ、肌に黄金の輝きを分け与えた。視線を下げると彼ののどの強いラインが目に入った。するといきなり、彼の体に蓄えられた力が耐え難いほど意識された。その自制した男らしい力強さにリリアンは初めて彼に会った瞬間から魅了されていた。あの力強さにすっぽり包まれたらどんな気持ちになるんだろう。

「ラベンダーの香りって、なんてすてきなのかしら」危険な想像から心をそらそうと、彼女は言った。「いつか、フランス南東部のプロヴァンス地方に行ってみたいわ。そして夏にラベンダーロードを歩くの。花が一面に咲いていて、まるで青い海の中に立っているようだと人から聞いたわ。どんなに美しいか想像できる？」

ウェストクリフは軽く首を振って、彼女を見つめている。

彼女は花柄の集まっているところに手を入れて、小さな青紫色の花に触れ、においのついた指先をのどに持っていった。「エッセンシャルオイルを抽出するときには、植物に蒸気を吹き付けて、においのエキスを取り出すの。数十グラムの貴重なオイルをつくるのに、二五〇キログラムくらいの花が要るのよ」

「あなたはそういうことには詳しいようだ」

リリアンは唇をねじ曲げた。「わたしは香りにとても興味があるの。実際、父が許してくれれば、父の会社の仕事をたくさん手伝えるのに。でも、わたしは女だから、人生のただひとつの目的はよい結婚をすることなの」彼女はあふれんばかりに咲き乱れる野草の花壇の縁をぶらぶら歩いて行く。

ウェストクリフはついてきて、彼女の後ろに立った。「それで思い出したが、話しておかなければならないことがある」

「え？」

「最近、セントヴィンセントと親しくしているようだが」

「そうよ」

「彼はあなたに適した相手ではない」

「彼はあなたのお友だちよね？」

「そうだ――だからこそ彼がどういう男かよくわかっているのだ」

「彼に近づかないようにと警告しているの？」

「そうするなと言っても、あなたはきかないだろうから……わたしはただ、だまされないように気をつけなさいと助言しているだけだ」

「わたしはセントヴィンセントの扱いは心得ているわ」

「あなたはそう思っているだろう」彼の声には不快な押しつけがましさがほのかに感じられる。「しかし、彼が迫ってきたときに、あなたには彼から自らを守れるほどの経験もないし、まだ初心《うぶ》なところがある」

「これまでのところ、身を守らなければならなかった相手はあなただけよ」リリアンは反論して、きっと彼をにらんだ。これは彼の急所をついたらしく、頬骨とくっきりした鼻梁にほのかに赤みがさした。

「もしまだセントヴィンセントがあなたに迫っていないなら」彼は努めて穏やかに答えた。「それはただ、彼が絶好の機会を狙っているからにすぎない。あなたは自分の能力に関して、はなはだしく自惚れているようだが、それにもかかわらず、いや、それだからこそ、簡単に誘惑されてしまうのだ」

「自惚れている？」リリアンは憤慨して繰り返した。「言っておきますけど、わたしはとっても経験豊富なので、どんな男にも――もちろんセントヴィンセントにも、やすやすと捕まったりはしません」リリアンにとって我慢ならないことだが、どうやらウェストクリフはそれが誇張だと見抜いているらしく、おもしろがるように漆黒の瞳が輝いていた。

「わたしは誤解していたようだ。あなたのキスの仕方から考えて、てっきり……」彼はわざと最後まで言わなかった。彼女が絶対に食いつく餌をまいたのだ。

「どういう意味、『わたしのキスの仕方』って？　どこか変だったとおっしゃるの？　感じの悪いところがあったとでも？　わたし何か間違ったことを――」

「いや……」彼は彼女の唇を指先でなで、彼女を黙らせた。「あなたのキスはとても……」うまい言葉が思いつかないかのように、彼は躊躇した。彼の関心は彼女のビロードのようになめらかな唇に向けられているようだった。「甘かった」長い間をおいてからそうささやく。彼の指は彼女のおとがいの下に滑っていった。そのタッチはとても軽かったので、彼女ののどの筋肉の繊細な緊張まで感じ取れた。「だが、あなたの反応は、経験豊かな女性のものではなかった」

彼は親指で彼女の下唇を横になでつけ、上唇から離れさせた。リリアンは、眠っているところを羽根でくすぐられて起こされた子猫のような、困惑しつつも、むしゃくしゃした気持ちになった。背中を支えていた彼の腕が動くのを感じて彼女は体を硬くした。「何を……もっとどうすればよかったの？　わたしに足りなかったものって――」彼の指が彼女のあごの線をたどり、横顔に手があてられたので、彼女ははっと息を吸って黙った。

「教えて欲しいかい？」

反射的に彼女は彼の胸を押して彼の腕から自由になろうとした。鉄鉱石の壁のほうに下がろうとも試みた。「ウェストクリフ――」

「あなたには個人教授が必要のようだ」彼の温かい息が彼女の唇にかかった。「じっとして」

からかわれていると気づいて、リリアンはもっと強く彼を押したが、両手首をつかまれていとも簡単にねじられ、背中に押さえつけられてしまい、胸のふくらみが彼の胸につくほど引き寄せられた。早口で抗議していると、唇が彼の口でふさがれた。たちまち体中の筋肉に炎のように熱い感覚が伝わっていき、全身が麻痺して、木の操り人形のように体の力が抜けてしまった。

彼の腕に抱かれ、硬い胸に押しつけられているうちに、彼女の呼吸は荒く不規則になっていった。彼女はまつげを下げた。薄いまぶたを通して太陽の熱が感じられる。彼はゆっくりと舌を差し入れてきた。そのとろけるような甘さに、彼女の体に激しい震えが走った。彼女の動きを感じ取って、彼は唇で彼女の唇とたわむれながら、彼女の背中を手のひらでゆっくりさすって彼女を落ち着かせようとした。彼の探求は激しくなっていく。舌で突くと、彼女が恥ずかしがって舌を引っ込めるのがおもしろくて彼は低くのどを鳴らした。リリアンはむっと腹を立て、体を退いたが、彼は手で彼女の後頭部を抱え込んだ。

「だめだ」彼はつぶやく。「退かないでくれ。わたしを受け入れて。そうだ……」彼の口が再び彼女の口に重なり、なだめるように強く押しあてられた。徐々に彼が何を求めているかを理解しはじめ、彼の舌に自分の舌をからませた。彼女は彼が強く反応するのを感じた。はやる気持ちが彼を満たしていたが、優しく、漂うようなキスをつづけた。リリアンは手が自由になっていたので、彼に触れずにはいられなかった。片手を鍛えぬかれた背中の筋肉にあて、もう一方の手は彼の首筋に届かせた。彼の日焼けした肌は滑らかで熱く、アイロンをかけたばかりのサテンのようだった。のどの付け根のくぼみに触れて強い脈を探り、それからシャツの開いた胸元から手を入れて黒いもじゃもじゃの胸毛に指を遊ばせた。

ウェストクリフは彼女の口に意識を集中したまま温かい両手で彼女の顔をはさみ、貪欲な魂を奪うキスで彼女を自分のものにした。やがて彼女は力が抜けて立っていられなくなった。ひざががくんと落ちたので、彼はふたたび両腕で彼女を抱え込んだ。彼は力の抜けた彼女のからだを抱き抱えて、足元の厚い草のカーペットにそっと横たえた。片脚で彼女のたっぷりしたスカートをおさえ、半身彼女にのしかかるように横たわり、がっしりした腕を彼女の首の下に当てた。彼の口は彼女の口を求める。彼女はもう彼の性急な探求にもおじけづくことなく、彼を迎え入れた。彼女の意識からこの秘密の庭園の外の世界は消えた。あるのは、この場所だけ、この小さなエデンの園だけだ。ぽかぽかと日の当っている、静かで、この世のものとも思えないほどカラフルな花が咲き乱れるこの場所だけだ。ラベンダーと温かい男の皮膚のにおいが混ざった香りが彼女を包む……ああ、なんてよい香り……なんて素晴らしい……ものうげに彼女は両腕を彼の首にかけ、彼のふさふさした髪に指を滑り込ませた。

ドレスの前ボタンがすばやく次々に外されていき、彼女は彼の手の器用な動きを感じながら従順に横たわっていた。彼に触れられると彼女の体は弓なりに反る。次に彼は、コルセットのフックを外して、彼女を紐や芯の牢獄から解放した。彼女は十分に深く、いや十分に速く、息をすることができなかった。彼女の肺はもっとたくさんの酸素を欲しがってあえいでいた。衣服に締めつけられていた彼女は自由になりたくてもがいた。彼は静かにささやきながら、コルセットの合わせ目を大きく開き、シュミーズの細いリボン状の紐を引っ張った。そして彼女を抱いている男の真っ黒の瞳にさらされた。彼女の青白い胸のカーブが太陽と空気に、乳首のピンクの蕾を見つめ、彼女の名を優しくささやいてから、彼は浅く上下する彼女の胸と、顔を下ろした。彼は唇を軽く彼女の肌にすべらせ、張りのある胸の丘をのぼっていって、その繊細な頂上を口にふくんだ。彼の下に横たわっている彼女ののどから、激しい歓喜の叫びが漏れた。彼の舌先が乳首のまわりをぐるりとなめると、乳首は耐え難いほど敏感になった。彼女は両手で、彼の上腕の信じられないほど硬い筋肉をつかんだ。指先が盛り上がった二頭筋に食い込む。くすぶっていた熱情が激しく燃え上がって、彼女はあえぎながら身をよじって彼から逃れようとした。

息を震わせてすすり泣く彼女に、彼は再びキスをした。彼女の体は、今まで知らなかった脈動とリズムに満たされ、もはや自分の体ではなくなったような気がした。「ウェストクリフ……」彼女の唇は彼の筋肉質の頬や顎の角、そして柔らかい唇の裏側をさまよった。キスが終わったとき、彼女は顔を横に背けてあえいだ。「どうしたいの?」

「聞かないでくれ」彼の唇は耳へと動き、やわらかな耳たぶの後ろの小さなくぼみをそっとなでた。「答えは……」彼女の呼吸が速くなるのを聞き、彼は耳にとどまったまま、舌で耳の端をたどり、耳介の内側のひだをつついた。「答えることは危険だ」ついに彼は言った。

彼の首に腕をからませて、彼の口を自分の開いた口に戻し、激しくキスをすると彼の自制心は解かれていくようだった。

「リリアン」彼は落ち着きなく言った。「触れるなと言ってくれ。もう十分だと。言ってくれ――」

彼女はもう一度彼にキスし、彼の口の熱と味を吸った。新たに切迫した欲望がふたりのあいだに燃え上がった。彼のキスはもっと強く、もっと過激になり、彼女は欲望の大波にさらされて手足が重くぐったりとしてしまうほどだった。スカートがめくりあげられ、薄いニッカーズの布地を通して太陽の熱が感じられた。彼の用心深い手の重みがひざへ下りていき、丸いひざ頭を彼の手のひらが包み込んだ。次の瞬間、彼の手は上に滑り出した。彼は絶え間ないキスで彼女の口をふさぎ、彼女にあらがう機会を与えなかった。一方、彼の指は彼女の脚のなめらかなラインをかすめるように滑っていく。

彼の手が、股間のやわらかい膨らみに達し、ガーゼのような薄布を通してその形をなぞると、彼女はびくんと体を震わせた。手足や胸や顔を紅潮させ、かかとを芝にくいこませながら、彼女は弓なりになって彼の手に体を押しつけた。彼は下着のベールの上から彼女を優しくなでた。彼の少しがさした強い手が直接肌に触れたらどんな気持ちになるだろうと思うと、彼女はそうして欲しくてうめき声をあげた。永遠にも思えるほど長くじらされたあとで、彼の指がレースで縁取りされた下着のスリットから侵入してきた。彼の手が彼女をなで、分け入ってきて、シルクのような黒い巻き毛に長い指をからませると、彼女は興奮のあまり息を止めた。彼は半分開きかけたバラの花びらをもてあそぶように、優雅にゆったりと彼女を愛撫する。一本の指先でじらすように小さな突起をなでると、彼女の頭から分別は消し飛んだ。彼は彼女の快感の中心をさぐりあて、リズミカルにこすり、円を描くようにそっとなでる。彼女は切なく身もだえた。

彼女は彼が欲しかった。その結果どうなろうと、かまわなかった。彼のものになりたかった。それに伴う痛みすら欲しかった。けれども残酷にも、いきなり彼の体の重みは消え、リリアンはベルベットような芝生の上に困惑したまま仰向けに取り残された。「伯爵様?」彼女は、なんとか上体を起こし、息を切らして彼に声をかけた。ドレスはめちゃくちゃに乱れている。

彼は近くに座っていて、曲げたひざの上で両腕をつっぱらせている。絶望にも似た気持ちで、彼女は彼が自制心を取り戻していくのを見つめた。自分の体はまだ頭のてっぺんからつま先までわなないているというのに。

彼の声は冷静で落ち着いていた。「リリアン、わたしが正しかったことがわかっただろう。あなたは好きでもない男に対してすらこんなふうになってしまうのだから、相手がセントヴィンセントならもっと簡単だろう」

頰をひっぱたかれたかのように、彼女ははっと目を見開き、彼を見つめた。

熱い欲望が自分の愚かさを呪う気持ちに変わっていくのは、気持ちのいいものではなかった。

ふたりのあいだにあったはずの天地も揺るがすような情熱は、わたしが未経験であることを教えるためのレッスンにすぎなかったのだ。彼はこの機会を利用して、わたしに身の程を思い知らせたのだ。わたしは彼にとって、結婚する価値も、寝る価値もない女なのだ。リリアンは死にたかった。誇りを傷つけられ、急いで立ち上がると、はだけた衣服の前をつかんで合わせ、憎しみに満ちた目で彼をにらんだ。「いずれわかることよ」彼女は吐き出すように言った。「あなたがたふたりを比べてみなくては。それでもしもあなたが感じよく尋ねるなら、教えてあげてもいいかも、彼が――」

彼は驚くべき速さで彼女に飛びかかると、芝生の上に押し倒して、顔を筋肉質の前腕ではさんだ。「彼に近づくな」彼は怒鳴った。「彼はあなたを自分のものにはできない」

「どうして?」彼女は言い返してもがいたが、彼は自分の体を、ばたばた動かしている両脚のあいだに沈み込ませた。「わたしは彼にも十分な相手じゃないってこと? わたしみたいな身分の低い女は――」

「あなたは彼にはもったいない。それは彼が一番よく知っているはずだ」

「あなたの高い基準に合わないなら、なおさら彼のことが好きになるわ」

「リリアン――くっ、じっとしていろ――リリアン、わたしを見るんだ!」彼は彼女がじっと動かなくなるまで待った。「わたしはあなたが傷つくのを見たくない」

「あなたは考えたことがあるかしら、この高慢ちきの石頭。わたしを一番傷つけるのは自分なのかもしれないって」

ショックを受けてひるむのは彼の番だった。この無鉄砲な言葉にこめられている意味はなんだろうと、彼の明敏な頭脳が回転するのがリリアンには聞こえるようだった。

「どいてちょうだい」リリアンは不機嫌に言った。

彼は上体を起こし、彼女の細い腰の両脇にひざをついて、彼女のコルセットの縁を指でつまんだ。「手伝わせてくれ。こんな乱れた服装のまま屋敷に走って帰るわけにはいかないだろう」

「どうぞ」彼女は仕方なく嫌みたっぷりに答えた。「礼儀を守ることにいたしましょう」目を閉じて、彼がシュミーズのリボンを結びなおし、コルセットのフックを手際よくはめて、服を元通りにするのをリリアンはじっと待った。

ようやく彼から自由になると、彼女はおびえた雌鹿のようにぴょんと跳ね起きて、秘密の庭園の扉に向かって走り出した。しかし、なんともみっともないことに、扉がどこにあるかわからない。びっしりと壁を覆っているツタに隠されてしまっているのだ。彼女はやみくもに葉の中に手をつっこんで、扉の側柱をさぐったので爪が二本かけてしまった。

ウェストクリフは後ろから近づいてきて、彼女のウエストを両手で抱え、彼を押しのけようともがいている彼女をひらりと持ち上げた。彼女の腰を自分にぴたりと押しつけて耳元で言った。「あなたは、わたしがあなたと愛を交わそうとしたことに腹を立てているのか、それとも途中でやめてしまったことに?」

リリアンは、乾いた唇をなめた。「ふん、いけすかない偽善者、わたしが怒っているのはね、わたしをどうしたいか、あなたが心を決められないからよ」彼女はこの言葉とともに、彼の肋骨に激しいひじ打ちを食らわした。

彼は強打にもびくともしないようだった。わざとらしい礼儀正しさで、彼は彼女を放し、隠された扉のノブに手を伸ばして、彼女を秘密の庭園から送り出した。

15

　リリアンがバタフライ・ガーデンから去ったあと、マーカスは自分の熱情をなかなか冷ますことができずに苦しんだ。あやうくリリアンにすべての自制心を失いかけた。愚かなけだもののように彼女を地面に押し倒したのだ。嵐の中で灯るろうそくの炎のような、かすかな良識の灯火が、彼女の体を奪うことから彼を押しとどめた。無垢な娘、客人の娘の体を奪うことから……ああ、わたしは頭がどうかしていたのだ。

　庭をゆっくり歩きながら、この予想外のなりゆきを分析しようとした。数カ月前、アナベル・ペイトンに夢中だったサイモン・ハントをからかったことがあった。彼は女に執着する気持ちを理解できなかったし、こんなに凶暴にだれかに惹きつけられたこともなかった。理屈で自分の気持ちを抑えることはできないような気がした。まるで意志が、知性をおいてけぼりにして勝手に行動し始めたかのようだった。

　マーカスはリリアンに反応してしまう自分を理解することができなかった。彼をこんな気持ちに、こんなに生き生きした気持ちにさせた女性はいなかった。彼女の存在によって、彼の五感のすべてが研ぎ澄まされるかのようだった。彼は彼女のとりこになっていた。彼女は彼を笑わせた。彼女は彼を耐え難いほど興奮させた。彼女と寝て、この終りなき渇望を解放することができさえしたら。しかし、彼の理性は、母親である伯爵夫人のボウマン姉妹に対する評価が正しいのだと考えていた。「おそらく、表面をちょっとだけ磨くことはできるでしょう」と伯爵夫人は言った。「でも、わたしが変えることができるのはほんの表層だけ。どちらの娘も、顕著な変化を望めるほど従順ではありません。とくに、姉のミス・ボウマンは。黄鉄鋼を本物の金にすることができないのと同じで、彼女をレディーにすることは不可能よ」

不思議なことに、それだからこそ、マーカスはリリアンにこれほど惹きつけられるのだ。彼女の素のままの活力、妥協しない性格は、空気のよどんだ部屋に吹き込んできた冬の風のように新鮮に感じられた。しかし、ふたりがこれ以上先に進めないのがわかっているのに、リリアンに関心を持ちつづけるのはフェアでないばかりでなく、潔くない。どんなにつらくとも、彼女が言っていたように、彼女にかかわらないようにしなければならない。

そう決心すれば、ある程度心の平和を取り戻せるはずだった。しかし、そうはならなかった。

くよくよ考えながら、彼は庭園を出て屋敷に向かった。思いがけないことに、まわりの素晴らしく美しい光景が、汚れた窓ガラス越しに見るように、ぼやけて灰色がかって見える。家の中に入ると、四方に広がる屋敷はかび臭く陰気に感じられた。何を見ても何をしてももう喜びを感じられなくなってしまったような気がした。マーカスは自分の感傷的な気分に腹を立て、服を着替えなければならないのはわかっていたが、かまわず自分個人用の書斎に向かった。開いていたドアから部屋に入ると、サイモン・ハントが机のところに座っていて、書類の束を熱心に読んでいた。

ハントはウェストクリフに気づくと、微笑んで立ち上がろうとした。

「いや」マーカスはそのままでいいと仕草で示した。「朝の郵便物を調べようと思っただけだ」

「なんだか機嫌が悪いな」ハントはそう言って、また座った。「鋳造所の契約のことだったら、いまちょうどわれわれの弁護士に手紙を――」

「違うんだ」マーカスは一通の手紙を手にとり、封をあけて中身を見た。なにかの招待状のようだった。

ハントは憶測をめぐらすように彼をじろじろながめた。しばらくしてから、「トーマス・ボウマンとの話し合いが行き詰まったのか?」

マーカスは首を振った。「彼の会社のイギリスでの営業権をこちらに譲渡するという提案には乗り気のようだ。合意にもっていくのに問題はないと思う」

「じゃあ、ミス・ボウマンに関することだな?」

「なんでそんなことをきく?」マーカスは油断なく質問に質問で答えた。

ハントは、答えをわざわざ言うまでもあるまいという顔で笑った。

マーカスは、机の反対側の椅子にゆっくりと腰を下ろした。ハントは辛抱強く待った。そのさりげない沈黙に勇気づけられ、マーカスは心を打ち明ける気持ちになった。事業や社会問題においては、ハントは常に信頼のおける相談役だったが、マーカスは個人的な問題を彼と話し合ったことはなかった。だれか他の人の話はした。しかし、自分のことは話したことはない。

「彼女を欲しいと思うのは、理にかなっていない」ようやく彼は、近くのステンドグラスをじっと見つめながら話し出した。「とんだ茶番だ。こんなに似合わない相手はいないのに」

「ああ、きみが前に言っていた『結婚は非常に重要な問題だから変わりやすい感情などによって決めてはならない』というやつだな」

マーカスはしかめ面で彼をちらりと見た。「わたしが言った言葉をそのまま投げ返すきみの癖をわたしがどれだけ嫌っているか、前に言ったことがあったか？」

ハントは笑った。「なぜ？　自分のアドバイスに従いたくないというのか？　ぼくはどうしても言っておかなければならないのだがね、ウェストクリフ、アナベルとの結婚に関するきみの忠告にもしもぼくが従っていたら、それは生涯で最大の過ちだっただろう」

「当時の彼女は、分別のある選択とは言えなかった。彼女がきみに値することを示したのは、あのあとだったじゃないか」

「だが、いまはきみもぼくの決断が正しかったと認めるだろう？」

「ああ」マーカスはいらだちながら答えた。「しかし、それがわたしの状況にもあてはまるとはとても思えないが」

「もしかするときみの本能が、結婚相手の決定になんらかの役割を果すんじゃないかと言おうとしているんだ」

マーカスは、その言葉に本気で腹を立てた。彼は、きみは頭がおかしくなったのかといわんばかりの目でハントを見つめた。「なんということを。では、知性にはいったいどんな役目があるというのだ。本能によってわれわれが愚かな行いをしないよう制してくれるのが知性じゃないか」

「われわれはどんなときも本能に頼って生きている」ハントはたしなめた。

「生涯その影響が残るような決断をするときには違う。それに、わたしはいまミス・ボウマンに惹かれているが、やがてふたりの違いが、双方にとって惨めな結果をもたらすことになるだろう」

「きみたちの違いはわかる」ハントは静かに言った。ふたりの目が合ったときに、ハントの瞳の中の何かが、ハントが肉屋の息子として生まれ、中流階級から這い上がって、無から財産を築いたのだということをマーカスに思い出させた。「ミス・ボウマンが貴族社会で直面する数々の難題をぼくは理解できる。しかしもし、彼女が喜んでそれを受け入れるつもりだとしたら？　もし彼女が進んで自分を変えて、馴染もうとするのなら？」

「彼女にはできない」

「きみは、彼女は適応できないと決めつけて、彼女を不当に扱っている。試すチャンスを与えるべきでは？」

「きみは、ただうなずいて欲しかったのか?」ハントはからかうように尋ねた。「では、自分と同じ階級のお仲間にでも相談するんだったな」

「これは階級とは関係のない話だ」マーカスはかみつくように言った。リリアンを受け入れられないのは、たんに貴族崇拝の俗物主義のせいだとほのめかされたことに憤慨する。

「そうだな」彼は冷静に同意すると、立ち上がった。「空虚な議論だ。きみが彼女をあきらめようと決心した理由はそれだけじゃないと僕は思う。ぼくには認めていない、いや、おそらく自分にさえも認めていない理由があるはずだ」彼はドアのほうに歩いて行き、立ち止まってマーカスを抜け目のない目で見た。「しかし、この問題について考えるときには、セントヴィンセントのことも頭に入れておいたほうがいいぞ。彼が彼女に関心を示しているのは一時の気まぐれではない」

マーカスは敏感にこの言葉に反応した。「ばかな。セントヴィンセントはベッドルームの中以外で女に関心を持ったことはない」

「そうかもしれないが、最近、信頼のおける筋から入手した情報によれば、彼の父親は相続人が限定されているもの以外のすべての財産を売却しているそうだ。長年の浪費と愚かな投資のせいで伯爵家の金庫は底を突いたらしい。セントヴィンセントもまもなく毎年の割り当てを取り上げられる。彼は金を必要としている。そして、ボウマン家が娘を貴族と結婚させたがっていることを彼が知らないわけがない」ハントは巧妙に間をおいてから、言い足した。

「ミス・ボウマンが貴族の妻に向いているかどうかにかかわらず、彼女がセントヴィンセントと結婚する可能性はある。そしてもしそうなれば、彼はやがて爵位を継ぎ、彼女は公爵夫人となる。彼女にとって運のよいことに、セントヴィンセントは彼女が貴族の妻にふさわしいかどうかなど、気にもしていないようだ」

マーカスは度肝を抜かれてハントを見つめた。「ボウマンと話をする」彼はすごみのある声で言った。「セントヴィンセントの過去を彼に話せば、娘との交際を禁じるだろう」

「どうぞ、お好きなように……彼が聞く耳を持つと思うなら。だが、ぼくはそうは思わないね。子爵が義理の息子になってくれるというなら、たとえ、相手が一文なしでも、ニューヨークの石鹸会社の社長にとっては悪い話じゃない」

16

めざとい人なら、この二週間、ウェストクリフ伯爵とミス・リリアン・ボウマンができる限り顔を合わせないように、お互いを避けていることに気づいたはずだ。さらにセントヴィンセントが、ハンプシャーの素晴らしい秋の日々を彩るダンスやピクニックや水辺のパーティーで、彼女の相手を務めることが多くなっていることにも目についたはずだ。

リリアンとデイジーは、何回かウェストクリフ伯爵夫人の朝のレッスンを受けた。夫人はふたりを諭し、指導し、貴族的なものの見方を植えつけようとしたが、効果は芳しくなかった。貴族は何事にも一生懸命にならず、冷やかかに興味を示すだけにとどめておかなければならない。貴族は意図を伝えるために、微妙な抑揚を使う。貴族は「親類」という言い方はせず、「親族」とか「同族」という言葉を使い、そのほかにも一般人とは違う貴族特有の言い回しがいろいろある。さらに、貴族のレディーは直接的な表現を使わず、優雅に意味をほのめかすようなもってまわった話し方をしなければならない。

伯爵夫人がふたりのどちらかに少しでも好意を感じているとしたら、それは間違いなくデイジーだった。彼女は貴族のふるまいの古いしきたりを姉よりも素直に受け入れることができた。ところがリリアンは、自分にとってはまったく無意味に思える社会規範への嫌悪を隠そうとはしなかった。ワインの瓶をなぜ手渡してはならず、テーブルの上を滑らせなければならないのか。相手にそれが届くならどちらでもいいではないか。話してはならない話題がたくさんあり、その一方で退屈きわまりない話題が何度も繰り返されるのはなぜなのか。なぜ、きびきび歩くよりも、ゆっくりと歩くほうが好ましいのか。そしてなぜ、レディーは男性の意見をおうむ返しするだけで、自分の意見を述べてはならないのか。

彼女はセントヴィンセントといっしょにいるときだけは、かなり気楽にすごすことができた。彼は彼女のマナーには無頓着だったし、彼女がどんな言葉を使おうと気にしていないようだった。彼は彼女の率直さをおもしろがり、彼自身の態度も徹底的に不遜だった。父であるキングストン公爵でさえ、セントヴィンセントのあざけりの対象だった。公爵はすべてを従僕にやらせるので、歯磨き粉を歯ブラシにつけるやり方や、靴下留めのはめ方すら知らないらしかった。そんなに甘やかされた生活をしている人がいることを知って、リリアンは笑わずにいられなかった。するとセントヴィンセントは、彼女がアメリカで送っていた原始的な生活を――ドアに番地の番号がついている家に住み、自分の髪は自分でとかし、自分の靴紐は自分で結ぶような生活を――想像してぶるっと震えるふりをするのだった。

リリアンはセントヴィンセントほど人をひきつける魅力を持つ男性にいままで会ったことがなかった。しかし、何層にも重ねた絹のような優美な上品さの下には、無情で人を寄せつけないかたくなさがあった。非常に冷酷な人なのか、とても警戒心が強いかのどちらかなのだろう。いずれにせよ、このエレガントな男性にどのような魂が宿っていようと、自分には探り当てることができないとリリアンは本能的に感じていた。彼はスフィンクスのように美しく、謎めいていた。

「セントヴィンセントは結婚して財産を手に入れなければならないの」ある午後、アナベルが教えてくれた。壁の花たちが木の下でスケッチと水彩画を楽しんでいたときのことだ。

「ミスター・ハントによれば、セントヴィンセントのお父様である公爵は、まもなく彼の年間の割り当てを切るつもりらしいわ。お金が底を突いたらしいから。セントヴィンセントが相続するものはほとんどないということよ」

「お金がなくなったらどうなるの？」デイジーが尋ねた。彼女は紙の上で鉛筆をさっさと動かしながら、風景をスケッチしている。「セントヴィンセントは爵位を継いだら、自分の領地や財産の一部を売るのかしら」

「場合によるわ」アナベルは赤褐色の落ち葉をひろいあげ、繊細な葉脈を見つめた。「彼が受け継いだ財産のほとんどが、相続人限定のものだったら、売ることができないの。でも彼が貧乏人になる心配はないわね。自分の娘と結婚してくれるなら喜んでお金を出すという親はたくさんいるもの」

「たとえば、うちとか」リリアンは嫌みったらしく言った。

アナベルは彼女をまじまじと見つめてつぶやいた。「ねえ……セントヴィンセント卿はそういうことをあなたにほのめかしたことがあるの？」

「まったくないわよ」

「いままでに、彼があなたに――」

「いやね、ないわよ」

「じゃあ、彼、あなたと結婚するつもりね」アナベルは鼻持ちならないほどの確信を持って言った。「ただの火遊びだったら、もうすでに、あなたに手を出していたはず」

あとにはしばらく沈黙がつづいた。その沈黙を破るのは、頭上の木の葉がさらさら鳴る音と、デイジーが忙しく走らせる鉛筆の音だけだった。

「も、もしも、セントヴィンセント卿がプロポーズしたらどうするつもり?」エヴィーは、水彩絵の具箱の蓋越しにリリアンの顔をのぞきこんだ。彼女は木の絵の具箱をひざにのせ、蓋を立ててイーゼル代わりに使っていた。

リリアンはぼんやり地面に生えている草をむしり、指で葉片をちぎった。突然、この仕草はマーセデスの癖にそっくりだと気づく。母には、なにかをむしって引き裂く神経質な癖があった。リリアンは草をもてあそぶのをやめて、ちぎった葉を横に投げた。「もちろん、承諾するわよ」と彼女は言った。ほかの三人は少し驚いて彼女を見た。「受けないわけないじゃない」と彼女は自己弁護するようにつづけた。「公爵なんてほんの少ししかいないのよ。お母様の貴族報告書によれば、グレート・ブリテン全体で、たった二九人しかいないの」

「でも、セントヴィンセントは恥知らずの女たらしよ」アナベルは言った。「彼の妻になったあなたが、そんなことに耐えられるとは思えないわ」

「すべての夫は、なんらかの形で、妻をないがしろにするのよ」リリアンは感情を交えず言おうとしたが、なんとなくその声の調子は無愛想でけんか腰だった。

アナベルの青い瞳には優しい思いやりが感じられた。「わたしはそうは思わないわ」

「次のシーズンがまだ始まってもいないじゃない」デイジーが言った。「いまや、伯爵夫人がわたしたちの後ろ盾になってくださっているのだから、今年は去年よりうまくいくわよ。あなたが望まないなら、セントヴィンセント卿と結婚する必要はないわ——お母様がなんと言おうと」

「わたしは彼と結婚したいの」リリアンは自分の口が頑固に真一文字に結ばれるのを感じた。

「実際、セントヴィンセントとわたしが、キングストン公爵夫妻として晩餐に出席するとしたら、いい気分だわ……ウェストクリフもその晩餐には出席しているでしょうけど、彼よりも先にダイニングルームへ案内されるのよ。だって、わたしの夫のほうが爵位が上ですもの。ウェストクリフの鼻を明かしてやれる。彼に——」彼女はいきなり言葉を切った。その言い方があまりにきつくて、本心があらわれすぎていると気づいたからだった。彼女は背筋をぴんと伸ばして、風景のどこか遠い一点を凝視した。デイジーの小さな手が、首の付け根あたりに触れるのを感じて、彼女ははっとした。

「そのころには、もう気にしなくなっているわ」とデイジーはつぶやいた。

「きっとね」リリアンはぼんやりと同意した。

次の日の午後は、ほとんどの客が出かけてしまい、屋敷はがらんとしていた。紳士たちの大部分は思う存分賭けや酒や煙草を楽しむため、競馬大会にくりだしていた。女性たちは何台もの馬車を連ねて、村へ祭り見物に出かけていた。祭りにはロンドンから芸人一座が来ていた。小喜劇や音楽の出し物を早く見たいとばかりに、女性たちの一団は連れ立って屋敷を出発した。アナベルとエヴィーとデイジーの三人はいっしょに行こうとリリアンをしつこく説得したが、彼女は断わった。旅芸人のこっけいな演技にはまったく興味がわかなかった。無理に笑ったりするのもめんどうだった。外をひとりで散歩したかった……何キロも歩いて、ものを考えられなくなるほど疲れ果てたかった。

彼女はひとりで裏庭に行き、人魚の噴水につづく道をたどっていった。その宝石のような噴水は、石で舗装された小広場の真ん中に設置されていた。近くの生垣は藤の花で被われていて、まるでだれかがピンクのポットカバーをずらりと並べてかぶせたかのように見えた。噴水の縁に座り、リリアンはぶくぶく泡立つ水をのぞき込んだ。道のほうから静かな声が聞こえてくるまで、彼女はだれかが近づいてくるのに気づかなかった。

「最初にさがした場所であなたを見つけるとはなんたる幸運」

笑顔で見上げるとセントヴィンセント卿の姿があった。金褐色の髪は、日光を吸収したかのようだった。彼の髪や肌の色は、疑うべくもなくアングロサクソンのものだったが、虎のように急角度がついた頬骨のドラマチックなラインや、肉感的な幅広の口は、妙に異国風だった。

「競馬大会にいらっしゃらないの？」リリアンはきいた。

「あとで。だがいまはあなたとまず話がしたい」セントヴィンセントはリリアンの横の空間に目をやり、「いいかな？」ときいた。

「でも、ふたりきりよ。いつもあなたは、シャペロンがいなくてはならないと言うのに」

「今日は、気が変わった」

「まあ」彼女は少しためらうように口の端をあげて笑顔をつくった。「ということなら、どうぞお座りになって」レディー・オリヴィアとミスター・ショーが激しく抱き合う姿を目撃したのはここだと思い出し、彼女は顔を赤らめた。セントヴィンセントも目をきらりと光らせたので、思い出したらしい。

「週末になると、ハウスパーティーは終わる……そうすると、またロンドンへ帰ることになる」

「都会の楽しみに戻れるのでわくわくなさっているのでしょうね」とリリアンが言った。

「遊び人で有名なあなたにしては、ここでは驚くほどおとなしかったですもの」

「われわれのような札付きの遊び人にも休暇が必要なんだ。堕落も食らい過ぎると退屈になる」

リリアンは微笑んだ。「遊び人かどうかは別として、ここ数日間、お友だちとして親しくさせていただいてとても楽しかったですわ、子爵様」言葉が自分の唇から離れたとき、彼女はそれが本当であったことに気づいて驚いた。

「では、あなたはわたしを友だちと思っているわけだ」彼は静かに言った。「それはよかった」

「なぜ？」

「わたしはこれからもあなたと会いたいと思っているからだ」

彼女の心臓は鼓動を速めた。彼の言葉を予期していなかったわけではないが、それでも不意をつかれた気がした。「ロンドンで？」彼女はばかげた質問をした。

「あなたがいるところならどこでも。あなたの気持ちはどうです？」

「ええ、もちろん……わたしも……お会いしたいわ」

堕天使のまなざしと微笑を向けられていると、セントヴィンセントには動物磁気があるというデイジーの説に同意せざるをえなくなった。彼は罪を犯すように生まれついているように見える……女は彼とともに罪を犯す喜びに、あとで代償を支払わなければならないことを忘れてしまうのだ。

セントヴィンセントはゆっくり手を伸ばし、指を彼女の肩からのど元へ滑らせた。「リリアン、愛しい人。わたしはあなたの父上に、あなたと結婚を前提に交際したいとお願いするつもりだ」

彼の手に愛撫され、彼女の呼吸は乱れた。「わたし以外にもあなたのお相手にちょうどよい資産家の娘がいるでしょう」

彼は両方の親指で彼女の頰の柔らかいくぼみをなで、こげ茶色のまつげを半分閉じた。

ろいだろう」

「そうだな」彼は正直に答えた。「だが、あなたは断然おもしろいお嬢さんだ。たいていの女性はそうではないんだよ。少なくともベッドの外ではね」彼は体を傾けて顔を近づけてきたので、ささやく彼の熱い息が彼女の唇にかかった。「おそらく、あなたはベッドでもおもしろいだろう」

とうとう来たわ、とリリアンはぼうっとしながら考えた。長いことかかったけれど、やっと彼が言い寄ってきたのだ——そのあと、彼の唇が彼女の唇に重なり、軽いタッチで愛撫を始めたので、彼女の思考はかき乱された。彼は彼女の唇に初めて触れたかのようにキスをした。そのものうい熟練の技は、彼女をゆっくりと高ぶらせていく。彼女は経験が浅かったが、そのキスは情熱のキスというよりも、技巧を凝らしたキスだとわかった。しかし彼女はうっとりとしてしまって、そんなことはどうでもいいような気がしていた。彼の口は優しく動き、そのたびに彼女の反応を引き出していく。彼は急ぐことなく彼女の喜びを蓄積させていき、とうとう彼女は彼の唇に触れたままあえぎ、弱々しく顔を背けた。

彼は彼女の熱い頬を指でなぞり、そっと彼女の頭を自分の肩に押しつけた。「わたしはいままで、だれとも交際をしたことがない」とつぶやく彼の唇の動きが、耳の近くに感じられる。「結婚を前提として、という意味でだが」

「初心者にしてはかなりうまくやっていると思うわ」と彼女は彼の上着に向かって言った。

笑いながら、彼は彼女の体を放した。そして温かいまなざしで紅潮した彼女の顔をまじまじと見つめた。「あなたは愛らしい」と優しく言う。「それに魅力的だ」

そして金持ち、と彼女は心の中で付け加えた。しかし、彼はとても上手に、彼女と結婚したがっているのは経済的理由からだけではないと彼女に思い込ませようとしてくれている。彼女はそれをありがたいと思った。彼女は努めて口元に笑みを浮かべ、将来の夫となるかもしれない、謎めいた、しかしとてもチャーミングな男を見つめた。閣下夫人《ユア・グレース》。セントヴィンセントが爵位を継いだら、ウェストクリフはわたしをそう呼ぶのだ。最初は、レディー・セントヴィンセント、それからキングストン公爵夫人だ。社会的にはウェストクリフよりも上位になり、わたしはそれを絶対に彼に忘れさせないようにするだろう。ユア・グレース。彼女は心の中で繰り返した。その響きが彼女の心をなごませる。ユア・グレース……。

競馬大会に行くために、セントヴィンセントが去ったあと、リリアンはぶらぶらと屋敷に戻った。ついに自分の将来が見えてきたのだから、ほっとしていいはずだった。しかし、彼女の心は悲壮な決心で満たされていた。家の中に入ると、ひっそりと静まり返っている。この数週間、たくさんの人々でにぎわっていることにすっかりなれていたので、だれもいない玄関広間を通り抜けるのは不思議な気がした。廊下は静かで、ときおり召使が通り過ぎる以外、動くものはなかった。

書斎の前で立ち止まり、彼女は大きな部屋の中をのぞき込んだ。だれもいない。部屋に招かれるように、彼女は中に足を踏み入れた。二階分もある高い天井、そして本棚には一万冊以上の本が並んでいる。子牛皮紙、羊皮紙、そして革の快い香りが空気に満ちている。本で埋まっていないわずかな壁のスペースには額縁に収められた地図や版画がびっしりと飾られていた。彼女は、自分の読書用に、軽い詩の本かくだらない小説でも探そうと思った。けれども本棚にはずらりと革の本の背が並んでいて、小説がどこにあるのかよくわからなかった。本棚の前を歩いて行くと、歴史の本の並びを見つけた。どれも分厚く重そうで、象もぺしゃんこになりそうだった。その隣に地図帳、それから重症の不眠症でもたちどころに治ってしまいそうな数学の本がどっさり。壁の隅に、本棚と同じ奥行きのサイドボードがぴったりとはめ込まれていた。サイドボードの上には、彫刻をほどこした大きな銀のトレーが置かれていて、心をそそる瓶やデカンターが並んでいた。一番かわいい瓶は葉っぱの模様をほどこしたガラスの瓶で、無色の液体が半分ほど入っていた。彼女はその瓶の中に閉じ込められている洋梨に目を奪われた。

瓶を持ち上げ、じっくりそれを観察し、そっと液体を揺らしてみた。すると洋梨は浮き上がって回転しはじめた。完璧に保存された銀色の洋梨。これはオードヴィーの一種に違いない。フランス語でたしか……「命の水」という意味の、ぶどうやプラムやニワトコの実の酒を蒸留してつくる無色のブランデー。どうやら、洋梨からもつくるらしい。

リリアンはその魅力的な飲み物をちょっと試してみたくなった。しかし、レディーはけっして強い酒は飲んではならない。ひとりきりで書斎で飲むなど、もってのほかだ。もしも見つかったら、たいへん困ったことになる。でも……紳士たちはみんな競馬大会にでかけているし、女性たちも村へ行ってしまっていない。召使の大部分は休みをもらっている。

彼女はだれもいない戸口をちらりと見て、それからこの興味をそそられる瓶に目を戻した。

静けさの中で、置時計がせわしなく時を刻む音だけが聞こえる。突然、心の中にセントヴィンセントの声が響いた……わたしはお父上に、あなたと結婚を前提に交際したいとお願いするつもりだ。

17

「御前」

執事の声にマーカスはかすかに眉をひそめて机から顔を上げた。彼はこの二時間、仕事に没頭していた。彼が加わることに同意した委員会が今年の終りに議会に提出することになっている勧告のリストを修正していたのだった。この勧告が通れば、ロンドンやその周辺地区の家屋や道路、排水溝などが大きく改善されることになる。

「なんだ、ソールター」仕事の邪魔をされて不愉快そうに答えた。しかし、伯爵家のことをよく心得ている年老いた執事が、非常に大切なことを伝えるのでなければ仕事中の彼を煩わせるはずがない。

「実は、御前、その……ある事態が発生しておりまして、お知らせしたほうがよいと思ったのです」

「どのような事態だ?」

「お客様のひとりに関することでございます」

「というと?」マーカスは、執事がなかなか言い出さないのでいらだって語気を強めた。

「だれなんだ？　で、彼が何をしているというんだ」

「その方は、御婦人でいらっしゃいます。従僕のひとりからたったいま、報告を受けたのでございますが、ミス・ボウマンを書斎で見かけた、と。そして、どうやら……お加減がよろしくないようでして」

　マーカスがいきなり立ち上がったので、椅子が後ろにひっくり返りそうになった。「どちらのミス・ボウマンだ」

「存じません」

「どう言う意味だ、『加減が悪い』とは？　だれかついているのか」

「いないと思います」

「怪我をしたのか？　病気か？」

　ソールターはちょっと困った顔で主人を見た。「どちらでもございません。ただ……お加減が悪いだけで」

　それ以上質問して時間を無駄にするのはやめて、マーカスはぶつぶつ言いながら部屋を出て、走り出さんばかりの速足で書斎へ向かった。リリアンか妹のデイジーにいったい何が起こったのだ。彼は心配でたまらなかった。

　廊下を急ぐあいだ、彼の心に関係のないいろいろな思いが浮かんだ。客たちがいないと長い入り組んだ廊下とそれに連なる無数の部屋からなるこの家はまるで洞窟のようだ。人のぬくもりが感じられないホテルのような巨大な古い屋敷。このような家には、廊下にこだまする楽しげな子どもたちの声が必要だ。居間の床にちらばる玩具や、音楽室から漏れてくるキーキー耳ざわりなバイオリンの稽古の音が。壁の傷や、ティータイムのべとつくジャムタルト、裏のテラスにころがる輪投げの輪が。

このときまで、マーカスは結婚を、マースデン家の血筋を存続させるために必要な義務としか考えたことはなかった。しかしこのごろ、過去とは非常に違う未来もありえるのだと思うようになっていた。それが新たな出発点になるかもしれない――これまで夢にも思ったことがなかったような家族をつくりあげるチャンスかもしれない。自分がそれをどれほど望んでいるかに気づき、彼は愕然とした。しかも、それをいっしょにつくりあげる女性はだれでもいいというわけではない。これまで知り合いになったり、見かけたり、噂を聞いたことがある女性の中にはいない……たったひとりを除いて。彼女は自分が妻に求めるべき女性とは正反対の女性だった。彼はそんなことはもうどうでもいいと思い始めていた。

彼は手を白くなるほど強く握りしめた。どこまでいっても書斎にたどりつかないような気がした。敷居をまたいだときには、胸郭の中で心臓が激しく打っていたが、それは速足のせいではなく、不安のせいだった。彼は彼女を見つけて、大きな部屋の真ん中ではたと立ち止まった。

リリアンは本の列の前に立っていた。まわりの床の上には、本の山が築かれていた。彼女は本棚から一冊ずつ稀少本を抜き取り、しかめ面で中身を見ると、ぽいっと後ろに投げた。彼女の動きは、まるで水の中にいるように妙に緩慢だった。そしてピンでとめてあった髪はほつれて、何筋か垂れ下がっていた。具合が悪いようには見えなかった。というより、彼女は……。

人の気配に気づき、リリアンは肩越しに彼を見ると、口元をゆがめてにやりとした。「あらあ、あなただったの」ろれつのまわらない舌で言った。「おもしろい本が見つからないわ。どれもこれも、くそ退屈なのばっかり……」

心配そうに眉をひそめてマーカスは彼女に近づいた。彼女はあいかわらずしゃべりつづけ、本を選っている。「これは、だめ……これも、だめ……だめ、だめ、だめ。これなんか英語じゃないし……」

マーカスの不安はたちまち怒りに変わったが、すぐに笑い出したくなった。まったく、困ったものだ。リリアン・ボウマンが花嫁にふさわしくないという証拠がもっと必要なら、まさにこれが証拠だ。マースデン家の妻は、こっそり書斎に忍び込んで酒を飲んだりは——伯爵夫人なら「少々きこしめす」と言うだろうが——しない。彼女のとろんとした目と真っ赤な顔を見つめて、マーカスは心の中で言い直した。リリアンは酔っているのではない。足元がおぼつかず、ろれつがまわらないほどぐでんぐでんに酔っぱらっているのだ。

次々に本が空中に投げ出される。一冊は彼の耳をかすめて飛んでいった。

「わたしが手伝ってあげよう」マーカスは彼女の隣に立って、明るく言った。「どんな本を探しているのか教えてくれれば」

「なんか、ロマンチックな本。ハッピーエンドの。なんでもハッピーエンドになるべきだと思わない？」

マーカスはほつれた彼女の髪の房を指でつまみ、サテンのように輝く髪の毛に親指を滑らせた。彼はとくに人の体に触れたがるほうではなかったが、彼女のそばにいると彼女に触れずにはいられなかった。彼女にただ触れるだけで体中の神経がびりびりするほどの喜びを感じた。「そうとはかぎらないと思うが」と彼は彼女の質問に答えた。

リリアンはケラケラ笑いながらしゃべる。「なんてイギリス人的なのかしら。みーんな苦しむのが好きなのよ。あなたたちって、堅苦しくって……」彼女は手にした本をちらと見て、表紙の金箔に気をとられた。「……つまんない」と彼女は心ここにあらずという感じで言った。

「わたしたちは苦しむのが好きなわけではない」

「あら、そうよ。少なくともあなたは、楽しいことは避けて通る」

いまではマーカスは、彼女がいつも彼の中にかきたてる、渇望と愉快さが入り混じった不思議な気持ちに慣れつつあった。「個人的に楽しむことのどこが悪い」

本を手から落とし、リリアンは彼に顔を向けた。その不意な動きで、彼女はがくっとよろめき、彼が彼女の腰に両手を当てて安定させようとしたにもかかわらず、ふらふらと体を揺らして背中を本棚にもたれかけた。彼女のつりあがった目は、茶色のベルベットの上に散らばったダイヤモンドのように輝いた。「個人的とかの問題じゃないのよ。本当は、あなたは幸せになりたくないの。なぜな――ひっく」彼女は軽くしゃっくりをした。「なぜなら、威厳が傷つくからよ。かわいそうなウェストクリフ」彼女はあわれむように彼を見た。

　その瞬間、威厳を保つことなど、マーカスの頭から消し飛んでいた。彼は彼女の両側の書棚の枠をつかみ、自分の両腕で彼女を囲んだ。彼女の息がかかると彼は頭を左右に振ってつぶやいた。「お嬢さん……何を飲んだんだい？」

「ああ……」彼女は彼の腕をくぐり抜けて、一、二メートル離れたところにあるサイドボードによろめきながら近づいた。「見せてあげる……このすてきな、すてきなものよ……これ」得意満面で、サイドボートの端にのっかっている、ほとんど空のブランデーの瓶をひっつかみ、首の近くにかかげる。「見て、これ……洋梨よ。瓶の中に入っている。すごいと思わない？」瓶を顔に近づけ、彼女は顔をしかめて瓶の中に捕えられている果物をのぞき込んだ。「最初はあんまりおいしくなかったの。でも、しばらくしたらけっこうよくなってきた。これって、ひっく、だんだん慣れてくると好きになるってやつね、ひっく」

「すっかり慣れたように見えるね」マーカスは彼女のあとについていって、そう言った。

「だれにも言わないわよね？」

「言わない」彼は生真面目に約束した。「しかし、黙っていても広まってしまうだろう。二、三時間のうちにみんなが帰ってくるから、それまでに酔いを醒まさなければ。ねえ、リリアン……飲み始めたとき、瓶にはどれくらい酒が入っていたんだい？」

　彼に瓶を見せて、底から三分の一くらいのところを指で示した。「飲み始めたときにはここらへんだったわ。それともこれくらいだったかな」彼女は悲しそうに瓶に向かって眉をひそめた。「もう残っているのは洋梨だけだわ」彼女が瓶を振り回すと、ふっくらした洋梨が底のほうでぽちゃっと音を立てた。「これを食べたい」

「これは食べるためのものじゃない。これはただ風味をつけるために入れられているだけだ──リリアン、その困った代物をわたしに寄越しなさい」

「わたし、これを食べるわ」彼女はよろよろと千鳥足で彼から離れ、ますます決心を固めたらしく瓶を振った。「これを取り出せたら……」

「できない。不可能なんだ」

「不可能？」彼女はあざけるように言って、体を揺らしながら彼のほうを向いた。「子牛の頭から脳を取り出せる召使がいるのに、この小さな洋梨を瓶から出せないですって？　本当かしら。副執事のひとりを呼んで──ほら、口笛でも吹けばいいのよ──あ、そうか、忘れてた。あなた口笛が吹けないんだった」彼女は彼に注意を向けて、目を細めて彼の唇を見た。「そんなばかげた話、初めて聞いたわ。だれだって口笛くらい吹けるわよ。教えてあげる。いまよ。口をすぼめるの、こんなふうに。すぼめて……ね？」

彼女が彼の前に倒れかかってきたので、マーカスは彼女を腕で支えた。彼女のかわいらしく結んだ唇を見下ろすと、しつこく欲望が心に侵入してきた。ああ、くそっ、彼女に対する欲望と戦うのにもう疲れた。克服できないものと向かってもがくのは心も体も消耗させる。

リリアンは彼が自分の言うとおりにしないのが不思議だとでもいうように、真面目な顔で息をこらえているときのように。

彼を見つめた。「だめ、だめ、そうじゃない、こうやるの」瓶がカーペットの上に落ちた。彼女は彼の唇に手を伸ばし、指で形をつくろうとした。「舌を歯の先につけるの……舌の位置なのよ、大事なのは。舌を機敏に動かせれば、とてもとても上手に」――彼女は貪欲なキスで一瞬口をふさがれて、言葉を中断した――「吹けるわ。伯爵様、しゃべれないじゃないの、あなたが――」彼は再び彼女に口を押し当てて、彼女の口のブランデーの味をむさぼった。

彼女は彼にぐったりとしなだれかかった。指をからませ、速く浅くなっている息を彼の頬に吹きかける。キスが深まり欲望が解き放たれると、激しい官能の波が彼を襲った。秘密の庭園での思い出は、何日も彼に取り付いて離れなかった……彼の手に触れたデリケートな彼女の肌の感触、彼女の小さな美しい胸、そそられる強靭な脚。彼女の体が自分の体に巻きつく感触を味わいたかった。背中に腕をまわされ、ひざで腰をはさまれ……彼女の中に入っていくと湿った絹のような巻き毛が彼を愛撫する……。

頭を退いて、彼女は不思議そうな目で彼を見つめた。彼女の唇は赤く湿っていた。彼女は彼の髪にからめていた指を、彼の鋭い角度のついた頬骨に持っていって、熱く燃え上がる彼の皮膚を冷たい指先でそっとなでた。彼は頭をさげて、彼女の青白いなめらかな手のひらに顎をすりつけた。「リリアン」と彼はささやいた。「わたしはあなたに近づかないように努力してきた。しかし、もう我慢できない。この二週間、あなたのところへ行きかけそうになる自分を何度制したことだろう。あなたはもっとも不釣合いな女性だと何度自分に言い聞かせたところで……」彼女が突然身をよじって、首をねじ曲げて床を見たので彼は言いかけた言葉を中断した。「なにがあろうと——リリアン、聞いているのか？　いったい何を探しているんだ」

「洋梨よ。落としてしまったわ——ああ、あった」彼女は彼から身を振りほどいて、四つんばいになり、椅子の下に手を入れた。ブランデーの瓶を引っ張り出し、床に座り込んでひざの上に瓶をかかえた。

「リリアン、洋梨なんてどうでもいいだろう」

「どうして中に入っちゃったのかしら？」彼女は指を試しに瓶の中につっこんでみた。「こんなに大きなものが、こんなに小さな穴に入るなんて不思議」

マーカスは激しい欲情のうねりと戦うために目を閉じた。答えた彼の声はかすれていた。

「木に……なっているときに、瓶の中に入れてしまうんだ。果実は……中で……育っていき……」彼は薄目を開けてみたが、彼女がさらに指を奥につっこんでいるのを見て、再び目を閉じた。「育って……」彼はなんとかがんばって続けた。「最後には果実が熟すのだ」

リリアンはその説明に感銘を受けたようだった。「そうなの？　なんて賢いのかしら。賢いわあ……洋梨が中でちゃんと育っていくなんて……あ、どうしよう」

「どうした？」マーカスは食いしばった歯のあいだから尋ねた。

「指が抜けなくなった」

マーカスはぱっと目を開けた。唖然として、リリアンが抜けなくなった指を引っ張っている姿を見下ろした。

「抜けないわ」

「とにかく引っ張るんだ」

「痛いの、ずきずきするわ」

「強く引いて」

「できないわ！　本当にはまってしまったのよ。何かですべりをよくしなくちゃ。潤滑油みたいなものある？」

「ない」

「なんにも？」

「あなたにとっては驚きかもしれないが、これまで書斎で潤滑油が必要になったことはないんだ」

リリアンは顔をしかめて彼を見上げた。「あなたが嫌みを言い始める前に言っておきますけど、ひっくく、瓶に指をつっこんで抜けなくなったのはわたしが初めてじゃありませんから。こんなのよくあることなのよ」

「そうかい？　あなたはアメリカ人の話をしているに違いない。なぜなら、わたしは指を瓶につっこんで抜けなくなったイギリス人など見たことがないからだ。酔っぱらっていても、だ」

「わたしは酔っぱらってなんていないわ、わたしはただ――どこへ行くの？」

「ここにいなさい」マーカスはそう言うと部屋から大またで出て行った。廊下に出ると、雑巾や掃除用具を入れたバケツをもったメイドが近づいてくるのが目に入った。黒髪のメイドは彼を見ると凍りついた。彼の不機嫌な表情に恐れをなしたのだ。彼は彼女の名前を思い出そうとした。「メギー」彼は短く言った。「メギーだったね」

「はい、伯爵様」彼女はおとなしく答えて、うつむいた。

「そのバケツの中に、石鹸か艶出し剤みたいなものは入っていないか?」

「あります」彼女は困惑して答えた。「女中頭にビリヤード室の椅子を磨くように言いつけられています――」

「それは何からできているんだ?」彼はそれをさえぎって尋ねた。腐食性の物質は含まれているだろうか、と考える。メイドがますます萎縮していくのを見て、彼は強く言った。「艶出し剤だ、メギー」

主人がそんな日用品になぜか興味を抱いていることに驚いて彼女は目を丸くした。「蜜蠟と」彼女は戸惑いながら答えた。「レモン果汁と、オイルを一、二滴」

「それだけか」

「はい」

「よし、それを貸してくれるかな」

メイドはあわててバケツの中に手をつっこみ、小さな容器に入ったねっとりした黄色い混合物を取り出した。「伯爵様、何か磨くものがございましたら――」

「いや、これだけでいいんだ、メギー。ありがとう」

彼女はちょこんとお辞儀をして、ご主人様はどうかしてしまわれたのではないかしらといぶかるように彼の後ろ姿を見つめていた。

書斎に戻ると、リリアンはカーペットの上に仰向けに寝ていた。最初彼は、彼女が眠ってしまったのだろうと思った。しかし近づいていくと、彼女は自由なほうの手で長い木製の筒を握って、それをのぞき込んでいた。「見つけたわ」彼女は嬉しそうに言った。「万華鏡。とーってもおもしろいわ。でも、思ってたほどじゃない」

彼は黙って手を差し延べ、彼女の手から万華鏡をもぎ取ると、反対側を向けて彼女にわたした。

リリアンは、すぐにため息をついた。「わあ、きれい……どうしてこんなふうになるの」

「片方の端には、何枚かの鏡の板がはめ込まれているんだ、だから……」彼女が万華鏡を彼のほうに向けたので、彼の声は途切れた。

「伯爵様」彼女は、万華鏡を通して彼を見ながら、しかつめらしく言った。「あなたは目が三……百個もある」彼女は笑いの発作におそわれ、しまいには万華鏡を落としてしまった。

彼女の横にひざまずき、マーカスはそっけなく言った。「手を貸しなさい。いや、違う。そっちの手じゃない。瓶にはまってしまったほうの手だ」

マーカスが瓶の外にある指の部分に艶出し剤を塗りつけているあいだ、彼女は仰向けの姿勢のままでいた。彼は指と瓶の隙間にも塗りこんだ。彼の体温で温められた蜜蠟からうっとりするようなレモンの香りが立ち昇り、リリアンはその香りを吸い込んだ。「ああ、いい香り」

「さあ、今度は引っ張れるかな」

「まだ、だめ」

彼は蜜蠟をもう少し指先につけて、油っこい蠟を彼女の指と瓶の口にすり込んだ。リリアンはその優しい動きに体の緊張を解き、満足そうに横たわったまま彼を見つめていた。

彼は彼女を見下ろした。仰向けに横たわる彼女に馬乗りになって、めちゃくちゃにキスしたい衝動を抑えるのは難しかった。

「こんな真昼間に洋梨のブランデーを飲んでいた理由を教えてもらえるかな？」

「シェリーの瓶を開けられなかったからよ」

彼は唇をひきつらせた。「わたしがきいているのは、そもそもどうして酒を飲んでいたかということだ」

「ああ、それは、ちょっと……神経が高ぶっていたものだから。飲んだら気分がほぐれるかと思ったの」

マーカスは彼女の指の付け根を優しくねじるようになでた。「どうして神経が高ぶっていたんだ？」

リリアンは顔をそむけた。「話したくないわ」

「ふーむ」

彼女はもう一度彼のほうを見て、目を細めた。「どういう意味?」

「意味はない」

「あるわよ。あれはふつうの『ふーむ』じゃなかった。不満をあらわす『ふーむ』だったわ」

「わたしはただどうしてだろうと考えていただけだ」

「じゃあ、答えて」彼女は挑んだ。「どうしてだと思うの?」

「セントヴィンセントに関係することだと思う」彼女の顔をよぎった影で、図星を指していることがわかった。「何があったのか話してくれ」彼は彼女をじっと見つめて言った。

「ねえ」彼女はそれを無視して、夢見るように言った。「あなたはセントヴィンセントほどハンサムじゃないわ」

「それは意外だね」と彼は冷たく言った。

「でも、なぜか」と彼女はつづけた。「あなたにキスしたいと思うほど、彼にキスしたいとは思わないの」ここで彼女が目を閉じたのは正解だった。もしも彼の表情を見たら、先をつづけられなかったかもしれない。「あなたといると、自分がとっても悪い女のような気がしてくる。あなたはわたしを、突拍子もないことがしたくなるように仕向けるのよ。たぶん、あなたがとっても折り目正しい人だからだわ。あなたのネクタイがまがっていることはないし、靴はいつもぴかぴか。シャツにはぱりっと糊がついている。あなたを見ていると、ときどき、そのボタンを全部外してやりたくなるのよ。ズボンを燃やしてしまうとか」彼女はくすくす笑いが止まらなくなった。「ときどき考えるんだけど――あなたはくすぐったがりなの、伯爵様？」

「いや」マーカスはしわがれた声で言った。糊のきいたシャツの下で心臓が激しく打っている。激しい欲望で体が震える。彼の体は、目の前に横たわっているほっそりした女体を奪いたくてたまらなかった。名誉を重んずる信念が、自分は酒に酔った女をベッドに連れこむような男ではないと反対した。彼女はあらがう力を失っている。彼女は処女だ。彼女がこんな状態にあるのにつけこんだりしたら、一生自分を許せないだろう――。

「うまくいったわ！」リリアンは手を上げて、誇らしげに振った。「指が抜けた」彼女はにっこりと笑った。「なぜ、そんな難しい顔をしているの？」彼の肩につかまって、彼女は上体を起こした。「眉間のその小さなしわ……それを見ると……」彼の額をながめているうちに、彼女の声は消えていった。

「なんだ？」マーカスはささやいた。彼の自制心は消滅寸前だ。

彼の肩に手をかけて支えにしたまま、リリアンはひざで立った。「こうしたくなるの」彼女は唇を彼の眉間に押しつけた。

マーカスは目を閉じて、かすかな切望のうなり声を漏らした。彼女が欲しい。ただベッドに連れて行くだけではなく――とはいえ、それが現時点での最大の望みではあるのだが――ほかのこともすべてひっくるめて彼女が欲しかった。彼はもはや認めざるをえなかった。これから一生ほかの女を彼女と比べ、どの女も彼女よりも劣ると考えつづけるだろうと。彼女の微笑、鋭い舌、気性、つりこまれるような笑い、その肢体と生気、彼女のすべてが彼の琴線に触れた。彼女は独立心旺盛で、わがままで、頑固だった……ふつうの男なら自分の妻には望まない性質ばかり。だが、自分がそれを望んでいるという事実は予想外だったが、それを否定することはできなかった。

この状況に対処するにはふたつの方法しかない。彼女を避けつづけるか――これに関してはいまのところまったくと言っていいほどうまくいっていないが――単純に屈服するか。屈服……彼女は、これまで彼が思い描いてきた温和で礼儀正しい妻になることはけっしてないだろう。彼女と結婚することで、彼は生まれる前から決まっていた運命に逆らうことになる。リリアンに何を求めているのか、彼にははっきりわかってはいなかった。彼女の行動を理解できないこともあるだろうし、彼女を支配しようとすれば、完全にはなついていない動物のように嚙みつき返してくるだろう。彼女は激しい感情と強い意志を持つ女性だ。彼らは言い争いをするだろう。彼女は彼がぬくぬくと安住することをゆるさないだろう。

ああ、神よ、わたしは本当のところ、どのような未来を求めているのでしょうか?

わかった、わかった、わかった。

彼女の頰の曲線に鼻をすりつけ、マーカスは自分の顔にかかるブランデーの香りのする彼女の息を味わった。彼女を自分のものにする。彼は両手で彼女の頭を抱えて、自分の口に彼女の口を導いた。彼女は言葉にならない声を発し、処女らしからぬ情熱的なキスを返した。彼女の反応があまりに甘く激しくて、彼は微笑みたくなるほどだった。しかし、ふたりの唇の甘くなまめかしい摩擦でその微笑は消された。彼女の反応は素晴らしかった。彼と同じ情熱で彼の口を味わい尽くそうとする。彼女の体を床の上に横たえ、ひじのくぼみに抱きかかえて、官能的に舌を動かして、彼女の口をさらに深くさぐった。分厚いスカートが邪魔をして、もっと相手を自分に引き寄せたくても、それができない。猫のように身をよじらせて、彼女は手を彼の上着の内側に滑り込ませた。ふたりは床の上をゆっくりと転がった。最初は彼が上、次には彼女、どちらが上でも下でもかまわなかった。ふたりの体がからみあってさえいれば。

彼女の体はほっそりとしていたが力強く、手足を彼に巻きつけ、手はじれったそうに彼の背中をさまよった。マーカスはこのように強烈な興奮を味わったことがなかった。体中の細胞に熱が浸透していった。彼女の中に入らなければならない。彼女のすべてを感じ、愛撫し、味わわなければならない。

彼らはもう一度ころがった。椅子の脚がマーカスの背中に食い込み、その感触で彼ははっと我に返った。家の中でもっとも人の出入りが多い部屋で彼女と愛を交わそうとしていることに彼は気づいた。こんなことはいけない。ののしりながら、彼女をかかえて立ち上がり、しっかりと彼女を抱きしめた。彼女の柔らかな唇が彼を求めてきたので、彼は神経質に笑いながらそれを拒んだ。「リリアン……」彼の声はかすれていた。「いっしょに来てくれ」

「どこへ」彼女は弱々しく尋ねた。

「二階へ」

彼女がその意味を理解し、背筋がぴくんと緊張するのが感じられた。ブランデーで彼女の抑制は解かれていたが、分別までは失っていなかった。とにかく、完全には。彼女は細く熱い指を彼の頬にもっていき、彼の目を食い入るように見つめた。「あなたのベッドへ？」彼女はささやいた。彼がかすかにうなずくと、彼女は前に体を倒して彼の口に向かって言った。

「ええ、いいわ……」

彼は、キスで腫れ上がった彼女の唇を求めた。彼女は素晴らしい味がする。彼女の口、彼女の舌……彼の息づかいが荒くなり、手に力をこめて彼女の体を自分の体にぴったりと押し当てた。ふたりはいっしょによろめき、彼は片手で近くの本棚の枠をつかんで、倒れないように支えた。もっともっと深くキスしたかった。もっと彼女を自分のものにしたかった。彼女の肌を、香りを、舌に感じるその激しい脈動を、指に絡まる髪を全部自分のものにしたかった。裸の体が曲がり、弓なりに反るのを体の下に感じたかった。彼女の爪が彼の背中をひっかき、おののきながら絶頂に達し、彼女の内なる筋肉が自分を締めつけるのを感じたかった。彼女を素早く、ゆっくり、荒々しく、優しく抱きたかった……ありとあらゆる方法で、はかり知れない熱情を持って。

なんとか彼女から口を離し、かすれる声で言った。「わたしの首に腕をまわして」彼女がそれに従うと、彼は彼女を高く抱え上げた。

18

もしこれが夢なら、すべてが驚くほど鮮明に起こっているわ――数分後、リリアンは思った。夢だわ、たしかに……彼女はその考えにしがみついた。夢の中でなら、望むことは何でもできる。規則も、義務もない……あるのは喜びだけだ。ああ、喜び……マーカスは、彼女の服を脱がせ、自分の服も脱いだ。ふたりの服はもみくちゃにされ、床の上に山を築いている。彼は彼女を広いベッドにのせた。ベッドの上には、すべすべのリネンのカバーがかかっている雲のようにやわらかな枕が置かれている。これは、ぜったいに夢だ。だって、人は暗闇の中で愛を交わすはずよ、それなのに午後の太陽が部屋中を照らしているもの。

マーカスは彼女の横に横たわり、上半身を彼女にかぶせて、けだるいのんびりとしたキスで彼女をじらした。彼女はいつひとつのキスが終わって、次のキスがはじまったのかもうわからなくなっていた。彼の裸の肉体が彼女の体に押し当てられて、その力強さに驚かされる。彼の体を探検する彼女の手にはその体はまるで鋼のように感じられた。彼の体は硬いけれど、彼サテンのようになめらかで、熱い……それは意外な発見だった。くりくり縮れた胸毛が、彼が動くたびに彼女の裸の胸をくすぐった。彼はキスと愛撫でゆっくりと官能的に彼女の体を探索し、彼女のあらゆる部分を征服していった。

彼のにおいが——自分のにおいもそうなのだが——欲望の熱によって変わったような気がした。エロティックな香水のように、塩辛いぴりっとした香りが息をするたびに鼻孔を満たす。彼女は彼ののどに顔をうずめ、貪欲にその香りを吸い込んだ。マーカス……この夢の中のマーカスは、冷静沈着なイギリス紳士ではなく、優しく大胆な見知らぬ男だった。そして彼女にすべてをさらけ出すように求めて、彼女を驚かせるのだった。彼女の体を返してうつぶせにさせ、口で背骨を下までたどっていく。彼の舌は背中の敏感な箇所を見つけて、彼女を喜びでもだえさせた。温かい手が尻をなで、指先が股間の秘密の谷間に滑り込んでくると、彼女は思わずうめき、マットから体を浮かせた。

静かにささやきかけながら、彼女の体をマットにつけさせ、マーカスは縮れたカールを押し分けて、指を彼女の中に挿入し、敏感な皮膚を円を描くように愛撫した。彼女は焼けるような頬を雪のように白いシーツに押し当て、歓喜のため息を漏らした。彼は彼女のうなじのあたりでうなるような声をあげながら、彼女の上にまたがった。滑らかで重たい彼の性器が彼女の脚の内側をなで、彼の手が股間を愛撫する。そのタッチは悪魔のように軽く、優しい。優しすぎるわ……もっと欲しいの……すべてが欲しい……すべてが。心臓は早鐘のように打っている。彼女はシーツをつかんで、汗ばんだ手で握りしめた。不思議な緊張が彼女の中で渦巻き、彼の力強い筋肉質の体の下で、身をよじらせた。

彼女の息もたえだえの叫びは彼を喜ばせたようだった。彼女を転がして仰向けにさせた。

彼の瞳は暗い炎をたたえて輝いていた。「リリアン」彼は震える彼女の口に向かって言った。「わたしの天使、わたしの愛しい人……ここは痛むかい？」彼の指が彼女の内側をこする。「この甘い、空洞……きみはわたしにここを満たして欲しいか？」「ええ」彼女はむせび泣きながら、彼に体をすり寄せた。「ええ、マーカス……欲しいわ」「じきに」彼の舌が硬くなった乳首を横切った。

彼のじらすような舌が離れたので、彼女はうめいた。驚いたことに、彼はどんどん下に降りていく。彼女の緊張した体を、味わい、かるく齧りながら、下へ、下へと……。彼の手で両脚が大きく開かれ、湿った冷たい舌先がしっとりした巻き毛の茂みに分け入ってきたので、彼女はびっくりして息を止めた。彼女は彼に向かって腰を高く上げた。こんなこと、こんなことって、彼女はくらくらする頭で考えた。彼の舌先は小さな丘を越えてもっと奥へと進み、からかうようにたわむれ、いたぶる。彼女は叫んだ。でも彼はやめない。彼は秘密の蕾を見つけ、絶妙なリズムで彼女に火を点け、次には繊細なひだを探った。彼の舌が入ってくる感触に彼女はうめき声をあげた。

「マーカス」かすれた声で、自分が何度も何度も彼の名を呼ぶのが聞こえる。それが官能のおまじないであるかのように。「マーカス……」彼女は震える手を彼の頭にあてがい、もっと高くと彼に伝えようとした。もっとその口を彼女の欲しいところまで押し上げて、と。うまい言葉を見つけることができたら、彼女は懇願しただろう。いきなり彼の口がごくわずか、絶妙な距離だけ上に滑り、彼女の一番敏感な部分を唇ではさんで、情け容赦なく吸いつき、舌でもてあそんだ。彼女はかすれた声で叫んだ。エクスタシーの大波が押し寄せ、彼女の体をわななかせ、全ての感覚を洗い流した。

マーカスは彼女に覆いかぶさり、腕で彼女を包み込んで、彼女の湿った頬に温かい口でキスをした。彼女は彼をきつく抱きしめた。彼女の呼吸は激しく、速い。これでもまだ十分ではなかった。彼女は彼の体を、魂を自分の中に入れて欲しかった。ぎこちなく彼女は下に手を伸ばし、長く硬い彼のものに触れ、しっとり湿った股間の入り江へと導いた。

「リリアン……」彼の瞳は溶けた黒曜石のようだった。「これをしたら、どんなことになるかわかっているのか？　わたしたちは――」

「いま」彼女はしわがれた声でさえぎった。「わたしの中に入って来て。いま」彼女はペニスの付け根からはれあがった先端部までさぐるように指を走らせた。彼の太いのどに顔をすり寄せ、軽く嚙んだ。一瞬のうちに、彼は彼女を仰向けに押し倒し、彼女の上に体を沈めた。彼女の脚を押し開く。彼女は股間にひりひりするような圧力を感じ、彼の侵入に筋肉がこわばった。

マーカスはふたりの体のあいだに手を入れて、彼女の蕾を見つけ、指先でその敏感な場所に新たな喜びを与えた。それに応えて、彼女は思わず腰を上に向けた。彼女が腰を上に押し上げるたびに、彼の執拗な硬さがさらに奥へと進み、彼女を押し広げる。ついに彼はぐっと突いて彼女の中に完全に沈んだ。痛さと驚きで彼女ははっと息を呑み、彼の硬く滑かな背中にしがみついた。彼を包む彼女の筋肉は激しく痙攣し、彼を喜んで受けようとしながらも強く引き伸ばされたひだはひりひり痛んだ。彼女の緊張をほぐすためにささやきかけながら、彼は彼女を傷つけないように、辛抱強く彼女の中でじっと動かずに待った。

彼女を抱きしめてキスする彼の優しい黒い瞳を、リリアンは見上げた。ふたりの目が合うと、彼女の全身から力が抜け、すべての抵抗は消えていった。彼は彼女の尻の下に手をあて腰を持ち上げ、慎重なリズムで動き始めた。「大丈夫かい?」彼がそっと尋ねた。うめきながら、彼女は答えるかわりに腕を彼の首にからめた。頭をのけぞらすと、彼がのどにキスするのが感じられた。彼女の体は熱い滑らかな侵入者を完全に迎え入れた。彼女はもだえながら、痛みと喜びを同時に与える動きに合わせて体を突き上げた。その動きによって彼の喜びはさらに増したようだった。彼は興奮で体をこわばらせ、のどからしわがれた声をしぼり出した。「リリアン」そうつぶやくと、彼女の尻をぐっとつかんでもっと自分に引き寄せた。「ああ、だめだ……リリアン……」彼は目を閉じ、激しい唸り声とともに絶頂に達した。彼女の中にいる彼がどくどくと脈打つのがわかった。

しばらくして、彼女から自らを引き抜こうとすると、彼女は彼にしがみついていて「だめ、まだよ、おねがい……」とつぶやいた。彼は、体を合わせたままふたりの体を横向きに倒した。彼を放したくなくて、彼女は長い脚を彼の腰に巻きつけた。彼は指先で彼女の背中をなぞっていた。「マーカス」彼女はささやいた。「これは夢……夢でしょ?」

彼女は眠りに引き込まれながら、彼の微笑みを頬に感じた。「眠りなさい」と彼は言って、キスをした。

リリアンが再び目を開けたとき、午後の光はほとんど消えて、窓から見える空はラベンダー色に変わっていた。マーカスは彼女の頬から顎に軽くキスをして、彼女の肩に腕をかけて上体を起こし、半座りの姿勢にした。ここがどこで、いま何時なのかもわからず、彼女はよく知っている彼のにおいを吸い込んだ。口は乾き、のどがいがらっぽくてひりひりする。しゃべろうとすると声がかすれていた。「のどが渇いたわ」

クリスタルのコップの縁が彼女の唇に押し当てられ、彼女はありがたくその飲み物を飲んだ。冷たくて、レモンと蜂蜜の味がする飲み物だった。

「もっと?」

リリアンは自分を抱きかかえている男性を見た。彼は完全に身支度を整えて、髪には櫛が入り、顔も洗ったらしくすっきりとしていた。彼女は舌が腫れて乾いているように感じた。

「わたし夢を見て……ああ、夢を……」

しかし、あれは夢ではなかったのだということがたちまち明らかになった。ウェストクリフはきちんと服を身につけているが、彼女は素っ裸で彼のベッドの中。肌を隠しているのは一枚のシーツだけだ。「まあ、どうしましょう」彼女は小さな声で言った。自分がしでかしたことに気づいて、驚き、恐ろしくなった。頭がずきずきする。痛むこめかみに両手をあてた。

ベッドサイドテーブルに置いてあるトレーのほうを向いて、ウェストクリフはさわやかな飲み物をもう一杯コップについだ。「頭が痛むかい？」と彼はきいた。「痛むだろうと思う。さあ、これを」彼は薄い紙の包みを差し出した。彼女は震える指で包みを開いた。頭を後ろに傾けて苦い粉をのどに注ぎ込み、甘い飲み物で飲み下した。シーツがはらりとはがれて彼女の腰のあたりに落ちた。恥ずかしさで真っ赤になって、きゃっと声をあげ、あわててシーツをひっつかんで体を隠した。ウェストクリフは何も言わなかったが、彼の表情からいまさら恥じらっても遅いと思っていることがわかった。彼女は目を閉じてうめいた。

ウェストクリフは彼女からコップを受け取り、彼女を横たえて、彼女がふたたび彼を見る気になるまで待った。微笑みながら、手の甲で彼女の燃える頰をなでる。彼がこんなに自己満足していないように見えなければいいのに願いながら、リリアンは顔をしかめた。「伯爵様――」

「あとで。まず、きみの手当てをしてからだ」

彼がシーツを彼女の体からはぎとり、全身を彼の目の前にさらしてしまったので、彼女は怒って叫んだ。「やめて！」

それを無視して、ウェストクリフは寝室用小卓の上にあった水差しから湯気の立つ熱い湯をクリーム色の釉を施した洗面器に注いだ。彼は湯に布を浸し、水気を絞って、リリアンの隣に座った。彼が何をしようとしているのか気づいた彼女は、反射的に彼の手を振り払った。彼女を皮肉な目で見つめて、彼は言った。「この期におよんで、恥ずかしがるふりをするつもりなら――」

「わかったわ」彼女は真っ赤になって、横たわり、目を閉じた。「ただ……早く済ませて」

温かい布が股間にあてられると、彼女はびくんとした。「力を抜いて」彼女のひりひり痛む肌を優しく拭く。「すまない。痛いだろう。そのままじっとして」

彼が鈍く痛む秘密の場所にもう一度熱い布をあてると、リリアンは恥ずかしくて見ていられず、手でまぶたを覆った。「少しは楽になったかい？」彼の声が聞こえた。声を出すことができず、彼女はこくんとうなずいた。ウェストクリフは、ちょっとからかうような調子でふたたび話し出した。「下着姿で戸外ではしゃぎまわっているお嬢さんがこんなにつつましやかだとは、意外だな。どうして目を隠しているんだ？」

「あなたがわたしを見ているのを見ていられないからよ」彼女が悲しげに答えたので、彼は笑った。湿布をはずして、もう一度新しい熱い湯に浸け直した。

リリアンは指の隙間から、彼がふたたび熱い布を彼女の股間にあてがうのを見た。「召使を呼んだのでしょう？」彼女は尋ねた。「召使に見られたかしら？　わたしがあなたといっしょだとだれか知っているの？」

「わたしの近侍だけだ。彼は人に吹聴するほどばかじゃない、わたしの……」

彼が言いよどみ、適切な言葉をさがしているようなので、リリアンがぴしゃりと言った。

「手柄を？」

「これはそんなんじゃない」

「じゃあ、過ち」

「きみがどう呼ぼうと、わたしたちはこの状況に適切なやり方で対処しなければならない」なんだかいやな感じがした。目にかぶせていた手をどけて、ウェストクリフが布をはずすのを見る。布には血のしみがついていた。わたしの血。胃にぽっかり穴があいたような気分になり、心臓がどきどきと鳴り出した。未婚の女性が男とベッドを共にしてしまったら、彼女は「汚れた」女といわれる。「汚れた」という言葉にはもう取り返しがつかない感じがある……永久に社会からはじき出されてしまったような。果物の鉢の底に残ったバナナのように。

「だれにも知られないようにするしかないわ」彼女は憂鬱そうに言った。「何もなかったようにふるまうの」

ウェストクリフはシーツを彼女の肩までかぶせ、両肩に手を置いて、彼女の上にかがみこんだ。「リリアン。わたしたちは愛し合ったんだ。なかったことにして片付けるわけにはいかない」

彼女は急にパニックに襲われた。「わたしはなかったことにできるわ。わたしにできるなら、あなただって——」

「わたしはあなたの弱味につけこんだ」彼は自責の念にかられているふりをしようとしている——こんな下手くそな演技生まれて初めてだわ、とリリアンは思う。「わたしの行動は許されざるものだ。しかし、このような状況では——」

「あなたを許します」リリアンは素早く言った。「ね、これでいいでしょう。わたしの服はどこ?」

「――解決法は結婚するしかない」

ウェストクリフ伯爵からのプロポーズ。

イギリス中の未婚の女性が、この人からこの言葉を聞いて、喜びの涙にむせぶだろう。ウェストクリフは、本当に結婚したいから、いや、彼女がほかの女性より望ましいから、プロポーズしているのではない。彼は義務感からプロポーズしているだけだ。

リリアンは上体を起こした。「伯爵様」彼女はいらだって尋ねた。「わたしたちがベッドを共にしたという以外に、わたしにプロポーズしたいと思う理由はありますか?」

「あなたが魅力的であることは明らかだし……知的でもあるし……健康な子どもを産むことは間違いなさそうだし……それに、われわれの家族がつながりを持つことは有益であり……」

自分の服のありかをこっそり目でさがし――それは暖炉の近くの椅子にきちんとかけてあった――リリアンはベッドから這い出した。「ドレスを着なくては」足が床につくと彼女は「いたっ」と顔を歪めた。

「手伝おう」ウェストクリフはすぐに椅子に服をとりに行った。

彼女はベッドの横に立っていた。乱れた髪が胸にかかり、腰のあたりまで届いている。服を持ってきてベッドの上に置くと、ウェストクリフは彼女の体に視線を走らせた。「なんてきみは美しいんだ」と彼はつぶやいた。裸の肩に触れて指をひじまで滑らせた。「痛い思いをさせてすまなかった」と彼は優しく言った。「次のときには、これほどたいへんではない。これを恐れないでほしい……というより、わたしを恐れないでほしいんだ。きみが信じて――」

「あなたを恐れる？」彼女は考えずに言った。「そんなことは金輪際ありません」

彼女の頭をそっと後ろに傾け、ウェストクリフは彼女を見つめた。彼の顔にゆっくりと微笑が広がっていく。「そうだな」彼は同意した。「きみは悪魔の目にでも唾を吐きかねない人だから」

褒められたのか、けなされたのか、よくわからず、リリアンはぎこちなく彼から離れた。衣服に手を伸ばし、服を着始めた。「わたしはあなたと結婚したくない」と彼女は言った。もちろん本心ではない。でも、こんなふうであってはならない、義務感からプロポーズされるのはまっぴら、という気持ちをどうしても無視できなかった。

「きみに選択の余地はない」背後で彼が言った。

「あら、あるわよ。処女じゃなくてもセントヴィンセントはわたしを受け入れてくれるでしょう。それに、もし彼に拒絶されたって、両親はわたしを町に放り出すわけがない。あなたを義務から解放してあげます。どう、ほっとしたでしょう？」ベッドの上にあったニッカーズをひっつかみ、腰をかがめてそれをはいた。

「どうしてセントヴィンセントの話を持ち出すんだ」彼はきつい声できいた。「きみにプロポーズしたのか？」

「それがそんなに信じ難いこと？」ニッカーズの紐を結びながら彼女は言い返した。シュミーズに手を伸ばす。「彼はお父様に話をする許可を求めたのよ、実際」

「きみは彼とは結婚できない」彼女の頭と腕がシュミーズからあらわれるのを彼はしかめ面で見つめている。

「なぜ？」

「きみはもうわたしのものだからだ」

彼女はあざけるような声を出した。本当は、彼に「わたしのもの」と言われてどきんとしていたのだが。「あなたと寝たからといって、交際していることにはなりません」

「妊娠しているかもしれないんだぞ」彼は、満足そうに指摘した。「この瞬間にも、わたしの子どもがきみの中で育っているのかもしれない。それは、権利の主張に値するとわたしは考えるが」

リリアンはひざが震えてくるのを感じた。声は彼にまけないくらい冷静だったが。「そのうちわかることよ。それまでは、あなたの申し出はお断りします。といっても、申し出には聞こえなかったわね」彼女は靴下に足をつっこんだ。「どちらかというと、命令という感じだった」

「そういうことなのか？　わたしの言い方が気に入らなかったと？」ウェストクリフはいらだたしげに頭を振った。「よかろう。わたしと結婚してくれますか？」

「いいえ」

彼は険悪な表情になった。「なぜ？」

「ベッドを共にしたくらいでは、一生の契りを結ぶ理由としては十分でないからよ」

彼はいかにも傲慢に片眉をつりあげた。「わたしには十分だ」コルセットを摘み上げて、彼女にわたす。「きみが何を言おうと、何をしようと、わたしの決断は変わらない。わたしたちは結婚するんだ。それも、すぐに」

「それはあなたの決断で、わたしの決断ではないわ」リリアンは言い返し、彼が器用にコルセットの紐をかけているあいだ息をこらえていた。「それから伯爵夫人がなんとおっしゃるか聞きたいものだわ。あなたがまたしてもアメリカ人を家族に引き入れようとしているとお知りになったら」

「母は発作を起こすだろう」とマーカスはコルセットの紐を縛りながら、静かに答えた。

「わめきながら長広舌をふるうだろうね。そしておそらく、最後に気絶する。それから大陸へ行ってしまって、半年ばかり帰って来ないだろう。手紙一本寄越さずにね」そして一瞬をおいて、うれしそうに言い足した。「すごく楽しみだ」

19

「リリアン、リリアン……ねえ、起きて。ほら、お茶を持ってこさせたわ」デイジーは、ベッドの横に立ち、小さな手で姉の肩を揺すぶった。

リリアンは、むにゃむにゃつぶやきながら体をもぞもぞと動かし、目の隙間から妹の顔を見上げた。「まだ、寝ていたいわ」

「でも、起きなきゃだめよ。なんだかたいへんなことになっているみたい。着替えておいたほうがいいと思うわ」

「たいへんなこと？　いったいどうしたって言うの？」彼女はのっそりと上体を起こし、ずきずき痛むおでこに手をあてた。心配そうな妹の小さな顔を見て、いやな予感におそわれ心臓がどきんと鳴った。

「枕に寄りかかって。はい、お茶をどうぞ」

湯気の立つお茶の入ったカップを受け取り、なんとか頭をすっきりさせようとする。梳き櫛で毛羽立てた羊毛のように、頭の中がぼわっとして考えがまとまらない。

昨晩、マーカスに伴われてこっそり部屋に戻ったことは、ぼんやり覚えている。部屋には温かい風呂が用意されていて、ハウスメイドが世話をしてくれた。風呂につかって洗いたてのナイトドレスに着替え、妹が村の祭りから帰る前にベッドにもぐりこんだ。夢も見ずに長時間ぐっすり眠ったので、もしも腿の付け根にうずくような痛みが残っていなかったら、昨日の午後の出来事は実際には起こらなかったのだと思い込むこともできたかもしれない。

いったい何が起こっているのだろう？　彼女は不安にかられた。彼はわたしと結婚するつもりだと言っていた。だが、今日になれば、あの申し出を考え直しているかもしれない。それを自分が望んでいるのかどうかわからなかった。自分との結婚はマーカスに押しつけられた望ましくない義務なのだという気持ちをこの先一生引きずるのだとしたら……。

「たいへんなことって？」と彼女はきいた。

デイジーはベッドの縁に腰を下ろし、姉のほうに顔を向けた。彼女はブルーのモーニング・ドレスを着て、髪をうなじのところでゆるくおだんごにしてピンで留めていた。デイジーは心配そうにリリアンのやつれた顔をじっと見つめた。「二時間くらい前に、お父様とお母様の部屋から騒がしい声が聞こえてきたの。どうやら、ウェストクリフ伯爵がお父様と個人的に会いたいと言ってきたらしいのよ。マースデン家の客間で。それからしばらくして、お父様が戻ってきたので、部屋をのぞいてどうしたのってきいたの。お父様は答えようとなさらなかったけど、とても興奮しているみたいだった。お母様はヒステリー状態で、笑うやら泣くやら大騒ぎ。それでお父様はメイドに言いつけてお酒を持ってこさせ、お母様に飲ませて落ち着かせていたわ。ウェストクリフ伯爵とお父様のあいだでどんな話があったのかはわからないのだけど、わたしが思うにあなたと——」デイジーはリリアンのカップが受け皿の上でかたかた鳴っているのに気づき、話を中断した。急いでリリアンの力の抜けた手からカップを取りあげた。「ねえ、どうしたの？　なんだかすごく変よ。昨日、何かあったの？何かウェストクリフ伯爵を怒らせるようなことをしたの？」

リリアンは息が苦しくなるほどげらげら笑い出した。怒りと涙の危険な狭間——こんな状態になったのは初めてだった。やがて怒りが涙に勝った。「ええ、あったわ。そしていま、彼はそれを利用して、わたしに自分の意志を無理矢理押しつけようとしている。わたしが望むと望まざるとにかかわらず。わたしの知らないところで、お父様とすべて決めてしまおうとしている……ああ、こんなの許せない。絶対に！」

デイジーの目は皿のようにまん丸くなった。「ウェストクリフ伯爵の馬に無断で乗ってしまったの？　そうなの？」

「え？　いやだ、違うわよ。そうだったら、どんなにいいか」リリアンは深紅に染まった顔を両手で覆った。「彼と寝たの」冷たい指のあいだから彼女の声が聞こえた。「昨日、みんなが出かけてしまったあと」

大胆な告白にショックを受けて、デイジーは黙り込んでしまった。「あなた……でも……でも、いったいどうしてそんなことに……」

「書斎でブランデーを飲んでいたの」リリアンは元気なく言った。「そこを彼に見つかってしまい、次々にいろいろなことが起こって、気がついたら彼の寝室にいたの」

デイジーは驚いて黙り込み、姉が言っていることの意味を把握しようとした。リリアンが残した紅茶を少し飲み、咳払いしてから言った。「彼と寝たって、ただいっしょに昼寝をしたという意味じゃないわよね？」

リリアンは妹をきっとにらみつけた。「デイジー、ばかげたことを言わないでよ」

「彼は立派にふるまって、あなたに結婚を申し込むと思う？」

「ええ、もちろん」リリアンは苦々しげに言った。「彼はその『立派な行い』とやらを、わたしをいたぶる道具に使って、わたしを降参させようとしているのよ」

「彼に愛していると言われた？」デイジーは思い切って尋ねた。

リリアンはふんと冷笑した。「いいえ、そのようなたぐいの言葉はいっさい口から出なかったわ」

リリアンは当惑してひたいにしわをよせた。「リリアン……あなた、彼が香水の魔力のせいであなたを求めているだけだと思っているの？」

「いいえ、わたし……ああ、なんてこと。そんなこと考えてもいなかった。すっかり取り乱していて」リリアンはうめきながら、手近にあった枕を取って顔に押し当てた。そうすれば窒息死できるとでもいうように——いまの気持ちとしては、それも悪くないと思えるのだった。

枕は分厚かったが、それでもデイジーの声は漏れ聞こえてきた。「あなたは結婚したいの？」

その質問はリリアンの心臓にぐさっと突き刺さった。枕を投げ捨て、ぶつぶつ文句を並べ始める。「こんなのはいやなの！　わたしの気持ちを無視して、彼が勝手に決めてしまい、わたしを汚してしまったからには結婚せざるをえないのだと言われるのがいやなのよ」

デイジーは姉の言葉をじっくり考えた。「わたしは、ウェストクリフ伯爵はそんな人じゃないと思う。彼は本当に自分が望んでいないなら、若い娘と寝たり、彼女と結婚しようとするような人には見えないわ」

「わたしの意志を彼が尊重してくれさえしたら」リリアンは陰鬱な調子で言った。彼女はベッドを出て、洗面台に歩いて行った。鏡に映った自分のやつれた顔がこちらをにらんでいる。水差しの水を洗面器に注ぎ、顔にぱしゃぱしゃとかけてから、四角くたたんだ柔らかなタオルで水気を拭った。歯磨き粉の小さな缶を開けるとシナモンのにおいがする粉が宙に舞う。彼女は歯磨き粉を歯ブラシにつけた。シナモンのぴりっとした味で、口の中のすっぱくねっとりした感触が消え、歯がガラスの表面のようにつるつるになるまで勢いよく口をすすいだ。

「デイジー」彼女は振り返って肩越しに妹を見た。「頼みがあるんだけど、やってくれる？」

「もちろん」

「わたし、いまはお母様やお父様と話をしたくないの。でも、ウェストクリフが本当に結婚を申し込んだかどうか知る必要がある。なんとか、さぐりだして――」

「まかせといて」デイジーは即座に答えると、もうドアに向かって歩き出していた。

リリアンが朝の洗顔を終え、ナイトドレスの上に薄地の平織物のガウンを羽織ってボタンを留め終わったころには、妹は戻ってきた。「きいてみるまでもなかったわ」デイジーはしょぼんとした顔で報告した。「お父様はいらっしゃらなかったけど、お母様はウィスキーのグラスをのぞき込んで、結婚式の歌をハミングしていた。とっても嬉しそうに見えたわ。ウェストクリフ伯爵が申し込みをしたことは絶対間違いないわよ」

「あんちくしょう」リリアンはぶつぶつ言った。「わたしの気持ちなんかどうでもいいみたいに、わたしを無視して勝手にことを進めるなんて」彼女は目を細めた。「いまごろあいつ何をしているかしら？　きっとすべての仕事を片付けてしまおうとしているわね。ということは、次に彼が話をする相手は――」彼女は言葉にならない声を発した。体中で怒りが煮えたぎり、毛穴から噴き出すような気がした。人を支配するのが大好きな卑劣漢のウェストクリフのことだ、彼女をのけ者にして、彼女とセントヴィンセントの友情を終わらせるつもりだろう。きちんと別れを告げることも許されないのだ。そうよ、ウェストクリフはなにもかも自分でやってしまって、わたしは何もできない子どものように彼の意のままに操られるのだ。「もし彼がわたしが考えているとおりのことをしているなら、火かき棒で頭をかち割ってやる！」と彼女はうなった。

「何を？」デイジーは明らかに戸惑っている。「あなた、彼が何をすると考えて――だめよ、リリアン。寝巻きのまま部屋を出ちゃ！」彼女は戸口に走り寄り、廊下に飛び出した姉に声を殺して叫んだ。「リリアン！　お願い、戻ってきて！　リリアン！」

リリアンは白いドレスのすそを船の帆のようにひるがえし、こっそり廊下を抜けて大階段を下りていった。まだ朝の早い時間だったので、ほとんどの客はまだベッドの中だ。リリアンは激しく憤慨していたので、だれに見られようがかまうもんかと思った。ぷんぷん怒りながら、目を丸くしている何人かの召使の横を通り過ぎる。マーカスの書斎についたころには、息が切れていた。ドアは閉まっていた。ためらうことなく、彼女はばたんと勢いよくドアを開けて、部屋に踏み込んだ。

思ったとおり、マーカスはセントヴィンセントといっしょにそこにいた。ふたりの男は乱入者のほうを振り向いた。

リリアンはセントヴィンセントの冷静な顔を見つめた。「彼はどれくらい話したの？」前おきなく彼女は尋ねた。

感じのよい淡々とした表情で、セントヴィンセントは穏やかに答えた。「十分に聞かせてもらった」

彼女は落ち着き払っているマーカスに視線を移した。彼はどうやら、戦場の外科医のようにてきぱきと情報を伝えたらしい。目標を決めたら、勝利に向かってがむしゃらに突き進むタイプなのだ。「あなたにはそんなことをする権利がないわ」彼女は憤慨して叫んだ。「わたしはあなたに操られるのはまっぴらよ、ウェストクリフ！」

セントヴィンセントは、いかにもうちとけた感じで、机を離れて彼女に近づいてきた。「部屋着で歩き回るのはお勧めできないね、ダーリン。さあ、私の――」

しかし、マーカスはすでに後ろからリリアンに近づいて、自分の上着を彼女の肩にかけ、寝巻き姿を他の男の目に触れさせないようにした。彼女は怒って上着を振り払おうとしたが、マーカスはそれを彼女の肩にしっかり押さえつけ、彼女のこわばった体を自分のほうに引き寄せた。「ばかなまねをするんじゃない」と彼は彼女の耳元でささやいた。彼女は怒り狂って顔を背けた。

「放してよ！　わたしはセントヴィンセントと話したいの。彼とわたしはそうするべきなのよ。もしあなたが止めるなら、あなたに内緒でするだけだわ」

マーカスはしぶしぶ彼女から手を離し、腕組みをして横に立った。表面上は落ち着き払っているように見えるが、マーカスの心に強い感情がくすぶっているのをリリアンは感じ取った。完全に彼女を支配できないことにいらだっているのだ。「では、話しなさい」マーカスはそっけなく言った。頑固に結んだ口元を見れば、彼女とセントヴィンセントをふたりきりにするつもりはないことは明らかだった。

リリアンは思った。この傲慢な石頭を手玉にとれると考えるほどむこうみずな女はほとんどいないだろう。自分だってできないかもしれない。彼女は目を細めて彼をにらんだ。「途中で口をはさんだりしないでちょうだい、いいわね？」ぴしっと言い放つと、彼女は彼に背を向けた。

セントヴィンセントは机に半座りの姿勢のまま平然と待っていた。リリアンは困ったように眉を寄せて彼を見た。彼をだますつもりはなかったことをわかってもらいたかった。「子爵様、どうか、お許しください。そんなつもりではなかったので――」

「かわいい人、謝る必要はない」セントヴィンセントはけだるく心を見透かすような目で彼女を見つめた。「あなたは何も悪いことはしていない。純真な乙女を誘惑するのがどれほど簡単か、わたしはよく知っている」巧妙に間をおいてから、彼は穏やかに言い足した。「どうやら、ウェストクリフもそうらしいが」

「いいか、これは——」マーカスはいら立って口をはさんだ。

「わたしが紳士的にふるまおうとするとこういうことになる」セントヴィンセントはかまわずつづけた。彼は手を伸ばして、彼女の肩にかかっている長い髪に触れた。「いつものやり方にしたがっていれば、あなたはもう一〇回は誘惑されていただろう。そしてあなたはわたしのものだった。しかし、わたしはウェストクリフが自慢にしている高潔さを信じきっていたのでね」

「彼ひとりの責任ではありません。わたしも悪かったのです」リリアンは正直になろうと決めていた。しかし、セントヴィンセントの表情から、彼女の言葉を信じていないことがわかった。

その件について追及しようとはせず、セントヴィンセントは彼女の髪を放し、彼女のほうに体を傾けて言った。「愛しい人、あなたとウェストクリフのあいだに何が起こったにせよ、わたしはまだあなたを求めていると言ったらどうする？」

彼女はその質問に驚きを隠すことができなかった。

後ろにいたマーカスは黙っていられなくなったらしい。怒りで声を荒らげる。「きみの気持ちはこの際関係ないのだ、セントヴィンセント。彼女はもうわたしのものだというのは既成の事実なのだから」

「本質的にはまったく意味のない行為のせいで？」セントヴィンセントは冷やかに言い返した。

「子爵様、あれは……あれはわたしにとって意味のない行為ではありませんでした。それにもう取り返しのつかないことになっているかもしれません。わたしは他の男の子どもを宿したまま、嫁ぐことはできません」

「そんなことは日常茶飯事さ、愛しい人。わたしはその子を自分の子として受け入れる」

「もうこれ以上聞きたくない」とマーカスが警告するように怒鳴った。

彼を無視して、リリアンは真摯に申しわけないという気持ちをこめてセントヴィンセントを見つめた。「わたしにはできません。ごめんなさい。サイコロはもう振られてしまったのです。もうもとには戻すことはできませんわ。でも……」彼女はとっさに彼に手を差し出した。「でも、こんなことになってしまったけれど、これからもお友だちでいてください」

奇妙な微笑を浮かべて、セントヴィンセントは彼女の手を温かく握ってから放した。「あなたを拒絶することがあるとしたら、それはある状況になった場合だけだ。そして、今回の出来事はそうじゃない。もちろん、わたしはこれからもあなたの友人だ」彼女の頭越しにセントヴィンセントは自分をにらんでいるウェストクリフを見つめ返した。この件はまだ終わっていないと暗示するように暗く微笑みながら。「ハウスパーティーが終わる前に、ここを発とうと思う」と彼は穏やかに言った。「突然出発するとなにかとゴシップの種にされそうでいやだが、ここに留まっていたら、うまく隠すことができるかどうかわからないからね。わたしの……失望を。だからここを去るのがおそらく一番いいのだ。次にわたしたちが会うときにはもっと話し合うことがあるだろう」

マーカスは目を細めてセントヴィンセントが去っていくのを見送ってから、ドアを閉めた。その後の重苦しい沈黙のあいだに、マーカスはセントヴィンセントの言葉についてじっくり考えた。「あなたを拒絶することがあるとしたら、それはある状況になった場合だけだ……あれはいったいどういう意味だ？」

リリアンは渋面をつくって彼にくってかかった。「そんなの知らないし、知りたくもない！　あなたのふるまいは最低だったわ。セントヴィンセントのほうが一〇倍も紳士よ！」

「彼のことをよく知っていればそんなことは言わないだろう」

「とにかく、彼が礼儀正しくわたしを扱ってくれたことはたしかだわ。ところがあなたときたら、わたしをチェスの駒のように見ている——」彼の両腕に抱え込まれ、彼女はこぶしで彼の胸をどんどん叩いた。

「きみは彼とでは幸せになれない」とマーカスは言った。いくらリリアンがもがいても、まるで首をつままれてばたばた暴れている猫を相手にしているかのように、彼は少しも動じない。肩にかかっていた上着が床に落ちた。

「あなたと結婚するほうがわたしは幸せになれるという根拠は？」

彼は彼女の手首を両手でつかんでねじりあげ、後ろにまわした。彼女に強く足の甲を踏まれ、驚いてうっと声をあげる。「なぜなら、きみにはわたしが必要だからだ」彼女が抵抗してもがいているあいだ、彼は深く息を吸い込んだ。「わたしにきみが必要であるように」彼は彼女の口に自分の口を押しつけた。「わたしはずっと前からきみを必要としていた」ふたたびキス。こんどは深く長く、舌で念入りに彼女を味わう。

彼が彼女を驚かすような行動に出なかったら、彼女はもがいて彼に抵抗しつづけていただろう。彼は彼女の手首を放して、彼女に腕を巻きつけ、彼女を優しくふんわりと抱きしめた。不意をつかれて、彼女は動かなくなった。彼女の心臓はどきどき激しく打っている。

「わたしにとっても意味のない行為ではなかったのだ」マーカスのかすれたささやき声が彼女の耳をくすぐる。「昨日、わたしはついに気づいた。わたしの考えていたことはすべて間違っていたということに。きみはわたしに一番の喜びを与えてくれる人だ。わたしを楽しませてくれるのなら、きみが何をしようとかまわない。裸足で芝生を駆けまわろうと、指でプディングを食べようと。あなたなんか地獄に落ちればいいのよ、と好きなだけ悪態をつくがいい。わたしは、あるがままのきみでいて欲しい。とにかく、わたしに面とむかって、傲慢な頑固者と言ったのは、妹たちを除けばきみが初めてなのだ。そんなきみに逆らえるわけがない」彼の口は彼女のふっくらした頬に移動した。「最愛のリリアン」彼はささやき、そっと彼女の顔を上向かせてまぶたにキスした。「わたしに詩の才能があったら、あなたに浴びせるように十四行詩《ソネット》を贈るだろう。だが、気持ちが高まってくるといつも言葉が見つからなくなるのだ。きみにはどうしても言いたくない言葉がある……さよならだ。きみが歩み去っていく姿を見送るのは耐え難い。もしきみが自身の名誉を守るために結婚するのがいやだというなら、きみと結婚できなかった場合にわたしに八つ当たりされる哀れな人々を救うと思ってそうしてくれ。わたしと結婚して欲しい。わたしには自分をあざ笑うことを教えてくれる人が必要なのだ。それに口笛の吹き方も習いたい。結婚してくれ、リリアン……わたしはきみの耳の一番の崇拝者なのだから」

「わたしの耳？」リリアンがびっくりして聞き返すと、彼は頭をひょいと下ろして、ピンクの耳たぶの端を軽くかんだ。

「うーん。わたしが知る限りで、もっとも完璧な耳だ」彼は舌で耳の内側の溝をたどりながら、手を彼女のウエストから胸へと滑らせ、コルセットをつけていない彼女の自然な体の曲線を味わった。彼に胸を触られて、彼女はナイトドレスに包まれた自分の裸身を強く意識した。彼の指が柔らかく小さな先端をなぞると、彼の手のひらの中で乳首がきゅっと引き締まった。「ここもだ」と彼はつぶやく。「完璧だ……」夢中で彼女を愛撫しながら、ガウンの小さなボタンを外していく。

リリアンの心臓はどきんどきんと激しく打ち、彼女の息と彼の速い息づかいが混じりあった。彼女は、昨晩愛し合ったときに、彼の硬い体が軽く自分の体をこすった感触を思い出した。ふたりの体がぴったりと合わさった感触を、しなやかに湾曲する彼の筋肉と腱の手触りを思い出した。痺れるような欲求をなだめてくれた彼の手、そして巧みな口と指の動きが記憶に甦り、彼女の肌はぴりぴりと反応し始めた。日中の彼は冷静で知的な堅物だが、官能的な情熱は夜のためにとっておかれているのだ。

彼の親密さに心をかき乱されつつも、リリアンは彼の手首をつかんで彼の動きを制した。まだ話し合わなければならないことがたくさんある……ふたりにとって無視することができない重大な問題が。「マーカス」彼女は息を切らせながら言った。「やめて。いまはだめ。よけいにことがややこしくなるわ、それに――」

「わたしにはすべてがはっきりしているが」

彼は両手で彼女の顔をはさみ、愛しそうに頬をさすった。彼の瞳は彼女の瞳よりもずっと色が深く、ほのかな濃い琥珀色の輝きがなければ茶色ではなく、黒だと思えるほどだった。

「キスしてくれ」と彼はささやき、彼女の唇をとらえた。まず上唇、それから下唇に、少し開けた口をすりつける。彼女の体はそれに反応して、つま先まで震えが走った。足元がぐらりと揺れるような気がして、彼女は彼の肩にしがみついてバランスをとった。次に彼は強く唇を重ねてきた。その湿った圧力に、彼女はくらっとなって自分がどこにいるのかもわからなくなってしまった。

キスをつづけながら、彼は彼女の両腕を自分の首にまわさせ、彼女の肩や背中を愛撫したが、どうやら彼女の脚ががくがく震えていることに気づき、彼女の体を絨毯敷きの床に横たえた。彼の口は胸へと移動し、薄い白いナイトドレスの布地の上から胸の先端を口にふくんだ。彼女の目の前に、濃い赤や青、そして金色など、いろいろな色がちかちかと飛び交った。

そうだ、わたしたちはステンドグラスを通してきた四角い光の中に横たわっているんだとリリアンは夢見ごこちに考えた。まるでほぐれた虹がからみついているように、彼女の肌はさまざまな色に染まっていた。

マーカスはナイトガウンの前合わせの部分をもどかしげにさぐってボタンを外し、左右の身ごろを大きく開いた。彼は別人のように見えた。厳しさが消えて、若々しく、欲望のせいで皮膚がほのかに染まっている。こんな目でだれかに見られたことはなかった。ほかのものは何ひとつ目に入らず、ただただ彼女だけを見つめる、こんな激しいまなざしにさらされたことはなかった。あらわになった彼女の胸の上に覆いかぶさり、彼は真珠のように白い肌に舌を滑らせて、濃いピンクの蕾に行きつくとそれを口で包み込んだ。

リリアンはあえいで体を弓なりに反らせ、彼のすべてが欲しくて床から背中を離して彼に体をすりつけた。その無言の仕草で彼女の願いを感じ取り、彼は彼女の胸の先端を歯と舌でもてあそび、彼女に狂おしいほどの快感を与えた。手をドレスの前から腹の上へと滑り込ませて、薬指でお臍のまわりをそっとなぞる。欲望の熱にうかされて、彼女は窓から注ぎ込む色の洪水の中で身悶えた。さらに彼の指は奥へと進み、シルクのような巻き毛の茂みの境界部へと達した。秘部のひだに隠されている小さな突起に彼が触れたとたん、自分はめくるめく恍惚の高みへとのぼりつめるだろうと彼女は感じていた。

唐突に彼が手をひっこめたので、リリアンは哀願するような声を出した。彼はののしりながら、彼女を抱きしめて自分の下に隠し、彼女の顔を自分の肩で覆った。ちょうどその瞬間、ドアが開いた。

彼女の荒れた息づかいを除いて、あたりは静まり返った。リリアンは自分を隠しているマーカスの体の端から、まわりを盗み見た。恐ろしいことにだれかがそこに立っていた。サイモン・ハントだった。黒いリボンで束ねた帳簿と数冊のファイルを手に持ち、あっけにとられた顔でハントは床の上のふたりを見下ろしている。けなげにも、何も表情に出すまいとしているようだったが、成功しているとは言えなかった。ウェストクリフ伯爵は節度と自制の人として知人たちに知られており、よもや彼がナイトドレスを着た女性と書斎の床に転がっているところを発見しようとはハントは思ってもいなかったのだ。

「失礼しました、伯爵」ハントは声を上ずらせないよう注意しながら言った。「この時間にはだれとも……面会していないだろうと思ったもので」

マーカスは鋭く横目で彼をにらみつけた。「次からはノックするようにしてくれ」

「もちろん、そうしますとも」ハントはさらに何か言おうと口を開いたが、やめておいたほうが賢明だと考えたらしく、ただ、えへんと咳払いをした。「すぐに立ち去りますから、どうぞそのまま、あー……会話を……おつづけください」しかし、部屋を出て行くときに、どうしてもひとこと言わずにいられなかったらしい。ドアの隙間からもう一度首をぬっと出すと、マーカスに謎めいた問いかけをした。「週に一度だって?」

「ドアを閉めていけ」マーカスが冷たく言うと、ハントはくっくっと息をこらえるような声を出して命令に従った。

リリアンはマーカスの肩に顔を埋めたままでいた。下着姿でラウンダーズをしているところを彼に見つかったときも恥ずかしかったが、今回はそれより一〇倍恥ずかしかった。二度とサイモン・ハントの顔を見ることができないわ。リリアンはうめいた。

「大丈夫だ」マーカスはつぶやいた。「彼は絶対口外しない」

「あら、わたしはかまわないわよ」リリアンは強がって言った。「だって、あなたとは結婚しないもの。あなたに百ぺん汚されたってまっぴらよ」

「リリアン」彼は突然笑いの発作に襲われて、声を震わせながら言った。「百ぺんもあなたと寝ることができるなら無上の喜びだが、それよりもまず、今朝、わたしとは絶対に結婚できないとあなたに思われるようなどんな悪いことをわたしがしたのか教えてもらいたい」

「まず、あなたはわたしの父と話をしたわ」

彼はごくわずか眉をあげた。「それがきみを怒らせた?」

「あたりまえよ。わたしに黙って、お父様とこっそり話を進めてしまおうとするなんて、高飛車なやり方よ。わたしにひとことの相談もなしに――」

「待ちなさい」マーカスは皮肉っぽくそう言うと、ごろりと横に転がって、軽々とした動きで上体を起こした。大きな手でリリアンを助け起こすと、自分とむき合わせた。「きみのお父上と会ったのは、わたしが高飛車だからではない。伝統に従っただけだ。紳士はまず女性の父親に話をしてから正式なプロポーズをするのがならわしだ」ちょっと意地悪に付け加える。「アメリカでもそうだろう? わたしの誤解でなければ」

暖炉の上の時計は、リリアンがむすっと返事をするまでのあいだに、ゆっくりと三〇秒ほど時を刻んだ。「ええ、ふつうはそうだわ。でも、わたし、あなたとお父様がわたしの気持ちを無視して、婚約を決めてしまったのかと思ったのよ」

「きみの思い込みは間違っていた。わたしたちは婚約の詳細を話し合ったわけでもないし、ましてや持参金や結婚式の日取りについて相談したわけでもない。わたしがお父上にお願いしたのは、あなたとの交際を許してもらうことだけだった」

リリアンは驚いて恥じ入ったように彼を見つめた。しばらくするとまた別の疑問が頭をもたげてきた。「ではセントヴィンセントとの話し合いは？」

今度はマーカスが恥じ入る番だった。「あれは、高飛車と言われても仕方がない。おそらく、謝るべきなんだろう。しかし、わたしは謝るつもりはない。セントヴィンセントが、わたしとではなく自分と結婚するようきみを言いくるめてしまう可能性があったからだ。だから、きみに近づくなと警告しなければならないと思ったのだ」いったん言葉を切ってからまた彼はつづけた。彼の態度にはいつになくためらいが感じられた。「数年前」彼は視線を逸らして言った。「セントヴィンセントは、わたしが……つきあっていた女性に興味を持った。わたしは彼女に恋していたわけではなかったが、そのままいけばわたしと彼女はもしかすると――」彼は途中でやめて首を振った。「いや、わたしたちの関係がどうなっていたかはわからない。それを見極める機会は失われてしまったのだから。セントヴィンセントが彼女を追いかけ始めると、彼女はわたしの元を去っていった」感情のない笑いが口元に浮かんだ。

「予想どおり、セントヴィンセントは数週間で彼女に飽きてしまった」

リリアンは胸がいっぱいになって、彼の横顔の厳しいラインを、いとおしむように見つめた。言葉少なに語る口調からは、怒りも自己憐憫も感じられなかったが、マーカスはこの経験で傷ついたのだ。忠誠心を重んずる男である彼にとって、友人の背信や恋人の裏切りは耐え難いものだったに違いない。「それでも、彼との友情はつづいているのね?」彼女の声からトゲが消えた。

彼は慎重に感情を殺して答えた。個人的な問題を話すのは苦手なのだ。「無傷の友情など存在しない。もしもセントヴィンセントが、わたしの彼女に対する思いの強さを知っていたら、彼女を追いかけたりはしなかっただろう。しかし、今回の場合は、過去を繰り返すことはできなかった。きみはぼくにとって……あまりにも……大事だから」

マーカスが別の女性に関心を持っていたと考えると、リリアンは嫉妬を感じずにはいられなかった……しかし、そのあと彼女の心臓は止まった。「大事」って、それをどう受け取ったらいいのかしら。マーカスはイギリス人らしく、感情を露骨にあらわすことを潔しとしない。でも、彼は最大限の努力をはらって心の鎧を開き、心をさらけだそうとしているのだ。もしかすると、もう一押しすれば、驚くべき結果を引き出すことができるかもしれない。

「セントヴィンセントのほうが容姿や魅力で勝っていることは明らかだから」マーカスは冷静につづけた。「決然とした態度でそれに対抗するしかないと考えたのだ。それで、今朝彼と会って――」

「そんなことないわ」リリアンは黙っていられず、口をはさんだ。

マーカスは不思議そうにリリアンを見た。「え？」

「彼のほうが勝っているなんてことはない」彼女は顔を赤らめた。自分の気持ちを素直に言うのは、彼とおなじくらい自分も下手くそなんだと思う。「あなたはそうしたいと思うときにはとても魅力的になれるわ。それから容姿についてだけど……」彼女はさらに赤くなって、かっと頰が燃え上がるのを感じた。「あなたのこと、いつもとてもすてきだと思っていたの」

彼女はつい口を滑らせてしまった。「いままでずっとよ。どんなにぐでんぐでんに酔っぱらっていたって、あなたのことを求めていなければ、昨日、絶対にあなたと寝たりしなかったわ」

彼の口元ににわかに微笑みが浮かんだ。手を伸ばして、はだけかかっている彼女のドレスの前をそっと合わせ、手の甲で彼女のバラ色に染まったのどをなでた。「ではこう考えていいのだろうか。あなたがわたしと結婚することを拒否したのは、自分の意志に反して無理強いされるのがいやだったからであって、わたし個人がいやだったからではないと」

彼の愛撫にうっとりとなって、リリアンはぼんやりとした目で彼を見た。「うーん？」

彼はふっと笑った。「わたしがききたいのは、わたしが無理強いしないと約束したら、わたしとの結婚を考えてくれるかどうかだ」

彼女は慎重にうなずいた。「わたし……考えてもいいわ。でも、あなたがもしも中世の君主みたいに威張りちらし、わたしをかしずかせるつもりなら――」

「いいや、威張りちらさないようにするよ」マーカスは生真面目に答えたが、その目がおもしろがっているようにきらりと光ったのを彼女は見逃さなかった。「そういう戦略はどうやら効かないようだ。わたしは好敵手に出会ってしまったようなのでね」

その言葉に心和らいで、リリアンは体の緊張が解けていくのを感じた。彼女は彼のひざに抱き上げられても抵抗せず、長い脚を彼の脚の上にぶらりとのせた。温かい手がドレスの下に入ってきて彼女のヒップを抱えた。その仕草は官能的というより、安心感を彼女に与えた。彼はいたずらっぽく彼女を見つめた。「結婚とは協力関係だ。わたしは事業で協力関係を結ぶときには、まず条件の交渉を行う。だからわたしたちも同じことをしよう。きみとわたしのあいだでだけだが。いくつか争点となる問題があるのは間違いないが――わたしは折衷案を考え出す名人なのだよ」

「父は持参金については最終決定権を持ちたがるわ」

「わたしが言っているのは金銭的な問題じゃない。わたしがきみと話し合いたいのは、お父上には交渉できないことだ」

「あなたが話し合いたいと思っているのは、つまり……何を相手に求めるか、とか？　どこに住むかとか？」

「そのとおり」

「ではもし、田舎に住むのがいやだと言ったら……ハンプシャーよりロンドンがいいと言ったら……マースデン・テラスに住むことに同意してくれるの？」

彼は探るように彼女を見つめて答えた。「住む場所に関しては、少し譲歩するつもりだ。だが、この領地の管理のために、わたしは頻繁にここに戻らなければならないだろう。ストーニー・クロス・パークが好きではないんだね?」

「違うの。つまり……ここはとても好き。いまのは、仮定の話よ」

「たとえここが好きでも、きみは都会の生活の楽しさに馴染んでいる」

「わたしはここに住みたいわ」リリアンはハンプシャーの美しさを思い浮かべながら言った。川や森、そして草地で自分の子どもたちといっしょに遊ぶようすを想像する。風変わりな人々や店主のいる村、ゆったりした田舎の生活に活気を与える地元の祭り。そして雨の日や、官能的な晩には、壮大でありながら親しみの持てるこの屋敷の中で過ごす。でも、とびぬけて一番の魅力はストーニー・クロス・パークの当主本人であることを考えると顔が赤らんでくる。この生気あふれる男性との生活は、たとえどこで暮らすことになろうと、退屈することがないだろう。

「もちろん」彼女はあてつけがましくつづけた。「乗馬も許可していただけるなら、もっともっとハンプシャーに住みたいと思うようになりますけど」

その言葉にマーカスは笑いをこらえることができなかった。「では、今朝すぐにでも、馬の飼育係に命じて、スターライトに鞍をつけさせよう」

「まあ、ありがとうございます」彼女は皮肉たっぷりに言った。「ハウスパーティーがあと二日しかないというときに、お許しをいただけるとは。どうしていま? 昨晩、わたしがあなたと寝たから？」

彼はゆっくりと笑顔をつくり、手で彼女のヒップをなでた。「数週間前に寝ていればよかったんだ。そうすれば、いまごろは領地を仕切っていただろう」

リリアンは頬の裏側を噛んで、微笑み返すのをこらえた。「わかりました。この結婚では、何かしたいことがあるときには、交換条件として必ずあなたにいいことをしてあげなければならないのね」

「そんなことは、まったくない。だが……」からかうように彼の瞳がきらりと光る。「きみがいいことをしてくれれば、こちらもつい甘くなるだろうけどね」

マーカスは彼女をからかっている。こんなふうにリラックスしてふざける彼を見るのは初めてだった。リリアンは、自分といっしょにカーペットの上に座り込んでいるこの男と、威厳に満ちたウェストクリフ伯爵が同一人物だと思う人は少ないだろうとリリアンは思った。彼は腕の中の彼女をもっと居心地のよい位置に動かし、手をふくらはぎへと滑らしていって細い足首をやさしく握った。それは肉体的な快感を超えた、もっと心安らぐ喜びだった。彼への情熱が自分の骨の中に宿っているような気がした。

「わたしたち、うまくやっていけると思う？」彼女は半信半疑で尋ねた。彼のネクタイの結び目をいじり、指先でグレイの波紋のある絹のタイを緩めた。「わたしたち、ほとんどあらゆる面で正反対だから」

頭を傾けてマーカスは彼女の手首の内側の柔らかな肌に顔をこすりつけ、肌の下に細かなレースのように走る青い血管に唇で触れた。「自分とそっくりな女性を妻にめとることは最悪の決断だと、このごろでは思うようになってきている」

「たぶん、そのとおりだと思うわ」リリアンは考え込むように言い、指を彼の側頭部の短く刈り込まれた輝く髪に滑りこませた。「あなたには、ときにはあなたの思いどおりにはさせない妻が必要なのよ。たとえば……」彼の舌がひじの内側のデリケートな部分に触れたので、彼女は一瞬言葉を止めた。「たとえば」考えをまとめようとがんばって、先をつづける。「あなたが尊大になりすぎたら、高慢の鼻をへし折ってくれるような人……」

「わたしはけっして尊大ではない」マーカスはそう言うと、ドレスの襟を開いて、彼女の繊細な首の曲線を露出させた。

彼が鎖骨の翼にキスし始めたので彼女の呼吸は乱れ始めた。「では、常に自分が一番よく知っていると思い込んでいて、自分にたてつく人を愚か者呼ばわりするような場合をなんというの？」

「ほとんどの場合、わたしにたてつく人間はたまたま愚か者なのだ。わたしにはどうすることもできない」

彼女は息が苦しくなるくらい大笑いした。彼の唇が首の横にやってきたので彼女は頭をのけぞらせて彼の腕にもたれかかった。「いつわたしたち交渉するの？」と彼女は尋ねた。自分の声がひどくかすれているのでびっくりする。

「今夜。わたしの部屋へ来てくれ」

彼女は信じられないといった顔で彼を見た。「わたしを誘惑して、うまいことたぶらかして有利な条件を引き出そうという魂胆じゃないでしょうね?」

顔を後ろに退いて彼女を見つめ、マーカスは真面目に答えた。「もちろん違う。結婚に対するきみの不安がすべて晴れるような、意味のある話し合いにするつもりだ」

「まあ」

「それが終わってから、きみをたぶらかす」

彼がキスしたので、リリアンの微笑みはふたりの唇のあいだで押しつぶされた。リリアンはマーカスがこんなしゃれたことを言うのは初めてだと思った。彼はふだん、あまりに堅苦しくて、リリアンにとってはとても自然に感じられる軽口をたたくことができないのだった。これは彼女が彼に与えた小さな影響のささやかな証なのかもしれない。

「しかし、いまは……」マーカスは言った。「輸送の問題を解決しなければならない」

「何の問題ですって?」彼女は尋ねた。彼女の下で彼の体の緊張が高まっているのに気づいて少し体の位置をずらす。

彼は親指の腹で彼女の唇をなで、軽くマッサージした。そして、どうしてもそうせずにはいられないとでもいうように、もう一度キスをした。深く、欲望に満ちた彼の口の動きは彼女の唇をぴりぴり痺れさせ、その感触は全身に広がっていった。キスが終わったとき彼女は息を切らし、彼の腕の中でぐったりしてしまった。「問題は、きみをどうやって二階に連れて行くかだ」マーカスはささやいた。「ナイトドレス姿のきみをだれかに見られる前に」

20

デイジーがばらしたのか、それとも書斎での出来事を夫から聞いたアナベルが広めたのかはわからなかったが、リリアンが一〇時ごろに軽い食事をとりに朝食室に行って、壁の花たちの仲間入りをしたときには、全員が知っていることは明らかだった。彼女たちの顔を見れば一目でわかった。エヴィーの恥ずかしそうな微笑み、デイジーの訳知り顔の雰囲気、アナベルのわざとらしい冷静さを見れば。リリアンは赤くなって、全員から浴びせられる視線を避けて席についた。彼女はこれまで、恥ずかしさや恐れ、そして孤独を隠したいときには、皮肉な表情をつくることにしていた。でも、いま、彼女はいつになく、無防備な気持ちになっていた。

沈黙を破ったのはアナベルだった。「これまでのところ、まったく退屈きわまりない朝だわ」口元に手をあて、優雅にあくびをするふりをする。「だれか、元気が出るような話をしてくれるといいんだけど。おもしろいゴシップでもない？」彼女のからかうような視線は当惑の色を浮かべているリリアンの顔に向かって放たれた。召使がリリアンのティーカップにお茶を注ぎにやってきたので、アナベルは彼が行ってしまうのを待ってまたつづけた。「今朝は出てくるのが遅かったわね。よく眠れた？」

リリアンは上機嫌でからかってくる友人を、目を細めてにらんだ。横ではエヴィーがお茶にむせているのが聞こえる。「実のところ、あまりよく眠れなかったの」

アナベルはにっこり笑った。うれしくてしかたがないという顔だ。「ねえ、リリアン。あなたから先にニュースを教えてくれる？ そしたら、わたしも言うことがあるの。でも、わたしのニュースはあなたの半分もおもしろくないと思うけど」

「もうすべて知っているみたいじゃないの」リリアンは恥ずかしさを流してしまおうと、ごくりと紅茶を飲み込んだ。恥ずかしさが消えるどころか、舌を火傷しそうになっただけなので、彼女はカップを置いて、とても嬉しそうに優しい視線を送ってくるアナベルのほうを見た。

「大丈夫なの？」アナベルは静かにきいた。

「わからないわ」とリリアンは認めた。「なんだか自分が自分でないみたい。とても興奮していて嬉しいけど、同時になんとなく……」

「恐ろしいような？」アナベルがつぶやく。

一カ月前のリリアンなら、たとえ一瞬でも恐ろしいと認めるくらいなら、じっくりと拷問にかけられて死んだほうがましと思っただろう。しかし、いま、彼女は自然にうなずいていた。「わたし、男の人の前で自分が弱いと感じるのはいやなの。とくに相手が、感受性や優しい心とは無縁という評判の人だったらなおさらよ。性格がぴったり合うとは言えないのはわかりきっているでしょう」

「でも、あなたは彼に肉体的に惹かれている?」とアナベルがきいた。

「困ったことに、そうなの」

「それがどうして困ったことなの?」

「だって、一歩距離をおいた友人どうしのような関係でいられる男性と結婚するほうがずっと簡単だからよ。こういうのより……」

三人はぐっと前に身を乗り出した。「こういうのって?」エヴィーは目を見開いて尋ねた。

「つまり、ぎらぎらとした情熱と焼けつくような欲望を共有する相手と結婚することよりもよ」

「あら、まあ」エヴィーはか細い声で言うと、体をひっこめて椅子の背にもたれかかった。

アナベルはにやりと笑い、デイジーは好奇心に顔を輝かせている。

「だれかさんは以前に、彼のキスを『それほどひどくなかった』と言ってなかったかしら」とアナベルがきいた。

リリアンは湯気の立つ紅茶のカップをのぞき込みながら、にんまりした。「糊のきいたシャツのボタンを全部きちんと留めているような堅物が、ベッドでは変身するなんてだれが思うかしら」

「あなたといっしょにいると、彼は抑制がきかなくなってしまうのよ」とアナベルが言った。

リリアンはカップから目をあげた。「どうしてそんなことを言うの?」リリアンは用心深く尋ねた。もしかしてアナベルは香水の効果のことをほのめかしているのではないかしら。

「だって、あなたが部屋に入ってくると、伯爵は急に生き生きとしてくるの。彼があなたに惹かれていることはすぐにわかるわ。伯爵ときたらあなたの一挙一動に目を奪われていて、気もそぞろって感じだもの」

「そうなの？」それを聞いてとても嬉しかったが、リリアンは努めて平静を装った。「なぜ、もっと前に教えてくれなかったの？」

「お節介をしたくなかったから。だって、もしかするとあなたはセントヴィンセントのほうを好いているかもしれないから」

リリアンは顔をしかめて、片手に頭をあずけた。彼女は今朝の自分とマーカスとセントヴィンセントのみっともない場面のことをみんなに話した。壁の花たちはその場の気まずさを自分のことのように感じ、リリアンに同情した。

「でも、セントヴィンセントが過去にたくさんの女性心を傷つけ、たくさんの涙を流させてきたことを考えれば、彼をかわいそうだと思わなくてすむわね。だって、一度くらい拒絶される気持ちを味わうのもいい薬になるわ」

「とはいっても、彼に気をもたせてしまったようで申しわけないわ」リリアンは後ろめたそうに言った。「それに、とても感じよく受け入れてくれたのよ。ひとことも責めたりせず。そのことで、彼に好意をもたざるをえないわ」

「き、気をつけて」とエヴィーはやさしく言った。「わたしたちが耳にするセントヴィンセントの噂からすると、彼がそんなに簡単に引き下がるとは思えない。もし彼がまたあなたに近づいてくることがあったら、彼とふたりきりでどこかへ行くようなことはしないと約束して」

リリアンは微笑んで、心配してくれている友の顔を見つめた。「エヴィー、ずいぶんうがったものの見方をするのね。いいわ、約束する。でも、心配ないわ。伯爵ほど力のある人を敵にまわすほどセントヴィンセントはばかじゃないと思うの」話題を変えたくて、リリアンはアナベルのほうを見た。「さあ、わたしはニュースを報告したわよ。今度はあなたの番。いったい何なの？」

生き生きと目をきらめかせ、太陽の光を浴びた髪をつやつや輝かせていると、アナベルは一二歳の少女に見えた。だれも聞いている人がいないのを確かめるように、あたりをきょろきょろ見回してから言った。「わたし、妊娠していると思うの」と彼女はささやいた。「最近、徴候が見られて……むかむかするし、眠くてたまらないし……それに一カ月以上経っているのに月のものが来ないの」

全員が嬉しい驚きに息を呑んだ。デイジーはおずおずとテーブル越しに手を伸ばしてリリアンの手を握った。「アナベル、最高のニュースだわ！　ミスター・ハントはもう知っているの？」

アナベルの微笑みながらも、ちょっと困った顔をした。「まだ。絶対の確信を持ててから彼に話したいの。それに、できるだけ内緒にしておきたいし」

「なぜ？」リリアンがきいた。

「だって、そうと知ったら、とたんに過保護になってひとりじゃどこにも出かけられなくなるわ」

壁の花たちはサイモン・ハントの人柄や、彼がアナベルに夢中であることを知っていたので、黙ってうなずいた。お腹に赤ちゃんが宿っていることを知ったら、ハントは巣を守る鷹のように妻のまわりから離れなくなるだろう。

「大成功ね」デイジーは声を低く抑えながら叫んだ。「去年は壁の花、今年は母。あなたにとってすべてがうまくいっているわね」

「そして、次はリリアンの番」アナベルは微笑みながら言い足した。

リリアンはその言葉で、喜びと警戒心が同時にわいて、神経がぴりぴりしだした。

「どうしたの？」他のふたりが生まれてくる赤ちゃんの話でもりあがっているあいだ、デイジーはひそひそ声でリリアンに尋ねた。「なんだか心配そうな顔をしている。気にかかることでも？……でも、不安になるのは自然なことだと思うわ」

「わたしと彼が結婚したら、犬と猫のように喧嘩ばかりするに決まっているわ」リリアンは張りつめた声で言った。

デイジーは姉に微笑みかけた。「もしかすると、ふたりの違いにばかり目を向けすぎているんじゃない？　わたしはあなたと伯爵には意外にも似ているところがいっぱいあると思うの」

「どんなところ？」

「まあ、考えてごらんなさいな」妹はにっこり笑って助言した。「きっと何か思いつくから」

マーカスは母親と妹をマースデンの客間に呼んで、後ろに手を組んでふたりの前に立った。自分が理性ではなく、心に従って行動しているという、慣れない状況にいることを意識する。これはマースデン家の人間らしくない行動だった。マースデン家は冷酷なまでに実利主義的な家系として有名で、例外は彼の妹のアリーンとリヴィアだけだった。マーカス本人は典型的なマースデンの生き方に従ってきた……リリアン・ボウマンがハリケーンのように彼の生活をかき乱すまでは。

いま、頑固な若い娘と結婚の約束をしたことで、マーカスはこれまで感じたことのなかったような心の平和を手に入れていた。伯爵夫人に、ついに義理の娘ができるとどうやって伝えようかと考えるとなんだかおかしくて、顔の細かな筋肉を寄せて顔をしかめずにはいられなくなる。しかも、その相手というのが、伯爵夫人の考える息子の花嫁候補には絶対名前のあがらないような娘なのだから。

リヴィアは近くの椅子に座り、伯爵夫人はいつものように長椅子に座っていた。マーカスはふたりの視線の質の違いを意識せずにはいられなかった。妹のは温かく期待に満ち、母親のは生気がなくて油断のない視線だった。

「昼の休息の時間にわたしを呼びたてたのですから、早く本題に入ってちょうだい」伯爵夫人はそっけなく言った。「いったいどんな知らせなのです。こんなに都合の悪い時間にわたしが出向いてこなければならないほど重要なことなのですか？　どうせ、あなたの妹が産んだ素性の悪い子どもについての取るに足らぬ手紙のことなのでしょう。さあ、早くお話しなさい！」

マーカスは歯を食いしばった。静かに切り出そうと思っていた気持ちは、甥に対する情け容赦ない言葉で消えてしまった。突然彼は、意地の悪い喜びを感じた。将来爵位を継ぐことになる跡取りを含めて、あなたの孫はすべて半分アメリカ人の血を引くことになるのだと母に告げたらどんなに胸がすっとすることだろう。

「母上、どうかお喜びください。わたしは、母上の助言にしたがってついに花嫁を選びました」彼はなめらかに話し出した。「まだ正式には申し込みをしておりませんが、彼女は私の申し出を受けてくれるだろうと確信しています」

伯爵夫人はびっくりして落ち着きを失い、目をしばたかせた。

リヴィアは微笑しながら、相手はだれかしらという目で兄を見ていたが、急に目が悪賢く輝いた。どうやら名前の伏せられている花嫁候補がだれかわかったらしい。「まあ、素晴らしいわ」と彼女は言った。「ついにお兄様に我慢できる女性が見つかったのね」

彼は妹に向かってにやりと笑った。「どうやらそうらしい。だが、彼女が正気に返って逃げ出す前に、急いで結婚式の段取りを決めたほうがよさそうだ」

「ばかばかしい」伯爵夫人がぴしゃりと言った。「ウェストクリフ伯爵の妻になれるというのに、逃げ出す娘などいるはずがありません。あなたはイギリスでもっとも由緒正しい爵位を持っているのですから。あなたと結婚すれば、地球上で王族以外のだれよりも権威のある地位を手に入れることになるのですよ。さあ、だれに決めたのかお言いなさい」

「ミス・リリアン・ボウマンです」

伯爵夫人は、嫌悪の声を発した。「おもしろくもない冗談はけっこうよ、ウェストクリフ。さあ、本当はだれなのですか」

リヴィアは身をくねらせて喜んだ。嬉しそうにマーカスを見ると、母親のほうに体を傾け、舞台で俳優がわき台詞を言うように言った。「お兄様は本気よ、お母様。本当にミス・ボウマンなのよ」

「ありえません!」伯爵夫人は肝を潰したらしい。頰の毛細血管が破裂したのかと思うほど顔が真っ赤になった。「このような愚かしいことは即刻おやめなさい、ウェストクリフ。そして頭を冷やすのですよ。わたしはあの恐るべき娘を嫁としてこの家に迎えるつもりはありません」

「しかし、そうせざるをえないのです」マーカスは頑として言った。

「あなたはここでも、大陸でも好きな娘を選ぶことができるのですよ……生まれも家柄もよい娘を……」

「わたしはミス・ボウマンを選んだのです」

「彼女はマースデン家の嫁の型にはまるような女ではありません」

「ではその型とやらを壊さなければならない」

伯爵夫人は耳ざわりな声で笑った。あまりに感じの悪い声だったので、リヴィアは思わず両手で耳をふさぎたくなるのを、椅子の腕を必死につかんでこらえた。「いったいあなたはどうしてしまったのです？　あのボウマンの娘は雑種ですよ！　わたしたちの伝統を傷つけ、わたしたちの慣習を軽蔑し、基本的な正しいマナーをばかにするような女をあなたの子どもたちの母親にしようだなんて、よくもそんなことを。そんな妻があなたにふさわしいわけがありません。とんでもないことですよ、ウェストクリフ！」怒り狂った伯爵夫人は、ここでいったん息をついた。マーカスからリヴィアへ視線を移し、さらに怒りを爆発させた。「この家族のいまいましいアメリカ人好みはいったいどこからきているの？」

「それは興味深い質問ね、お母様」リヴィアはおどけて言った。「なぜか、あなたの子どもたちはだれひとり、自分と同類の人間と結婚するという考えに我慢ができない。マーカス、どうしてだと思う？」

「その答えは、われわれのだれにとってもあまり気分のいいものじゃないと思うね」と彼は皮肉たっぷりに答えた。

「あなたには、良家の娘と結婚する責任があります」伯爵夫人は顔をゆがめて叫んだ。「あなたのたったひとつの存在理由は、この家系を存続させることと、跡継ぎに爵位と財産を残すことです。あなたはいまのところ、どちらも見事に失敗しているようだけど」

「失敗？」リヴィアがきらりと目を光らせて口をはさんだ。「マーカスはお父様が亡くなってから、我が家の財産を四倍にも増やしているのよ。屋敷の使用人や、領地の小作人の生活を改善したことは言うにおよばず。議会に人道的法案を提出し、鉄道事業では一〇〇人以上の人の職を新たにつくりだし、そしてなにより、世界で一番優しい兄でも……」

「リヴィア、わたしをかばってくれなくてもいいんだ」

「あら、させてちょうだい！　みんなのためにこんなにしてくれているのに、自分が選んだ人と結婚できないなんてことがあってはならないの。それにリリアンは生命力にあふれたとても美しい人だわ。家系に関するお母様のくだらない話を聞く必要なんてないのよ」

伯爵夫人は恐ろしい目で末娘をにらみつけた。「あなたには家系についての議論に口を出す権利はありません。なにしろあなたは正式なマースデン家の人間というわけではないんですからね。それとも、あなたが、訪問客についてきた従僕との一夜のたわむれの結果だということをもう一度言う必要があるかしら？　先代の伯爵は寝取られ男の汚名を避けるために、あなたを自分の子としてしかたなく受け入れたのです、でも――」

「リヴィア」マーカスはさっと言葉をはさんだ。蒼白になっている妹に手を差し延べる。その話は、彼女にとって意外な事実というわけではなかったが、伯爵夫人が公然と口にしたのはこれが初めてだった。彼女は立ち上がってすぐに兄のところへ行った。青白い顔に怒りに燃える目がらんらんと輝いている。マーカスは守るように妹の背中に腕をまわして彼女を抱き寄せ、耳元でささやいた。「ここはもういいから、自分の部屋へ行きなさい。あとはわたしと母上だけで話し合うほうがいい。おまえが板ばさみになって苦しむと困るからね」

「大丈夫よ」とリヴィアは言った。かすかに声が震えている。「お母様に何を言われても気にしないわ……もうずいぶん前から、お母様はわたしを傷つける力を失っているの」

「しかし、わたしは気にせずにはいられないのだよ」と彼は優しく言った。「ショーを探して、彼になぐさめてもらいなさい。そのあいだに、わたしが母上のことは片をつけるから」

リヴィアは兄を見上げた。彼女の顔はさきほどよりずいぶん落ち着いていた。「夫のところに行くわ。でも、なぐさめてもらう必要はないけれど」

「いい子だ」彼は妹の頭のてっぺんにキスした。

兄の愛情の表現に驚いて、リヴィアはかすかに声をたてて笑い、後ろに一歩退いた。

「何をこそこそ話しているの？」伯爵夫人は厳しい声で問いただした。

マーカスは母親を無視して、妹をドアまで見送り、彼女を送り出してから静かにドアを閉めた。伯爵夫人のほうを向いたときの彼の顔は厳しかった。「リヴィアが生まれたいきさつは彼女の人格とは関係のないものだ。あなたの人格には関係するとしても。あなたが従僕と関係しようが、彼の子どもを身ごもろうが、そんなことはどうでもいい……しかし、そのことでリヴィアを辱めることは許せない。彼女はこれまでずっと、あなたの悪行の影の下で過ごしてきた。あなたの過去の放縦のつけを、リヴィアが払ってきたのだ」

「わたしは自分の要求のままにしてきたことを謝るつもりはありません」伯爵夫人はぴしゃりと言った。「あなたの父親から愛情を受けることがなかったわたしは、どこかで生きる喜びを見つけなければならなかったのですから」

「そして今度は、責めの矛先をリヴィアに向けているのだ」彼は口をゆがめた。「わたしは子どもだった彼女が虐待され、無視されている姿を見ていたが、当時わたしは何もすることができなかった。しかし、いまならできる。この先、彼女にこの話をすることは絶対に許さない。絶対に。よろしいですか？」

声色は静かだったが、彼の怒りは母親に伝わったらしく、彼女は言い返そうとも、さらに議論をつづけようともしなかった。ただごくりと唾を飲み込み、うなずいた。

一分ほど時が経って、両者とも気持ちが落ち着いてくると、伯爵夫人が先に攻撃を開始した。「ウェストクリフ」と彼女は抑えた声で言った。「お父様が生きていらしたら、ボウマンの娘や彼女に関係するもろもろのすべてを嫌悪なさっただろうと考えたことはあるのですか？」

マーカスは表情のない顔で母親を見つめた。「いいえ」だいぶ間をおいてから彼は言った。「考えたことはありません」もう長いこと父親のことは彼の思考の中にはなかったので、父がリリアン・ボウマンにどのような印象を持つかなどと考えたことはなかった。母親が、そんなことを自分が気にすると思ったとは意外だった。

伯爵夫人は、息子に考えを改めさせるきっかけをつかんだと思ったらしく、さらに強気で押してきた。「あなたはいつもお父様を喜ばせたいと願っていました。そして、しばしばあなたはお父様を喜ばせるような行いをしましたが、お父様はそれをめったにお認めになりませんでした。わたしがこんなことを言ってもあなたは信じないかもしれないけれど、お父様はそうした冷たい仮面の下で、あなたのことを一番気にかけていらしたのよ。あの人は、あなたが爵位に値する人間になることを、人にけっして利用されることのない強い力を持つ人間になることを望んでいた。自分がそうであったように。そして、お父様の願いはほぼかないました」

その言葉はマーカスをおだてるためのものだった。ところが、それはまったく逆効果で、マーカスは胸にぐさりと斧がささったような気がした。「いや、それは違う」と彼は荒々しい声で言った。

「お父様がどのような女性に自分の孫を生ませたいとお考えになるか、わかるでしょう？　ボウマンの娘など、あなたにふさわしくありませんよ、ウェストクリフ。あなたの名前にも、あなたの血統にも。お父様とあの娘が会う場面を想像してごらんなさい。お父様はどんなに彼女を嫌うことか」

マーカスは不意に、リリアンがあの悪魔のような父親と対面する場面を思い浮かべた。父は会う人すべてを威圧して、彼らに畏怖の念を抱かせた。しかしリリアンは父の前でもいつものように生意気にふるまうだろう。彼女は一秒たりとも彼を恐れたりしないはずだ。

しばらく沈黙がつづいたあと、伯爵夫人は口調を和らげてしゃべり始めた。「もちろん、彼女には彼女なりの魅力があります。ああいう下層の連中にわたしたちがとりこになる気持ちはわたしにもよく理解できます。ときにわたしたちは、彼らのような少々毛色の違う人たちに惹かれるものなのですよ。あなたも男ですから、いろいろな種類の女性に興味を持つのはしかたのないこと。彼女が欲しいなら、ぜひそうなさいな。どうすればいいかは明白です。どちらもほかの相手と結婚したあとで、関係を持てばよいのです。あなたが彼女に飽きるまで情事にふければいいわ。わたしたちのような身分の者は、いつでも婚外に愛人を見つけるものです――そのほうがうまくいくのですよ」

部屋は異常に静まり返っていた。その間、マーカスの心の中では、長いあいだ忘れていた魂をむしばむような思い出や辛辣な声の響きが渦巻いていた。彼は受難者の役を演ずることを嫌っていたし、そういう光をあてて自分を見たことはなかった。しかし、これまでの人生のほとんどを、自分自身の願いや要求を無視して、責任という重荷を背負って生きてきたのだといまさらながら思うのだった。いま自分はとうとう見つけたのだ。これまで長いことお預けにされていたぬくもりや喜びを与えてくれる女性を……だから自分には家族や友人に賛成を求める権利がある。たとえ彼らが内心、半信半疑であったとしても。彼の思考は暗い思い出へと向かう。少年のころ、父親はマーカスが愛情を感じる人をことごとく遠ざけてしまった。彼を弱い人間にさせないために。父親以外のだれにも頼らない人間にするために。そのせいで孤独に生きるというパターンができあがっていた。だが、それもこれまでのことだ。新しい人生が始まるのだ。

リリアンとは、お互いに結婚したあとで関係を持てばいいという母親の提案に、マーカスは心の底から腹を立てた。そんなものは、ただの恋愛ごっこで、本物の関係とは言えない。自分とリリアンは誠実な関係を築くべきなのだ。

「よく聞いてください」ようやくきちんと話せる気分になり、彼は口を開いた。「この話し合いを始める前に、わたしは彼女を自分の妻にすると固く決心していました。しかし、その決心をさらに固くすることが可能ならば、あなたの言葉でいま、その気持ちはさらに強くなりました。わたしが結婚したいと考える女性は、この世界でリリアン・ボウマン以外にはいません。わたしのこの言葉は揺るがない事実です。彼女が生む子がわたしの跡継ぎになります。でなければ、マースデン家はわたしの代で終わることになるでしょう。これから先、わたしが最優先に考えるのは彼女の幸せです。彼女の幸福を脅かすいかなる言葉も、仕草も、行動も、考えうる限りで最悪の結果を見ることになるでしょう。あなたはわたしたちの結婚に心から賛成していると彼女に思わせなければならない。もしもその逆をにおわせるような言葉を一度でも聞いたら、領地から遠い土地へと馬車で向かうことになるでしょう。イギリスから出て行っていただく。永久に」

「まさか本気でそんなことを言っているはずがないわ。あなたはいま短気を起こしているのよ。あとで、冷静になれば、きっと――」

「わたしは短気を起こしてなどいません。非常に真面目に言っているのです」

「頭がおかしくなったのよ！」

「いいえ、母上。生まれて初めて、わたしは幸せになるチャンスにめぐりあった――そしてわたしはそれを手放すつもりはない」

「なんて愚かな」伯爵夫人は小声で呪った。見た目にも怒りでぶるぶる震えているのがわかる。

「どのような結果になるかはわからないが、彼女と結婚することはわたしがこれまで下した決断の中でもっとも愚かしくない決断になるでしょう」と彼は答えると軽く頭を下げ、部屋を出て行った。

21

午前も半ばになって、アナベルは席を立ち、申しわけなさそうに「また気分が悪くなってきたわ」と言った。「部屋に帰って、少し休むわね。上手い具合に、ミスター・ハントは乗馬に出かけているから、わたしが昼寝しても気づかれないわ」

「わたしが、い、いっしょに部屋までつきそっていくわ」とエヴィーが心配そうに申し出た。

「まあ、エヴィー、そこまでしてもらわなくても……」

「フローレンス伯母様に会わないようにするために、都合のよい口実になるの。たぶん、わ、わたしを、さ、探しているから」

「そういうことなら、お願いするわ」こみあげてくる吐き気と戦いながら、アナベルはエヴィーの腕にもたれて朝食室を出て行った。

リリアンとデイジーはふたりの姿を目で追った。

「すぐにミスター・ハントにばれちゃう気がするわ」とデイジーが小声で言った。

「こんなに頻繁じゃねえ」とリリアンも小声で返した。「彼は何かおかしいと感じるはずよ。だって、アナベルってふだんは馬みたいに健康だもの」

「おそらくね。でも、聞いたところによると、男の人ってそういうことにはうといらしいわ」

姉妹は朝食室を出た。ちょうどそのとき、レディー・オリヴィアが廊下を歩いてくるのを見かけた。彼女の美しい顔には狼狽の色が浮かんでいた。いつもとても明るい女性だったので、彼女が眉間にしわを寄せているのを見るのは奇異な感じがした。

レディー・オリヴィアは顔を上げ、姉妹を認めると、急に表情が晴れた。温かな笑みが唇に浮かんだ。「ごきげんよう」

レディー・オリヴィアはリリアンよりも二、三歳年上なだけだったが、はるかに世間を知っているようだった。その目は過去に深い悲しみを知っている女性の目だった。彼女にはリリアンが計り知ることができない経験があり、自分はそれに比べたらまだまだ青臭いという意識のせいで、レディー・オリヴィアの前ではなんとなく萎縮してしまう。伯爵の妹はとても魅力的な話し手だったが、してはいけない質問や触れてはならない話題があるのだとなんとなく感じられるのだった。

「オレンジ温室に行くところなのです」とレディー・オリヴィアは言った。

「では、お引止めはしませんわ」とリリアンは答えた。彼女の顔にかすかにウェストクリフの面影を感じて、リリアンは興味をそそられた……はっきりどこが似ているというのではないが、目つきだとか、その微笑に……。

「いっしょにいかが?」レディー・オリヴィアは誘った。突然の衝動に従ったらしく、彼女はリリアンの手をとり、小さな指でリリアンの長い指を握った。「いま、伯爵ととってもおもしろい会話をしたところ。あなたとその話がしたいわ」

おや、まあ。それでは、彼は妹に話したのだ。きっと母親にも。リリアンはパニックを隠して妹をちらりと見たが、助け舟を出してくれそうにもない。

「わたし、書斎に小説を探しにいくわ」とデイジーは明るく言った。「いま読んでいるのは、ちょっとがっかりという内容なので、最後まで読む気がしないの」

「右手の最後の列の、下から二段目を見て」と、レディー・オリヴィア。「そして並んでいる本の後ろを探してごらんなさい。わたしのお気に入りの小説を隠してあるの。無垢な娘が読んではならない、邪悪な物語よ。あなたを堕落させること請け合いだわ」

デイジーはそれを聞いて目を輝かせた。「まあ、ありがとうございます!」彼女は後ろを振り返りもせず、走り去っていった。レディー・オリヴィアはにっこり笑って見送っている。

「いらして」と彼女は言うと、リリアンを引っ張って朝食室を通り抜けた。「わたしたちが姉妹になるなら、いくつか話しておいたほうがいいことがあるの。わたしは貴重な情報源だし、いまは少々おしゃべりしたい気分なのよ」

なんだかおもしろくなってきたわ、と思いながらリリアンは彼女とともに、朝食室からつづいているオレンジ温室に入った。中は暖かく、よい香りに満ちていた。お昼近くの日光が差し込んでいたし、床の鉄格子から熱気が上がってきていた。

「わたしたちが姉妹になるかどうかはまだ決まったわけではありません」リリアンは湾曲し

たフランス風背もたれのついた籐製の椅子にレディー・オリヴィアと並んで腰掛けながら言った。「もしも伯爵が、なんらかの合意があったようなことをおっしゃったというなら——」

「彼はそこまでは言っていないわ。でも、あなたにかなり真剣に思いを寄せていると言っていました」レディー・オリヴィアの薄茶とグリーンが混ざった色の目は、好奇心と笑みで明るく輝いていたが、用心深さも感じられた。「わたしは上手に感情を隠しておかなければならないのでしょうけど、我慢できないの。どうしてもあなたにききたくて……兄の申し出を受けるつもり？」

しどろもどろになることなどついぞなかったリリアンだが、エヴィーとおなじくらい言葉がたどたどしくなってしまう。「わたし……わたし……」

「ごめんなさい」レディー・オリヴィアはリリアンが気の毒になって言った。「わたしをよく知る人たちはみんなそうだと言うでしょうけど、わたしは他人の恋愛に首を突っ込むのが大好きなの。あなたを怒らせたのではないといいのだけど」

「いいえ」

「よかった。わたし、すぐに怒る人とはうまくいかないみたいなの」

「わたしもです」リリアンはそう白状すると、肩の力を抜き、ふたりは微笑を交わした。

「あなたはまだ詳しいことはご存知ないのでしょうね。伯爵様がお話になっていなければ——」

「兄からは聞いていないわ」レディー・オリヴィアは優しくリリアンを安心させた。「いつものことながら、兄は細かいことは一切口にしません。腹が立つくらい秘密主義だから、わたしみたいな聞きたがり屋をいらいらさせるのよ。さあ、つづけて」

「正直に言うと、わたしは彼の申し出を受けたいのです」リリアンは素直に言った。「でも、いくつか気がかりなことが」

「もちろんそうでしょうとも」レディー・オリヴィアは即座に言った。「マーカスは人を威圧するタイプだから。彼はなんでも上手にこなすし、それをちゃんとみんなに見せつけるの。ごく簡単なことだって彼のご意見を拝聴せずにやることができないわ。たとえば歯を磨くときには、奥歯から始めるべきか、前歯から始めるべきか、とか」

「ええ」

「まったく、しゃくにさわる人よね」レディー・オリヴィアは調子に乗ってつづける。「どんなことでも白黒をつけたがる。右か左か、善か悪か。自説を曲げないし、横暴だし、自分が間違っているなんて金輪際認めようとしない」

レディー・オリヴィアはマーカスの欠点を延々とあげようとしているらしいが、リリアンは急に彼をかばいたくなってしまった。それに、陰でこんなにひどく言われるなんて、フェアじゃない。「たしかにそのとおりですけど」と彼女は言った。「ウェストクリフ伯爵の公明正大さは素晴らしいと思います。彼は常に約束を守ります。そして横柄に見えるときでも、だれかのためになると信じているからそうしているにすぎないのです」

「わたしが思うに……」レディー・オリヴィアが承服しかねるという顔で口をはさもうとす

ると、リリアンはもっと言わずにいられなくなった。

「それに、ウェストクリフ伯爵と結婚した女性は、浮気の心配をする必要がありません。彼は妻に忠実です。妻に安心感を与えます。なぜなら、彼はいつも妻のことを気遣い、緊急事態にも動転することがないからです」

「でも、堅苦しいわ」とレディー・オリヴィアは食い下がった。

「それほどでも――」

「しかも、冷たい性格」レディー・オリヴィアはいかにも残念というふうに頭を振った。

「いいえ、違います」リリアンは負けじと言い張った。「まったくそんなことはありません。彼はもっとも――」彼女ははっとして話をやめた。レディー・オリヴィアが満足そうに笑いながら自分を見ていることに気づき、真っ赤になる。語るにおちてしまったのだ。

「ミス・ボウマン」レディー・オリヴィアは静かに言った。「恋している女性みたいに話すのね。そしてわたしは、切にそうであることを願います。だって、マーカスがあなたを見つけるまでに長い時間がかかってしまったのだもの……もし兄の恋が報われなかったら、わたし、胸がはりさけてしまうわ」

いきなり心臓がどきんと激しく打ったので、リリアンはたじろいた。「彼はわたしを愛してはいません」彼女の声は震えている。「少なくとも、ひとこともそのようなことはおっしゃっていません」

「だとしてもわたしは驚かないわ。兄は自分の気持ちを言葉より行動で示す癖があるの。彼には忍耐強く接しなくてはならないわ」

「だんだんわたしにもわかってきました」リリアンが憂鬱そうに言うと、相手は笑った。「わたしは兄のことを、姉のアリーンほどよく知っているわけではないの。ふたりは年も近いし、結婚してアメリカに行ってしまうまでは、兄にとっては姉が心を打ち明けられる相手だった。殺してやりたいと思うほどマーカスに腹を立てているときに、兄という人間についていろいろと教えてくれたのはアリーンだったわ」

リリアンは静かに、レディー・オリヴィアの低くて甘い穏やかな声に聞き入った。リリアンはこのときまで、これほどマーカスのことを自分が理解したいと思っているとは気づいていなかった。いままで彼女は、なぜ恋人たちが手紙や髪の毛の房、なくした手袋や指輪などの記念品に執着するのか、その気持ちがよくわからなかった。しかし、いまならわかる。その人のことが一日中頭から離れなくなるほどだれかを愛する気持ちが。見るからに率直だが、実際にはその素顔に触れることができない男について、どんな小さなことでも知りたいというやむにやまれぬ思いに彼女の心は満たされた。

レディー・オリヴィアは長椅子の丸くふくらんだ背もたれに腕をかけ、考え込むように植物がたくさんならんだ棚を見つめた。「マーカスは過去の出来事をけっして人には話しません。そんな泣きごとめいた話をするのは男らしくないと思っているから。人に同情されるくらいなら、じわじわと拷問で殺されるほうがましと考えるような人でしょ、マーカスって。もしわたしがあなたに話したことがばれたら、わたしの首は胴体につながっていなくなるでしょうね」

「わたしは秘密を守ります」リリアンは彼女を安心させた。

レディー・オリヴィアはさっと笑顔を向けてから、フリルのついたスカートの裾からのぞいている自分の靴のつま先をじっと見つめた。「では、マースデン家の人間としてやっていけると思うわ。秘密主義が我が家の伝統だから。そして、わたしたちは過去を引きずるのを嫌う。マーカスもアリーンもわたしも、みんなそれぞれ違う意味で、両親のやり方に苦しめられてきたの。父も母も子どもを持つ資格がない人たちなのだとわたしは考えています。母は自分以外の人間や、自分に直接関係することでなければどんなことにもまったく関心がない。そして父はふたりの娘のことなどどうでもよかった」

「おつらかったでしょうね」リリアンは心から言った。

「いいえ、父が無関心だったのは、わたしたちにとってむしろ幸いだったのよ。マーカスのほうがもっとたいへんだったんだから。父はマースデン家の跡取りをどう育てるべきかについて確固たる信念を持っていて、兄はその信念の犠牲になったの」レディー・オリヴィアの声は静かで単調だったが、リリアンは彼女の体に悪寒が走ったのを感じ取った。オリヴィアは鳥肌が立った腕を袖の布地の上から手でさすった。「父は、息子がすべてにおいて完璧でないと我慢ができなかった。マーカスの生活のあらゆる面で、愚かしいほど高い基準を定め、それに達しないときにはマーカスをひどく罰した。マーカスは涙ひとつこぼさず、反抗の色も見せずに鞭打ちに耐えることを学んだわ。そうしないと罰が二倍になったからよ。しかも父はマーカスが弱さを見せると容赦しなかった。昔、アリーンに尋ねたことがあるの。どうしてマーカスは犬があまり好きじゃないのかしらって……姉が教えてくれたわ。マーカスは子どものころ、父が飼っていた二頭のウルフハウンド犬を恐れていた。犬たちはマーカスの恐れを察知して、彼を見ると吠えたり、うなったりして威嚇したらしいの。父はマーカスがとても犬を怖がっているのを知って、犬といっしょに彼を部屋に閉じ込めてしまったのよ。たった五歳の子どもが、何時間もあの恐ろしいけだものと同じ部屋に閉じ込められたなんて、想像するだけでもぞっとするわ」彼女は苦い笑いを浮かべた。「虎穴にいらずんば虎子を得ず――父ならそれを文字通り人にやらせるでしょう。本来なら息子を守らなければならないのに、彼はそのかわりに息子を地獄に突き落としたのよ」

リリアンはまばたきもせずに彼女を見つめた。何か尋ねたくて口を開いたが、のどがはりついたようになって声が出せない。マーカスはどんなときも堂々として自信たっぷりに見えるので、彼がおびえた子どもだったことを想像するのは難しかった。彼のよそよそしさは、だれも助けてくれなかった子ども時代に受けた残酷な教育のせいなのだろう。彼を恐怖から守ってくれる人はいなかった。マーカスはすでに成熟した大人になっているのだからばかげた考えだが、彼女は幼い少年だった彼を慰めてやりたくてたまらなくなった。

「父は自分の跡継ぎを、人を頼らない冷酷な人物に仕立て上げたかった」レディー・オリヴィアはつづけた。「そうすれば、彼が他人に利用されることはなくなるから。そこで、マーカスがだれかに親しみを感じると――たとえば大好きな乳母とかに――その人は即座に解雇された。兄は、だれかに愛情を示すとその人がどこか遠くへやられてしまうことを学んだの。だから、愛する人を失わないように、なるべく距離を置くようになったわ。わたしやアリーンからも。寄宿学校に入ってからは、マーカスの生活はずいぶん改善されたのだと思うわ。友人たちが家族の代わりをしてくれたので」

それでセントヴィンセントと揺るがぬ友情を保っているのだわ、とリリアンは思った。

「伯爵夫人は子どもたちのことで口をはさんだりなさらなかったの？」

「いいえ、母は自分のことで頭がいっぱいだったから」

ふたりはしばらく黙り込んだ。レディー・オリヴィアはリリアンがふたたび話し出すのを辛抱強く待った。しばらくしてリリアンがいま聞いた話を咀嚼しようとしているのをわかっているようだった。しばらくしてリリアンは「先代の伯爵様がお亡くなりになったときは、さぞかしほっとなさったことでしょうね」と小さい声で言った。

「ええ。そんなことを言ってはいけないのかもしれないけど、父が亡くなって、あらゆることが良くなったの」

「あなたのお兄様を冷たい非情な人間に育て上げるというお父様のもくろみは失敗したのですね」

「ええ、そのとおりよ。わかってくださって嬉しいわ。マーカスは素晴らしい人だけど、まだ足りないところがあるの……明るさが」

話が進むにつれ、マーカスに対する好奇心がおさまるどころか、どんどん疑問が頭をもたげてくる。けれども、レディー・オリヴィアと知り合ってまだ日が浅く、どの程度までつっこんで質問したら、やんわり答えるのを拒否されるのかはわからなかった。「あなたがご存知の範囲では」リリアンは思い切ってきいてみた。「ウェストクリフ伯爵はどなたかと真剣に結婚をお考えになったことはないのですか？　一度心を動かしたお相手がいらしたと聞いていますが……」

「ああ、あれは……なんでもないのよ、本当に。セントヴィンセントに盗られなくても、マーカスは早晩彼女に飽きていたでしょう。もしマーカスが彼女を真剣に勝ち取りたいと思っていたら、彼女は兄のものだったわ。傍から見れば明らかなのに、兄にはわかっていないみたいだけれど、あれは、兄を嫉妬させて、自分と結婚するようにしむけるために彼女が打った芝居だったのよ。でも、兄はそれほど彼女のことを思っていなかったので、計画は失敗に終わったのだけど。彼女は一連の女性たちのひとりにすぎない……ね、わかるわよね、マーカスはとてももてるの。だからちょっとそういう点では自惚れているかも。青年になってからは、望めば簡単に女性は彼の手に落ちたから」リリアンを見つめる彼女の目が笑っている。「だから、彼にあえて逆らおうとする女性に会って、とても新鮮ですがすがしく感じたのだと思うわ」

「新鮮ですがすがしいというのが、彼の気持ちをあらわす適当な言葉なのかどうかはわかりませんけど」とリリアンは顔をしかめて答えた。「彼がわたしの気に食わないことをしたら、はっきりそう言います」

「そうこなくちゃ」レディー・オリヴィアは答えた。「兄にはまさにそれが必要なの。彼に口答えする女性は——そういう意味では、男性もだけれど——少ししかいないから。兄は強い男だから、それとつりあうくらい妻も強くなくてはだめなのよ」

リリアンは薄グリーンのスカートのしわを必要もないのに伸ばしながら、慎重に切り出した。「もしもウェストクリフ伯爵とわたしが結婚することになったら……親戚や友人から猛反対にあうでしょうね？　とくに伯爵夫人様からは」

「友人たちは反対しようとはしないでしょう」レディー・オリヴィアはすぐに答えた。「お母様に関しては……」と口ごもってから、率直に言った。「すでにあなたのことは認めないとはっきり宣言しているわ。おそらく永久に。でも、あなたはたくさんの人の仲間になるだけなのよ。だって、母はほとんどの人を認めないんですもの。母が結婚に反対することが心配？」

「とっても、わくわくしますわ」とリリアンが言ったので、レディー・オリヴィアは吹き出した。

「ああ、わたしあなたが気に入ったわ」と息を切らせながら言う。「マーカスと結婚してね。でないと、あなたと義姉妹になれないもの」彼女は真顔になってリリアンを温かい笑顔で見つめた。「それからもうひとつ、自分勝手な理由があるの。ミスター・ショーとわたしはいますぐニューヨークに移る計画はないけれど、そうなる日も遠くありません。そうなったとき、兄が結婚していれば、ふたりの妹が遠くにいても兄の世話をしてくれる人がいるので、安心して旅立てるわ」彼女は長椅子から立ち上がり、スカートを伸ばした。「こういうことをあなたにお話ししたのは、なぜマーカスがそう簡単に恋に身をやつすことができないかをあなたにわかってもらいたかったからです。といっても、できないわけではないの。姉とわたしはそれぞれの夫の助けを借りて、ついに過去から自由になることができました。でもマーカスを過去につなぐ鎖は一番重いのです。彼は容易に愛せるような男ではないことはわかっています。でも、もしあなたが半分くらい彼に譲歩できるなら……半分よりもうちょっとだけ多く譲歩してくれるとなおさらいいのだけど……あなたが後悔することはけっしてないと思います」

＊　＊　＊

屋敷の中では、巣に群がるミツバチのように、大勢の召使たちが忙しそうに働いていた。彼らは自分の主人の荷物をまとめるというやっかいな仕事にかかりきっていた。大多数の客たちは明後日発つことになっていたが、すでに何人かは出発し始めていた。しかし、早めに帰りたがる客は少ない。ハウスパーティー最後の晩に催されるお別れ舞踏会には是非出席したいとみな考えるからだ。

リリアンの母親は、従僕が運んできた革張りの大きなトランクに何百もの衣類や身のまわりの品々をたたんで詰め込んでいるふたりのメイドを監督——というよりも、しかりつけていると言うほうが正確だが――していた。リリアンは頻繁に母のそばにいかなければならなかった。この一日二日に起こった驚くべき出来事の数々を思えば、母がウェストクリフ伯爵との婚約をうまく成立させるために、言葉や身ぶりでいろいろと仕掛けてくるだろうとリリアンは予想していたのだが、マーセデスは意外にもうるさいことはひとことも言わずに寛大な態度を示し、リリアンと話すときには非常に慎重に言葉を選んでいるようだった。なによりも、彼女はいっさいウェストクリフの話をしなかった。

「お母様はどうしちゃったのかしら」とリリアンは母親のおとなしさに当惑して、デイジーにきいた。マーセデスとやりあわずにすむのは嬉しかったが、馬の一団を動かすように母にはっぱをかけられたい気もするのだった。

デイジーは肩をすくめていたずらっぽく答えた。「こう考えるしかないんじゃない？　あなたはお母様の言うことすべてに逆らうし、どうもあなたのウェストクリフ伯爵に対する点は辛いように見える。そこでお母様は、口出ししないであなたにまかせることに決めたのよ。伯爵があなたに関心を寄せている限りは、お母様はあなたが何をしようと、耳も目もふさぐことにしたのだと思うわ」

「じゃあ……わたしが今夜ウェストクリフ伯爵の部屋に忍んでいっても、反対しないと？」

デイジーは低い声で笑った。「おそらく、あなたが頼めば、お母様は彼の部屋へ行く手助けをしてくれるわよ」デイジーは眉を上げてリリアンを見た。「彼の部屋でふたりきりになって、何をするつもり？」

リリアンは頬がかっと熱くなるのを感じた。「交渉」

「ふうん、そういう言い方をするのね？」

リリアンは笑いながらにらみ返して、目を細めた。「生意気なことを言わないの。でないとあとで、詳しい話をきかせてあげないから」

「あなたに教えてもらわなくても大丈夫」デイジーは陽気に言った。「レディー・オリヴィアが勧めてくれた小説を読んでるから……このごろじゃ、あなたとアナベルの知識を足したのよりよく知っているといってもいいくらいよ」

リリアンは笑わずにはいられなかった。「ねえ、ああいう小説の描写はまったく正確とは言えないと思うわ。男の人のこととか……あのこととかの」

デイジーは顔をしかめた。「どこらへんが不正確だというの？」

「そうね、つまり……ラベンダーの香りの霧に包まれたり、うっとりして気絶したり、歯が浮くような甘い言葉をささやかれたり、なんてことはないのよ」

デイジーはものすごく不満そうな顔で姉を見つめた。「軽く気絶することもないの？」

「いやだわ、まったく。気絶なんかしてどうするのよ。大事なところがわからなくなっちゃうじゃない」

「あら、わたしは気絶したいわ。最初ははっきり意識していて、それから気を失って、目が覚めたら終わっていたというのがいいの」

リリアンは驚き、おもしろがって妹を見つめた。「なぜ？」

「だって、とっても痛そうだもの。しかもなんだか気持ち悪いし」

「そんなことないわ」

「そんなことないって？　痛くないってこと、それとも気持ち悪くないってこと？」

「どちらもよ」リリアンは笑いを必死にこらえながら、冷静に答えた。「デイジー、本当よ。もしそうだったら、正直に言うわ。とても素晴らしい行為よ。とっても」

妹はじっと考えてから、疑うように姉をちらりと見た。「あなたがそう言うなら」

ひとり笑いしながら、リリアンは今夜のことを考えた。マーカスとふたりきりになることを思うと早く会いたくてたまらなくなる。レディー・オリヴィアとオレンジ温室で話し合ったあと、リリアンは、マーカスが自分にこれほど心を開いてくれたのは実に驚くべきことなのだと理解するようになった。

もしかすると、ふたりの関係は波乱万丈になると決まったわけではないのかもしれない。話し合うべきことはたくさんあるだろう。けれども、言い争う必要のある重要なことと、いちいち目くじらたてる必要のないささいなことを見分けるすべを身につけられるかもしれない。それにマーカスはすでに、譲るべきときには喜んでそうするという証を見せてくれている。たとえば、乗馬の件で謝罪するために書斎に会いに行ったとき。あのとき彼は、わたしのプライドをへし折ることができたのに、そうしなかった。ああいうことは、絶対に妥協を許さない頑固者にはできないことだ。

もう少し巧妙なやり方ができたら――たとえばアナベルのように――マーカスをもっと上

手に操ることができるのかもしれないとリリアンは思う。でも、彼女はいつだって遠慮なくまっすぐに突き進んでしまうので、ふつうの女性のように手練手管が使えない。もう、しかたがないわ、と彼女は思う。手練手管を使わなくてもここまでこられたんだから……これまでやってきたみたいに、失敗しながら前に進めばなんとかなる。

彼女はぼんやりと部屋の隅にあったドレッサーの中身をより分けた。明後日出発するまで必要な物は、荷物に入れないように分けておかなければならない。柄が銀で裏打ちされたブラシ、ヘアピンのラック、新しい手袋……ミスター・ネトルが彼女のために調合してくれた香水の瓶をつまみあげ、彼女は手を止めた。「まあ、どうしましょう」リリアンはきゃしゃなベルベット張りの椅子に座り込み、手のひらの上できらきら輝いている瓶を見つめた。

「デイジー……わたし、惚れ薬を使ってしまったことを、伯爵に告白しなくちゃならないかしら？」

妹は本当のことを白状するという考えにびっくり仰天したようだった。「だめよ。どんな理由をこじつけるつもり？」

「正直に話すとか？」

「正直を過大評価してはならないわ。だれかが言っていたけど『秘密厳守は恋愛における第一の要諦なり』なのよ」

「リシュリュー枢機卿でしょう？」リリアンたちは昔、哲学の授業で同じ本を学んでいた。

「でも正確には『秘密厳守は、国務における第一の要諦なり』だったわ」

「でも、リシュリューはフランス人だったわ。だから恋愛のことも含めて考えていたと思う」

リリアンは笑って愛情をこめて妹を見た。「そうかもしれないわね。でも、ウェストクリフ伯爵に秘密を持ちたくないの」

「だったら、どうぞ。でも、わたしの言葉を心に留めておいて——ささやかな秘密もない恋愛は真の恋愛とは言えない、と」

22

その晩、ちょうどよい時間を見計らって――客の何人かはすでに寝室にひきとり、ほかの人々は階下のトランプ室かビリヤード室ですごしている――リリアンは自分の部屋を抜け出し、マーカスの部屋へと向かった。しのび足で廊下を進んでいくと、広いふたつの廊下が出会う場所の壁際に男が立っていたので、はっと歩みを止めた。前に進み出た男の顔を見て、マーカスの近侍だとすぐにわかった。

「お嬢様」と彼は静かに言った。「御前からあなた様をご案内するようと言いつかっております」

「行き方は知っています。それに彼だってわたしが行き方を知っていることを知っているはずだわ。あなたはいったいここで何をしているの？」

「御前は、あなた様が付き添いなしで屋敷内を歩き回られるのを心配しておいでです」

「当然ね」と彼女は言った。「だれかに言葉をかけられるかもしれないもの。誘惑される可能性だってあるし」

彼女が伯爵の部屋を訪れる理由が明白であるだけに、その皮肉は聞き流して、近侍はくるりと背中を向けると先に立って歩き出した。

彼の寡黙な態度に興味をひかれ、リリアンは尋ねずにはいられなかった。「では……あなたはしばしば、未婚の女性をウェストクリフ伯爵の寝室へ案内するよう命じられるの？」

「いいえ、お嬢様」彼は少しも動じずに答えた。

「伯爵様はいいご主人なの？」

「最高の主人です」

「彼がたとえ人食い鬼であっても、あなたはそう言うのでしょうね」

「いいえ、お嬢様。その場合、申し分のない主人ですと答えます。ですが、わたしが最高の主人と申し上げたのは、まさにそのとおりだからなのです」

「ふーん」リリアンは近侍の言葉に気を良くしてさらにつづけた。「彼は使用人に話しかける？　使用人がしたことに対して、礼を言ったりすることがあるのかしら」

「適切な範囲で」

「ということは、けっして礼を言わないということ？」

「より正確には、ふつうはおっしゃらないということです」

どうやら彼はそれ以上話したがらないようすなので、リリアンは黙ってマーカスの部屋までついていった。近侍はドアの前に立つと、指先でドアをひっかいて、中からの返事を待った。

「どうしてそんなふうにするの？」リリアンはささやいた。「どうしてひっかくの？　ノックすればいいじゃない」

「伯爵夫人様はこちらをお好みになるので。ノックの音より神経にさわらないとおっしゃって」

「伯爵も自分のドアをノックされるよりも、このほうがいいって?」

「御前はどちらでも気になさらないと思います」

リリアンは眉をひそめて考え込んだ。これまでにも、他家の召使が主人のドアをひっかくのを聞いたことがあるが、アメリカ人の耳には奇妙に聞こえた……なんだか、家の外にいる犬が中に入れて欲しいとドアをひっかいているような気がするのだった。

ドアが開かれ、マーカスの浅黒い顔があらわれると、リリアンの胸は喜びでいっぱいになった。冷静な表情だったが、その輝く瞳は温かみにあふれていた。「さがってよい」と彼は近侍に言って、リリアンの顔を見つめながら手を差し延べて部屋に招き入れた。

「はい、御前」近侍はさっと姿を消した。

ドアを閉めて、マーカスはリリアンをじっと見つめた。瞳はさらに明るい輝きを増し、唇の端に微笑みが浮かんでいる。ランプの光と暖炉の火に照らし出された彼の厳しい顔はとてもハンサムで、甘美な震えが彼女の体を駆け抜けた。きちんとネクタイを締め、上着のボタンをかけた服装と違って、今夜の彼は上着はなしで、白いシャツの襟ボタンを開け、滑らかな茶色の肌をのぞかせていた。彼女はその首の付け根の、三角形のくぼみにキスをしたのだ……そこで舌を遊ばせたのだ。

火傷しそうな思い出を頭から追い出し、リリアンは顔を背けた。すぐに、彼の細長い指が彼女の熱い頬に触れ、顔を自分のほうに戻した。親指の先が頬を滑っていく。「今日、きみが欲しかった」と彼は優しく言った。

心臓がどきどき鳴り始め、微笑むと彼の指が触れている頬がぴんと張った。「夕食のあいだ、一度もわたしのほうを見なかったくせに」

「見るのが怖かったんだ」

「なぜ？」

「見てしまったら、次のコースが始まる前にきみを連れ出してしまいそうだったから」

リリアンはまつげをおろし、彼に抱き寄せられた。彼の手が背骨の上から下まで滑っていく。きつく締めつけてくるコルセットの中で、胸とウエストがはれ上がって窮屈に感じられる。彼女は急にそれを脱ぎ捨てたくてたまらなくなった。コルセットが許す範囲でなるべく深く息を吸うと、甘くスパイシーな香りが空気に満ちていた。

「これは何の香り？」においを吸い込む。「シナモンとワイン……」彼の腕の中で体を回転させて、広々とした部屋を見わたすと、柱付きベッドの奥の窓際に小さなテーブルが置かれているのが目に入った。その上には覆いがかかった銀のトレーがのっていて、甘いにおいのする湯気が立ち昇っているのが見えた。あれは何かしらと、体をひねってマーカスを振り返る。

「行って、見てごらん」と彼は言った。

リリアンは好奇心にかられて調べにいった。リネンのナプキンが巻かれているハンドルを握って、蓋を持ち上げると、うっとりするような香りがふわっと空気に広がった。一瞬わけがわからず、皿を見つめる。とたんに彼女は笑い出した。白い磁器の皿の上には五個の見事な形の洋梨がのっていた。五個ともきちんとへたを上にして並んでおり、ワインで煮込まれて皮はルビー色に輝いている。お尻はシナモンと蜂蜜の香りがする赤いソースに浸っている。「ボトルから洋梨を取り出してあげられなかったのでね」後ろからマーカスの声がした。「次善の策をとったわけだ」

リリアンはスプーンでとろけるように柔らかい果肉をすくいとり、スプーンを口元に持っていって賞味した。ワインがたっぷり染み込んだ温かいフルーツは口の中で溶けていくようだった。スパイスの効いた蜂蜜ソースはのどの奥を少しひりひりさせた。「うーん……」彼女は目を閉じて美味に酔いしれた。

マーカスは楽しそうに、彼女の顔を自分のほうに向けさせた。彼の視線は彼女の口元に落ちた。唇の端に一滴残った蜂蜜ソースが光っている。彼は頭を下げて、とろりとしたソースの雫をなめとった。そのキスで、彼女の体の芯で新しい快感がうずきだした。「うまい」と彼はささやき、さらに強く唇を押しつけた。白熱した閃光が体中の血管を駆けめぐる。彼女はワインとシナモンの味を彼と分け合いたくなって、ためらいがちに舌で彼の口をさぐってみた。彼の反応に勇気づけられ、彼女は彼の首に両腕をまわして、自分の体を彼にぴたりと押しつけた。なんて彼は美味しいのかしら。彼の口の味は清潔で甘く、引き締まった硬い体の感触は彼女を激しく興奮させた。熱く震える呼吸で胸がいっぱいになり、しかもコルセットで締めつけられていたので、苦しくてたまらなくなって、とうとう彼女は口を離してあえいだ。

「息ができないわ」

マーカスは無言で彼女の体をくるりと回転させ、ドレスのボタンを外し始めた。コルセットがあらわれると、紐をほどいて、てきぱきと緩めていき補強芯《ステー》を開いた。リリアンはふうっと大きく息を吸い込んだ。「どうしてこんなに紐をきつく締めるんだ?」と彼の質問する声が聞こえた。

「でないと、ドレスのボタンをかけられないからよ。そして、お母様によれば、イギリス人はウエストの細い女性を好むからよ」

マーカスは、また彼女を自分のほうに向かせながら、ふんと鼻を鳴らした。「イギリス人は、酸素不足で気を失う女性よりも、太いウエストの女性を好む。そういう点において、われわれは実際家なのだ」ボタンを外したドレスの袖が彼女の白い肩からすべり落ちているのに気づき、彼は口をその滑らかな肌に寄せた。彼の唇の繊細な動きに彼女の体はわななき、彼に体をすりよせた。太陽で温められた水につかっているような感覚が体を満たす。手探りで彼の髪に指を通すと、粗く艶やかな髪の感触が心地よい。心臓が胸の中で激しく打ち、彼のキスがのどに上がってくると彼女は身悶えた。

「リリアン」彼は悲痛なしわがれ声で言った。「まだ早い。わたしはきみに約束した……」

言葉を切り、彼は彼女の耳の下の柔らかなくぼみに軽くキスをし、「約束した……」と必死につづける。「きみの条件を話し合うと」

「条件？」彼女はぼんやり尋ねた。彼の頭に両手をかけて、彼の口を自分の口に引き寄せようとする。

「そうだ、わたしは——」マーカスは途中でやめて、彼女の唇にキスをして、口を斜めに傾けてねじるように押しつけた。彼女は彼の首や顔を手でさぐり、頬骨や顎の力強いラインや、首のぴんと張った筋肉を指でなぞった。息を吸い込むたびに、彼の肌の香りにうっとりとする。一センチの隙間もないくらいぴったりと自分の体を彼の体に押し当てたかった。いきなり、どんなに深く強くキスしても、まだまだ足りないという気がしてくるのだった。

彼女の中に野生の欲望が燃え上がってくるのを感じ取ったマーカスは、彼女がいやがってべそをかくような声を出すのを無視して、彼女の体を強引に引き離した。自分もふっと強く息を吸い込み、ばらばらになった思考をなんとかまとめようと努めた。「かわいい人……」彼は背中や肩を優しくさすって、彼女を落ち着かせた。「ゆっくり、ゆっくりでいいんだ。きみの欲しいものはすべてあげる。そんなに焦る必要はないんだよ」

リリアンはこくんとうなずいた。彼女は初めて、ふたりの経験の違いを強く意識した。彼は強い欲望を上手に抑えることができるが、彼女は欲望に呑まれてしまうのだ。彼は彼女の熱いひたいに唇をあて、次に眉にキスをした。「きみにとって……わたしにとってもだが……ゆっくりと長く楽しむほうがいいんだ。わたしは急いできみを抱きたくはない」

彼女は自分がいつの間にか、猫が主人になでてもらいたがるように、彼の顔や手に顔をこすりつけていることに気づいた。

彼の片方の手のひらが、開いたドレスのあいだから背中に滑り込み、コルセットの上端から露出している彼女の肌をさぐった。そのふっくらとした柔らかい肌に指先が触れると彼の口からため息が漏れた。「いや、まだだ」と彼は、自分自身にとも、彼女にともつかぬぶっきらぼうな言い方でささやいた。彼は力強い手を彼女の首の繊細な曲線にあて、彼女の開いた口、顎の先、のどの正面を味わった。「きみはとてもかわいい」と彼はかすれた声で言った。

彼女は欲望を燃え上がらせながらも、にっこり笑わずにはいられなかった。「本当?」マーカスはふたたび彼女の口を求めて、餓えたようにキスをした。「すごくかわいい」彼はハスキーな声でもう一度言った。「だが、もしわたしがだらしない男だったら、いまごろきみに首をへし折られていただろうが」

それを聞いて彼女は低い声で笑い出した。「これでわかったわ。わたしたちが惹かれあうわけが。わたしたち、お互い以外の相手には危険な存在なのよ。まるで二匹のハリネズミみたいに」あることを思い出し、彼女は言葉を止めて、彼から離れた。「相手を惹きつける、ということに関してなんだけど……」足元が少しふらついたので、彼女は支えを求めてベッドのほうに歩いていった。彫刻を施した太い柱の一本に寄りかかり、彼女は小さな声で言った。「告白しなければならないことがあるの」

マーカスは彼女のあとをついてきた。ランプの光が、彼のしなやかで見事に引き締まった体の輪郭をくっきりと照らし出している。流行の少しゆるめのズボンは彼のすらりとした体の線をはっきりあらわに見せてはいないが、それでも力強い筋肉がその下に隠されているのは疑いようもない。「聞いても驚かない」彼は支柱の彼女の頭の少し上あたりに手をかけ、ゆったりしたかっこうで立っている。「わたしにとって嬉しい告白かな、それとも?」

「わからないわ」彼女はドレスのひだの奥の隠しポケットに手を入れて、香水の瓶を取り出した。「これ」

「何だい?」彼は瓶を受け取り、栓をあけてにおいをかぐ。「香水だな」と不思議そうな目でそれを見つめてから、彼女に視線を戻した。

「ただの香水じゃないのよ」と不安な表情で答える。「このせいで、あなたは最初わたしに惹きつけられたの」

彼はもう一度においをかいだ。「それで?」

「わたしはそれをロンドンの古い香水店で買ったの。媚薬なのよ」

突然彼の目に笑いが宿った。「そんな言葉をどこで習ったんだ?」

「アナベルに聞いたの。でも、本当なのよ」リリアンは正直に告白した。「これは本物なの。未来の夫を惹きつけるための秘密の成分を調香師が加えてくれたのよ」

「秘密の成分って?」

「調香師は教えてくれなかったわ。でも、効き目があった。笑わないでよ、ほんとなんだから！　ラウンダーズをやった日に、あなたにちゃんと効いたのをわたしは確かめたわ。生垣の陰で、わたしにキスしたじゃない。忘れたの？」

マーカスはおもしろい話だと思っているようだったが、自分が香水に誘惑されたとは信じていないのは明らかだった。彼は瓶をもう一度鼻の下に通してから言った。「このにおいは覚えている。しかし、わたしはあの日よりずっと前から、香水以外のいろいろな理由できみに魅せられていたのだ」

「うそつき」彼女は彼をとがめた。「わたしを嫌っていたくせに」

彼は首を左右に振った。「きみを嫌ったことなどない。わたしはきみに悩まされ、とりつかれ、苦しめられていたが、それは嫌いというのとは違う」

「香水は効いたのよ」と彼女は言い張った。「だってあなただけじゃないもの。アナベルもご主人に試してみたの――そしたら朝まで寝かせてくれなかったって」

「リリアン」マーカスは困り果てている。「ハントは彼女に出会ったその日から、アナベルのそばにいると、まるでさかりのついたイノシシみたいになるのだ。アナベルの件に関しては、ハントの行動はふだんと同じだ」

「でも、あなたの場合は、ふだんと違ったわ！　あなたはわたしがあの香水をつけるまで、これっぽっちもわたしに興味を示さなかった。ところがあれをかいだとたん――」

「きみはこう言いたいのか」黒いベルベットのような目で見つめながら、彼は彼女の言葉をさえぎった。「その香水をつけた女性ならだれにでも、わたしが同じような反応をしたと？」

リリアンは答えようと口を開いたが、ふと、香水をつけたほかの壁の花たちには彼がまったく興味を示さなかったのを思い出し、また口を閉じた。「いいえ、でも、わたしに関しては違いがあるように感じられたのよ」

彼はゆっくりと口の端を上に引いて笑った。「リリアン、わたしは初めてきみを腕に抱いて以来、ずっときみが欲しかったんだ。そしてその気持ちは、きみのそのくだらない香水とは関係がない。しかし」――彼は最後にもう一度香りを吸い込んでから、小さな栓を瓶に戻した――「秘密の成分が何なのか、わたしにはわかる」

リリアンは目を丸くして彼を見つめた。「そんなはずはないわ！」

「わかるさ」と彼は得意げに言った。

「なによ、この知ったかぶり！」リリアンは笑いながら怒ったふりをする。「わかったつもりでいるかもしれないけど、わたしのこの鼻でかぎ分けられないのだから、あなたにわかるわけが――」

「わたしには絶対の自信がある」

「じゃあ教えて」

「いや、自分でさぐりあてたほうがいい」

「教えて！」彼女は彼に飛びかかり、こぶしで彼の胸をどんどん叩いた。たいていの男ならたじろいで後ずさりするような勢いだったが、彼はびくともせずにただ笑っていた。「ウェストクリフ、いますぐ教えないのなら――」

「痛めつけてやる？　悪いが、わたしにはきかないな。もうすっかり慣れてしまったから」軽々と彼女を抱き上げると、ジャガイモの袋を扱うように、彼女をぽんとベッドの上に投げ下ろした。彼女が身動きする前に、彼は彼女の上にのって、必死にもがく彼女をのどの奥で笑いながら押さえつけた。

「やっつけてやる！」彼女は脚を彼の脚にからめ、彼の左肩を強く突いた。彼女は子どものころ、たくましい兄たちとの喧嘩でいくつか技を身につけていた。しかし、マーカスはどんな動きも楽々とかわす。彼の体は鋼のかたまりで、しかも筋肉の動きはしなやかだ。とても敏捷なのに、驚くほど重い。「きみなんか目じゃない」とからかいながら、一瞬彼女が馬乗りになるのを許す。彼女はなんとか彼を押さえつけようとしたが、彼は体をひねってすぐに体を返してしまった。「ふーん、もう降参か」

「この、うぬぼれ屋」とリリアンはつぶやき、反撃を開始した。「負けないのに……ドレスさえ着ていなければ」

「そうおっしゃるなら」と彼は答えて、にやりと笑った。もうしばらくもみあったあと、彼はこの楽しい遊びで彼女を傷つけないように注意しながら、彼女をマットの上に押さえこんだ。「もういいだろう。骨の折れるお嬢さんだ。引き分けとしよう」

「まだよ」彼女はぜいぜい言いながらも、まだやる気十分だ。

「まったくもう、このかわいい野蛮人め」彼は朗らかに言う。「いいかげんにしろよ」

「いやよ！」彼女は激しくもがいた。疲れた腕は震えている。

「体の力を抜いて」と彼が優しくささやく。腿のあいだに硬くなった彼のものを感じて、彼女ははっと目を見開いた。息を止め、もがくのをやめる。「さあ、静かに……」彼がドレスの前を下に引いて脱がせようとすると、腕がドレスに捕えられる形になった。「楽にして」と彼がささやく。

リリアンはおとなしくなった。彼を見上げると体中の血管がどくんどくんと脈打つ。部屋のこの部分には明かりはあまり届かず、ベッドは陰になっていた。マーカスの黒い体が彼女の上で動き、彼の手で体をあちらへこちらへと動かされているうちにドレスが彼女の体からはぎ取られていき、コルセットが外された。するといきなり、彼女の呼吸は激しく、速くなった。彼が手のひらでなだめるように体の正面をなでると、なおさら呼吸は荒くなるだけだった。

彼女の肌はとても敏感になっていて、空気にさらされただけでまるで赤むけにされたかのように、全身がひりひり痛み出すのだった。彼の手でシュミーズと靴下とドロワーズが脱がされると、彼女は震え始めた。ときおり彼の手の甲や指先が肌をかすめるだけで、彼女はびくんと反応した。

マーカスはベッドのそばに立ち、彼女をじっと見つめながら、くつろいだようすでゆっくりと自分の服を脱いでいった。彼の彫刻のように優美な体に彼女はもうすっかりなじみつつあったが、それを見つめるだけで全身の柔肌に痛いほどの興奮が染み入ってくるようだった。彼が体を重ねてくると、彼女は小さくうめいて、温かいふわふわの胸毛に体をこすりつけた。

絶え間ない彼女の体の震えを感じつつ、彼は手を白い背中の上から下まで滑らせて、張りのある丸いお尻を手のひらで包んだ。触れられるたびに、ふうーっと緊張が解け、そのあとまたもっと深くもっと強烈な快感が押し寄せてくる。

彼はゆっくり、深くキスをした。滑らかな口腔の奥に舌が侵入してきて、彼女は喜びのうめき声をあげた。それから彼の口は胸へと下りていき、乳首を半開きの口で軽く覆って、その先端を舌でもてあそんだ。彼女はすでに欲望にかられて全身を紅潮させて震えているというのに、はやくこの緊張を解いて欲しくてむせび泣きながらせがんでいるというのに、彼はまだ足りないとでもいうように、彼女をたきつけ、もっともっと燃え上がらせようとする。彼女の胸がはれ上がり、乳首がぴんと立つと、彼は一方の乳首を強く口で吸い、そうしながら手を彼女の腹の上に滑らせた。

彼女の内部には欲望が激しく渦巻き、このままでは頭がおかしくなりそうだった。ぶるぶる震える手で彼の手をつかむと、股間の湿った巻き毛の三角地帯へと導いた。彼は彼女の胸に向かって微笑み、もう一方の乳首に口を移し、そのしっとりしたベルベットのような先端を吸い込んだ。彼の手が巧みに巻き毛を分け、ひだのあいだに潜んでいる湿った突起をそっとなでると、彼女の時間は停止した。ああ……彼の愛撫は蜘蛛の巣のように繊細で軽い。最初はじらすように、それから優しくなだめるように、そしてまたじらすようにと、彼の指はデリケートで巧みだった。ついに彼女は彼の手に腰をぐっと押しつけ、どうしていいかわからず大きく叫んで欲望を解放した。

彼は守るように彼女を抱きしめ、震える脚をさすった。彼女の半分開いた口に、敬愛と欲情の混ざり合った愛の言葉をささやきかけながら、ふたたび崇めるように彼女の体に手を這わせ始めた。リリアンはそのタッチが、自分を興奮に駆り立てているのか、あるいは火照った体をなだめているのか、もう区別がつかなくなっていた。ただ、彼の手の感触によって、幾重にも快感が重なっていくのはわかった。心臓の鼓動は急き立てるようにさらに激しくなり、彼女は彼の下で身をくねらせた。彼は彼女の脚を開かせ、ひざを少し持ち上げて、彼女の中にゆっくりと入っていった。侵略の痛みに彼女ははっとたじろいだ。彼女の上の彼、そして彼女の中の彼はとても硬く、彼女は本能的に身をすくませたが、その太く重い侵入を止めることはできない。彼は硬く締まった秘部を優しく突きながら、ゆっくり奥深くへと沈んでいった。どの動きも、彼女の体の芯からぞくぞくするような快感を引き出すように思われた。体の力を抜くと、痛みはほとんどわからないくらい軽くなった。体中がかっと熱くなり、新たなクライマックスが近づく予感に彼女は燃え上がった。ところがいきなり彼は退き、彼女をびっくりさせた。

「マーカス」彼女はべそをかいた。「ああ、だめ。やめないで、お願い――」

口で彼女を黙らせ、彼女の体をそっと持ち上げて返し、うつぶせにさせた。頭がぼうっとして体を震わせていると、彼は腹の下に枕をひとつ入れた。もうひとつ、そしてもうひとつ。やがて彼女の腰は高く上がり、彼は彼女の腿のあいだにひざまずいた。彼は指で彼女のひだをなでて開かせると、ふたたび彼女の中に押し入った。彼女は抑えることができず、何度も何度もうめいた。どうしていいかわからず、顔を横に向けて頰をマットレスに押しつけた。もだえる彼女の腰を彼の手ががっしりつかんでいる。彼は先ほどよりももっと深く突き、慎重なリズムでさぐり、こすり、喜びを与える……彼女が正気を失う寸前まで、じっくり慎重に彼女を高めていく。彼女はむせび泣き、懇願し、うめき、呪いの言葉をつぶやきさえした。はじけ散るような恍惚へといざなわれながら、彼女は彼が優しく笑う声を聞いた。彼女の体は彼のものをぐっと捕えたまま、どくんどくんと収縮し、彼からクライマックスを引き出した。ついに彼も、のどから低い唸り声を発して果てた。

はあはあと荒く息をしながら、マーカスは彼女の体に自分の体を重ね、口を彼女のうなじにつけた。彼自身はまだ彼女の中に埋もれたままだ。

彼の下でおとなしく休んでいたリリアンは、はれ上がった唇をなめて、つぶやいた。「あなた、わたしのことを野蛮人って呼んだわよね」彼が声を殺して笑うのを聞きながら、彼女は息をついた。けばの粗いベルベットのような彼の胸毛が、彼女の背中をくすぐる。

＊　＊　＊

リリアンは愛の行為のあとの快い疲れを感じていたが、絶対に眠りたくなかった。かつて格式ばっていて退屈きわまりないと軽蔑していた男にこんなにも意外な面があったのかという驚きで胸がいっぱいだった。マーカスはそれをめったに他人には見せないが、とても柔軟なところがあるのだと彼女は気づき始めていた。そして、彼が自分のことを思ってくれていることも感じ取れた。ただ、心の底からあふれてくるような自分の思いが強すぎる気がして、彼の気持ちを推し量るのがこわかった。

マーカスは彼女の汗ばんだ体を、冷たく湿った布で拭いてから、自分が脱ぎ捨てたシャツを彼女に着せた。シャツからは彼の肌の香りがする。彼はワイン煮の洋梨がのった皿と、甘いワインのグラスを運んできた。さらに、そのとろんと柔らかなフルーツを彼女に二さじ、三さじ食べさせてもらったりもした。お腹がいっぱいになったリリアンは空の皿とスプーンを脇に置いて、彼に体をすりよせた。彼は片ひじをついて横たわり、彼女の髪を指でもてあそびながら、彼女を見下ろした。

「わたしに、セントヴィンセントとの仲を邪魔されて、残念だと思っているかい？」

彼女は怪しむように微笑んだ。「なぜ、いまさらきくの？　良心の呵責を感じているとは思えないけど」

マーカスは首を振った。「いや、ただ、きみが後悔しているかと思っただけだ」

そんなことを確認したがるなんて——彼の気持ちに驚き、心打たれて、リリアンは彼の黒い胸毛をいじった。「いいえ」彼女は素直に言った。「彼は魅力的だし、好意は持っていたけれど……彼を求めてはいなかった」

「しかし、彼との結婚は考えていただろう」

「まあね」と彼女は認めた。「公爵夫人になるのも悪くないかもと——あなたをいじめるために」

彼の顔がぱっと輝いた。彼がお返しに彼女の胸を嚙んだので、彼女はきゃっと叫んだ。

「わたしは耐えられなかったのだ」と彼は認めた。「きみがわたし以外のだれかと結婚するのが」

「セントヴィンセントなら簡単に、自分の目的にかなう資産家の娘を見つけると思うわ」

「おそらく。だがきみほどの財産を持っている女性はそういないし……ましてやこの美貌となると」

彼の褒め言葉ににんまりして、リリアンは彼に片脚をひっかけて半分またがるようなかっこうになった。「もっと言って。あなたがわたしの魅力を詩のように語るのが聞きたいわ」

彼は上体を起こし、はっと息を吞む彼女を軽々と抱き上げ、向かい合うように腿の上にまたがらせた。シャツのV字の開きからのぞいている青白い肌を指でなぞる。「詩のように語ることはできない。マースデン家の人間に詩人はいないんだ。しかし……」彼は言葉を止めて、自分のひざに馬乗りになっている手足の長い娘をほれぼれと見つめた。もつれた彼女の髪はウエストのあたりまで垂れている。「だが、これくらいなら言える。もつれた黒髪を腰まで垂らし、黒い瞳を明るく輝かせているきみは、まるで異国のプリンセスのようだ、と」

「それから?」リリアンは、彼の首にだらりと両腕をかけ、促した。

彼は彼女の細い腰に両手をあて、徐々にずらしていって、引き締まった滑らかな腿をつかんだ。「それから、きみの見事な脚についていくらエロティックな夢を見ても、本物には絶対におよばない、と」

「わたしの脚を夢見たことがあるの？」彼の手のひらが腿の内側をけだるくさすったので、リリアンは身をよじらせた。

「もちろんさ」彼の手が垂れ下がっていたシャツの裾の下に消えた。「わたしの胴に脚をまわして」彼の声が低くなる。「馬に乗るときのように、ぎゅっとわたしにしがみつくんだ……」

彼が両方の親指で彼女の柔らかな外側のひだを愛撫するのを感じて、リリアンは目を見開いた。「え？」と消え入るような声できいた。彼がやさしくマッサージするように自分を押しひろげたので、息が乱れ始める。シャツに隠れて見えないが、彼の指は何か狡猾なことをしている。彼女は震えながら、彼の集中した顔を見つめた。彼は両手で彼女をもてあそんでいる。片手の指で彼女を満たしつつ、反対の手で敏感な小さな突起を巧みに愛撫する。彼に触れられるたびに、彼女の肌は焼け付きそうになる。「でも、こんな……」彼女は混乱しながら息を切らせてつぶやく。「女はこんなふうには……あ……ああ……こんなの聞いたことが……」

「たまにはこういうふうにもするんだ」と彼はささやきながら、彼女をからかい、うめかせる。「わたしのむこうみずな天使……教えてあげよう」

無知な彼女が、わけがわからずにいるうちに、彼は彼女をもう一度持ち上げて、硬くいきりたった彼の上に下ろし、彼女の腰をぴたりと彼の腰につけた。ショックでしゃべることもできず、リリアンは彼の低いささやき声と彼女の腰にあてがわれた彼の手の辛抱強い誘導にしたがって、おずおずと腰を動かしてみた。しばらくすると彼女はリズムをつかみ始めた。「そうだ」彼の声もはずんでいる。「いいぞ、そうだ……」彼はもう一度シャツの下に手を入れ、ひだの下に隠れてうずいている蕾をさがしあてた。彼女の下向きの動きをひきたてるように、親指で蕾のまわりを優しくなぞる。その柔らかな圧で彼女の神経に新たな快感の波が広がっていった。彼は彼女から目を離さず、彼女の歓喜の表情を味わっている。彼が自分だけに心を集中させているのを感じて、彼女の恍惚は熟し、激しく痙攣しながら絶頂へとのぼりつめた。彼女の体も、心も、魂も、すべてが彼によって満たされた。マーカスは彼女のウエストをしっかりとつかみ、腰を上へ突き上げて、自身の喜びを彼女の中へ放出した。

頭は空っぽになり、ぐったりと疲れ果てて、リリアンは彼にもたれかかった。頭を彼の胸の真ん中につける。胸に耳を当てると太鼓のように鳴り響く鼓動が聞こえた。それはかなりの時間が経ってから、ようやく自然なリズムにもどり始めた。「ああ、神よ」彼はつぶやき、両腕で彼女を抱えてから、ものすごくつらそうに、彼女から手を離した。「リリアン、リリアン」

「うーん？」リリアンは眠そうにまつげをしばたかせた。我慢できないほどの睡魔に襲われている。

「わたしは気持ちを変えた。交渉についてだが。きみの望むことはなんでもあげる。どんな条件でも呑む。わたしの力がおよぶ限りにおいて。だから、わたしの妻になると言って、わたしを安心させてくれ」

リリアンはがんばって頭を上げて、重そうなまぶたの彼の目を見つめた。「これがあなたの交渉力の見せ所だというのなら、あなたの事業のことが心配になってきたわ。ビジネスのパートナーには、こんなに簡単に降参しないでいただきたいわ」

「大丈夫だ。彼らとは寝ないから」

彼女はゆっくりと笑顔をつくった。マーカスが喜んで信頼に飛びついてくれるというのなら、わたしもそうしよう。「では、ウェストクリフ、あなたを安心させるために……はい、あなたの妻になります。でも、ひとこと言っておくわ……わたしの条件をあとで知ったら、交渉しなかったことを後悔するかも。たとえば、石鹸会社の重役になりたい、なんて言い出しかねないわよ」

「ああ、お助けを」とつぶやくと、彼は深い満足のため息をついて、眠りに落ちた。

23

　リリアンはその夜、明け方近くまでマーカスのベッドにいた。ときどき目をさまし、自分が彼の熱い体と、柔らかなリネンとシルクとウールの層に包まれているのを確認した。彼は愛の行為で疲れ果てたのだろう。ぴくりとも動かず、ぐっすり眠り込んでいた。しかし、夜明け間際に目を覚ましたのは彼が先だった。彼に起こされ、心地よいまどろみの中にいた彼女はいやいやをした。

「もう夜が明ける」マーカスは彼女の耳元でささやいた。「目を開けて。きみを部屋に連れて行かなくては」

「いやよ」彼女は眠そうに言った。「あと数分だけ、ね」彼女はまた彼の腕の中にもぐりこもうとした。ベッドはとても温かく、外の空気は冷たかった。床は氷のように冷たいだろう。

マーカスは彼女の頭のてっぺんにキスをして、彼女を起こして座り姿勢にさせた。「もう起きるんだ」彼はやさしく諭し、背中を丸くさすった。「もうじきメイドが起きて、暖炉の火を起こす……今朝、客たちは狩りに行く予定だから、彼らも間もなく起きだすだろう」

「いつか」リリアンは彼の力強い胸の中にうずくまりながら、不機嫌な声で言った。「教えて欲しいわ。どうして男の人たちって、明るくなる前からいそいそと野外に出かけていって、ぬかるんだ原っぱをうろついて小動物を殺すことにこれほど不道徳な喜びを感じるのかしら」

「自然と向き合って自らを試したいからだ。それにもっと大事なのは、昼前に飲む口実ができること」

彼女は微笑んで彼の肩に顔をすりつけ、滑らかな男の肌に唇を這わせた。「寒いわ」とささやく。「カバーの下にふたりでもぐりこみましょうよ」

マーカスは彼女の魅力的な誘いに屈しそうになるのを、うめき声をあげてこらえ、ベッドを出た。リリアンは即座にカバーの下にもぐりこみ、着ていたマーカスのシャツの前をぎゅっとつかんで自分をしっかり包み込んだ。しかし、すぐに彼はすっかり身支度を整えて戻り、寝具の中から彼女を引っ張り出した。「文句を言ってもきかないぞ」と彼は言って、自分のガウンで彼女をくるんだ。「部屋に帰るんだ。こんな時間にわたしといっしょにいるところを見られてはならない」

「スキャンダルを恐れているの？」

「いや。しかし、できる限り思慮深く行動するのがわたしの信条だ」

「まあ、紳士でいらっしゃること」と彼女はからかい、彼にガウンのベルトを締めてもらうために両腕を高くあげた。「同じくらい思慮深い女性と結婚すればいいのよ」

「ああ、だが、そういう女性は、いけない娘の半分もおもしろくないからね」

「わたしのこと？」彼の肩に両腕をだらんとかける。「いけない娘って」

「あたりまえだろ」マーカスは軽く笑って、彼女の唇に自分の唇を重ねた。

＊　＊　＊

デイジーはドアをひっかく音で目を覚ました。細く目を開けて見ると、光の色からまだ早朝であることがわかった。そして姉が化粧テーブルの前で、ブラシをかけて髪のもつれをといているのが見えた。起き上がって、目にかかっていた髪をどけて言った。「いったいだれかしら？」

「わたしが出るわ」赤い畝織りシルクの日中用のドレスをすでに着ていたリリアンは、歩いて行ってドアを数センチ開けた。どうやら、ハウスメイドがメッセージを届けにきたらしいことがデイジーにわかった。ささやき声の会話のすべてがはっきり聞こえたわけではなかったが、漏れ聞いた感じでそうだと確認できた。デイジーは姉が小さな驚きの声をあげるのを聞いた。そのあとには、不愉快そうなトゲのある声がつづいた。「いいわ、わかりましたと伝えてください。でも、こんなふうに陰でこそこそする必要があるとは思えないけど」

メイドが行ってしまうと、リリアンはドアを閉めて、顔をしかめた。

「どうしたの？　メイドは何て言ったの？　だれの使い？」

「なんでもないわ」とリリアンは答え、皮肉たっぷりに言い足した。「口外無用なんですって」

「陰でこそこそ、っていうのが聞こえたけど」

「ああ、ちょっと面倒なことをやらなくちゃならないの。午後になってから話すわ——とってもおもしろい話を聞かせてあげられると思うわ」

「ウェストクリフ伯爵に関係すること？」

「間接的には」リリアンのしかめ面は消え、たちまち幸福に満ちた顔になった。デイジーはこんなに幸せそうな姉を見たことがないと思った。「ああ、デイジー、こんなに彼に甘えたくてたまらないなんて、ほんとしゃくにさわるわ。なんだか、ものすごくばかなまねをしてしまいそう。急に歌い出すとか、そんなことをしちゃうかも。ねえ、止めてよ」

「わかったわ」とデイジーは約束して、微笑み返した。「恋しているのね？」

「その言葉は使いたくないの」リリアンは瞬時に返した。「たとえそうだとしても——わたしはそう認めない——絶対、わたしから先には言わないわよ。プライドの問題なの。それに、彼が自分もだと言ってくれない可能性が大きいわ。ただ、丁寧にありがとうと言うだけで。そしたら、彼を殺さなくちゃいけなくなる。あるいは自分を殺すか」

「伯爵があなたほど頑固じゃないといいけど」とデイジー。

「ちがうわ」リリアンは妹を安心させた。「彼はそう思っているみたいだけど」ふたりだけの思い出が甦って彼女は高らかに笑い、片手を額にあてた。「ああ、デイジー」彼女はずる賢く、さも嬉しそうに言った。「わたしはものすごーくいやらしい伯爵夫人になるわ」

「そういう表現はやめましょうよ」と利口なデイジーは如才なく言った。「それより、『型破りな伯爵夫人』というのはどう」

「わたしはどんな伯爵夫人にでもなれる」リリアンは半分有頂天だ。「ウェストクリフがいいと言ったの。それに……彼は本気でそう言ったのだと思うの」

紅茶とトーストで軽く朝食を済ませてから、リリアンは裏のテラスへ出た。バルコニーにひじをついて、素晴らしい庭園をながめる。縁を丹念に整えた小道、あふれるように咲き乱れるバラを囲っている低いツゲの生垣。たくさんの魅力的な隠れ場所をつくりだすきれいに刈り込まれた古いセイヨウウイチイの茂み。けれども、いまこの瞬間に伯爵夫人がバタフライ・ガーデンで自分を待っているのだということを思い出すと微笑みは消えた。今朝のメイドの使いは、伯爵夫人がよこしたものだった。

伯爵夫人はリリアンとふたりきりで話したいと言う……屋敷から遠く離れた場所で会いたいというのは良い徴候と言えなかった。伯爵夫人は歩くのがつらいことが多く、杖を使ったり、車椅子に乗って人に押させたりしていた。だから、秘密の庭園に出向くのは伯爵夫人にとって非常に骨の折れる仕事のはずだ。二階のマースデン家の客間で会うほうがはるかに簡単だし、分別もある。しかし、伯爵夫人はおそらくこっそり、声を潜めて話がしたいのだろう。人に聞かれる危険を冒したくないのだ。だから、リリアンには伯爵夫人がこのことはだれにも話さないようにと要求してきた理由がはっきりわかっていた。もしマーカスに知られたら、どんなことが話されたのか、一部始終知りたがるだろう。それはリリアンにとっても、伯爵夫人にとっても望ましいことではなかった。それにリリアンはマーカスの後ろに隠れるつもりはなかった。伯爵夫人には自分ひとりで立ち向かえるのだから。

もちろん伯爵夫人は、長々と演説をぶつに決まっている。リリアンは知り合いの女性から、伯爵夫人は舌鋒鋭く、自分の言葉がどんなに相手を傷つけようがおかまいなしだと聞いていた。しかし、気にすることはないのだ。伯爵夫人の言葉はすべて、窓ガラスについた雨粒のように、リリアンの内部に染み込むことなく、表面を流れ落ちていくだけだ。なぜなら、なにものも自分とマーカスの結婚を止められないのだとリリアンは確信していたから。それに、伯爵夫人は、義理の娘と良い関係を築いたほうが、自分自身にとって得だということを思い知らされることになるだろう。もしそうしなければ、伯爵夫人とリリアンはお互いに相手の生活を非常に不快なものにしてしまうだろう。

リリアンは苦笑いしながら庭園につづく長い階段を下りて、冷たい朝の空気の中に入っていった。「さあ、参りますわよ、おいぼれ伯爵夫人。やれるものならやってごらんなさいませ」

バタフライ・コートの扉は少し開いていた。リリアンは背すじを伸ばし、冷静で落ち着いた表情をつくると、すたすたと中に入っていった。伯爵夫人は、お供の召使も連れず、ひとりで秘密の庭園にいた。彼女は王座に座るように堂々と丸いガーデン・ベンチに腰を下ろし、宝石で飾りたてた杖を傍らに立てていた。予想通り、石のように冷たい表情でいる。まるで無条件の勝利以外は受け入れないとでもいわんばかりの小さな戦士にように見えて、リリアンは一瞬、笑い出したくなったほどだった。

「ごきげんよう」とリリアンは明るく挨拶し、彼女に近づいた。「とても美しい場所をお選びになりましたのね。お屋敷から歩いていらっしゃるのがお大変だったのでは」

「余計なことは心配しないでよろしい」と伯爵夫人は答えた。

魚の目のようなどんよりしたその黒い瞳にはどんな表情も浮かんでいなかったが、リリアンは急に薄気味悪い寒気を感じた。恐怖というのとは少し違う、本能的な震えとでも言おうか。それはこれまで伯爵夫人に会ったときには感じたことのないものだった。「わたしはただ、伯爵夫人様が難儀なさったのではと思っただけですわ」とリリアンは言って、両手を上げて身を守るような身ぶりをした。「これ以上お愛想を言って、あなたを怒らせる気はありません。どうぞ、おっしゃりたいことをおっしゃってください。それをうかがいに来たのですから」

「あなたのために、そしてわたしの息子のために、ぜひよく聞いてもらいたいものです」伯爵夫人の言葉は冷たい辛辣さに包まれていたが、同時に、どうしてこんな話をするはめになったのかと、当惑しているようすもかすかにうかがわれた。これまでの人生で数え切れないくらいいろいろなことに反対してきたのだろうが、まさかこんな事態に陥るとは思ってもいなかったのだろう。「あなたのような平民の娘に伯爵が心惹かれるとは、わたしは想像だにしていませんでした。もし少しでも疑っていれば、もっと前に止めていたのに。伯爵はちゃんとものが考えられなくなっているのです。でなければこのような愚かなことをするはずがありません」

白髪の伯爵夫人が息を吸い込むために言葉を切ったので、リリアンは静かに尋ねた。「どうしてこれを愚かなこととおっしゃるのです？　数週間前あなたは、わたしでもイギリスの貴族を射止めることができるかもしれないとおっしゃっていました。なぜ、伯爵様ではいけないのですか？　反対なさっているのは、個人的にわたしがお嫌いだから？　それとも――」

「ばかな娘！」伯爵夫人は叫んだ。「わたしが反対しているのは、これまで一五代にわたってマースデン家の跡取りは貴族以外の娘と結婚したことがないからです。わたしは、息子をその最初の例にさせはしない。あなたは血統の重大さをまったくわかっていない。伝統も文化もない、貴族の高潔さのかけらもない国から来たのですからね。伯爵があなたと結婚すれば、それは彼だけの失敗には終わらない。わたしの失敗であり、マースデン家の血を引くすべての人々の没落につながるのですよ」

そのもったいぶった演説を聞いて、リリアンはあざけり笑いたいような衝動にかられたが、一方で、彼女は初めて、ウェストクリフ伯爵夫人のマースデン家の血筋へのこだわりは、信仰心にも匹敵するほど激しいものなのだということを理解し始めたのだった。伯爵夫人が散り散りになった冷静さをかき集めているあいだ、リリアンは、この人はどうやって話を個人的なところへ持っていき、深く押さえ込んだ息子への思いを吐露して、せつせつと訴えかけてくるつもりなのかしらと考えた。それともそんなことはしないつもりなのか。

リリアンは感情を露にするのが得意ではなかった。気の利いたことを言ったり、皮肉なコメントをしたりするほうが好きだった。心をさらけ出して話すほうがずっと危険だといつも感じてきたからだった。しかし、ここは大切な場面だ。それにおそらく、自分が結婚しようとしている男の母親に対しては、真摯な気持ちで話をするのが礼儀だろう。

リリアンは不器用にゆっくりと切り出した。「伯爵夫人様、あなたもお心の底ではご子息の幸福を願っておいでになるとわたしは思います。わたしも同じ気持ちであることをわかっていただけたら。わたしはたしかに貴族の娘ではありませんし、あなたがお望みになるほど洗練されてもおりません……」彼女は自分をあざけるように笑ってから、またつづけた。「また、家名という意味も正確にはよくわかっていません。ですがわたしは思うのです……ウェストクリフを幸せにできると。少なくとも、彼の心労を少し軽くしてあげられる……そしてわたしは軽率な行動もなるべく控えるつもりです。誓います。これだけは信じてください。わたしは彼に恥をかかせるようなことはけっしてしませんし、あなたのお気持ちを損ねるような――」

「くだらないたわごとはもうたくさんです」伯爵夫人はいきりたった。「あなたのすべてがわたしの気にさわるのです。あなたのような娘は、召使としてだってこの家に置きたくはない。ましてや女主人としてなんて！　息子はあなたを愛してはいません。ただ、亡くなった父に恨みを晴らしたいだけ。あなたは、死んだ夫の亡霊に対する、単なる反抗の道具なのよ。

無意味な復讐の手段にすぎない。そして粗野な花嫁の新鮮味が薄れていけば、彼はあなたをわたしと同じように嫌悪するようになるでしょう。でもそのときではもう遅すぎる。マーースデン家の血がすでに汚されているのだから」

リリアンは無表情を保っていたが、顔から血の気が引いていくのがわかった。伯爵夫人は自分に死以外のあらゆる災難がふりかかることを願っている――いや、死さえも願っているかもしれない――しかしリリアンは、萎縮したり、泣いたり、反抗したりするかわりに、反撃に転じていた。「もしかすると、彼はあなたに復讐したくてわたしと結婚しようと思ったのかもしれませんわね、伯爵夫人様。そうだとしたら、わたしは喜んで復讐の道具になりたいと思います」

伯爵夫人の目が飛び出した。「よくも！」としゃがれた声でつぶやく。

もっと言いたいのは山々だったが、伯爵夫人が脳卒中発作を起こすのではないかとリリアンはちょっと心配にもなった。相手の母親を殺してしまったら、結婚の幸先のよいスタートとは言えないだろうし、と彼女は心の中で苦笑いする。辛辣な言葉をぐっとこらえて、彼女は伯爵夫人を細めた目で見つめた。「これでわたしたちの立場は明確になったようですわね。わたしはこの会話からもっと違う結果を期待していたのですけれど、それでもこれはかなりの驚きだったと申し上げておきます。でもいつか、ある程度お互いを分かり合える日がくるかもしれません」

「そう……そうなるでしょう」伯爵夫人の声にはかすかに威嚇が感じられた。彼女の悪意に満ちた視線に気おされて、リリアンは思わず一歩後ろにさがりそうになった。突然、このやりとりの醜さに、彼女の気持ちは凍りついた。リリアンは伯爵夫人からできる限り遠ざかりたいという気持ちにかられたが、彼女にはどうすることもできないのだと、思い直した。そう、マーカスがわたしを求めていてくれる限りは。

「わたしは彼と結婚します」リリアンはこれだけはきちんと言っておかなければならないという気がして、静かに言った。

「わたしの目の黒いうちはそうさせない」伯爵夫人は小声でつぶやいた。彼女は腰を上げて立ち上がり、杖をつかんでバランスをとった。あまりに弱々しいようすに、リリアンは近づいて手を貸そうとした。しかし、伯爵夫人の憎しみに満ちた視線に合うと、もしかしたら杖で叩かれるかもしれないと考えて、リリアンは踏みとどまった。

バタフライ・ガーデンにかかっていたもやの繊細なベールを破って、柔らかな朝の光が差し込んでいた。カラフルな蝶が数匹、羽を広げて半分開きかけた花のまわりを飛び交っている。ここはとても美しい庭だった。これまでの毒のある言葉の応酬がこれほど似つかわしくない場所もない。リリアンはよろよろとバタフライ・コートから出て行こうとする老女のあとについていった。

「ドアをお開けしましょう」とリリアンが言った。伯爵夫人は女王のように堂々とドアが開くのを待ち、それからドアを抜けて外に出た。「もっと便利な場所でお会いすることもできましたのに」とリリアンは言わずにはおれなかった。「お屋敷の中でだって、話し合うことは容易にできましたわ。わざわざこんなところまで歩いていらっしゃることはなかったのです」

それを無視してウェストクリフ伯爵夫人はずんずん歩いていく。それから、彼女はなんだか奇妙な言葉をつぶやいた。後ろを振り返るでもなく、彼女にというよりは横にいる誰かに話しかけるように言ったのだった。「さあ、おやりなさい」

「伯爵夫人様?」リリアンは不思議に思って尋ねた。そして彼女を追って秘密の庭園から出た。

いきなり彼女は後ろから襲われて、ぎゅっと羽交い絞めにされ、口をふさがれて息ができなくなった。動くこともしゃべることもできずにいると、口と鼻に何かがかぶせられた。驚愕と恐怖に目を大きく見開き、もがいて身をふりほどこうとしながら、必死に息を吸い込もうとする。大きな手でぴったりと彼女の顔に押しあてられている布には甘ったるいにおいの液体が染み込んでいた。その刺激臭が彼女の鼻やのど、胸、そして頭を突き刺す……あっという間に、気分が悪くなって頭がくらくらし、積み木が崩れるように、地面にへたりこんだ。腕も脚も動かせなくなり、彼女は底なしの闇に沈み込んだ。太陽の光が闇に変わり、彼女はまぶたを閉じた。

早朝の狩りのあと、湖畔の天幕で遅い朝食をとってから屋敷に戻ったマーカスは、裏の大階段の下で呼び止められた。狩りの参加者のひとりで、マースデン家とは二〇年来の友人である老人だった。老人はある客について文句を言い始めた。「あの男は撃つ順番を守らんのじゃ」と老人はすっかり熱くなっている。「一度や二度ではなく、三度もだ。しかもさらに悪いことに、わたしが撃ち落した鳥を自分のものだと言い張りおる。ストーニー・クロス・パークで長年狩りをしてきたが、こんなにひどい不作法に出会ったことは――」

マーカスは重々しく上品に彼の言葉をさえぎり、その困った客によく話をしておくと言っただけでなく、来週にでもまたストーニー・クロス・パークで存分に狩りを楽しんでくださいと老人をなだめた。憤慨していた老人もそれで溜飲が下がったらしい。狩場での紳士らしいふるまいを何ひとつ知らないけしからん客だ、とさらにひとことふたこと不満を述べてから去っていった。苦笑しながら、マーカスは階段をのぼって裏のテラスに向かった。すでに戻っていたハントを見つけると、彼は妻のアナベルのほうに体を傾けて立っていた。彼女はとても不安そうな表情で、ハントに何かささやきながら、彼の上着の袖の中に指を滑り込ませた。

階段の最上段に足をかけると、デイジー・ボウマンと彼女の友人のエヴィー・ジェナーが近づいてきた。エヴィーはいつものように、視線を合わせたがらない。軽くお辞儀をして、マーカスはデイジーに笑いかけた。デイジーには、容易に兄のような愛情を感じられるとマーカスは思った。そのほっそりした体つきと喜びにあふれる元気いっぱいの性格は妹のリヴィアを思わせた。しかし、いま、いつもの朗らかな表情は消えており、頬から赤みが抜けて青ざめている。

「伯爵様」デイジーはささやくように言った。「お戻りになってほっとしました。じつは……ちょっと問題が起こって、みんな心配しているのです……」

「何かわたしにできることは？」マーカスは即座にきいた。頭を低くして、彼女の顔に近づけると、そよ風が彼の髪をかすかになびかせた。

デイジーはどう説明したらいいか迷っているようだった。「姉のことなんです」彼女は張りつめた顔で言った。「どこにもいないのです。最後に見かけたのは五時間ほど前です。何か用事があると言って出ていったのですが、どんな用事なのかは教えてくれませんでした。彼女が戻ってこないので、わたしはまずひとりで探してみたんです。それからほかの壁の花――つまり、エヴィーとアナベルも手伝ってくれました。屋敷の中にも、お庭にもリリアンはいません。もしかすると気まぐれでそっちのほうまで行ったのかもしれないと思って、願いの泉にも行ってみたのですけど。こんなふうに姿を消すなんて、姉らしくありません。わたしを置いてひとりでいなくなるなんて、ありえません。心配するのが早すぎるのかもしれませんが……」彼女は言葉を切って眉をひそめた。なんとか心配しないですむ理由を探そうとしても、どうしても見つからないとでもいうように。「なんだかとてもいやな予感がするのです、伯爵様。わたしにはわかるんです」

マーカスは努めて平静を装っていたが、不安の刃で心臓をぐさりと突き刺された気分だった。心の中で、彼女の姿が見えなくなった理由をあれこれ考えてみる。ささいな理由から重大なものまで、どんなに考えてもつじつまの合う説明は思いつかない。リリアンは、ひとりで遠くまでぶらぶら歩いていって道に迷うほどばかな娘ではないし、いくら悪ふざけが好きといってもこんなゲームをするはずがない。だれかを訪ねていったということもないだろう。なにしろ村に知り合いはいないのだし、ひとりで屋敷を離れるはずがない。怪我でもしているのだろうか？　それとも急に病気になったのでは？

不安で彼の心臓は激しく鳴っていたが、デイジーの小さな顔からエヴィーへと視線を動かしながら、努めて冷静な声で話した。「厩舎へ行った可能性は――」

「あ、ありません、伯爵様」エヴィーが答えた。「わたしはすでに厩舎に行って確かめたのです。馬は全部厩舎にいましたし、係の人たちも今日、リ、リリアンを見かけていないそうです」

マーカスは短くうなずいた。「家と外を徹底的に捜索する手配をしよう。彼女は一時間以内に見つかるだろう」

彼の冷静な対応にかえってデイジーは安心したようすで、ほうっと震えるため息を漏らした。「わたしは何をしたら？」

「彼女の用事とやらについてもう少し詳しく聞かせてくれ」マーカスは真剣に、デイジーの丸いジンジャーブレッド色の目をのぞき込んだ。「彼女が出かける前、どんな話をしたんだい？」

「メイドのひとりが、今朝メッセージを伝えに来たのです。そして――」

「いつごろ？」マーカスはきびきびと口をはさんだ。

「八時ごろでした」

「どのメイドだ？」

「知りません。姉とメイドが話しているとき、ほとんどドアは開いていなかったので、わたしからは何も見えなかったのです。メイドは婦人用室内帽《モブキャップ》をかぶっていたので髪の色すらわかりません」

ふたりが話しているとハントとアナベルもやってきた。

「ぼくが女中頭とメイドにきいてみよう」とハントが言った。

「たのんだぞ」素早く行動を起こさなければとあせりながら、マーカスが言った。「わたしは屋外の捜索を始める」召使を集め、リリアンの父親と、ほかの客にも何人か協力を頼もう。彼はすぐに頭の中で計算を始めた。いなくなってからの時間と、まわりがかなり歩きにくい土地であることを考慮すると、彼女はどのあたりまで行った可能性があるだろうか。「まず、庭園から始めよう。それから屋敷から一五キロ以内に範囲を広げる」マーカスはハントの視線をとらえ、ドアに向けて顎をしゃくって合図し、連れ立って歩き始めた。

「伯爵様」デイジーの心配そうな声で、彼はしばし足を止めた。「見つけてくださいますよね？」

「大丈夫だ」彼は躊躇なく答えた。「ただし見つけたら、首を絞めてやるが」

それを聞いてデイジーはこわばった笑みを浮かべ、彼が出て行くのを見守った。

時間の経つのがひどく長く感じられる午後が過ぎていくうちに、マーカスの気分はじれったいもどかしさから、しだいに耐え難い不安へと変わっていった。またあの娘の気まぐれないたずらにきまっとる、と苦虫を嚙み潰したような顔で信じ込んでいるトーマス・ボウマンは、馬で近くの森や周辺の草地を探索するグループに加わり、捜索を志願してくれた他の人々のグループは崖を下って川べりを探しに行った。独身客用の棟や、門番小屋、管理人の家、貯氷庫、教会、温室、ワイン貯蔵庫、厩舎とその庭はすべてくまなく調べられた。ストーニー・クロス・パークの隅から隅まで捜索が行われたが、足跡も脱ぎ捨てられた手袋も見つからず、リリアンの行方を示す手かがりは何ひとつ得られなかった。

マーカスは森や野原をブルータスに乗って走り回り、しまいには馬の横腹が汗でびっしょり濡れ、口の端には泡がつくほど馬を疲れ果てさせた。一方、サイモン・ハントは屋敷内に残って、召使をひとりずつ尋問した。ハントなら、自分と同じくらい執拗かつ効率的に調べあげてくれるとマーカスは信じ、彼にそちらの方面はすべて託していた。マーカス自身は、我慢強く人と話をする気にはなれなかった。相手の頭を殴りつけ、首を締め上げて情報を引き出したい気分だった。リリアンが戸外のどこかにいて、道に迷っているか、怪我をしているかもしれないと思うと、今まで経験したことのないような感情に襲われた。稲妻のように熱く、氷のように冷たい感情……それは恐怖なのだと、徐々に彼にもわかってきた。リリアンの安全は彼にとってあまりにも重要だった。自分が助け出せない状況に彼女が置かれているのだと思うと、いてもたってもいられなかった。もしかすると彼女を発見することさえできないかもしれない。

「御前、池と湖をさらう手配をさせましょうか」従僕のウィリアムは、急いで捜索の報告をしたあと、伯爵に尋ねた。マーカスはうつろな顔で彼を見た。頭を貫くように耳鳴りが激しくなり、心臓が早鐘のように打って、血管が痛み出す。「まだいい」答える自分のいやに冷静な声が聞こえる。「わたしは書斎に行って、ミスター・ハントと相談する。何か数分以内に起こったら、書斎に知らせに来てくれ」

「かしこまりました」

大またで歩いて書斎に向かう。そこではハントが召使をひとりひとり尋問していた。ノックをせずに部屋に入る。ハントは広いマホガニーの机の後ろに座り、横の椅子にちんまりと座っているハウスメイドのほうに椅子を向けていた。マーカスの姿を見て、彼女は立ち上がり、ぺこんと怯えたように頭を下げた。「座れ」と彼が簡潔に命じると、その声の調子のせいか、彼の厳しい表情のせいか、あるいはただ伯爵がいることで緊張してしまったのか、彼女はわっと泣き出した。マーカスがいったい何事かとサイモン・ハントのほうを見ると、ハントは恐ろしく冷静沈着な顔で、メイドをじっと見つめていた。

「伯爵」ハントは、袖で涙をぬぐいながらわんわん泣いているメイドから目をそらさず、静かに言った。「このガーティというメイドを問い詰めたところ、どうやら彼女は、今朝ミス・ボウマンがだれにも言わず出かけた理由やその後の失踪について、役立つ情報を握っているようだ。しかし、暇を出されることを恐れているらしく口を割ろうとしない。彼女の雇い主であるあなたが、約束をしてくれれば――」

「おまえを解雇することはない」マーカスはきつい声でメイドに言った。「いますぐ、知っていることを話すなら。そうしないなら、首にするだけでなく、ミス・ボウマンの失踪に関係した罪でおまえを追及する」

ガーティは目玉が飛び出すほど目を見開いて主人を見ると、すぐさま泣くのをやめて、恐る恐るつかえながら告白し始めた。「ご、御前様……わ、わたしはミス・ボウマンにメッセージを伝えるようにと仰せつかりましたが、だれにも口外してはならぬと釘を刺されておりました……あの方は、内密にバタフライ・コートでお会いになるつもりだと……もしひとことでも漏らしたら、暇を出すと言われて、あの方が……」

「だれがおまえを使いに出した？」怒りでマーカスの頭に血がのぼる。「だれと会うことになっていたんだ？　くそっ、言わないか！」

「伯爵夫人様でございます」彼の形相に気おされて、ガーティは小さな声で言った。「ウェストクリフ伯爵夫人様です」

最後の言葉が彼女の唇から離れる前に、マーカスは部屋を飛び出し、怒り狂って大階段に向かった。

「ウェストクリフ！」サイモン・ハントは大声で彼の名を呼び、走ってあとを追った。「ウェストクリフ……おい、待て……」

マーカスはさらに速度を速め、二段抜かしで階段を駆け上がった。伯爵夫人ならやりかねないことだと、自分が一番わかっていたはずなのに……彼の魂は恐怖の黒雲に呑まれた。もう、手遅れかもしれない。すでにリリアンを失ってしまったのかもしれない。

24

リリアンは朦朧とした意識の中で、不快な揺れがつづいているのを感じていた。ああ、わたしはものすごい速度で飛ばしている馬車で運ばれているんだわ、だからこんなふうにがたんがたんと揺れているんだ――徐々に頭がはっきりしてきた。ひどいにおいが充満している……テレピン油みたいな、強力な溶剤のにおいだ。混乱した頭で、体を少し動かすと、硬い枕のようなものが耳にあてられているのがわかった。毒でも盛られたのか、ひどく気分が悪かった。息を吸い込むたびにのどがひりひり痛んだ。何度も吐き気がこみあげてくる。彼女は吐き気をこらえてうめく。雲がかかったようにぼんやりしている彼女の心は、不愉快な夢からのがれようともがく。

ぱちっと目を開けると、何かが自分を見下ろしていた……顔だ。鋭い目で見たかと思うと、また消える。彼女はいったい何が起こったのか知りたくて、尋ねようとするが、頭と体が切り離されてしまったようだ。自分が何かしゃべっているのは薄ぼんやりとわかるが、その言葉は意味をなしていない。

「シー……」指の長い手が彼女の頭に伸びてきて、頭皮とこめかみをさすった。「まだ横になっていなさい。もうすぐ目が覚めるよ、ダーリン。静かに、ゆっくり呼吸するんだ」

リリアンは困惑して目を閉じ、いつものようにものがちゃんと考えられるように、なんとか頭をすっきりさせようとした。しばらくすると、その声と人のイメージがつながった。

「センヴィンセン……」舌がもつれてはっきりと発音できない。

「なんだい、愛しい人」

最初に感じたのは、安堵の思いだった。友人だ。わたしを助けてくれる人だ。しかし、その安堵はたちまち消えうせた。彼女の本能が気をつけろと必死に警告を発している。頭を回すと、自分がセントヴィンセントの腿に頭をのせているのだとわかった。胸の悪くなるにおいが体中にこびりついていた。鼻の中にも、顔にも。臭気で目がちくちくする。そのにおいをはぎ取りたくてたまらず、彼女は肌をかきむしろうとした。

セントヴィンセントは彼女の手首をつかんでささやいた。「だめ、だめ……わたしが手伝ってあげよう。手をおろして。そうだ、いい子だ。さあ、これを飲んで。ほんの一口だけだ。でないと口からこぼれてしまう」携帯用の酒瓶か革袋のようなものの口が、彼女の唇に押しあてられ、冷たい水が口の中に注ぎ込まれた。彼女はありがたくそれを飲み込み、湿った布で頬や鼻やあごを拭いてもらうあいだ、じっと動かずにいた。

「かわいそうに」セントヴィンセントはのどを、それから額を拭きながらつぶやいた。「きみをわたしのところに連れてきた間抜けは、必要量の二倍もエーテルを使ったに違いない。でなければ、もっと前に目を覚ましていたはずだ」

エーテル、きみをわたしのところに連れてきた間抜け……少しだけ頭が働くようになってきた。リリアンはかすむ目で彼を見上げたが、すっきりとした顔の輪郭と、金箔を張った古いスラブの彫像のような、濃い金色の髪しかわからなかった。「見えないわ……」と彼女はか細い声で言った。

「数分もすればよくなる」

「エーテル……」リリアンは不思議そうにその言葉を繰り返した。どこかで聞いたことがある。薬種屋か何かで、以前に見たことがある。エーテル……麻酔剤として、ときには医学の手術などの用いられる薬品。「どうして？」と彼女は尋ねた。この止まらない震えはエーテルのせいなのかしら、それとも敵の腕の中になすすべもなく横たわっているせいなのかしらといぶかりながら。

彼女はまだセントヴィンセントの表情をはっきりと見ることができなかったが、心からすまないと思っていることが彼の声の響きから感じられた。「仕方がなかったんだよ、ダーリン。きみがこんなにひどい目に遭うことがわかっていたら、もっと丁重に扱うように念を押したのだが。わたしに届いたメッセージは、きみが欲しければ時間に遅れず引き取りにくること、でなければきみをほかの方法で始末するということだけだった。わたしは伯爵夫人がどういう人かよく知っているから、きみを袋に入れた猫のように溺れさせてしまう方法を彼女が選んだとしても驚かない」

「伯爵夫人」リリアンはおぼつかない声で繰り返した。まだはれあがった舌をうまく動かすことができない。エーテルの後遺症のせいで、よだれが止まらない。「ウェストクリフ……彼に伝えて……」ああ、マーカスに会いたい。彼の低い声と愛情あふれる手、たくましく温かい体の感触が恋しくてたまらなかった。しかし、マーカスは彼女がどこにいるのかも、何が起こったのかも知らないのだ。

「きみは運命の変化に出会ったのだよ、大切な人」セントヴィンセントは優しく言って、彼女の髪をまたなでた。まるで彼女の心を読んでいるかのようだ。「いまごろウェストクリフを呼んでも手遅れだ……われわれは彼の手の届かないところにいるのだから」

リリアンはじたばたもがきながら起き上がろうとしたが、ふらふらと馬車の床に転げ落ちそうになっただけだった。

「楽にして」とセントヴィンセントはささやくと、軽く彼女の肩に手を当てて体を支えた。

「まだひとりでは起き上がれない。だめだ、気分が悪くなる」

くやしいことに、彼女は半べそをかきながら、ふたたび彼のひざに崩れ落ち、彼の腿の上に力なく横たわるしかなかった。「いったいあなたはどうするつもり?」彼女ははあはあ苦しげに呼吸しながら、必死に吐き気をこらえてなんとか尋ねた。「どこへ行くの?」

「グレトナグリーン(イングランドとの境界に近いスコットランドの村。駈け落ち者の結婚の地として有名だった)だ。われわれは結婚するんだよ、かわいい人」

吐き気と突然襲ったパニックと戦いながら考えをまとめるのは難しかった。「わたしは結婚しないわ」リリアンは、何度も何度もつばを飲み込みながら、小さな声で言った。

「気の毒だが、そうせざるをえないんだよ」彼は抑揚のない口調で言う。「わたしはきみの協力を引き出すすべをいくつか知っている。もっとも不必要な痛みを与えたくはないのだが。そして式のあと、床入りを済ませれば婚姻は成立する」

「ウェストクリフが許さないわ」リリアンはしわがれた声で言った。「あなたが何をしようと。彼は……彼はあなたからわたしを取り返してくれる」

セントヴィンセントの声は落ち着いていた。「そのころには、きみは法的にわたしのものだから、彼にはどうすることもできないのだよ。それに、わたしはきみよりずっと長く彼を知っている。わたしのものになったきみを、彼が欲するとは思わない」

「意志に反して犯されたのなら」リリアンは、自分の肩をなでる彼の手を感じてはっと息を呑み、身をすくませた。「彼はわたしを責めないわ」

「無理に犯すようなことはしない」セントヴィンセントは優しく言った。「わたしに得意なことがあるとすれば、ダーリン、それは……ふん、自慢はやめておこう。しかし、テクニックについてのつまらない話をするより、きみに言っておこう。ウェストクリフはきみを責めたりはしないだろうが、別の男の子どもを生む可能性のある女と結婚する危険も冒さないだろう。彼は汚された女を受け入れることもできない。彼は、もちろん不本意であろうが、きみにこう言う。だれにとっても、起こったことはそのまま受け入れるほうがいいのだと。そして彼は、そもそも彼が選んだはずの適切なイギリス娘と結婚する。一方きみは——」彼は指先で彼女の震える頰をなぞった。「わたしとうまくやっていく。きみの家族はすぐに、わたしでもよかったと思うようになるだろう。彼らはたとえ好まなくとも、せざるをえないことは潔く行うタイプだからね」

リリアンは彼の分析には賛成しかねた。少なくともマーカスに関しては。彼女はマーカスはそんな人間ではないと確信していた。しかし、いま、そんなことはどうでもいい。もっと真剣に考えなければならない大切なことがある——とくに、こちらが望まない床入りのあたりのことを。彼女はしばらく静かに横たわっていた。嬉しいことに目がはっきり見えるようになり、吐き気もおさまってきた。ただ苦い唾液だけはまだどんどん口の中にたまってくる。最初の混乱とパニックが鎮まったところで、彼女は鈍い頭に鞭打って、なんとか考えをまとめようとした。怒りを爆発させたい衝動にもかられたが、そんなことをしても何の足しにもならないだろう。それよりも思考力が戻ってくるのを待って、合理的に作戦を立てるほうがいい。

「起き上がりたいわ」と彼女は冷静に言った。

セントヴィンセントは彼女の落ち着きに驚き、それを賞賛しているようだった。「ゆっくりと、そうだ。ひとりで体を支えられるようになるまで、わたしにもたれて」

彼に助け起こしてもらい、馬車の座席の隅に体をはめこむように座らせられると、目の前に白と青の火花が散った。唾液がどっとあふれてきて、へたりそうになったが、彼女はなんとか自分をしゃんとさせた。ドレスの前がウエストまで開いていて、しわくちゃのシュミーズが見えている。それに気づいて、彼女の心臓はどきどき鳴り始め、なんとかドレスの前を合わせようとしたがうまくいかなかった。彼女は非難するようにセントヴィンセントをにらみつけた。彼は真面目な顔をしていたが、目には光と微笑が躍っている。「いいや、きみを襲っちゃいない」と彼はつぶやいた。「まだ、ね。意識のない獲物をいただくのは好みじゃない。しかし、きみの呼吸は浅かったし、エーテルが効きすぎたのと、きついコルセットのせいで死んでしまうのではないかと心配したんだ。だからコルセットを外したんだが、そうしたらドレスを閉められなくなった」

「もっと水を」リリアンはかすれた声で頼み、彼が手渡してくれた革袋から慎重にひとくち飲んだ。リリアンはセントヴィンセントを無表情に見つめ、ストーニー・クロス・パークでのあの魅力的な友人の痕跡を探した。いま見えるのは、自分が欲しいもののためにはためらうことのない冷酷な男の目だけだった。彼には主義もなく、ユーモアもなく、人としての弱さもなかった。泣いても、叫んでも、懇願しても、彼の心を動かすことはできないだろう。目的を達成するためには、どんなことでも、強姦ですら平気でやってのけるのだろう。

「どうしてわたしを?」彼女は抑揚をつけずに尋ねた。「どうして他の資産家の娘を選ばなかったの?」

「なぜなら、きみが一番都合がよかったからだ。しかも、きみの持参金は群を抜いている」

「そして、ウェストクリフをたたきのめしたかった。なぜなら、あなたは彼に嫉妬していたから」

「ダーリン、それは言いすぎだ。わたしは義務でがんじがらめになったウェストクリフに取って代わりたいとはけっして思わない。わたしはただ、快適な生活を送りたいだけだ」

「そのためならば、あなたを憎んでいる妻をめとることもいとわないと?」リリアンは、べたついて膜がかかったような目をしきりにこする。「わたしがあなたを許す日がくると思っているなら、あなたはひとりよがりの自己中心的なあほうよ。わたしはどんなことをしてでも、あなたを惨めな気持ちにさせてやる。それがあなたの求めるもの?」

「いま欲しいのは、きみの金だけだよ、大切な人。あとで、きみの気持ちを和らげる方法を見つけられるかもしれない。それに失敗したら、わたしはきみをどこか遠くの田舎の屋敷に閉じ込めてしまおう。楽しみといえば、窓から牛や羊をながめることだけという田舎に」

リリアンの頭はずきずき痛み出した。痛みを和らげようと指でこめかみを強く押す。「わたしを甘く見ないで」彼女は目を閉じて言った。心臓が冷たく固い石に変わってしまったような気がする。「あなたの人生を地獄にしてやる。あなたを殺すかもしれなくてよ」

軽い陰気な笑いがそれに答えた。「いつか、だれかに殺されることになるだろうとは思っていたが、自分の妻に殺されることもありえるな」

リリアンは黙り込んだ。役に立たない涙がわいてきそうになって、それをこらえるためにきゅっと目を閉じる。しかし、彼女は泣くつもりはなかった。チャンスを待つんだ……そしてもし、彼を殺すことが逃げ出す唯一の道だとすれば、彼女は喜んでそうするつもりだった。

マーカスはまっすぐに伯爵夫人の個人用スイートに向かい、彼のすぐあとをサイモン・ハントが追いかけた。彼らが伯爵夫人の部屋に着いたころには、家中の半分の人がその騒動に気づいていた。自分の母親である邪悪な女のもとに急ぐことしか頭になかったマーカスは、びっくり仰天して目を丸くしている使用人たちにほとんど目もくれず彼らの前を走り抜けた。サイモン・ハントがいくら冷静になれと説得しようとしても、烈火のごとく怒っているマーカスは聞く耳を持たず、ハントを振り払った。彼は生まれてこのかた、こんなふうに正気を失ったことは一度もなかった。

母親の部屋のドアに手を掛けると鍵がかかっていた。彼はノブを乱暴にがちゃがちゃ回した。「開けろ」彼は怒鳴った。「いますぐ開けるんだ！」

沈黙、それからメイドの怯えた声が中から聞こえた。「御前様、奥様はいまお休みになっているとお伝えするように仰せつかっております」

「では、永遠に眠らせてやる」マーカスは吠えた。「ただちに、このドアを開けないなら」

「御前様、どうか——」

彼は三、四歩後ろにさがると、ドアに突進した。みしっと音を立てて、蝶番が半分外れた。たまたま廊下にいて、伯爵の狂暴なふるまいを目撃したふたりの女性客がきゃーっと恐怖の叫び声をあげた。「まあ、どうしましょう」ひとりがもうひとりに言った。「伯爵様が逆上してしまわれたわ」

マーカスはふたたびさがり、体ごとドアに突っ込んだ。今度は、ドアの板が砕けて飛び散った。サイモン・ハントが後ろから彼を抑えようとしたので、彼はこぶしを固めて戦いの構えをし、くるりと振り返った。

「まったく」ハントはつぶやき、身をかばうように両手を盾にして、一、二歩下がった。ハントは目を大きく見開いて顔をこわばらせ、見知らぬ人を見るようにマーカスを見つめた。

「ウェストクリフ――」

「邪魔をするな！」

「わかった。しかし、ひとこと言わせてくれ。もしも立場が逆なら、あなたはまっさきに、わたしに冷静になれと――」

ハントを無視して、マーカスはドアのほうに向き直り、壊れかけた錠を狙って、ブーツのかかとで力強く正確に蹴った。壊れたドアがばーんと開くとメイドが悲鳴をあげた。マーカスはまず応接室に踏み込み、それから奥の寝室に向かった。伯爵夫人は小さな暖炉のそばの椅子に腰掛けていた。きちんとドレスを着て、首には幾重にも真珠の首飾りを巻きつけ、小ばかにするように息子を見つめている。

はあはあ荒く息をしながら、マーカスは母親に近づいた。血液がどくどくと血管を駆けめぐっている。伯爵夫人が、自分の身に危険が迫っていると思っていないのは確かだった。でなければこんなに冷静に彼を迎えるわけがない。

「まあ、まるで野獣ね。紳士から野蛮人へと、変わり身が早いこと。これに関しては、ミス・ボウマンの力を褒めなければなりませんね」

「彼女に何をした？」

「彼女に？」彼女はまるで身に覚えがないというふりをして、彼をあざ笑った。「いったいどういう意味です、ウェストクリフ？」

「今朝、バタフライ・コートで彼女と会っただろう」

「わたしは屋敷からそんな遠くまで歩いていったことはありませんよ」伯爵夫人は傲慢に答えた。「なんてばかげた――」彼女はマーカスに首をつかまれてひぃっと声をあげた。彼は真珠の首飾りを握ると彼女ののどを締め上げた。

「彼女はどこだ、言わないと鳥の叉骨のようにこの首をへし折る！」

サイモン・ハントがふたたび彼を後ろから押えた。マーカスが凶行におよぶ前に絶対に止める覚悟だった。

マーカスはさらに強く首飾りを握りしめた。彼はまばたきもせず母親の顔をにらみつけ、その目によこしまな勝利の喜びが見え隠れするのを見逃さなかった。妹のリヴィアの声が聞こえてきたが、彼は母親から視線を話さなかった。

「マーカス」切羽詰った声で妹は言った。「マーカス、聞いてちょうだい！　あとでなら、絞め殺したってかまわないわ。わたし喜んでお手伝いする。でも、お母様が何をしたのか聞き出すまでは、少なくとも待って」

マーカスは、老女の目が浅い眼窩から飛び出しそうになるまで真珠の首飾りを締め上げた。「あなたを生かしておくのは」彼は低い声で言った。「あなたがリリアンの行方を知っているからだ。もし、教えないというなら、地獄に送り込んでやる。言え、さもないと締め上げるまでだ。わたしが父の息子だということを忘れるなよ。わたしは平気でこういうことができる人間なのだ」

「ええ、あなたはまさにあの人の息子ですとも」伯爵夫人はきしむような声で言った。彼が少し首飾りを緩めると、彼女は意地悪くせせら笑った。「あなたは父上よりも高貴で、利口で、善良であるふりをしてきたけれど、とうとう化けの皮がはがれたわ。あのボウマンの娘があなたをすっかり――」

「言え！」彼は怒鳴りつけた。

初めて彼女は少し落ち着かないようすを見せ始めたが、まだひとりよがりは影を潜めていない。「たしかに、今朝、バタフライ・コートでミス・ボウマンに会いました――そこで彼女から、セントヴィンセントと駆け落ちするつもりだと打ち明けられたのよ。もう心を決めていたわ」

「そんなのは嘘よ！」リヴィアは怒って叫んだ。一方、戸口のところでは壁の花たちがいっせいに騒ぎ出した。どうやら、そんなことはありえないと否定しているらしい。

マーカスは、火傷でもしたかのように、ぱっと伯爵夫人を放した。彼の最初の反応は、彼女が生きていると知った安堵の気持ちだった。しかし安堵はすぐに、彼女はまだきわめて危険な状況にあるという認識に取って代わった。セントヴィンセントが金を必要としていることを考え合わせると、彼がリリアンを誘拐する理由は十分にある。マーカスは母親に背を向けた。彼女を二度と見たくなかったし、話すことすら忌まわしかった。彼はサイモン・ハントをしかと見つめた。思ったとおり、ハントはもう迅速に計算を始めていた。「もちろん、奴は彼女をグレトナグリーンに連れて行く。そのためには東に向かってハートフォードシャーの大きな街道を通るはずだ。わき道を通って、ぬかるみにはまったり、がたがた道で車輪が壊れたりする危険を冒すことはあるまい。ハートフォードシャーからはスコットランドまで約四五時間……一時間に一六キロの速度で、ところどころで新しい馬に代えれば……」

「追いつくことはできないわ」伯爵夫人はそう叫ぶと、乾いた声で笑った。「言ったでしょう、わたしはわたしの流儀を通すと、ウェストクリフ！」

「黙れ、この鬼ばばめ！」とデイジー・ボウマンが戸口からいきなり立って叫んだ。青白い顔に大きな目をらんらんと輝かせている。「ウェストクリフ伯爵、わたし、厩舎に走って、馬に鞍をつけておくように言ってきます」

「二頭だ」サイモン・ハントが決然と言った。「ぼくもいっしょに行く」

「どの馬を――」

「エボニーとヤスミンだ」マーカスが答えた。二頭は彼が所有する最高のアラビア馬で、長距離を速く走るため交配された馬だった。純血種ほどの稲妻のようなスピードはないが、何時間も過酷なペースで走りつづけることができた。セントヴィンセントの馬車の少なくとも三倍のスピードが出る。

デイジーがさっと消えると、マーカスは妹に言った。「わたしが帰る前に、伯爵夫人がこの家からいなくなるように手配してくれ」と彼は簡潔に言った。「必要なものは何でも持たせて、とにかくここから追い出すんだ」

「どこへ送ったらいいかしら？」青ざめてはいたが沈着な態度でリヴィアはきいた。「わたしは

「どこでもかまわん。帰ってこられないということを彼女が理解してさえいれば」

「伯爵夫人は自分が追放されるのだと気づいて、椅子から立ち上がった。「わたしはこんなふうに処分されたりはしませんよ！ そんなこと許しません！」

「それから伯爵夫人に伝えてくれ」マーカスはリヴィアに言った。「もしもミス・ボウマンに何かあったら、わたしに見つからないように祈っていたほうがいいと」

マーカスは大またで部屋を出て行き、廊下に集まっていた人々のあいだを抜けていった。サイモン・ハントも彼のあとにつづき、アナベルの前でちょっと立ち止まってなにごとかささやき、額にキスをしてから、歩み去っていった。彼女は心配そうに眉をひそめて、夫に向かって叫びそうになるのを唇を噛んで我慢して、彼を見送った。

かなり長い時が経ってから、伯爵夫人はつぶやいた。「わたしの身がどうなろうとかまいません。あの子がこの家の血を汚すのを防ぐことができたと知るだけでわたしは満足です」

リヴィアは振り返って、母親を憐れみと軽蔑が入り混じった目でながめ、「マーカスは絶対に彼女を見つけます」と静かに言った。「彼は子ども時代を通して、不可能を克服するすべを学びました。そしていま、マーカスはついに戦って勝ち取る価値のある相手にめぐりあったのです……そんな彼を邪魔できるものがあると、お母様は本当にお考えですか？」

25

リリアンの胸は恐怖と不安でいっぱいだったが、エーテルの残留効果のせいでベルベット張りの馬車の壁に頭をもたれているうちに眠ってしまった。しばらくして馬車の揺れが止まり、彼女は目を覚ました。背中が痛み、足は冷え切って感覚がなかった。痛む目をこすって、すべては夢だったんじゃないかしら、と思う。目を開けたら、きっとわたしはストーニー・クロス・パークの静かな小さいベッドルームにいる……マーカスといっしょに眠った広々としたベッド上だったらもっといいんだけど、と彼女は心の中で念じた。目を開けてみる。見えるのはセントヴィンセントの馬車の内部だった。とたんに気持ちがどっと落ち込んだ。

震える指をぎこちなく動かし、窓のカーテンを開ける。夕暮れ時で、沈みかけた太陽の最後の輝きがオークのまばらな木立を通して見える。馬車は、ブル・アンド・マウスという看板が表の入口の横にぶらさがっている馬車旅行用の宿屋の前に止まっていた。大きな宿屋で、馬を一〇〇頭ほど収容できる厩舎があり、本街道を通るたくさんの旅行者の宿泊用に三つの建物が棟つづきになっていた。

座席の横で人の動く気配を感じて、体をそちらに向けようとすると、いきなり両手首をつかまれて後ろにまわされてしまい、リリアンは身をすくませた。「何を——」と言いかけた瞬間、冷たい金属の輪がかちっと手首にはまった。腕を引っ張ってみたが、しっかり固定されている。手錠だわ、と彼女は思った。「このごろつき」怒りに震える声で彼女は言った。「いくじなしの、くそったれ——」しかし、口に布をつめこまれ、さるぐつわをされてしまったので、あとをつづけることができなかった。

「悪いね」セントヴィンセントは、彼女の耳元で少しも後悔の感じられない声でささやいた。「手首を引っ張っちゃだめだぜ、かわい子ちゃん。むだに青あざをつくるだけだ」彼の温かな指が氷のように冷たい彼女のこぶしを包んだ。「おもしろい玩具なんだよ、これは」彼は指先を手錠の下に滑り込ませて、彼女の手首をなでた。「わたしの女友だちの何人かは、これが大好きでね」彼は腕をまわして彼女の固くなった体を自分のほうに向かせ、怒りと当惑の表情を浮かべている彼女ににやりと笑いかけた。「わたしの無垢な娘……きみに教え込むのはものすごく楽しそうだ」

さるぐつわを乾いた舌で押し出そうとしながら、リリアンは考えずにいられなかった。この美しい男は、なんて油断のならない人間なのだろう。悪漢は黒髪であばた面の怪物のごとき醜男と相場が決まっている。ところがこの男ときたら内側が怪物なのだ。冷酷な獣にこのような美貌が与えられているなんて、あまりにも不公平だ。「すぐに戻る」と彼は言った。「おとなしくしていろ——めんどうな騒ぎを起こすなよ」

うぬぼれ屋のばか野郎、とリリアンは心の中で毒づいた。恐怖がせりあがってきてのどが締めつけられるようだ。彼女はセントヴィンセントがドアを開けて、ひらりと馬車から降りるのをまばたきもせずに見つめた。夜がふけていき、深まる薄闇が彼女を包んだ。がんばって規則正しく呼吸して、恐怖を抑えてしっかり考えるんだ、とリリアンは自分に言い聞かせた。絶対に突破口が見つかる。逃げ出せるチャンスがくる。それをじっと待つのだ。

わたしがストーニー・クロス・パークからいなくなったことに、みんなは何時間も前に気づいているだろう。彼らはわたしを探しているはずだ……時間を無駄にして、心配しながら……その間、伯爵夫人は静かに満足にひたっていることだろう。じゃまくさいアメリカ人を少なくともひとりはいとも簡単に厄介払いできたのだから。マーカスはいま何を考えているかしら？ 彼は何を――いや、やめておこう。彼のことを考えると涙があふれそうになって目がちくちくしてくる。泣いちゃだめ。セントヴィンセントには絶対に弱味を見せてはならない。

手錠の中で手首を回し、錠がどんな仕組みになっているのか調べようとした。しかし、こんな姿勢では無駄だった。力を抜いて背もたれに寄りかかり、ドアをじっとにらみつけていると、ドアが再び開いた。

セントヴィンセントは馬車の中に戻り、御者に合図した。馬車は軽くがたんと揺れて、宿の裏庭へと進んでいく。「すぐにきみを二階の部屋に連れて行く。そこで衣服を整えたりといった用事が足せる。残念ながら食事の時間はとれないが、明日の朝はきちんと朝食を食べられると約束する」

馬車がもう一度止まると、セントヴィンセントは彼女のウエストをつかんで自分のほうに引き寄せた。ドレスの前合わせが開き、薄いシュミーズを通して胸がちらりと見えたので、彼は賞味するように青い目をきらりと光らせた。彼女を自分の上着で包んで手錠とさるぐつわを隠し、肩に担ぎ上げた。「いいか、暴れたり蹴ったりするなよ」上着の布越しにくぐもった彼の声が聞こえてくる。「でないと、わたしの愛人たちがどうしてそれほど手錠を喜ぶのかをたっぷり教えてやることになるぞ」

強姦をほのめかす脅しの言葉にリリアンは凍りついた。彼が馬車の外に出て、宿屋の裏庭を横切って外階段へと歩いて行くあいだ、彼女は肩の上でじっと動かずにいた。通りすがりの人に、いったいその女はどうしたんだと聞かれたらしい。セントヴィンセントが苦笑しながら答えているのが聞こえた。「どうやら酔っぱらっちまったらしい。こいつは、酒に目がないんだ。上等のフランスのブランデーをしこたま飲んで、このざまさ」相手はわっはっはと大笑いした。リリアンの内部で怒りがふつふつと煮えたぎってきた。彼女は階段の数を数えた。セントヴィンセントが一段上るごとに衝撃を感じる……二八段だ。建物の二階についた。ドアを開けて中に入ると、ずらりと部屋が並んでいる。上着をかぶせられて窒息しそうに息が苦しかったが、セントヴィンセントが廊下を歩いて行くあいだ、リリアンはいくつドアを通り過ぎるのだろうと考えた。部屋に入り、彼は足でドアを閉めた。

彼はリリアンをベッドに運び、そっと下ろして上着をはぎ取り、紅潮した顔にかかっているもつれた髪を後ろにはらった。

「彼らが馬車に良い馬をつけているかどうか確かめてくる」セントヴィンセントは、宝石のようにきらきらと輝き、宝石と同じくらい冷たい目でつぶやいた。「すぐに戻る」

彼は、だれかに、あるいは何かに対して、純粋な気持ちを抱いたことがあるのだろうか、それとも、ただ舞台の上の役者のように、自分の目的を達成するのに都合のよい表情を巧みにつくりあげて人生をわたっているだけなのだろうか。リリアンの問い掛けるような視線に彼のかすかな微笑みは消え、急にてきぱきとしたよそよそしい態度に変わり、上着のポケットから何か取り出した。鍵だ。彼女の胸は高鳴った。セントヴィンセントは彼女を押して体を横向きにさせ、手錠を外した。腕が自由になり、彼女はおもわずふうーっとため息をついた。彼は彼女の両手首をつかむと、いとも簡単にその腕を上に引っ張り上げて、ベッドのヘッドボードの鉄の支柱につないだ。リリアンはできる限り抵抗しようとはしたが、まだ力が戻っていなかった。

腕を頭上にあげてベッドの上に横たわっている姿が彼の目にさらされる。リリアンは疲れた目で彼を見つめ、さるぐつわの下で口をもぐもぐ動かした。セントヴィンセントは仰向けに寝かされた彼女を冷酷にじろじろとながめまわし、おまえはおれの言いなりになるしかないのだと、彼女に思い知らせた。どうか、神様、お願いです。彼にさせないで……リリアンは心の中で願った。彼女は彼から目をそらさず、縮みあがることもなかった。彼がわたしに手を出さないのは、わたしが恐怖を表に出していないからだ、と彼女は感じていた。セントヴィンセントが慣れた仕草で胸の上に手を伸ばしてきて、シュミーズの端から出ている肌をなでると、彼女はぐっとのどを詰まらせた。「遊ぶ時間があれば」と彼は軽く言った。彼女の顔を見つめながら、彼は指を胸のふくらみに滑らせていき、乳首が硬く立ってくるまで愛撫した。恥ずかしさと怒りがこみあげてきて、リリアンは鼻から荒く息を吐いた。

セントヴィンセントはゆっくりと手を離し、ベッドの横に立った。「すぐに」と彼はつぶやいた。宿屋の厩舎の庭からすぐに戻るという意味なのか、彼女と寝ることを言っているのか、リリアンには判断がつきかねた。

リリアンは目を閉じ、床を鳴らす彼の足音を聞いていた。ドアが開いて閉まり、外から鍵が回される音が聞こえた。彼女はマットレスの上で体をずらして首を伸ばし、目を細めて手首にはまっている手錠を見た。鋼でできていて、真ん中に鎖が溶接してあり、「ヒグビー・ダンフリーズ＃三〇、品質保証、英国製」と彫りこまれていた。左右のカフは蝶番と錠で閉まっており、錠のボルトの端に通してある金属の輪を介して鎖につながっていた。

身をよじって手のところまで頭を上げて、まげが崩れた髪にまだ挿さっていたピンを抜き取った。ピンを真っ直ぐに伸ばして、一端を指でひねって屈曲させ、鍵穴に差し込んで中のレバーを探る。ヘアピンの先はなかなかレバーにひっかからない。どうやらそう簡単に開けられる錠ではないようだ。力をかけすぎてヘアピンが曲がってしまったので、リリアンはちくしょうと心の中でつぶやきながら、ピンを引き抜いてもう一度まっすぐに伸ばし、再度挑戦した。手首をカフの内側に押しつけて圧力をかけながら、錠をピンでさぐる。突然、かちっと音がして手錠がはずれた。

彼女は火がついたベッドから飛び出すように、ぱっと跳ね起き、片方の手に手錠をぶらさげたままドアに這いずっていく。さるぐつわをはぎ取り、唾液でびっしょり濡れている布の球をぺっと吐き出し、それらを横に放り投げてドアの鍵にとりかかった。もう一本ヘアピンを使って、彼女は手際よく錠を開けた。「よかった」ドアが開いたので、彼女は安堵の声を漏らした。階下の酒場から人の声や騒音が聞こえてくる。彼女に同情して助けてくれる人を見つけるには、従僕や御者がたむろしている厩舎の庭よりも、宿屋の中のほうが確率が高いだろうと彼女は計算した。廊下をさっとのぞいてだれもいないのを確かめてから、素早くドアの外に出た。

ドレスの前が開いていて、乱れた服装でいるのに気づき、リリアンはそそくさとドレスの前を引っ張って合わせながら、建物の内階段を駆け下りた。心臓は激しく打ち、頭の中ががんがん鳴っている。彼女はいちかばちかやるしかないという気持ちにかられていて、どんなことでもできる気がしていた。彼女の体は外から何かに操られているかのように軽く動き、階段をぽんぽんと飛ぶように降りて行った。

階段を降りきって、彼女は宿屋の玄関広間に駆け込んだ。人々は一瞬動きを止めて、あっけにとられた顔を彼女に向けた。大きな机と部屋の一角に置かれた何脚かの椅子のほうをうかがった。その近くに身なりのきちんとした四、五名の紳士が半円を描いて立っていた。リリアンは急いで彼らに近づいた。「宿屋のご主人と話がしたいのです」と前置きもなく話し出した。「支配人でもけっこうです。だれか助けてくださる方と。わたしは――」

彼女ははっと言葉を止めた。だれかがわたしの名を呼んでいる。セントヴィンセントに見つかったのでは、と恐る恐る肩越しに後ろを見て、いつでも戦えるように全身を緊張させる。しかし、セントヴィンセントの姿はなく、人を欺く金褐色の髪の輝きも見えない。再び、その声が聞こえた。彼女の魂に染み入る深い声だった。「リリアン」引き締まった体つきの黒髪の男が玄関から入ってくるのを見たとたん、膝がわなわなと震え始めた。まさか、そんな。何度もまばたきして視界をはっきりさせようとする。きっとまぼろしを見ているんだ。彼女はよろめきながら振り返って、彼と顔を合わせた。「ウェストクリフ」とつぶやいて、ためらいがちに数歩前に進んだ。

自分と彼以外の部屋中のすべてが消え去った。彼の日に焼けた肌は青ざめており、このまま彼女が消えてしまうのではないかと心配するかのように、彼は突き刺すような鋭い目で彼女を見つめていた。彼は駆け寄って、苦しくなるほど強く彼女を抱きしめた。両腕を彼女の体にまわし、ひしと自分に抱き寄せる。「ああ、神よ」とつぶやくと、彼女の髪に顔を埋めた。

「来てくれたのね」リリアンは全身を震わせながら、やっと声をしぼり出した。「わたしを見つけてくれた」どうしてこんなことができたのか、彼女には想像すらできなかった。彼からは馬と汗のにおいがして、服は外気で冷え切っていた。彼女が震えているのに気づき、マーカスは彼女を自分の上着の中に入れてしっかり抱きしめ、彼女の髪にむかって、なだめるようにささやきかけた。

「マーカス」リリアンはもごもごと言った。「わたし、頭がどうかしちゃったのかしら？ ああ、夢なら覚めないで。どうか行かないで――」

「わたしはここだ」彼の声は低く震えていた。「わたしはここにいる、そしてどこへも行かない」彼は少し体をひいて、真夜中のような黒い瞳で彼女の頭の先からつま先までをくまなくながめた。「わたしの恋しい人、わたしの……怪我はないか？」彼女の腕に手を滑らせていくと、手錠にあたった。彼女の手首を持ち上げ、手錠をぽかんとした顔で見つめる。彼はすっと息を吸い込んだ。体が野蛮な怒りでぶるぶる震え出す。「なんということだ、あいつを地獄へ――」

「わたしは大丈夫よ」とリリアンはあわてて言った。「怪我はしていないの」彼は彼女の手を口元にもっていき、荒々しくキスをすると、彼女の指を自分の頬にあてた。彼女は彼の浅くせわしない息が手首にかかるのを感じた。「リリアン、やつは……」

彼のとりつかれたようなまなざしから、彼がどうしても口に出すことのできない質問を読み取り、リリアンはかすれた声でささやいた。「いいえ、何も起こらなかったわ。そんな時間はなかったの」

「それでもやつを殺す」彼の決然とした声に、彼女の背筋は震えた。ドレスの前が開いているのに気づき、自分の上着を脱ぐ短い時間だけ彼女を離して、急いでそれを彼女の肩にかけた。彼は急に動きを止めた。「このにおい……何のにおいだ？」

肌にも服にもまだあのいやなにおいが残っている。リリアンは答えるのをためらった。しばらく間をおいてから「エーテルよ」と答え、黒い目を大きく見開いて自分を見つめている彼を安心させるために震える唇に笑みを浮かべた。「かえって助かったわ。だってほとんど一日寝ていられたんですもの。ちょっとむかむかするけど、それ以外は――」

彼は野獣のような唸り声をあげ、リリアンをもう一度しっかり抱きしめた。「かわいそうに。かわいそうに。リリアン、愛しいリリアン……もう、安心していい。わたしは二度ときみをこんな目に遭わせない。命にかけて誓う。絶対にきみを守る」彼は両手で彼女の頭をはさみ、唇を重ねた。そのキスは短く、柔らかだったが、びっくりするほど強烈で彼女はくらっとした。目を閉じ、彼にもたれかかる。どうかこれが夢ではありませんように、目が覚めたら隣にセントヴィンセントがいたなんてことにはなりませんようにと祈った。マーカスは彼女のかすかに開いた口や頬にむかって、いたわりの言葉をささやきかける。彼女を抱きしめるその手は優しかったが、一〇人の男がかかっても外せないほど、強固に彼女をつかんでいた。彼の腕に深く包みこまれていると、長身のサイモン・ハントが近づいてくるのが目に入った。

「ミスター・ハント」彼女はびっくりして叫んだ。マーカスの唇は彼女のこめかみのあたりをさまよっている。

ハントは気遣うようにさっと彼女の姿に目を走らせた。「ミス・ボウマン、大丈夫ですか？」

答えるためには、少し体をひねってマーカスの執拗な唇から逃れなければならなかった。

彼女は息をはずませながら言った。「ええ、大丈夫。大丈夫ですとも。ごらんのとおり、怪我ひとつないわ」

「それはよかった」ハントはにっこり笑って言った。「あなたのご家族も友人たちも、たいへん心配して取り乱していた」

「伯爵夫人が——」リリアンは言いかけて、はっと言葉を飲み込んだ。マーカスにどの程度話していいのか迷ったからだ。しかし、彼の目をのぞき込むと、その輝く漆黒の瞳には無限の思いやりが感じられた。彼を感情のない男と思ったことがあったなんて、わたしはなんてばかだったんだろう。

「何があったのかは知っている」彼は静かに言って、彼女の乱れた長い髪をなでた。「きみは二度と母に会うことはない。わたしたちがストーニー・クロス・パークに帰るときには、母は永久にあそこからいなくなっている」

質問や不安が津波のように押し寄せてきたけれど、リリアンは急に激しい疲労を感じた。恐ろしい白昼夢がいきなり終り、もう何もすべきことはなくなったように思われた。彼女はマーカスのがっしりした肩に頬をあずけておとなしくしていた。ふたりの男の会話を聞くとはなしに聞きながら。

「……セントヴィンセントを探さなくては……」マーカスの声。

「いや」サイモン・ハントが強い調子で言った。「ぼくが行く。あなたはミス・ボウマンの世話を」

「ふたりきりになりたい」

「そのへんに小さな部屋があったはずだ——部屋というほどのものではないが……」

しかし、ハントの声は途中で立ち消えた。リリアンはマーカスの体に荒々しい緊張が走るのを感じた。彼は素早く筋肉を動かして、階段のほうに体を向けた。

セントヴィンセントが階段を降りてきた。宿屋の別の入口から借りた部屋に入り、彼女がいなくなったのに気づいたのだ。彼は階段の途中で立ち止まり、目の前の奇妙な光景をながめた。見知らぬ客たちは目を丸くしているし、宿屋の主人は怒った顔で自分を見ている……そしてウェストクリフが、血走った目でこちらをにらみつけていた。

宿の中はしんと静まり返り、ウェストクリフの怒鳴り声が鳴り響いた。「きさま、八つ裂きにしてやる」

リリアンはぼうっとした頭でつぶやいた。「マーカス、待って——」

マーカスは彼女をさっとサイモン・ハントのほうに押しやると、脱兎の勢いで階段に向かった。ハントは彼女の体を反射的に抱きとめた。マーカスは猫のように敏捷に手すりを飛び越えて階段に降り立った。セントヴィンセントはさっと身を引いて逃げ出そうとしたが、マーカスはセントヴィンセントの脚に飛びついて、階段の下に引きずり下ろした。ふたりは取っ組み合って、ののしり合い、殴り合った。セントヴィンセントがマーカスの頭を蹴ろうとしたので、マーカスは重いブーツの一撃を体を転がしてかわさなければならず、一瞬セントヴィンセントから手を離した。そのすきにセントヴィンセントは階段を駆け上がった。マーカスもすかさずあとを追い、ふたりの姿は見えなくなった。興奮した見物人たちもぞろぞろと階段をのぼってついて行った。ふたりの貴族がまるでけしかけられた雄鶏のように格闘しているのがおもしろくて、野次を飛ばしたり、どちらが勝つか賭けたりと、大騒ぎだ。

リリアンは真っ白な顔でサイモン・ハントを見た。彼の顔にはかすかに笑いが浮かんでいた。「助けにいかないの?」とリリアンはきいた。

「いいや。邪魔をしたらウェストクリフは一生許してくれないだろうからね。彼にとって生まれてはじめての居酒屋での喧嘩だから」ハントは目をきらりと輝かせて、優しく彼女のようすを気づかった。少しふらついているようなので、彼女の背中の真ん中に大きな手をあて、近くの椅子に導いた。二階からどしんどしんと不快な音が聞こえてくる。建物全体が揺らぐような重い衝撃音が何回か聞こえ、そのあと家具が壊れたり、グラスが割れたりする耳ざわりな音が続いた。

「さて」ハントは騒動を無視して言った。「残っている手錠を見せてもらえるかな。外してあげられるかもしれない」

「できないわ」リリアンはきっぱり言った。「鍵はセントヴィンセントのポケットの中だし、わたしのヘアピンは使い切ってしまった」

彼女の横に座り、ハントは手錠のはまった彼女の手首を手に取った。じっくりながめてから、この場に似つかわしくない嬉しそうな声で彼は言った。「なんて運がいいんだ。ヒグビー・ダンフリーズ#三〇だ」

リリアンはいぶかるように彼をちらりと見た。「あなたは手錠愛好家なの?」

彼は口をゆがめた。「いや、だが警察にふたりばかり知り合いがいる。この手錠はこのあいだまで新警察で使われていたものなのだが、設計に不具合があることがわかってね。いまじゃ、ロンドンの質屋へ行けば、ヒグビー・ダンフリーズはごろごろしている」

「不具合って?」

ハントは答える代わりに、手首にはまった手錠を回して蝶番と錠が下に向くようにした。二階からさらに家具の壊れる音が聞こえてきた。彼はちょっと手を休め、眉をしかめているリリアンににっこりと笑いかけた。「やはり行ったほうがよさそうだ」と彼は穏やかに言った。「しかしその前に……」彼はハンカチをポケットから出して、詰め物の代わりに手錠と手首のあいだにはさんだ。「さあ、こうすれば、衝撃をやわらげてくれるだろう」

「衝撃? 何の衝撃?」

「じっとして」

彼が手錠のはまった手首を高く上げ、蝶番を下に向けて机の上に叩きつけたので、リリアンは驚いてきゃっと叫んだ。この衝撃で錠前のレバーが外れて、手品のように手錠は開いた。リリアンは仰天して、手錠のとれた手首をさすりながら薄く笑ってハントを見つめた。「どうもありがとう。わたし——」

またしても何かが砕ける音がした。今度は真上からだった。興奮した見物人がどっとわく声がして、壁が揺れた。中でも一番響いてくるのは、このままじゃこの建物はばらばらに崩れてしまうと文句を言う宿屋の主人の甲高い声だった。

「ミスター・ハント」リリアンは叫んだ。「どうか、ウェストクリフ伯爵を助けてください」

ハントはからかうように眉を三日月形に上げた。「あなたはまさか、彼がセントヴィンセントにやられてしまうと心配しているわけではないでしょうね？」

「ウェストクリフ伯爵の腕力に十分な自信を持てないからじゃないんです」とリリアンはじれったそうに行った。「彼の力を十分すぎるほど信じているから心配なんです。それに彼が殺人容疑で裁判にかけられるのは見たくないですから」

「あなたの言うとおりだ」ハントは立ち上がってハンカチをたたみ、ポケットにしまった。彼は階段に向かいながら短いため息をついてぼやいた。「今日はほとんど一日、彼が人を殺しそうになるのを止めることで費やしてしまったよ」

リリアンはその晩のそれからあとのことははっきり記憶していない。覚えているのは、半分朦朧とした意識でマーカスによりかかって立っていたことくらいだ。彼は力強い腕を彼女の背中にあてて、崩れ落ちそうになる体をしっかり支えてくれた。服装は乱れ、多少の打ち身はつくっていたが、マーカスは戦いを終えたばかりの健康な男子らしく原始のエネルギーを発散していた。どうやら彼はあれもこれもと宿の人々にたくさんの要求をしたらしい。だれもが彼に気に入られようとふるまっているように見えた。彼らは今夜この宿屋に宿泊することになり、ハントは夜が明けたらすぐにストーニー・クロス・パークへ発つことになった。

その間に、ハントはセントヴィンセント卿を、というよりはかつてセントヴィンセントだったものの残骸を馬車に乗せ、彼のロンドンの屋敷に送り出した。セントヴィンセントは今回のことで訴えられることはないらしかった。そんなことをすれば、世紀のスキャンダルにさらにネタを提供するようなものだからだ。

すべて手配を済ませてから、マーカスはリリアンを一番大きな客室に連れて行った。風呂と食事の用意が迅速になされた。その部屋には家具はほとんどなかったが、とても清潔で、大きなベッドにはアイロンのかかったリネンと柔らかな色あせたキルトがかかっていた。古い銅板製のスリッパ型のバスタブが暖炉の前に置かれ、二人のメイドが湯気の立つやかんを運んできてお湯を満たした。湯がちょうどよい加減に冷めるのを待つあいだ、マーカスはリリアンに無理矢理スープを飲ませた。まずいということはなかったが、何を煮込んだものなのか判別できなかった。「この小さな茶色のかたまりは何?」リリアンは疑わしげな顔でいた。彼に促されていやいやながら口を開けると、彼がもうひと匙スープを飲ませた。

「何でもいいだろう。飲み込むんだ」

「羊? 牛肉? 角のある動物? ひづめとか羽とかうろことかは? 何の肉かわからないものを食べたくな――」

「ほら、もう一口」彼は容赦なく言うと、彼女の口にまたスプーンをつっこんだ。

「暴君ね」

今夜だけは彼の言いなりになって、リリアンは軽い食事を終えた。食べたおかげで新たに力がわいてきて、マーカスが彼女を膝にのせるととてもいい気分になった。「さて」彼は彼女を胸に抱き寄せながら言った。「いったい何が起こったのか、最初から話してくれ」

彼女はすぐに生き生きと話し始めた。ほとんどぺらぺらおしゃべりしていると言っていいくらいだった。ウェストクリフ伯爵夫人とバタフライ・コートで会ったこと、そしてそれから起こった出来事について、彼女は興奮気味に語った。マーカスは彼女の気が高ぶっていると思ったらしく、ときどきその機関銃のような言葉の流れを止めて、なだめるようにささやきかけた。彼は興味深く耳を傾けてくれ、とても優しかった。髪に軽く口づけされると、その温かな息が髪を通して頭皮に感じられた。彼にもたれているうちに、体の力が抜けていき、手足が重くてだるく感じられるようになった。

「どうやって伯爵夫人をこんなに早く白状させることができたの？」と彼女はきいた。「きっと数日間は口を割らないと思っていたわ。自分がやったと認めるくらいなら死んだほうがましと思うのではないかと――」

「そのどちらかを選べと言ったのだ」

彼女は目を見開いて「まあ」と小声で言った。「ごめんなさい、マーカス。あなたのお母様なのに――」

「建前の上でだけだ」と彼はあっさり言い切った。「今までも、わたしはあの人に子として愛情を感じたことはなかった。たとえわずかにしろ、そうした感情があったとしても、今日以後それは完全に消えてしまうことだろう。母は一生分の悪事を働いてしまったのだと思う。

これから先、母にはスコットランドか外国で暮らしてもらう」

「伯爵夫人はわたしとどのような話をしたか、おっしゃいましたか?」リリアンはためらいがちにきいてみた。

マーカスは頭を左右に振って、口をねじ曲げた。「彼女は、きみがセントヴィンセントと駆け落ちすることに決めたとわたしに言った」

「駆け落ち?」リリアンはショックを受けて繰り返した。「まるでわたしがわざと……まるでわたしが彼を選んだかのように――」彼女は、肝をつぶして黙り込んだ。それを聞いて彼はどんな気持ちになっただろう。今日一日、彼女は一滴の涙も流さなかった。しかし、たとえ一瞬でもマーカスが、またしても自分の恋人がセントヴィンセントに心を移したと考えたかもしれないと思うと……もう涙をこらえきれなくなった。リリアンはヒステリックに泣きじゃくり始めた。それには彼ばかりでなく自分自身も驚いた。「そんなこと、信じなかったわよね? お願い、信じなかったと言って!」

「もちろん、信じなかったさ」彼はびっくりして彼女を見つめ、あわててナプキンをつかむと滝のように彼女の顔を流れる涙を拭いてやった。「ほら、泣かないで――」

「愛しているわ、マーカス」彼女は彼からナプキンを受け取り、音を立てて鼻をかみ、涙を流しながら話しつづけた。「愛しているわ。わたしから先に言ったってかまわない。ううん、わたししか言わなくてもいい。ただあなたに知ってもらいたいの、わたしがどれだけあなたを――」

「わたしもだ」彼は急いで言った。「わたしもきみを愛している。リリアン……どうか、泣かないで。胸が張り裂けそうだ。どうか」

彼女はうなずいて、もう一度たたんだリネンで鼻をかんだ。彼女の肌は赤くまだらになって、目ははれ、鼻水が垂れている。でも、どういうわけか、マーカスの視力はおかしくなってしまったらしい。彼女の頭を両手で抱え、強く唇を重ねてしわがれた声で言った。「きみは、とても美しい」

彼が心から真面目に言ったことは疑いようもないが、彼女はそれを聞いてくすくす笑い出し、しゃっくりをしながら泣き笑いを始めた。彼女を両腕で包んで、骨が折れるかと思うほど強く抱きしめ、マーカスは言った。「愛しい人、男が愛の告白をしているときに彼を笑いものにするのは不作法だとだれかに教えてもらったことはないのかい?」

彼女は最後にもう一度、レディーらしからぬ音を立てて鼻をかんだ。「わたしってどうしようもない女ね。これでもまだわたしと結婚したい?」

「ああ、いますぐ」

その言葉にあんまり驚いて、リリアンの涙はひっこんでしまった。「なんですって?」

「わたしはきみとハンプシャーに戻りたくない。きみをグレトナグリーンに連れて行きたい。この宿屋は貸し馬車もやっている——朝一番に馬車を雇って、明後日にはスコットランドだ」

「でも……でも、みんなきちんと教会で式を挙げることを望んでいるでしょう……」

「わたしはもう待てない。体裁なんかどうでもいいんだ」

リリアンの顔に徐々に笑みが広がっていった。彼のこの言葉を聞いたらいったいどれくらいの人が腰を抜かすことかと思うと愉快になった。「たいへんなスキャンダルになるわよ。ウェストクリフ伯爵、グレトナグリーンで駆け落ち結婚……」

「では、スキャンダルから結婚生活を始めることにしよう」彼がキスすると、彼女は甘くうめいて応えた。彼にしがみついて体を弓なりにそらせると、彼は舌をさらに奥へと侵入させ、唇で彼女の口をぴたりとふさぎ、彼女の温かい滑らかな口を味わった。荒く呼吸しながら、彼は唇を震える彼女ののどへと滑らせていく。『ええ、マーカス』と言うんだ」と彼は促す。

「ええ、マーカス」

彼女を見つめる黒い瞳はまばゆいほど光り輝いていた。あふれんばかりの思いがそのまなざしにこめられている。しかし彼は「そろそろいい湯加減になったころだ」と言っただけだった。

ひとりでも服を脱いで風呂に入ることはできたが、マーカスが手伝うと言ってきかなかったので、彼女は子どものようにすべてを彼にまかせた。彼女はバスタブから立ち昇るふんわりとした湯気のベールを通して浅黒い彼の顔を見つめた。彼はわざとゆっくり、彼女の体に石鹸をつけて湯で洗い流す。やがて彼女の体はピンク色に輝きだした。彼はつるつる滑りやすいバスタブから彼女をあげて、タオルで拭いた。「腕を上げて」と彼が言った。

彼女は、彼が手にしている古着を不審そうにちらりと見た。「それは何?」

「宿屋のおかみの寝巻きだ」と答えて、彼女の上からかぶせる。リリアンは袖に腕を通し、はとても清潔なフランネルのにおいに包まれて、ふっとため息をついた。そのナイトドレスは何と形容したらいいのかわからない色で、彼女にはぶかぶかだったが、着古した柔らかさ着心地がよかった。

リリアンはベッドの上で丸くなり、マーカスが風呂に入って、体を拭くのをじっと観察した。背中の筋肉がぴくぴく動く。その見事に引き締まった体に彼女はほれぼれと見とれるのだった。この並外れた男性は自分のものなのだと考えると、思わず口元がゆるんでくる……どうして鎧で固めた彼の心を開かせることができたのか、それは永遠に謎のままだろう。マーカスはランプを消してベッドにやってきた。彼がカバーの下に滑り込んでくると、リリアンはすぐに身をすり寄せて、彼のにおいに包まれた。さわやかな石鹸の香りに、ほのかに太陽と塩の香りが混ざったすがすがしいにおいだ。その素晴らしいにおいに吸い込まれてしまいたかった。彼の体にくまなく触れて、キスしたかった。「抱いて、マーカス」と彼女はささやいた。

彼は彼女の髪に手にからませながら、影になった黒い体を彼女にかぶせてきた。「かわいい人」声にはかすかにおもしろがるような響きがある。「今朝から、きみは脅され、薬で眠らされ、拉致され、手錠をかけられ、馬車に乗せられてイギリス横断の半分の道のりを運ばれてきた。一日分としてまだ十分ではないと言うのかい？」

彼女は首を左右に振った。「さっきまではちょっと疲れていたんだけど、元気が出てきたの。眠れそうにないわ」

彼の体が離れた。ベッドの反対の端にいってしまうのかしらといぶかっていると、ナイトドレスの裾が持ち上げられた。冷たい空気にさらされて裸の脚がぞくぞくする。呼吸が速まる。分厚い木綿のドレスはどんどん上にまくられていき、とうとう胸があらわになった。乳首がきゅっと締まる。彼の柔らかくて熱い口が舞い降りてきて、鼻を彼女の肌にこすりつける。探究心旺盛な口は、思いがけない敏感な場所を探し当てる。肋骨の側面のくすぐったい場所、胸の下のベルベットのようなカーブ、そしてお臍のまわり……リリアンも彼を愛撫したくて手をあげると、その手は優しく彼女の体の横に戻された。静かに横たわっているようにと彼は命じているのだわ、と彼女は気づいた。呼吸は規則正しく深くなり、水銀の雫が転がるように快感が体を伝っていくと、彼女の腹と脚の筋肉は小刻みに震えだした。

マーカスはキスしたり、軽く噛んだりしながら、彼女の肌を下っていき、やがて股間の秘密の湿地帯へとたどりついた。彼が触れると、彼女は従順に脚を開いた。彼女は無防備にすべてをさらけだし、うずくような興奮に全身の神経を焦がした。彼の舌が暗い三角の茂みを這うと、彼女ののどから高いかすかな声が漏れた。バラ色のとろけるような皮膚を彼の舌に愛撫されるたびに快感が彼女の体を貫く。彼の舌は、踊り、くすぐり、彼女を開かせる。やがて、彼はしばらくそこにとどまって甘くリズミカルに刺激しはじめた。彼女の腕や脚にも興奮の波は伝わっていき、呼吸はむせび泣きへと変わっていった。彼は指を彼女の奥深くへ挿入し、彼女をクライマックスに導いた。彼女はうなってもがきながら、全身をわななかせた。歓喜で体がばらばらになりそうだった。

うつろな意識の中で、彼がナイトドレスを下ろすのが感じられた。「今度はあなたの番よ」彼女はつぶやいた。彼に抱きしめられ、頭を彼の肩にのせる。「あなたはまだ……」

「おやすみ」彼はささやいた。「わたしの分は明日までとっておこう」

「まだ疲れていないわ」と彼女は言い張った。

「目を閉じて」マーカスは手を彼女のお尻にあてて、丸くさする。彼の唇が、おでことはかなげなまぶたに軽く触れる。「ゆっくり休むんだ。力を回復しなくては……結婚したら、わたしはきみを一時も離さないからね。一日中、一分一秒も休まずきみを愛したい」彼は彼女をもっと近くに引き寄せた。「世界中に、きみの笑顔より美しいものはない……きみの笑い声よりも快いものはない……きみをこの腕に抱くこと以上の喜びはない。わたしは今日思い知らされた。きみなしでは、この頑固な跳ねっ返りがいなくては、わたしは生きられないと。現世で、いや来世でも、きみはわたしの生きる希望だ。教えてくれ、リリアン、わたしの最愛の人……きみはどうやってわたしの心の奥に入り込んだんだ?」彼はそこで言葉を切り、彼女の汗ばんだ滑らかな肌に口づけした……そして平和な静寂を破る女らしいかすかないびきににっこりと笑った。

エピローグ

ウェストクリフ伯爵夫人御机下
マースデン・テラス、アッパー・ブルック通り、二番
ロンドン

レディー・ウェストクリフ

あなた様からのお手紙を受け取り、たいへん嬉しく光栄に存じます。このたびは、ご結婚おめでとうございます。心からお喜びを申し上げます。あなたは、ウェストクリフ伯爵様とのご結婚を、ご自分にとっての素晴らしき幸運とご謙遜なさっておいでですが、その点に関しましては、小生、承服いたしかねます。幸いにもあなたと知己を得ることができましたわたくしは、ぜひともこう申し上げたい。これほど魅力的で洗練されたお嬢様を勝ち取った伯爵様こそご幸運でいらっしゃると——。

「魅力的ですって?」デイジーはそっけなくさえぎった。

「まったくもう、彼は何にもわかっちゃいない」

「さらに、洗練されたとも書いてくれているわ」リリアンは威張って念を押すように妹に言うと、またミスター・ネトルの手紙にもどった。「つづきを読むわよ……『あなたのお妹様があなたに似ていらっしゃるなら、おそらくその方も、よいお相手にめぐりあわれることでしょう』って」

「そんなこと書いてないわ!」デイジーは叫ぶと、長椅子に飛びかかって手紙を奪い取ろうとしたが、リリアンは笑って渡すまいとする。近くに座っていたアナベルは、紅茶をすすりながらカップの縁越しに微笑み、吐き気が治まるのを願った。彼女はすでに、今晩夫に妊娠のことを話すわと、みんなに打ち明けていた。隠しておくのがだんだん大変になってきたからだ。

三人はマースデン・テラスの居間に座っていた。数日前、リリアンとマーカスは、「鍛冶屋の結婚式」――グレトナグリーンでの駆け落ち結婚は一般にそう呼ばれていた――を済ませてハンプシャーに戻った。伯爵夫人は本当にストーニー・クロス・パークから姿を消していて、彼女がいたことを思い出させるものもすべてなくなっていたので、リリアンはほっとした。そうだ、もう伯爵夫人ではなく、伯爵未亡人なのだった、とリリアンは心の中で訂正する。いまは自分がウェストクリフ伯爵夫人なのだと思うたびに、なんとなくそわそわした気分になってしまうのだが。現在彼女は、マーカスといっしょにロンドンに来ていた。彼はミスター・ハントと機関車製造工場を視察したり、その他のやらなければならない仕事を片付けたりしていた。数日のうちに、ウェストクリフ伯爵夫妻はハネムーンに出かけることになっていた。イタリアへ……とにかく、できる限りマーセデス・ボウマンから遠く離れた地へ。ミセス・ボウマンは、かねてから計画していた娘のための盛大な結婚式ができなかったことをいまだに根に持って愚痴っていた。

「やめてよ、デイジーったら」リリアンは朗らかに叫んで、妹を突き飛ばした。「認めるわ。最後の部分はわたしの捏造よ。だから、やめて。手紙が破れちゃうじゃないの。どこまでいったかしら?」伯爵夫人に似つかわしい威厳のある表情をつくって、リリアンは手紙を目の前にかかげ、もったいぶってつづけた。「ミスター・ネトルは、このあとたくさん褒め言葉を書いてくれて、わたしがマースデン家の嫁として幸せになれるよう祈って——」

「お姑さんに、厄介払いされそうなったって彼に知らせた?」とデイジーが茶々を入れる。

「それから」リリアンは、妹を無視してつづける。「彼はあの香水に関してのわたしの質問に答えてくれたわ」

デイジーとアナベルはびっくりして、さっとリリアンを見た。アナベルは好奇心にかられて青い目を真ん丸く見開いた。「秘密の成分についてきいてみたの?」

「いったい何だったのよ?」デイジーは姉を問い詰めた。「早く言いなさい! 早く!」

「答えを聞いたらがっかりするわ、きっと」リリアンは気弱に言った。「ミスター・ネトルによると、秘密の成分は……入ってなかったの」

デイジーは怒り出した。「入ってなかった？　本物の惚れ薬じゃなかったってこと？　わたし、あれを浴びるほどつけていたのに、まったく無駄だったというの？」

「じゃあ、彼の説明を読んであげるわ。『あなたがウェストクリフ伯爵のハートを見事に射止めることができたのは、あなたという魔法が効いたからでございます。あの香水に不可欠な成分は、実は、あなたご自身だったのですよ』」手紙を膝の上に置いて、リリアンはむくれた顔をしている妹に笑いかけた。「かわいそうなデイジー。本物の魔法じゃなくてごめんね」

「まったく、頭にくるわ」デイジーはぼやいた。「気がついてしかるべきだったのに」

「不思議なのは」リリアンは考え深げにつづけた。「ウェストクリフがそれにちゃんと気づいていたこと。香水のことを彼に打ち明けた晩、彼は秘密の成分が何か自分にはわかるときっぱり言い切ったの。そして今朝、ミスター・ネトルからの手紙を彼に見せる前に、彼は答えをわたしに言った」彼女の顔にゆっくりと笑いが広がった。「偉そうに何でも知っているって顔しちゃって」と彼女は愛情をこめてつぶやいた。

「わたしが言うまでエヴィーには黙っていてよ」とデイジーが言った。「彼女もわたしと同じくらいがっかりするでしょうから」

アナベルは美しい額にしわを寄せてデイジーを見た。「まだ、エヴィーから手紙の返事がこないの？」

「ええ、また彼女の親戚がエヴィーを部屋に閉じ込めてしまったらしいわ。手紙も書かせないし、来た手紙も見せていないと思う。彼らがストーニー・クロス・パークを発つとき、フローレンス伯母様が、いとこのユースタスとの婚約の話は着々と進んでいると強くほのめかしていたから、わたし心配なのよ」

ほかのふたりはうめき声をあげた。「わたしが生きている限り、そんなことはさせないわよ」とリリアンは陰気な声で言った。「ねえ、エヴィーをあの家族から救い出して、彼女にいい結婚相手を見つけるには、なにか独創的な方法をつかわなきゃだめだと思うわ」

「そうよ、そうよ」デイジーも賛成した。「わたしたち、あなたに相手を見つけてあげられたのだから、何だってできるわよ」

「よくも言ったわね」リリアンは長椅子からぴょんと立ち上がると、クッションを振り上げて妹を威嚇した。

くすくす笑いながら、デイジーは近くの家具の陰に隠れて叫んだ。「忘れたの？　あなたは伯爵夫人なのよ。威厳はどこへいったの？」

「どこかでなくしちゃったわ」とリリアンは言って、きゃーきゃー大騒ぎしながら妹を追いかけた。

そのころ……

「セントヴィンセント卿、玄関に女のお客様がお見えです。ご在宅ではないと申し上げたのですが、どうしてもお会いしたいとおっしゃっています」

書斎は暗く、寒々としていた。明かりはかろうじて燃えている暖炉の火からの弱い光だけだった。その火もまもなく消えそうだった……それでもセバスチャンは立ち上がって薪をくべようという気になれないようだった。すぐ手の届くところに薪は置かれていたのだが。家を焼き尽くすような大火災でも、彼を温めるには十分ではないように思われた。心はからっぽで、無感覚だった。魂の抜けた体だ——そして彼はそれを誇りにしていた。ここまで堕落できるのは、稀有な才能とも言えた。

「こんな時間に？」セバスチャンは執事の顔は見ず、手にしたクリスタルのブランデーグラスをながめながら、興味なさそうにつぶやいた。グラスの柄をけだるく指で回す。その正体不明の女性客がだれなのかは尋ねない。今夜は、特別な用事はなかったのだが、セバスチャンにしてはめずらしく女と寝る気になれなかった。

「追い返せ」と彼は冷たく言った。「わたしのベッドはもうふさがっていると伝えろ」

「かしこまりました」執事が出て行くと、セバスチャンはふたたび椅子に沈み込み、長い脚を伸ばした。

彼は早急に対処しなければならない問題について考えながら、グラスのブランデーをくいっと飲み干した……金の問題、というよりは、それがないことが問題だった。あちこちから厳しく借金の返済を迫られていた。さまざまな借りをもはやこのまま放っておくわけにはいかない。リリアン・ボウマンと結婚して、必要としている金を得るという計画に失敗したからには、別のだれかから金を引き出さなければならない。自分が得意としているサービスを提供すれば、その見返りにかなりの額を貸してくれそうな金持ちの女を何人か知っていた。ほかの選択肢としては――。

「旦那様？」

セバスチャンは顔をしかめて見上げた。「くそっ、いったい何だ？」

「お客様がどうしてもお帰りにならないのです。お会いするまでは帰らないと言ってきかません」

彼はいらだってため息をついた。「それほどしつこいなら、通せ。だが、覚悟しておけと言っておいたほうがいいな。あっという間に一発やって、それよりももっとあっという間にさよならだからな、今夜は」

神経質そうな若い女性の声が執事の後ろから聞こえてきた。どうやら、そのしつこい訪問者は執事のあとについて、家の中に入って来たらしい。「わたしはそんなに早く帰るつもりはありません」彼女は執事の横をすり抜けて、部屋に入って来た。フードつきのマントでしっかり身を包んでいる。

セバスチャンの目配せで、執事は姿を消し、彼らはふたりきりになった。

セバスチャンは椅子の背に頭をもたれ、謎の訪問者を感情のない目で見つめた。もしかしたら、彼女はマントの下にピストルを隠し持っているのかもしれない、という考えが頭をよぎる。過去に彼は何人もの女性に殺してやると脅されたことがある。彼女はその中のひとりなのかもしれない……ついに勇気をふりしぼって、その約束を果すためにやってきたのだ。それも悪くない。喜んで撃たれてやろうではないか。彼女がやりそこなうことなく、ちゃんと一発でしとめてくれるなら。くつろいだかっこうで座ったまま、彼はつぶやいた。「フードをとれ」

白く細い手がフードに伸び、彼女は命令にしたがった。フードが滑り落ちると、暖炉の残り火よりも赤い髪の毛があらわれた。

その若い女がだれかであるかがわかり、セバスチャンは困惑して頭を振った。ストーニー・クロス・パークのハウスパーティーにいた、さえない娘だ。内気で、話すと言葉がつかえるうすのろだ。口を閉じてさえいれば、その赤毛とグラマーな体はまあまあと言えるのだが。彼女ときちんと会話したことはなかったが、たしかエヴァンジェリン・ジェナーとかいう名前だ。彼女の目ほど大きな目は見たことがなかった。まるで蠟人形のよう……というより、幼い子どもの目。彼女はちらりと彼の顔を見た。ウェストクリフとの取っ組み合いでできた青あざを見逃さない。

おつむの軽い娘だ、とセバスチャンは心の中で小ばかにしながら考える。友人を誘拐したことで、おれをののしろうとでも言うのか？　いいや、いくらなんでもそこまでばかではないだろう。供の者も連れずにおれの屋敷にあらわれたら、自分の純潔を、いや命さえ危険にさらすことになるとわかっているはずだ。

「うそつきの悪魔に会いに来たというわけか？」

彼女は近づいてきた。思いつめた表情だが、不思議なことに恐れは感じられない。「あなたは悪魔ではありません。ただの人間です。欠点だらけの」

この数日間で初めて、セバスチャンは笑いたい気分になった。少し彼女に興味がわいた。「しっぽと角が見えないからと言って、悪魔ではないとは言いきれないんだぜ、おちびさん。悪魔はいろんな顔をしてるんだ」

「では、わたしもファウストのように、悪魔に魂を売る取引をします」彼女は、何度もこの台詞を練習してきたかのように、ゆっくりと話した。「あなたに提案したいことがあるのです、子爵様」

そう言うと彼女は暖炉に近づき、ふたりを包んでいた闇から抜け出した。

訳者あとがき

壁の花シリーズ第一弾『ひそやかな初夏の夜の』をすでにお読みになって、続きを楽しみにしていた読者の皆さん、お待たせしました。シリーズ第二弾『恋の香りは秋風にのって』をお届けします。

今回は、独立心旺盛で負けず嫌い、でもその威勢の良さの裏に繊細で温かいハートを隠しているアメリカ娘、リリアン・ボウマンの恋物語です。お相手は、本シリーズ以外の本でもしばしば重要な役柄で登場しているウェストクリフ伯爵です。多彩な才能に恵まれ、精錬潔白でリベラルな考えを持つ行動派の伯爵は、完全無欠すぎてときには傲慢にすら見えることもありますが、実はそのきらびやかな貴族の鎧の下に、人を慈しむ優しい心を持っています。正反対に見えるけど、もしかするとふたりは似たもの同士なのかも。彼らがどのような恋の花を咲かせるのか、興味津々といったところです。

『ひそやかな初夏の夜の』をまだ読んでいらっしゃらない方も、一冊完結の本として十二分にお楽しみいただけますのでどうぞご安心ください。でも少しだけ、前作のあらましを紹介しておきましょう。

アナベル、リリアン&デイジー姉妹、エヴィーの四人は、それぞれ個性的な美しさをもちながら、昨年まではどのパーティでも紳士たちから相手にされず、壁の花に甘んじていました。

輝くばかりの美貌のアナベルは、名家の出身ながらたいへん貧しく、望ましい結婚相手とは見なされていませんでした。エヴィーも良家の娘ですが、ひどい内気のために、人と話すことはおろか、目をあわすことすら苦手で、とても紳士の気を引くことなどできません。そして、イギリスに貴族の花婿を探しにやってきたアメリカの新興成金の娘リリアンとデイジーは、貴族社会のルールを理解していない上に、自分に正直すぎて、まわりからは粗野で下品な娘たちと眉をひそめられていました。これでは、敬遠されるのも当然です。

いつも壁際に座って人々が踊るのをながめていた四人は、ふとしたきっかけで話をするようになり、すっかり意気投合します。そして、共同戦線を張ってお互いの花婿を見つける手助けをすることを誓いました。こうして誕生した「壁の花」グループの協力により、アナベルはサイモン・ハントというすてきな青年実業家とめでたく結婚することができたのです。

さて、お次は、二番目に年長のリリアン・ボウマンの番なのですが……。

理想の結婚相手を見つけることは、いまも昔も若い女性の最大の関心事といっても過言ではないでしょう。でも、女性の社会進出が進んでいる現代よりも、リリアンたちのほうがもっと切実であったはずです。当時、オールドミスになってしまった女性は親戚の厄介になるか、家庭教師《ガヴァネス》として細々と生計をたてるか、あるいは金持ちの男の愛人になるしか道がありりませんでした。ですから彼女たちにとって、結婚相手を見つけることは生きるか死ぬかに匹敵するほどの重大な問題でした。

切羽詰った状態にあるアナベルやエヴィーと違って、富豪の娘であるリリアンとデイジーは、相手が見つからなかったらオールドミス姉妹になってお父様のお金でヨーロッパとアメリカを渡り歩けばいいわとちょっとお気楽ムード。とはいえ、彼女たちも、娘を貴族と結婚させることに躍起になっている母親には逆らうことができず、窮屈なイギリス社交界にも溶け込めず苦労しています。

せつない恋を描くのがお得意のクレイパスにしてはめずらしく、本書はとても楽しいコミカルな場面がたくさんある作品です。姉妹が伯爵夫人から貴族社会のルールを習う場面は傑作ですし、リリアンと堅物のウェストクリフとの丁丁発止のやりとりは本当におかしくて、訳しながらも思わず吹き出してしまうほどでした。心ときめくロマンスとともに、明るく快活なユーモアもぜひご堪能ください。

さて、シリーズ第三弾は内気なエヴィーの物語。本書のラストで暗示されているように、なんとお相手はアポロンさながらの美貌と悪魔の魅力を持つ名うてのプレイボーイ、セントヴィンセント卿です。どうぞお楽しみに！

二〇〇六年九月

ライムブックス

恋の香りは秋風にのって

著　者　リサ・クレイパス
訳　者　古川奈々子《ふるかわななこ》

2006年11月20日　初版第一刷発行

発行人　成瀬雅人
発行所　株式会社原書房
〒160-0022東京都新宿区新宿1-25-13
電話・代表03-3354-0685　http://www.harashobo.co.jp
振替・00150-6-151594
ブックデザイン　川島進（スタジオ・ギブ）
印刷所　中央精版印刷株式会社

落丁・乱丁本はお取り替えいたします。
定価は、カバーに表示してあります。
 ISBN4-562-04314-8　Printed in Japan